Ren Dhark
Weg ins Weltall
Band 27

Die Schranke im Nichts

Herausgegeben von
HAJO F. BREUER

Unitall

Lieferbare Ren Dhark-Bücher

Ren Dhark Classic-Zyklus
Die Heftserie
Paperback/Hardcover
HJB-Ausgabe/Lizenzausgabe
je 352 Seiten, € 16,90
Bände 1-16

Ren Dhark Drakhon-Zyklus
Die Fortführung der Heftserie bei HJB
Buchausgabe, 352 Seiten, € 16,90
Bände 1-24

Ren Dhark Platinum
Luxusausgabe, 160 Seiten, € 25,-
(1) »Legende der Nogk«

Ren Dhark Spezial
Nachdruck der alten Taschenbücher
und Lexikon (Band 5)
Buchausgabe, 304 Seiten
Band 1 € 11,90; Bände 2/3/5 € 14,90

Forschungsraumer CHARR
Paperback, 96 Seiten, € 6,-
Bände 1-12

Ren Dhark Sternendschungel Galaxis
Paperback, 96 Seiten, € 6,50
Zuletzt erschienen:
Band 39 »Jahrtausendschiff«
Band 40 »Die Erleuchteten«
Band 41 »Einschlag!«
Band 42 »Galaktische Notare«
Band 43 »Höllenfeuer«
Band 44 »Das Volk der Erwachten«
Band 45 »Die Macht d. Symbionten«
Band 46 »Ein verlorener Haufen«
Band 47 »Die Flotte der Verlorenen«
Band 48 »Die Schlacht über Odour«

Der Mysterious
Paperback, 96 Seiten, € 6,-
Bände 1-6

Ren Dhark-Raumschiffsmodelle
Bemalte 12 cm-Modelle mit Standfuß
und numeriertem Zertifikat, € 9,90
Modell 1 POINT OF (900 Ex.)
Modell 2 EUROPA (300 Ex.)

Die Straße zu den Sternen (TCG)
TradingCardGame, 68 Karten, € 9,80

Ren Dhark Bitwar-Zyklus
Buchausgabe, 352 Seiten, € 16,90
Lieferbar: Bände 1-12

Ren Dhark – Weg ins Weltall
Das aktuelle Abenteuer
Buchausgabe, 352 Seiten, € 16,90
Zuletzt erschienen:
Band 8 »Das Geheime Imperium«
Band 9 »Crekker!«
Band 10 »Quantenfalle«
Band 11 »Der lebende Mond«
Band 12 »Rettung für Sol?«
Band 13 »Schlacht um Terra«
Band 14 »Sünde der Salter«
Band 15 »Volk in Zwietracht«
Band 16 »Der fünfte Wächter«
Band 17 »Im Netz des Diktators«
Band 18 »Sklavenhölle«
Band 19 »Weltenverschlinger«
Bann 20 »Agenten gegen Cromar«
Band 21 »Imperator«
Band 22 »Unlösbares Rätsel«
Band 23 »Die Macht der Quanten«
Band 24 »Geheimnis des Weltenrings«
Band 25 »Gisol der Verzweifelte«
Band 26 »Notruf von Orn«
Band 27 »Die Schranke im Nichts«

Ren Dhark-Sonderbände
Neugeschriebene Einzelbände
Hardcover, 192 Seiten, € 10,50
Lieferbar: Bände 2-29

Unitall-Reihe
Neue, abgeschlossene Einzelromane
Hardcover, 192 Seiten, € 10,50
Zuletzt erschienen:
Band 6 »Wurmlochfalle«
Band 7 »Geheimprogramm ZZ9«
Band 8 »Im Herzen des Feindes«
Band 9 »Der goldene Prophet«
Band 10 »An der Schwelle zum Krieg«
Band 11 »Kalamiten«
Band 12 »Der Deserteur«
Band 13 »Peilung ins Nirgendwo«
Band 14 »Der Einsatz des Vernichters«

Ren Dhark-Hörbücher
Laufzeit je Box ca. 7 Stunden
Box 1-5, Einzelpreis je € 9,-
Paketpreis Box 1-5 € 39,90

Die Schranke im Nichts

von

UWE HELMUT GRAVE
(Kapitel 1 bis 5)

NINA MORAWIETZ
(Kapitel 6 bis 11)

ACHIM MEHNERT
(Kapitel 12 bis 17)

JAN GARDEMANN
(Kapitel 18 bis 21)

und

HAJO F. BREUER
(Exposé)

1. Auflage

Unitall Verlag GmbH
8268 Salenstein
Schweiz

Vertrieb:
HJB Verlag & Shop KG
Schützenstr. 24
78315 Radolfzell
Bestellungen und Abonnements:
Tel.: 0 77 32 – 94 55 30
Fax: 0 77 32 – 94 55 315
www.ren-dhark.de

Herausgeber: Hajo F. Breuer
Titelbild: Ralph Voltz
Printed in EU

ISBN 978-3-905937-15-2

Vorwort

Vor einer Woche fand in Hechingen das mittlerweile dritte Treffen der Mitglieder des Ren-Dhark-Forums statt. Bei mittelalterlichen Köstlichkeiten diskutierten wir bis in die frühen Morgenstunden die Fragen einer gar nicht mehr so weit entfernten Zukunft. Diese Forumstreffen sind ein reicher Quell der Inspiration für mich – dort wurde schon mehr als eine Entwicklung angestoßen, die nachher ihren Niederschlag in den Büchern fand. Mehr werde ich hier natürlich nicht verraten, denn eines der Erfolgsrezepte von REN DHARK sind die immer wiederkehrenden überraschenden Wendungen in den Romanen.

Wer mehr über das Treffen erfahren will, möge dem Link zum Forum auf unserer Homepage (www.Ren-Dhark.de) folgen.

Wie der geneigte Freund unserer Serie weiß, wurde REN DHARK ursprünglich als Heftroman veröffentlicht – also in einem Format, das nach dem Krieg in Deutschland entwickelt wurde und so ziemlich einmalig in der Welt ist. Zwar erscheint die Serie mittlerweile schon sehr viel länger in Buchform, doch mit vier Autoren pro Band, die jeweils ein Manuskript im Umfang eines Heftromans abliefern, haben wir uns nie allzu weit vom ursprünglichen Format entfernt – was sicher auch ein Teil des Erfolgsrezepts von REN DHARK ist.

Für jeden dieser Teilromane schreibe ich ein einzelnes Exposé, und dabei fiel mir auf, daß die Exposés für diesen Band die Nummern 249 bis 252 tragen. Der von Nina Morawietz verfaßte Teilroman in diesem Buch ist somit der 250. der Neufortschreibung von REN DHARK!

Und hätten wir die Serie statt im Hardcover wie früher im Heftformat fortgesetzt, wäre der von Jan Gardemann geschriebene Abschluß dieses Buches Heft Nr. 350! Hätte Dhark-Erfinder Kurt Brand das noch erleben dürfen, er hätte zur Feier des Tages sicher eine ganz besondere Flasche Wein geöffnet.

Wir aber wollen nicht feiern, sondern weiter mit Freude und Fleiß arbeiten an dieser spannenden SF-Serie, so daß wir uns schon bald über den 500. Roman freuen können! Um die Wartezeit bis dahin zu verkürzen, empfehle ich Ihnen erst einmal die Lektüre des vorliegenden Buches. Machen Sie sich gemeinsam mit den Autoren auf den Weg ins Weltall und folgen sie Ren Dhark an *Die Schranke im Nichts*…

Giesenkirchen, im Oktober 2010
Hajo F. Breuer

Prolog

Ende des Jahres 2065 steht die Menschheit am Scheideweg: Auf der nach dem Krieg gegen die Roboter des »Volkes« zu einem Eisklumpen gewordenen Erde leben nur noch 20 Millionen Menschen. Relativ gut aushalten läßt es sich nur in der Hauptstadt Alamo Gordo, deren neuartiger Schutzschirm ihr nicht nur Sicherheit gibt, sondern auch für angenehm hohe Temperaturen sorgt.

Die restlichen 36 Milliarden Menschen wurden nach Babylon umgesiedelt und richten sich dort unter der Regierung Henner Trawisheims neu ein. So wäre auf der Erde eigentlich viel Platz – hätten nicht die Riiin oder Eisläufer ihren Lebensmittelpunkt nach Terra verlegt. Dieses Volk kann nur bei extrem niedrigen Temperaturen überleben – und ist so naturgemäß gegen jeden Versuch, der irdischen Sonne zu ihrer alten Kraft und dem Eisplaneten Terra zu neuer Wärme zu verhelfen.

Genau diesen Versuch aber hat Ren Dhark mit seiner Expedition in die Nachbargalaxis Andromeda unternommen. Denn es gibt nur einen Weg, um die Sonne wieder stark zu machen: Die Synties, tropfenförmige Energiewesen, die im freien All leben und seit vielen Jahren gute Freunde der Terraner sind, könnten interstellares Wasserstoffgas einfangen und in die Sonne stürzen lassen – so lange, bis sie ihre alte Masse und damit ihre alte Kraft zurückgewonnen hat.

Doch die Synties sind von den gefühllosen, eiskalten Echsenwesen des Glandarenvolks entführt und als Energiequelle mißbraucht worden. Zwar gelingt es Dhark, die Synties zu befreien, aber gewaltige Ringraumer des Geheimen Imperiums, einer noch skrupelloseren Macht, die schon vor mehr als tausend Jahren Krieg gegen die Worgun in Andromeda führte, löschen das

Volk der Glandaren gnadenlos aus. Beim Versuch, wenigstens einige von ihnen zu retten, gerät die POINT OF in die sogenannte »Horizontverschiebung«, ein quantenphysikalisches Phänomen, das zahlreiche Welten bedroht. Als es endlich gelingt, die Horizontverschiebung zu vernichten, macht sich Ren Dhark auf den langen Heimweg in die Milchstraße.

Dort hat der Wächter Simon drei Menschen für das neue Wächterprogramm rekrutiert: Svante Steinsvig, Arlo Guthrie und – Doris Doorn! Die INSTANZ von ARKAN-12 schickt sie nach erfolgter Umwandlung in die Milchstraße. Ihre Aufgabe: Reparatur der defekten Station ERRON-2 und Überwindung der Schranke um Orn, die Heimatgalaxis der Mysterious oder Worgun…

Genau in dieser Sterneninsel machen der ehemalige Rebell Gisol und seine Kampfgefährtin Juanita auf Epoy, dem Ursprungsplaneten der Worgun, eine erschreckende Entdeckung: Eine geheimnisvolle Macht jagt alle Mutanten und versucht, das Volk der Hohen zu einer Gemeinschaft der Dummen hinabzuzüchten. Ihr Bericht bewegt Margun und Sola dazu, einen Notruf abzustrahlen…

Zur gleichen Zeit muß Ren Dhark erkennen, daß sich vieles verändert hat in seiner Heimat: Terence Wallis macht ihm und wenigen Auserwählten das Angebot der relativen Unsterblichkeit! Und auf Babylon hat Henner Trawisheim eine Diktatur errichtet. Er läßt Ren Dhark und seine Getreuen verhaften. Als ihnen die Flucht zurück in die POINT OF gelingt, bleibt auch Dan Riker und seiner gesamten Flotte nur noch die Desertion. Von Trawisheim zu Vogelfreien erklärt, will sich das kleine Rebellenhäufchen auf Echri Ezbals neuer Forschungswelt Wischnu treffen. Doch einmal mehr verpaßt Dhark den Termin, denn er empfängt den Notruf von Orn…

1.

»Halb so schlimm? Sie hat aus den Ohren geblutet!«

»Das war nur eine auf persönlicher körperlicher Empfindlichkeit basierende Reaktion, die man nicht überbewerten sollte. Im übrigen ist der Anfall bereits vorüber, sie wird gleich wieder aufwachen.«

ARKAN-54… 178 Kilometer Kantenlänge…

»Ich verstehe ja, daß ihr euch um das Mädchen sorgt, aber auch meine Gehörgänge haben gelitten. Darin hämmert es wie in einem Bergwerk. Was nutzt mir die perfekteste Sprachausgabe, wenn ich über kurz oder lang taub bin?«

»Stell dich nicht so an, Segal, und genieße lieber die Stille. Wer weiß, wie lange sie anhält.«

»Keine Sorge, beim nächsten Mal warnen wir euch rechtzeitig vor.«

… ist in der Lage, 50 000 Ringraumer zu transportieren.

»Beim nächsten Mal? Heißt das, der infernalische Lärm beginnt noch einmal von vorn?«

»Keine Sorge, fürs erste ist Schluß damit. Wir haben mit dem vorhin generierten Impuls fünf seit Jahrtausenden präparierte Signalsterne aktiviert, um den Notruf an die Terraner auszusenden. Weitere Sterne werden wir vorerst nicht opfern, jedenfalls nicht bevor wir eine angemessene Zeitspanne gewartet haben, denn uns steht nur ein begrenzter Bestand zur Verfügung.«

6000 Wuchtkanonen vom Kaliber 15 Zentimeter, mit einer Reichweite von 1,2 Millionen Kilometern.

»Seht nur, sie kommt allmählich zu sich.«

»Hoffentlich behält sie keine bleibenden Schäden zurück.«

»Und was ist mit mir? Um meine Gesundheit sorgt sich offenbar keiner.«

»Flinkrenner sind bekanntlich hart im Nehmen, du Hypochonder.«

»Hipp… was?«

»Ach, das ist nur so ein Ausdruck, den ich damals bei den Terranern aufgeschnappt habe.«

Juanita Gonzales schlug ihre Augen auf und blickte in die Gesichter von Margun, Sola, Gisol und Segal, die sich über die am Boden Liegende beugten.

»Verflixt!« kam es leise über ihre Latinalippen. »Ich bin gestorben und in der Hölle gelandet.«

Das harte Leben als Straßenkind in Rio hatte sie geprägt, auch in Bezug auf ihre Scherze.

»Ihr geht es offenbar bestens«, meinte Gisol und richtete sich auf. »Sie ist so frech wie immer.«

Noch bis vor ein paar Jahren war der gestaltwandlerische Worgun, der in ihrer Gegenwart auf sein amöbenhaftes Aussehen verzichtete und seine menschliche Jim-Smith-Gestalt beibehielt, so etwas wie Juanitas Ziehvater gewesen. Um sie nicht in Gefahr zu bringen, hatte er sie auf dem Römerplaneten Terra Nostra bei einem guten Freund zurückgelassen. Als er später wieder nach dorthin zurückgekehrt war, hatte sich Juanita nicht nur zu einer heißblütigen achtzehnjährigen Schönheit entwikkelt, man hatte ihr auch eine gute Schulbildung und ein hartes Kampftraining zukommen lassen.

In puncto Sexualität hatte man ihr nichts beibringen müssen, das hatte die Natur von ganz allein geregelt. Um Gisol zu »zwingen«, sie auf seinen abenteuerlichen Reisen mitzunehmen, hatte sie den gefesselten Mann an Bord der EPOY II »vergewaltigt« – allerdings mit seiner Billigung, wobei er sich jederzeit von seinen Fesseln hätte befreien können.

Seither waren die beiden ein Liebespaar. Gisol ging davon aus, daß sich daran in den nächsten 120 Jahren nichts ändern würde – mehr Lebenszeit stand Juanita nicht zur Verfügung. Dann hatte er noch knapp 600 Jahre vor sich.

Worgunmutanten wie Segal wurden sehr viel älter, sie brachten es auf 10 000 Jahre, falls sie vorher nicht eines gewaltsamen Todes starben.

Aber war es wirklich so erstrebenswert, dermaßen alt zu werden oder sogar unsterblich zu sein?

Vielleicht bestraft die Schöpfung alle Ableger unserer Spezies aufgrund ihrer Vermessenheit absichtlich mit nahezu ewigem Leben, um uns so lange wie möglich die Geheimnisse der nächsthöheren Daseinsebene vorzuenthalten, überlegte Gisol.

Segal war weit davon entfernt, ein Mensch zu sein, dennoch kopierte er unwissentlich eine menschliche Verhaltensweise, als er Juanita seine gespreizte Hand vors Gesicht hielt und sie fragte: »Wie viele Finger siehst du?«

»Sechs«, antwortete sie, während sie langsam wieder auf die Beine kam.

Auf Terra hätte man sie daraufhin sofort ins Bett gelegt und ihr eine Arznei verabreicht, bis sich ihr trüber Blick wieder geklärt hätte. In diesem Fall war mit ihr jedoch alles in Ordnung, denn Segal hatte in der Tat sechs Finger. Künstliche Finger, die nach seinen eigenen Plänen geformt worden waren.

Gisol und Juanita hatten den Worgunmutanten orientierungslos auf Epoy aufgegriffen und mit an Bord der EPOY II genommen. Bevor sie es hatten verhindern können, hatte er sich in einen Flinkrenner verwandelt – in ein Wesen, das von der Körperform her einer terranischen Giraffe nicht ganz unähnlich war. Segal war jedoch wesentlich kleiner, denn auch in seiner neuen Gestalt brachte er lediglich 75 Kilo auf die Waage, mehr war an Körpermasse nicht vorhanden.

Weil er nun bis ans Ende seiner Tage – er war erst rund 200 Jahre alt – in diesem Tierkörper feststeckte, hatte er sich von Robotern ein selbstkonstruiertes Sprachmodul einpflanzen lassen. Außerdem verfügte er jetzt um den Halsansatz herum über vier künstliche, überaus bewegliche Arme, zwei vorn und zwei hinten; letztere konnte er bei Nichtgebrauch auf seinem Rücken verschränken, falls sie ihm im Wege waren. Jeder Arm mündete in eine sensible Handklaue mit jeweils sechs Fingern, von denen zwei Daumen waren.

Entwickelt hatte er das komplizierte Sprach-, Greif- und Bewegungssystem selbst, denn er hatte enorme technische Kenntnisse und war von Kindheit an Bastler aus Leidenschaft.

»Während ich langsam wieder zu mir kam, hörte ich euch sprechen«, berichtete Juanita. »Eure Stimmen klangen, als kämen sie aus weiter Ferne. Dazwischen blitzten immer wieder Erinnerungsfetzen auf: die Erklärungen der Senatoren zu dieser Station – zu ARKAN-54.«

Die 370 Lichtjahre durchmessende Materiewolke Gardas lag mit ihrem Planeten Terra Nostra in einem Randbereich der von den Worgun bewohnten Galaxis Orn. Weit von Terra Nostra entfernt, in einem entlegenen Bezirk, aber noch im Bereich der Wolke, hatten die Worgunwissenschaftler Margun und Sola die bislang größte Arkan-Station aller Zeiten errichtet.

Auf ihrem von Römernachfahren bewohnten Heimatplaneten wußte niemand, daß es sich bei den beiden nicht nur um Worgunmutanten, sondern sogar um die berühmten Erbauer der POINT OF handelte, und Juanita kannte sie ebenfalls nur als die Senatoren Socrates Laetus und Marcus Gurges Nauta. Auch Segal gegenüber verbargen sie ihre wahre Identität, lediglich Gisol wußte Bescheid; bei ihm waren Geheimnisse gut aufgehoben.

Die vier Zwei- und der Vierbeiner hielten sich in einer kolossalen Halle mit turmhohen, worguntypischen Gigantmaschinen auf. Laetus und Nauta, die die geheime Station als ihr ganz persönliches riesiges Experimentierfeld betrachteten – hier mußten sie auf niemanden Rücksicht nehmen und keine politische Einflußnahme befürchten –, standen vor einem verhältnismäßig kleinen Schaltpult, von dem aus sie ihren Sonnenkommunikator in Betrieb gesetzt hatten. Offenbar war die ganze Halle eine einzige mächtige Funkanlage. Wenn es einen Platz in Orn gab, von dem aus man einen Notruf nach Terra absetzen konnte, dann war es ARKAN-54; eben deshalb nannten die beiden ihre Großstation intern *die Stimme*.

Die Entfernung zwischen beiden Galaxien war nicht das einzige Problem bei der Ausstrahlung des monströsen Funksignals. Hinzu kam die *Schranke im Nichts,* die sich um ganz Orn gelegt hatte. Dabei handelte es sich um ein ebenso unsichtbares wie unerklärliches Phänomen, das bisher jeden Funkkontakt zwischen Orn und der Milchstraße verhinderte und zudem ein Durchfliegen des betroffenen Bereichs von beiden Seiten her unmöglich machte. Versuchte man es trotzdem, wurden die Hyperkalkulatoren auf den Schiffen auf unbekannte Weise von einem Virus befallen. Wer nicht spätestens nach 20 Prozent der Strecke schleunigst umkehrte, lief Gefahr, auf ewig in der *Schranke im Nichts* festzustecken und darin zu verrecken.

Die beiden falschen Römer hofften, durch den Einsatz ihres Sonnenkommunikators wenigstens das Funkhindernis überwinden zu können. Wenn es *die Stimme* nicht schaffte, bis zu den Terranern durchzudringen – wer denn sonst? Falls sie Pech hatten, verlor sich ihr Notsignal im All wie der Hilfeschrei eines einsamen Rufers in der Wüste.

Bei der Inbetriebnahme des Sonnenkommunikators hatte sich innerhalb der Halle ein infernalischer Lärm ausgebreitet. Daraufhin war Juanita bewußtlos geworden, und Gisol alias Jim Smith hatte begonnen, in seine Echtgestalt zu zerfließen. Kurzerhand hatte er seine Gehörgänge komplett verschlossen – eine Möglichkeit, die der Worgunmutant Segal nach seiner endgültigen Verwandlung in einen Flinkrenner nicht mehr hatte. Verzweifelt hatte Segal versucht, sich seine empfindlichen »Giraffenohren« mit den Kunsthänden zuzuhalten. Auch er war einer Ohnmacht nahe gewesen. Zum Glück war das »römische Spektakulum« irgendwann verebbt.

»Wieso hat euch der Krach eigentlich nichts ausgemacht?« fragte er die beiden Senatoren.

Er spürte, daß sie etwas zu verbergen hatten, ahnte aber nicht einmal annähernd, daß sie genau wie er Worgunmutanten waren, in ihrer letzten, endgültigen Gestalt. Ihr wahres Alter – sie hatten mittlerweile jeder circa 1250 Jahre Lebenserfahrung gesammelt – verschleierten sie ihren Mitrömern gegenüber durch verschiedene Tarnexistenzen. Auf Terra Nostra waren Laetus und Nauta schon viele Male »gestorben«.

»Wir sind Greise«, beantwortete Laetus/Sola Segals Frage, »und entsprechend hörgeschädigt.«

»Selbstverständlich besitzen wir ins Trommelfell eingepflanzte hypermoderne Mikrohörgeräte, damit wir ganz normal an Unterhaltungen teilnehmen können«, ergänzte Nauta/Margun. »Als der Lärm in der Halle immer mehr anschwoll, haben sich diese Geräte, die automatisch auf Lautstärkeschwankungen reagieren, auf ein Minimum herabgedreht, so daß wir nur noch ein leises Summen wahrnahmen.«

Mit dieser Erklärung gab sich Segal zufrieden. Skeptisch blieb er trotzdem.

»Habt ihr schon mal daran gedacht, Schalldämpfer in diesen Bereich der Arkan-Station einzubauen?« erkundigte er sich.

»Wir haben verschiedene Möglichkeiten der Schalldämpfung entwickelt«, erklärte Nauta, »allerdings nur am Hyperkalkulator. Entsprechende Simulationen führten stets zum gleichen Ergebnis: Der Effekt in der praktischen Ausführung ist nur minimal und den ganzen Aufwand nicht wert.«

»Soll ich es einmal versuchen?« fragte Segal. »Überlaßt mir eine voll ausgestattete Werkstatt und einige Roboter und gebt mir ein bis zwei Stunden Zeit.«

»Glaubst du wirklich, du wärst klüger als wir?« mokierte sich Laetus. »Findest du das nicht ein bißchen vermessen?«

»Das ist keine Frage der Intelligenz, sondern der Kreativität«, meinte der Flinkrenner. »Während ihr euch vermutlich mit der Entwicklung von Dämmvorrichtungen und sonstigen Abschirmungen befaßt habt, packe ich das Ganze von einer anderen Seite her an.«

»Gebt ihm ruhig, was er verlangt«, mischte sich Gisol ein. »Ich war anfangs auch skeptisch, als er seinen Körper mit Sprach- und Bewegungsapparaturen Marke Eigenbau ausstatten wollte. Das Ergebnis hat dann meine Erwartungen in jeder Hinsicht übertroffen.«

»Meinethalben«, entgegnete Nauta. »Was haben wir schon zu verlieren, außer etwas Wartezeit? Und davon haben wir momentan eine ganze Menge.«

Gisol gab Juanita einen unauffälligen Wink.

»Darf ich dir beim Werkeln zusehen?« fragte sie den Flinkrenner in kindlich-naivem Tonfall.

»Gern«, erhielt sie zur Antwort. »Du darfst mir sogar assistieren.«

In Wahrheit sollte sie Segal überwachen und ihm genauestens auf seine künstlichen Finger schauen, denn der ewig mißtrauische Gisol wollte ihn unter Kontrolle haben. Schon so mancher überdrehte Erfinder hatte die gefährlichsten Apparate konstruiert, daher hatte er lieber ein Auge auf Segal, bevor der womöglich auf den leichtsinnigen Gedanken kam, zu Experimentierzwecken auf eine lebensspendende Sonne zu schießen oder anderes verrücktes Zeugs veranstaltete.

»Wieso hat euch der Höllenlärm nichts ausgemacht?« erkundigte sich Gisol bei den Senatoren, nachdem Segal und Juanita weit genug entfernt waren. »Mich interessiert die Wahrheit, behaltet also eure erdachte Hörgerätestory für euch.«

»Das ist aber die Wahrheit«, machte Nauta ihm klar. »Wir beide haben uns so oft mit lärmender Hypertechnik beschäftigt, daß wir den schleichenden Verlust unseres Gehörs erst bemerkten, als es längst zu spät war – etwa vor 200 Jahren. Damals entwickelten wir die automatisch arbeitenden Hörgeräte, die wir seither mehrfach verbessert haben.«

»Weil damit das Problem gelöst war und weil wir eigentlich gar nicht vorhatten, jemals jemanden mit in diese Halle zu nehmen, haben wir die Schallschutzforschung nur halbherzig betrieben«, ergänzte Laetus. »Ich ahne übrigens, was das pfiffige Kerlchen mit dem langen Hals vorhat. Warten wir ab, ob er wirklich so genial ist, wie du sagst, Gisol.«

*

45 Minuten konnten eine verdammt lange Zeit sein, zum Beispiel wenn man die Schulbank drückte und das Läuten der elektronischen Glocke herbeisehnte. Für den Bau einer »Schallschluckanlage« war eine solche Zeitspanne natürlich viel zu kurz – es sei denn, man war ein passionierter Schnellbastler namens Segal und verfügte über vier künstliche Hände mit 24 hochsensiblen Fingern. Als er sich nach einer Dreiviertelstunde gemeinsam mit Juanita wieder in der Sonnenkommunikatorhalle einfand, hielt er einen Apparat in den Händen, der einem großen Kofferradio nicht unähnlich war.

»Wollt ihr uns mit Musik unterhalten?« fragte Gisol verwundert.

»Keine schlechte Idee«, entgegnete Juanita lachend. »Ich tanze gern. Aber dieser Apparat kann sehr viel mehr.«

»Musik ist dennoch genau das richtige Stichwort«, entgegnete der Mutant. »Das Prinzip meiner Erfindung...«

»Nennen wir das Teil doch Antischaller, ich denke, das trifft es am besten«, warf Laetus ein.

»Gern, obwohl mir eher Gegenschallerzeuger vorschwebte. Das Prinzip ist im Grunde genommen nichts Neues. Bei musikalischen Großveranstaltungen werden Antischallgeräte von jeher zur Geräuschunterdrückung eingesetzt, um von der Bühnentechnik ausgehende Vibrationen zu eliminieren. Man richtet spezielle Lautsprecher aus entgegengesetzter Richtung auf die Bühnenlautsprecher aus und erzeugt ein prozessorgesteuertes Gegenschallsignal, um die Schallbelastung in begrenzten Bereichen zu vermindern.«

»Was in der Unterhaltungsbranche funktioniert, klappt nicht zwangsläufig in einer Weltallstation«, merkte Nauta skeptisch an. »Schallenergie kann man nicht absorbieren, sondern nur umverteilen. Bei einer Musikveranstaltung werden mit dieser Art von Beschallungstechnik zwar die Ohren der Zuschauer weniger belastet, dafür aber steigt der Lärmpegel in den benachbarten Bereichen. Kein Wunder also, daß sich Anwohner von Freiluftkonzertgeländen ständig über den Lärm beschweren, obwohl ihre Häuser eigentlich weit davon entfernt sind.«

»Dieses Problem ist in unserem Fall nicht gegeben«, erwiderte Segal gutgelaunt. »Unser einziger Nachbar ist das All, ein stiller Typ, der sich nie beschwert.« Er wurde wieder ernst. »Selbstverständlich habe ich meinen Gegenschallerzeuger unter Berücksichtigung der gegebenen Verhältnisse modifiziert; er analysiert jede Schallwelle und erzeugt eine entsprechende Gegenamplitude, so daß sich die Wellen gegenseitig aufheben.«

»Und das erreichst du mit diesem nicht sonderlich umfangreichen Apparat?« fragte Gisol.

Segal wippte mit dem Kopf auf und ab – er hatte sich diese zustimmende Geste bei den Zweibeinern abgeschaut. »So ist es, und er benötigt lediglich eine kleine Dauerbatterie als Energiequelle.«

»Wie wäre es mit einem praktischen Test?« schlug Nauta vor.

»Ohne mich!« sagte Juanita erschrocken. »Wartet bitte, bis ich hinausgegangen bin.«

»Das ist wirklich nicht nötig, du kannst ruhig hierbleiben«, versicherte ihr Segal. »Ihr werdet keinen Mucks hören, versprochen.«

»Dein Wort in Gottes Ohren«, verwendete die Latina eine auf Terra gebräuchliche Redewendung, »aber bitte nicht in meine, die haben genug gelitten.«

Nauta und Laetus bereiteten ihren Kommunikator für einen Probelauf vor. Segal stellte den Gegenschallerzeuger auf den Boden und wartete ab. Als ihm einer der Senatoren ein Signal gab, schaltete er das Gerät ein.

Anfangs hörte man noch ein paar leise Geräusche des allmählich hochfahrenden Sonnenkommunikators – dann war es völlig still in diesem Bereich der Halle.

»...!« bemerkte Laetus anerkennend.

»...«, pflichtete ihm Nauta bei.

»...?« fragte Gisol ratlos.

Der Antischaller reagierte auf jede Schallwelle mit einer Gegenschallwelle und »verschluckte« auf diese Weise so ziemlich jeden Ton. Die Stimmen der anwesenden Personen wurden dermaßen aufs Flüstern und Wispern gedämmt, daß eine Unterhaltung nahezu unmöglich war. Nur Bibliothekarinnen wären damit klargekommen.

Mit seinen vier Händen hantierte Segal seelenruhig an seinem »Kofferradio« herum, bis er die passende Einstellung vorgenommen hatte.

»So, das war's dann wohl«, sagte er deutlich vernehmbar. »Ich mußte das Gerät lediglich auf die Amplitudenstärke einer normalen Unterhaltung justieren, für die jetzt keine Gegenwelle mehr erzeugt wird. Das ist so einfach wie mit den Lippen auf einer Motariko zu spielen.«

Juanita vermutete, daß damit eine Art Mundharmonika gemeint war, ein unscheinbares Musikinstrument, auf dem manche Menschen wahre Wunder vollbrachten, während andere – beispielsweise sie selbst – damit nur quäkende Töne erzeugen konnten. »Mach dir nichts daraus, nicht jeder kann Bob Dylan sein«, hatte vor langer Zeit in Rio eine Freundin zu ihr gesagt. Juanita kannte diesen Dylan nicht, aber sollte er ihr jemals über den Weg laufen, würde sie ihn nach dem Geheimnis seines Erfolges fragen.

Jenes Geheimnis wollten auch Laetus und Nauta in Erfahrung bringen, allerdings interessierten sie sich nicht fürs Mundharmonikaspielen, sondern für Segals Erfindung.

»Und du brauchst dafür wirklich nur eine einzige kleine Batterie? Kaum zu glauben.«

»Eigentlich ist das völlig unmöglich. Mit welchen Tricks arbeitest du?«

»Mit Logik«, erwiderte Segal. »Die Batterie wird lediglich für die Grundbereitschaft des Gegenschallerzeugers benötigt. Hauptsächlich nutzt das Gerät die Energie der Schallwellen, die es bekämpft, für den eigenen Betrieb.«

»Du bekämpfst also Feuer mit Feuer«, brachte es Gisol auf den Punkt. »Und weil du gerade kein Streichholz zur Hand hast, besorgst du dir die Flamme zum Entzünden des Gegenfeuers direkt an der Brandstelle.«

»Besser könnte man es nicht ausdrücken«, bestätigte Segal.

Die beiden Senatoren schauten sich verblüfft an.

»Das ist... genial!«

»Allerdings. Wir sollten ihm einen Platz an unserer Hochschule anbieten.«

Segal hob abwehrend alle vier Hände. »Alles, bloß das nicht! Meine Schulzeit war die übelste meines Lebens, das schreit wahrlich nicht nach Wiederholung. Ich möchte lieber mit Gisol und Juanita durchs Weltall düsen und Abenteuer erleben.«

»Allmählich wird's eng auf der EPOY II«, knurrte Gisol. »Die ursprüngliche Besatzung hat sich inzwischen verdreifacht.«

»Danke für die Einladung zum Mitfliegen, ich nehme sie gern an«, entgegnete Segal augenzwinkernd und wandte sich den Senatoren zu. »Sagt mal, weshalb benötigen zwei kluge Köpfe wie ihr eigentlich die Hilfe eines fremden Volkes? Soweit ich informiert bin, seid ihr Römer alle selbst Terraner. Was können die Terraner aus der fremden Galaxis, das ihr nicht könnt?«

»Nichts, wir sind den meisten von ihnen von der Intelligenz her sogar weit überlegen«, antwortete Laetus unbescheiden. »Aber auf Terra existiert ein winziger Prozentsatz von Menschen mit speziellen Begabungen – sie bezeichnen das selbst als Paragabe. Solche Mutanten haben sich auf Terra Nostra nie entwickelt, vermutlich deshalb nicht, weil es in unserer Atmosphäre niemals Atombombentests gab.«

Juanita, die Segal von den Menschen erzählt hatte, konnte kaum glauben, was sie da hörte. »Bei diesen Tests wurden auf der Erde ganze Landstriche verstrahlt. Selbst unterirdische Zündungen von Atombomben blieben nicht ohne Folgen für den Planeten. Wie kann man einer derart schrecklichen Umweltverseuchung etwas Positives abgewinnen? Erholungsurlaub auf dem Bikini- oder Mururoa-Atoll – seltsame Verwandlungen inbegriffen?«

Sie ist eine hübsche Kleine mit einer großen Klappe, dachte Laetus schmunzelnd.

Am meisten machte es Juanita zu schaffen, daß auch sie ihre Fähigkeiten möglicherweise einem umweltverseuchenden Atomtest zu verdanken hatte. Dieser Gedanke behagte ihr überhaupt nicht – die (ebenfalls unbewiesene) Version mit der galaktischen Hintergrundstrahlung gefiel ihr weitaus besser.

Nauta zuckte nur mit den Schultern. »Es ist, wie es ist. Beim Abwurf einer Atombombe sterben die meisten Opfer qualvoll oder leiden ihr ganzes Leben unter Langzeitschäden. Doch irgendwo in einem entfernten Winkel verändert sich plötzlich ein Mensch auf eigenartige Weise. Und so einer fliegt auf der POINT OF mit, ein Hypno. Wie auch immer dieser Mann seine Kräfte erlangt hat – wir brauchen den afrikanischen Arzt Manu Tschobe.«

*

Margun und Sola nannten die von ihnen erschaffene Weltraumstation intern *die Stimme*. Doch ARKAN-54 konnte mehr als nur gigantische Funksignale aussenden. Innerhalb der Station gab es eine weitere Großanlage, die, vereinfacht ausgedrückt, ein riesiger, unfaßbar leistungsfähiger Verstärker war. Von dort aus wollten die Erbauer keine Stimmen erzeugen – sondern Stimmung.

Das Denken und Handeln innerhalb eines Volkes war stark von der jeweiligen Stimmungslage abhängig. Bei den Worgun war derzeit die Rachsucht das bestimmende Gefühlselement. Für Margun und Sola war das nicht hinnehmbar.

»Wenn wir es schaffen, den Schrei nach Rache zum Verstummen zu bringen, kommt vielleicht wieder die Vernunft zum Vorschein«, erklärte Socrates Laetus den anwesenden Gisol, Juanita und Segal, während alle fünf in der vollautomatischen Kantine einen kleinen Imbiß einnahmen. »Es muß uns gelingen, unser Volk von dem Vorhaben abzubringen, die Zyzzkt komplett auszurotten.«

Segal erwies sich einmal mehr als aufmerksamer Zuhörer. »*Unser* Volk?«

»Stammen wir nicht alle von einer einzigen Schöpferin – der Natur – ab?« ergriff rasch Marcus Gurges Nauta das Wort. »Zwar sind viele religiöse Fanatiker anderer Ansicht, weil sich jede Glaubensgemeinde ihren eigenen Gott zurechtzimmert, doch unterm Strich gehören alle Lebewesen des Universums einem großen gemeinsamen Volk an.«

»Geht es auch eine Nummer kleiner?« erwiderte Segal. »Ich möchte jedenfalls kein Zyzzkt sein. Allerdings finde ich es genauso schrecklich wie ihr, daß die Insektoiden bis auf den letzten Mann aus dem Universum getilgt werden sollen.«

»Auf der Erde gibt es eine Redewendung, die eurer Lebensanschauung ziemlich nahe kommt«, sagte Juanita zu den beiden Senatoren. »Sie stammt von einem englischen Dichter namens Shakespeare: ›Wenn ihr uns stecht, bluten wir nicht? Wenn ihr uns kitzelt, lachen wir nicht? Wenn ihr uns vergiftet, sterben wir nicht?‹ Damit wollte der Dichter verdeutlichen, daß wir Menschen eine unverbrüchliche Einheit sind, ganz gleich, aus wie vielen ethnischen Gruppen wir uns zusammensetzen. Ein Mensch ist und bleibt ein Mensch.«

Nach einer kurzen Pause fügte sie einschränkend hinzu: »Schade nur, daß diese Sätze in Shakespeares Theaterstück ›Der

Kaufmann von Venedig‹ von einem schurkischen Geldverleiher verwendet werden, der gerichtlich erstreiten will, einem säumigen Schuldner ein Stück Fleisch aus dem Leib schneiden zu dürfen. Das mindert die Aussagekraft der Zitate erheblich.«

Sie hatte absichtlich nur drei der vier bedeutsamen Sätze des schurkischen Shylock zitiert, denn der vierte hätte ihre Argumentation ad absurdum geführt: *›Und wenn ihr uns beleidigt, sollten wir uns nicht rächen?‹*

»Für ein einstmals ungebildetes Straßenkind weißt du eine ganze Menge über terranische Literatur«, bemerkte Laetus anerkennend. »Darüber konnten wir dir auf Terra Nostra leider nur wenig beibringen.«

Er war froh, daß sein unbedachter Versprecher von dieser kleinen Grundsatzdiskussion überspielt wurde – Nauta sei Dank.

»Gegen Armut kann man oftmals nichts tun, ganz gleich, wie sehr man sich anstrengt«, erwiderte das Mädchen. »Doch das trifft nicht zwangsläufig auch auf die persönliche Weiterbildung zu. Ich habe mir selber Lesen, Schreiben und Rechnen beigebracht – und später in den Geschäften literarisch interessante Bücher geklaut. Immer nur eines, aus praktischen Gründen. Mit ›Krieg und Frieden‹ oder ›Vom Winde verweht‹ kommt man nicht schnell genug voran, wenn einem ein erboster Ladenbesitzer dicht auf den Fersen ist. Mit dünnen Novellenbändchen wie ›Bahnwärter Thiel‹ oder ›Michael Kohlhaas‹ ist man fixer. Auch Shakespeares Komödien gehörten gewissermaßen zu den *Rennern*.«

»Menschen bleiben Menschen, das hat dieser Stückeschreiber richtig erkannt«, äußerte sich Gisol zur Sache, »so wie Zyzzkt Zyzzkt bleiben und Worgun Worgun. Segal hat recht: Aus einem Worgun wird niemals ein Zyzzkt und umgekehrt. Jeder lebt nach seinem eigenen Gusto, das gilt für alle Spezies. Wir können uns gegenseitig achten, friedlich Handel miteinander betreiben, ja sogar Freunde werden – trotzdem bleibt jeder das, was er ist. Ich bin stolz darauf, ein Worgun zu sein. Und wäre ich ein Worgunmutant, wäre ich darauf genauso stolz, denn wir entstammen den gleichen Wurzeln. Die Zyzzkt hingegen nicht! Sie sind anders als wir.«

»Womit wir wieder beim Thema wären«, sagte Nauta. »Obwohl die Zyzzkt anders sind, steht es niemandem zu, sie alle zu ermorden, schon gar nicht jetzt, nach der totalen Niederlage der Insektoiden. Die meisten von denen sind inzwischen aufrichtig an einer friedlichen Koexistenz mit anderen Völkern interessiert. Dieser Friedensprozeß muß weitergeführt werden. Blindwütige, blutige Rache ist keine Lösung.«

»Eben deshalb planen wir, von unserer Großanlage aus ganz Orn mit einem telepathischen Feld zu bestreichen, das alle Worgun dazu bringt, sich wieder an die schon so lange bestehenden Moralgesetze ihres Volkes zu halten. Man kann den Worgun eine Menge vorwerfen, aber sie haben ihre moralischen Grundsätze nie überschritten. Bis die Zyzzkt kamen.«

»Die Worgun müssen wieder zu ihrer früheren Größe zurückfinden. Moral stand bei ihnen einst ganz hoch oben. Wenn sie erst einmal erkannt haben, daß es unmoralisch ist, geschlagene Feinde wie die Zyzzkt auszurotten, werden sie sich wieder wichtigeren Dingen zuwenden – und nicht länger mit den uns bislang unbekannten Kräften zusammenarbeiten, die das Volk gezielt zu verdummen versuchen.«

»Der beste Verstärker ist nutzlos ohne einen Impuls, den er verstärken kann«, sagte Segal.

»Eben darum brauchen wir Dharks Mutanten Tschobe«, erwiderte Laetus. »Mit ihm an unserer Seite können wir alles erreichen, was wir wollen.«

»Überschätzt ihr die Fähigkeiten dieses Afrikaners nicht maßlos?« warf Juanita ein.

Nauta schenkte ihr einen Blick von der Sorte: *Was weißt du denn schon, lebensunerfahrenes Ding?* Dermaßen zum Kind zurückgestuft, schwieg sie lieber – obwohl sie wußte, daß sie recht hatte, denn sie dachte und fühlte, im Gegensatz zu Nauta und Laetus, wie ein echter Mensch.

Und den Menschen hatte die Natur nun einmal Grenzen gesetzt; auch die Begabtesten unter ihnen waren keine Alleskönner.

»Was ist mit der Schranke um Orn?« brachte Gisol ein anderes Problem ins Spiel. »Die existiert auch für diesen Tschobe

– und natürlich für Ren Dhark. Selbst wenn Dhark euren Notruf erhält, kann er mit der POINT OF nicht zu uns gelangen, weil ihn die Schranke im Nichts im Wege steht. Ich bin überzeugt, er hat schon mehrfach versucht, sie zu überwinden – ohne Erfolg.«

»Ihm wird bestimmt etwas einfallen«, meinte Nauta, »denn er ist ebenfalls ein Parabegabter, also eine Art Mutant.«

Gisol verschlug es glatt die Sprache. »Ren Dhark – ein Mutant? Wie kommt ihr denn auf diese komische Idee?«

»Kein Mensch ist so einfallsreich wie Ren Dhark«, begründete Nauta seine Einschätzung. »Aus jeder schwierigen Situation findet er einen Ausweg. Ein normaler Mensch könnte das nicht.«

»Und warum ist er dann nicht längst hier?« fragte Segal. »Ihr vermutet, Dhark könnte versucht haben, die Schranke zu durchbrechen, ohne daß es ihm gelang, sie zu überwinden. Demnach hat er seine Bemühungen schon bald aufgegeben. Sonderlich hartnäckig oder kreativ ist er also nicht.«

»Dhark denkt halt praktisch und beschäftigt sich mit dem Wesentlichen«, sagte Laetus. »Bisher gab es für ihn keinen wirklichen Grund, die Schranke zu überwinden, daher hat er sie wohl akzeptiert. Unser Notruf – falls er ihn erreicht – macht ihm jedoch deutlich, daß er hier dringend gebraucht wird, weil wir in Gefahr sind. Das wird seine Mutantenkräfte ins Unermeßliche steigern und ihn zu Höchstleistungen anspornen.«

Nauta sah das genauso. »Wenn erst einmal Dharks Ehrgeiz angestachelt wurde, stoppen ihn keine Schranken oder sonstigen Hindernisse.«

Damit war das Tischgespräch fürs erste beendet. Der wißbegierige Segal wollte allerdings noch etwas wissen.

»Wie ist die Geschichte mit dem Geldverleiher ausgegangen?« erkundigte er sich bei Juanita. »Hat er vor Gericht seinen Willen durchsetzen können?«

»Der Richter stellte in seinem Urteil klar, daß die Abmachung gültig sei und der Schuldner sie daher einhalten müsse«, antwortete das Mädchen. »Allerdings wurde dem Gläubiger eine Bedingung auferlegt: Beim Herausschneiden des Fleischbrockens dürfe er keinen Tropfen Blut vergießen – denn das Blut des säumigen Zahlers sei kein Bestandteil der Vereinbarung. Shylock war somit machtlos.«

»Wasch mir die Hufe, aber mach' sie nicht naß«, kommentierte Segal, ohne zu ahnen, daß es auf Terra ein ähnliches Sprichwort gab. »So etwas muß einem erst einmal einfallen. Dieser Schäksbier ist offenbar ein heller Kopf.«

2.

Zwei Meter und sieben Zentimeter – ein Mann, der diese Größe erreicht hatte und sich des Familienspitznamens Goliath rühmen konnte, hatte normalerweise nichts zu fürchten. Es sei denn, es kam einer daher, der noch größer und stärker war, beispielsweise ein massiger goldener Koloß namens Kurtwoodharker, der Exmann von Goliaths Ehefrau Kathy.

Der im Tiefschlaf befindliche Kurtwood Harker, der inzwischen wieder seinen Echtnamen verwendete, erinnerte sich nicht mehr daran, daß er Dimitri Takowitsch alias Goliath in rasender Eifersucht getötet hatte.*

Der goldene Wächter lebte jetzt in seiner eigenen kleinen Welt, in der es Dimitri niemals gegeben hatte. Darin war er selbst kein Wächter mehr, hatte aber Wächterfreunde: den silbernen Simon, den schwarzen Svante und den anthrazitfarbenen Arlo sowie die rötliche Wächterin Doris. Sie hatten ihn und seine Familie mit der SADS auf Babylon besucht und verabschiedeten sich jetzt von ihm.

»Paß gut auf deine Frau und deine Kinder auf«, sagte Doris zu ihm. »Eine Familie, die in guten und in schlechten Zeiten zu einem hält, ist Gold wert.«

»Zum Glück habe ich noch nie schlechte Zeiten durchmachen müssen«, entgegnete Harker lächelnd. »Mein Leben ist ein einziger Glücksfall, und dafür bin ich Gott unendlich dankbar.«

»Erinnerst du dich an deine Vergangenheit?« erkundigte sich Arlo.

»Was für eine seltsame Frage«, meinte Harker. »Natürlich er-

---

* Siehe Weg ins Weltall Band 16: »Der fünfte Wächter«

innere ich mich an alles: an meine vielen Heldentaten als Angehöriger der Terranischen Flotte – die mir, nebenbei bemerkt, eine fette Pension eingebracht haben – und an meine bärenartigen Freunde vom Planeten… wie hieß er doch gleich? Egal, jedenfalls habe ich ihre Entwicklung gefördert. Seit ich nicht mehr bei ihnen bin, müssen sie ohne mich klarkommen, die Guten. Aber meine Familie geht nun einmal vor, hinter meiner Frau Kathy und meinen beiden Kindern müssen alle anderen leider zurückstecken.«

Zwei Kinder – in seinem fiktiven Leben existierten nur Dylan und Nell. In der Realität gab es noch ein drittes Kind, denn Kathy war von Dimitri schwanger gewesen, als Kurtwood ihn getötet hatte. Doch damit wollte ihn die INSTANZ von ARKAN-12 vorerst ebensowenig belasten wie mit der Tatsache, daß sich seine Familie in Wahrheit vor ihm fürchtete. Kurtwood Harker brauchte viel Zeit, um sich zu erholen, weshalb man ihm ein nahezu paradiesisches Heile-Welt-Idyll vorgaukelte, in dem wieder alles in schönster Ordnung war. Der Schläfer glaubte, in Luxus zu leben, den er sinnvoll und bescheiden genoß.

»Ich danke euch, daß ihr mir meinen Mann zurückgebracht habt«, sagte Kathy zu Harkers Freunden. »Ihm wieder zur Menschwerdung zu verhelfen war bestimmt nicht einfach, dafür werden wir euch ewig dankbar sein.«

Die Wächter machten sich auf den Weg zu ihrem Schiff und winkten der Familie noch ein letztes Mal zu. Dann stiegen sie ein und entschwanden gen All. Harker kehrte ins Haus zurück, ein glücklicher Mann mit einer glücklichen Familie.

Im realen Leben lag sein Menschenleib an Bord der Hyperraumstation ARKAN-12 in einer Nährflüssigkeit, und es würde noch über 90 Jahre dauern, bis Kurtwoodharker ihn wieder übernehmen konnte. So lange mußte er in seinem goldenen Wächterkörper verweilen – bewußtlos, damit er keinen weiteren Schaden anrichtete.

»Bevor ich ihn in neun Jahrzehnten wieder mit seinem menschlichen Körper vereinige, werde ich ihn schonend auf die Wirklichkeit vorbereiten – und ihn seine schönen Träume nach und nach vergessen lassen«, sagte die INSTANZ von ARKAN-

12, nachdem die vier Wächter aus Harkers Traumwelt, in die sie sich für kurze Zeit eingeklinkt hatten, zurückgekehrt waren. »Augenblicklich braucht er die Träume zur Pflege seiner wunden Seele. Es war absolut unverantwortlich, einen ungeeigneten Charakter wie ihn zum Wächter zu machen. Sowohl die Funktionen seines Wächterkörpers als auch die seines menschlichen Leibes sind zufriedenstellend, so daß wir den Rückwechsel in einigen Jahrzehnten ohne Schwierigkeiten vollziehen können.«

Die in der Station allgegenwärtige INSTANZ wechselte das Thema.

»Es ist höchste Zeit, daß wir uns wieder dem Problem der Unerreichbarkeit von Orn zuwenden. Meine Wahrscheinlichkeitsberechnungen tendieren eher zu einem Scheitern eurer geplanten Aktion mit dem Vernichter. Völlig aussichtslos ist der Versuch zwar nicht, er könnte euch aber die Existenz kosten. Seid ihr dennoch dazu bereit?«

»Was für eine Frage«, antwortete Svante. »Ich habe den Vernichter von den Pegasso bauen lassen und ihn mir gewissermaßen unterworfen, um erstens hierher nach ARKAN-12 zu gelangen, zweitens unbemerkt ERRON-2 zu erreichen und drittens die Schranke um Orn zu überwinden. Zwei der drei Aufgaben wurden bisher gelöst. Glaubst du, wir schmeißen ihn jetzt weg, ohne die dritte Aktion auszuführen, nur wegen ein paar negativer Tendenzen?«

»Ich wollte euch nur warnen. Die Zahlen lügen nicht.«

*

Der Vernichter war ein riesiger achtbeiniger Maschinenarachnoide mit einer schwarzen Steuerungskuppel auf seinem »Spinnenrücken«, unter der theoretisch zehn Wächter Platz gehabt hätten. Die monströse Kampfmaschine war mit einem Tachyonentriebwerk ausgestattet – und genau das gedachten Svante und seine drei Mitstreiter bei der Überwindung der unsichtbaren Schranke einzusetzen.

Durch ein Realitätstunnelfeld konnte man mit dem Vernichter in eine Pararealität vordringen. Die speziellen Maschinen verfügten über die Fähigkeit, Tachyonenströme um sich herum zu lenken und sie so zielgerecht an einem Punkt in Zeit und Raum zu bündeln, daß ein Zeitparadoxon entstand, wodurch sie zwar die Zeit an sich nicht manipulieren, sich aber selbst »außerhalb« der Zeit stellen konnten. Tachyonenblase nannten die Wächter dieses Phänomen. Zum Beobachten und Navigieren wurde ein Modulationstaster verwendet, eine Art Reizstrahl ähnlich dem, mit dem man aus der POINT OF heraus durchs Intervallfeld schaute, funkte und ortete.

Einige der Arachnoidenarme konnten als schwere Geschütze eingesetzt werden, doch an dieser Funktion hatten die Wächter kein Interesse. Ihnen kam es in erster Linie auf die ungewöhnliche, zeitlose Fortbewegungsart des Vernichters an, mit der sie die Barriere im Nichts zu bezwingen hofften.

Als Startplatz wählten sie einen leeren mittelgroßen Hangar in ARKAN-12. Sie stiegen unter die schwarze Kuppel, verschlossen sie hinter sich und aktivierten sämtliche Vernichterfunktionen.

Kaum waren die Koordinaten eingespeist, verschwand der Vernichter ebenso ansatz- wie spurlos.

*

Ein paar Augenblicke geschah absolut nichts – dann tauchte der Achtbeiner plötzlich und unerwartet wieder im Hangar der Weltraumstation auf. Als zerbeultes Wrack.

Hart schlug der teilzerstörte Vernichter gegen die ihn umgebenden Wände, wie ein Ball, den jemand geworfen hatte und der immer wieder aufs neue abprallte. Jeder Aufschlag verursachte weitere Schäden. Schließlich krachte die übel zugerichtete Maschine auf den Boden.

Mit vereinten Kräften sprengten die Wächter die Kuppel vom Maschinenkörper und zwängten sich durch einen engen Durchlaß ins Freie.

Keine Sekunde zu früh, denn im Inneren des qualmenden Arachnoiden entwickelte sich eine enorm starke Hitze, die das Gehäuse zum Schmelzen brachte.

Zum Schluß blieb vom Vernichter nur noch ein total verschmorter großer Metallklumpen übrig.

»Unglaublich, ich werde mich bei der Reiseleitung beschweren«, versuchte Arlo, die Situation mit einem Scherz aufzulokkern. Niemand lachte.

*

Die Fortbewegung durch ein Realitätstunnelfeld eignete sich nur für Maschinen, auch für solche mit biologischen Komponenten, nicht aber für biologische Lebewesen. In ihrer früheren Menschengestalt wären für die vier »Zeitreisenden« erlebte Jahrtausende vergangen, als Wächter fehlten ihnen lediglich ein paar Minuten – entscheidende Minuten, an die sie sich nur noch unzureichend erinnerten beziehungsweise zu erinnern glaubten.

Da sämtliche Aufzeichnungsgeräte ihren Dienst versagten, mußten sie das Geschehen aus ihrem lückenhaften Gedächtnis heraus rekonstruieren. Sie stellten fest, daß ihnen wichtige Einzelheiten abhanden gekommen waren – vor allem das direkte Zusammentreffen mit der unsichtbaren Schranke.

»Sind wir überhaupt dort gewesen?« fragte Simon in einem kleinen, ungemütlichen Konferenzraum in die Runde. »Ich weiß noch, daß das Fluggerät unmittelbar nach der Koordinateneingabe plötzlich zu rütteln anfing, so als ob es irgendwo festklebte und sich loszureißen versuchte.«

Daran konnte sich keiner der drei anderen erinnern.

»Ich hatte eher das Gefühl, mich bereits mitten in Orn zu befinden«, sagte Doris. »Doch offenbar waren wir dort nicht willkommen, weshalb man uns ohne Wenn und Aber gleich wieder rausgeschmissen hat.«

Svante bezweifelte das. »Ich schätze, wir haben Orn nie erreicht. Beim Versuch, das Hindernis auf dem Umweg über die Tachyonenblase zu überwinden, wurden wir ohne viel Federlesens an den Ausgangsort zurückkatapultiert. Welche Kräfte dafür verantwortlich sind, daß unser Raum-Zeit-Fahrzeug jetzt nur noch ein Haufen Schrott ist, läßt sich ohne konkrete Daten nicht analysieren.«

»Und selbst wenn wir es herausfinden und Mittel finden, um uns dagegen zu schützen«, ergänzte Arlo, »würde uns das nichts nutzen. Es gibt kein nächstes Mal. Wir hatten nur diesen einen Vernichter.«

»Der möglicherweise eine Fehlfunktion aufwies«, meinte Simon. »Eventuell waren wir noch ganz in der Nähe der Station, als wir wieder zurückgerissen wurden.«

Das Wrack war inzwischen von Robotern in die Werkstatt transportiert worden, wo die Überreste gründlich untersucht wurden. Niemand glaubte wirklich daran, daß noch irgend etwas heilgeblieben war. Dadurch würde es wohl vorerst – vielleicht auch auf ewig – ein Geheimnis bleiben, ob der Vernichter eine Fehlfunktion gehabt hatte, ob er an der Schranke gescheitert war oder Orn tatsächlich erreicht hatte und blitzschnell wieder hinausgeworfen worden war.

Fest stand nur eins: Die Wächter waren zurück in ARKAN-12 – schneller als sie geglaubt hatten.

»Es bringt nichts, sich weiter über die erfolglose Aktion den Kopf zu zerbrechen, wir sollten lieber nach einem anderen Weg suchen«, überlegte Svante. »Beispielsweise könnten wir eine wie auch immer geartete modifizierte Version des absoluten Schritts ausprobieren.«

Er kratzte sich am Kinn, nicht weil es juckte, sondern weil man menschliche Angewohnheiten nicht einfach so ablegen konnte.

»Zugegeben, über Einzelheiten habe ich mir noch keine Gedanken gemacht«, räumte er ein. »Wahrscheinlich ist das Ganze gar nicht machbar, es war nur so eine Idee.«

Als »absoluten Schritt« bezeichneten die Wächter einen Transitionssprung aus dem Stand heraus, den sie nur dann durchführten, wenn ihnen keine sonstige Fluchtmöglichkeit mehr blieb. Dieses Verfahren kostete jedoch immens viel Energie und machte eine längere Ruhepause nötig – eine nicht zu unterschätzende Beeinträchtigung, falls man direkt nach der Transition gleich wieder in Gefahr geriet. Svantes Ansatz wurde von den anderen daher sofort im Keim erstickt.

Weitere Möglichkeiten wurden diskutiert.

Auch die INSTANZ beteiligte sich an dem Gespräch, ohne daß ihre Anwesenheit vor Ort notwendig gewesen wäre. »Ein *Schritt* nach Orn wäre theoretisch denkbar. Mir schwebt die Entwicklung eines speziellen Arkan-Senders vor, doch dieser Gedanke ist bisher genauso unausgegoren wie der Vorschlag von Wächter Svante. Für welche Variante wir uns auch entscheiden, es bedarf in jedem Fall akribischer Vorbereitungen, für die exakte Meßergebnisse benötigt werden. Bisher liegen uns nur unklare Resultate vor. Eine nachlässige Planung könnte zu einem katastrophalen Unfall führen – mit weitaus schlimmerem Ausgang als euer kurzer Ausflug mit dem Vernichter.«

»Unsere stabilen Wächterkörper schützen uns vor gefährlichen Bedrohungen«, erwiderte Arlo.

»Eure aus einer Tofiritlegierung bestehenden Körperhüllen sind zwar unheimlich widerstandsfähig, aber nicht absolut unzerstörbar«, widersprach ihm die INSTANZ. »Wir haben es mit unbekannten Kräften zu tun, die es immerhin geschafft haben, den Vernichter komplett zu zerstören – und dessen Außenhülle bestand nicht aus Aluminiumblech. Ohne akkurate Meßergebnisse, die wir für erweiterte Berechnungen benötigen, sind wir machtlos.«

»Wir werden genauere Messungen vornehmen«, versicherte ihm Svante. »Direkt vor Ort.«

»Vor Ort?« wiederholte die INSTANZ. »Euer Vernichter ist unwiederbringlich zerstört.«

»Ja und?« entgegnete Svante. »Dann fliegen wir halt auf herkömmliche zeitraubende Weise dorthin, indem wir mehrere Ringraumer aneinanderkoppeln. Dadurch dauert der Flug zwar rund zwei Wochen pro Strecke, doch das nehmen wir in Kauf.«

*

Im Zentrum einer großen Halle an Bord von ERRON-2 wölbte sich eine 120 Meter durchmessende, zehn Meter hohe Kuppel aus dem Boden. Genaugenommen war es gar keine Kuppel, vielmehr handelte es sich um zwölf offene Bögen aus einer Schwermetall-/Kunststofflegierung. Verbunden waren die Bögen am Zenit und am Boden mit einem Netz aus dünnen Röhren und feinsten Leitungen.

Eine halbkreisförmige Instrumentenkonsole umgab die Kuppel zur Hälfte. Spezielle Einstellungen oder Reparaturen konnten von einer unter den Bögen liegenden Mulde ausgeführt werden, in die man über ein paar Stufen gelangte.

Die Bögen glühten, ein sicheres Zeichen dafür, daß das Arkan-Portal aktiv war. Für die Zeitspanne von einem Nu – jeder Mensch, der schon einmal Kreuzworträtsel ausgefüllt hatte, kannte diese zweibuchstabige Bezeichnung eines winzigen Augenblicks – leuchteten die Bögen grell auf. Sekunden später erschienen die vier Wächter unter der Kuppel.

Die defekte Verbindung zwischen ARKAN-12 und ERRON-2 war mittlerweile wiederhergestellt worden und funktionierte so perfekt wie früher.

Auch andere profitierten von der Wiedererreichbarkeit der Erron-Station: Gerade lieferte ein Ikosaederraumer der E-Klasse massenhaft Tofirit von Wallis Industries.

E stand nicht etwa für Eden, was nahegelegen hätte, da man diese geräumigen Schiffe dort einst produziert hatte, sondern für Evakuierungsschiff.

Mit diesen »Pötten« war der größte Teil der Menschheit von Terra nach Babylon verbracht worden. Seither wurden sie anderen praktischen Zwecken zugeführt.

Der Hauptanteil des gelieferten Tofirits wurde über die reparierte Verbindung umgehend nach ARKAN-12 weitergeleitet, so daß beide Stationen dank Terence Wallis, dem Staatsoberhaupt von Eden, nun wieder energetisch aus dem Vollen schöpfen konnten.

»Kommt, wir stehen den Robotern nur unnütz im Weg herum«, forderte Svante seine Wächtermitstreiter zum Verlassen der Versandhalle auf. »Laßt uns die SADS und neun unserer eigenen Einhundertachtzigmeter-Ringraumer mit Tofirit betanken und mit genügend To-Vorräten für die weite Reise ausrüsten – und dann geht es los. Orn, wir kommen!«

»Das glaubten wir schon einmal, ohne daß wir eine nennenswerte Entfernung zurückgelegt haben«, erwiderte Simon.

Arlo winkte ab. »Hör endlich auf, uns mit deiner hanebüchenen Kobold-Theorie zu nerven. Wären wir nach der Eingabe der Koordinaten in der Nähe der Station verblieben, hätte uns die INSTANZ geortet.«

»Kobold-Theorie?« wunderte sich Doris.

»Arlo bezieht sich wahrscheinlich auf diese Uraltfernsehserie, die vor ein paar Jahren als tricktechnisch verbesserte Neuauflage auf mehreren Holokanälen ausgestrahlt wurde«, vermutete Svante. »Simon hatte nach unserem Start das Gefühl gehabt, wir würden irgendwo ›festkleben‹ – wie jener kleine Serienkobold am Farbtopf des Schusters.«

»Das war kein Schuster, sondern ein Schreiner«, erinnerte sich die Wächterin und lachte. »Soweit ich informiert bin, ist der freche rothaarige Bursche sogar auf die Kinoleinwand projiziert worden, zur Freude von Tausenden von Kindern – und junggebliebenen Erwachsenen.«

»Macht ihr euch etwa über mich lustig?« entrüstete sich Simon, der nur selten aufbegehrte.

»Das würde uns nicht im Traum einfallen«, entgegnete Arlo. »Wir wissen doch, was wir an dir haben. Aber deine Theorie...«

»... ist genauso möglich oder unmöglich wie unsere eigenen Theorien«, warf Svante ein. »Vielleicht erfahren wir ja eines Tages, wo wir gewesen sind und wer den Vernichter dermaßen zugerichtet hat.«

»Wer? Das klingt, als würdest du eine Person oder irgendein Etwas dafür verantwortlich machen«, meinte Doris. »Einigen wir uns doch vorerst darauf, daß wir beinahe unbekannten energetischen Kräften zum Opfer gefallen wären – und keinen fremden Drahtziehern im Hintergrund.«

»Die es zweifellos gibt«, war Arlo überzeugt. »Schließlich hat sich die Schranke um Orn nicht selbst erschaffen.«

»Um genau das herauszufinden, fliegen wir dorthin«, beendete Svante das Gespräch. »In ein paar Stunden brechen wir auf.«

*

SADS – so lautete der Name des schwarzen Ovoid-Ringraumers der THOMAS-Klasse. Das 190 Meter durchmessende, aus Carborit gefertigte Schiff gehörte den vier Wächtern Svante (Steinsvig, ein Schwede, der ehemals als »Erdmeister« tituliert worden war), Arlo (Guthrie, geboren in Virginia und einstiger Gäa-Jünger), Doris (Doorn, Noch-Ehefrau des Worgunmutanten Arc Doorn, der in der POINT OF mitflog) und ihrem dienstältesten Kameraden Simon, der zeitweise der letzte Wächter gewesen war, bevor er die drei anderen im Auftrag der INSTANZ von ARKAN-12 angeworben hatte. Aus den Anfangsbuchstaben ihrer Vornamen bildete sich der Schiffsname.

Zehn Ringraumer koppelten sich im Weltall »über« ERRON-2 zu einer Röhre zusammen. Dadurch konnte eine Art Düseneffekt erzeugt werden, der die Sternensog-Triebwerke verbrauchsfreundlicher arbeiten ließ. Am Ziel würde man die Tofirittanks zwecks Rück- oder Weiterflug trotzdem gleich wieder auffüllen müssen, was jedoch kein Problem war, denn die Lagerräume waren ja voll davon.

Als größtes und schnellstes Schiff setzte sich die SADS an die Spitze.

Im Verband konnten die Ringraumer eine höhere Geschwindigkeit erreichen, so daß die große Entfernung zur Galaxis Orn auch ohne den »neben« der Zeit fungierenden Vernichter bewältigt werden konnte.

Der Hyperkalkulator der SADS übernahm die Steuerung. Alle vier Wächter flogen im Flaggschiff mit. Die übrigen neun Ringraumer waren ausschließlich mit Robotern besetzt, auf die man im Bedarfsfall zurückgreifen konnte.

Schon bald beschleunigte der Hauptrechner den Schiffsverband auf 500millionenfache Lichtgeschwindigkeit. Zwar hätte man noch mehr herausholen können, doch ein geringeres Tempo schonte die Energiereserven. Bezog man die Beschleunigungs- und Bremsphasen mit ein, würden die Schiffe in vierzehn Tagen am Ziel eintreffen.

*

Zwei Wochen später

Sternensog nannten die Terraner den Überlichtantrieb der Ringraumer und ihrer Beiboote, der Flash. Beim Versuch, den »verbotenen Bereich« rund um die Galaxis Orn überlichtschnell zu durchfliegen, wurde der Zehnerschiffsverband noch vor Erreichen der Schranke von fremden Kräften abgebremst, und der Sternensogantrieb fiel innerhalb der SADS plötzlich, aber erwartet aus. Nicht einmal das Intervallfeld konnte den Ausfall verhindern.

Nur SLE versah noch seinen Dienst, das Antriebssystem für den unterlichtschnellen Flug. SLE war die terranische Abkürzung für Sublichteffekt. Dessen Geschwindigkeit reichte zum Umkehren, da man sich bereits ein paar Kilometer innerhalb der Schranke befand, aber nicht für den Weiterflug.

Nach dem Verlassen des gefährlichen Bereichs ordnete Svante an, den Verband aufzulösen, aber alle Schiffe weiterhin unter dem Oberbefehl des SADS-Hyperkalkulators zu belassen. Mit Unterstützung der an Bord befindlichen Roboter versuchten nun die neun Einhundertachtzigmeterraumer im »Bummeltempo« die unsichtbare Schranke im Nichts zu durchqueren.

Sie wurden immer wieder zurückgeschleudert – nicht so brutal, wie es mit dem Vernichter geschehen war, sondern per Transition. Die Ringraumer transitierten automatisch, ohne daß die Roboter oder der zentrale Hyperkalkulator den Vorgang eingeleitet hatten, und traten etwa 50 Lichtjahre in Richtung Milchstraße entfernt wieder aus dem Hyperraum – ein Hinauswurf der eleganteren Art.

Während dieser ganzen Aktion wurden auf allen Schiffen fortwährend die unterschiedlichsten Messungen vorgenommen, denn zu diesem Zweck war man ja hier. Daß es ihnen wirklich gelingen würde, die Schranke zu überwinden, daran hatte keiner der Wächter ernsthaft geglaubt – obwohl ja die Hoffnung bekanntlich zuletzt starb.

Nach einer langen Reihe von weiteren Messungen und verschiedenen vergeblichen Durchbruchsversuchen wurden die Ringraumer unter Anleitung der SADS, die sich erneut an die

Spitze setzte, wieder miteinander verkoppelt. Anschließend trat der Verband den zweiwöchigen Rückflug nach ERRON-2 an, unverrichteterdinge, aber immerhin mit haufenweise Meßdaten im Hyperkalkulator-Gepäck.

Die Wächter ließen die Schiffe an der Erron-Station zurück und begaben sich über die gewohnte Verbindung nach ARKAN-12, um mit Hilfe der INSTANZ die an der Schranke gesammelten Daten auszuwerten…

3.

»Du brauchst neun Ringraumer? Aber – dann bleiben mir nur noch drei.«

Dan Riker schaute seinen Freund Ren Dhark entgeistert an. Der 37jährige mit dem vorstehenden Kinn, auf dem sich soeben sein gewohnter roter »Erregungsfleck« abzeichnete, empfand Rens Forderung als puren Egoismus.

Beide Männer hatten sich inzwischen aus der Zentrale der POINT OF, dem außergewöhnlichsten Raumschiff des Universums, oft kopiert, doch nie erreicht, in Dharks Unterkunft zurückgezogen.

Echri Ezbal, der bald auf Brana eine komplett neueingerichtete Cyborgstation betreiben würde, war schon vor einer Weile von Bord gegangen, um die Bauarbeiten am Forschungszentrum zu überwachen – und vor allem seinen überehrgeizigen dicklichen Assistenten Michael W. Bieker, der während seiner Abwesenheit gern mal den Chef herauskehrte.

Immerhin war es Bieker, der zwar total unsympathisch war, aber nicht doof, mittlerweile gelungen, den Stichtransmitter fertigzustellen, der den Planeten Brana mit einer drei Lichtjahre entfernten Relaisstation verband, die Bestandteil der am Rand der Milchstraße befindlichen Transmitterstrecke Erde-Eden war. Dank einer neuartigen Abschirmung konnte niemand die simulierten Probedurchgänge anmessen, die momentan ausgeführt wurden. Erst wenn alles perfekt funktionierte, wollte man Lebewesen durch den Stichtransmitter schicken – natürlich als erstes Tiere.

Danach würden dann freiwillige menschliche Kandidaten an die Reihe kommen.

Auch an anderen Orten waren bereits derlei Tests durchgeführt worden, um herauszufinden, ob sich die neuen Abschirmer gesundheitlich negativ auf die Durchgänger auswirkten. Die bisherigen Ergebnisse waren mehr als zufriedenstellend: Zur Bewältigung von Kurzstrecken konnte man jeden abgeschirmten Wallis-Transmitter weiterhin vertrauensvoll betreten, und in den Reisemodulen für Langstreckentransporte war man ohnehin zusätzlich geschützt.

»Dir stünden noch drei Ovoid-Ringraumer sowie drei Ikosaederschiffe der Terence-Klasse zur Verfügung«, zählte Dhark seinem Freund Riker auf, um seiner Forderung nach neun Ringraumern Nachdruck zu verleihen. »Sei doch froh, wenn ich dir ein paar Schiffe deines Kampfverbandes abnehme, immerhin ist der Commander der Planeten auf der Suche nach dir und deiner Besatzung. Je kleiner der Verband ist, desto schwieriger wird es für Trawisheims Häscher, euch zu finden.«

Dem 38jährigen weißblonden Kommandanten der POINT OF war nur zu gut bewußt, daß dies kein sonderlich überzeugendes Argument war.

Ren verstand Dans ablehnende Haltung nicht. Er hatte wie selbstverständlich eine Bitte geäußert und erwartete nun mit der gleichen Selbstverständlichkeit, daß sie ihm erfüllt wurde. Ohne zusätzliche Schiffe, die er zu einer Röhre zusammenzukoppeln gedachte, würde es eine halbe Ewigkeit dauern, bis er die Schranke im Nichts erreichte.

Dhark war fest entschlossen, sich von dem unsichtbaren Hindernis nicht aufhalten zu lassen und nach Orn durchzubrechen. Darüber, wie er das bewerkstelligen wollte, hatte er zunächst nur vage Vorstellungen – das würde sich vor Ort schon finden.

Obwohl der von Orn ausgesandte Notruf keinen Zweifel an der Dringlichkeit offenließ, lehnte es der pflichtbewußte Exflottenangehörige strikt ab, dem abenteuerhungrigen Privatier mit dem Rettersyndrom zu helfen.

Selbst nach seinem Aufruf zur Meuterei schafft er es nicht, über den eigenen Schatten zu springen, dachte Dhark, der sich moralisch im Recht fühlte – den Worgun mußte unbedingt geholfen werden.

Riker blieb stur. »Tut mir leid, Ren, aber mir stehen die Menschen nun einmal näher als die Worgun mit ihren größenwahnsinnigen Allüren. Aus unserer Vergangenheit wissen wir, daß ein Despot, der nicht rechtzeitig gestoppt wird, leicht einen Flächenbrand auslösen kann. Trawisheims Gewaltherrschaft muß daher schleunigst ein Ende bereitet werden, und dafür benötige ich jedes meiner Schiffe. Schade, daß du dich weigerst, mich mit der POINT OF zu unterstützen.«

»Ich und mich weigern?« unterbrach Dhark ihn kopfschüttelnd. »In diesem Punkt änderst du dich wohl nie: Du drehst dir die Dinge stets so zurecht, wie sie dir in den Kram passen. Nicht ich verweigere dir meine Hilfe, sondern du verweigerst mir deine. Die heutigen Worgun haben schon lange nichts mehr mit den allmächtigen Mysterious gemein, die sie einst waren, andernfalls würden sie uns nicht brauchen.«

»Die Menschen auf Babylon brauchen uns ebenfalls. Ihre Befreiung hat absoluten Vorrang.«

»Bist du sicher, daß das die Bewohner von Babylon genauso sehen? Vielleicht wollen sie ja gar nicht befreit werden. Nach der Machtübernahme hat sich die Lage wieder halbwegs beruhigt. Trawisheim läuft jetzt nicht mehr Amok, und Otto Normalverbraucher bekommt von der Regierung, was er im Alltagsleben braucht: Arbeit, Nahrung und Freizeitspaß.«

»Logisch, Ren, Henner Trawisheim hält sich die breite Masse der Bürger warm, damit nicht noch mehr Menschen anfangen zu denken und sich den Untergrundaktivisten anschließen. Hast du schon vergessen, daß die gesamte freie Presse verstaatlicht wurde? H. J. Boss und seine Anhänger befinden sich wie wir auf der Flucht, haben aber den Planeten nicht verlassen, weil sie an Ort und Stelle für die Freiheit von Babylon kämpfen wollen. So wie der frühere Präsident Daniel Appeldoorn und die Siedler um General Pétain, ganz zu schweigen von Henk de Groot, der sein Leben riskiert, damit der Goldene Mensch nicht in Trawisheims Hände gerät.«

Dan hatte sich in der Zentrale ausführlich über die aktuellen Geschehnisse informiert.

»All diese Männer haben den Kopf für dich hingehalten, um deine Befreiung aus Trawisheims Gefangenschaft zu ermöglichen. Und wie dankst du es ihnen? Indem du abhaust und dich in fremder Spezies Angelegenheiten einmischst, anstatt deine eigene Gattung zu unterstützen! Wir Menschen sind nicht die Weltraumpolizei, wir haben selbst genügend Probleme, um die wir uns kümmern müssen.«

»Was erwartest du von mir? Soll ich die Worgun etwa im Stich lassen?«

»Die wollen uns in Orn gar nicht haben«, spielte Riker auf die Schranke an.

»Das dachte ich bislang auch – der Notruf ändert die Situation jedoch grundlegend«, meinte Dhark.

Seine Lebensgefährtin, der muskulöse, aber bildschöne Cyborg Amy Stewart, hielt sich außerhalb der Kabine auf, in die sich Dhark und Riker zurückgezogen hatten. Sie wollte nicht in den Streit zwischen den beiden Freunden involviert werden und hatte daher Rens und ihre gemeinsame Unterkunft anstandslos verlassen.

Selbstverständlich belauschte sie jedes Wort, auch als Cyborg war sie in erster Linie eine Frau.

Zu früheren Zeiten hätte es genügt, ein Ohr an die Türfüllung zu pressen. Da gab es allerdings – verfluchte Technik! – noch keine rundum schalldichten Türen. Als Ausgleich gab es nun – segensreiche Technik! – nahezu unsichtbare Abhörwanzen sowie Empfänger, die dermaßen winzig waren, daß sie schon mal versehentlich in den Gehörkanal rutschten und nie wieder auftauchten. Für solche Fälle beinhaltete das von pfiffigen Firmen angebotene »Ehefrauenpaket« ausschließlich Minigeräte, die sich beim Kontakt mit Ohrenschmalz von selbst auflösten.

Weil Dan und Ren keine Einigung fanden, war Amy versucht, zu ihnen hineinzugehen, um zwischen ihnen zu vermitteln. Allerdings hätte sie dann ihre Lauschaktion zugeben müssen. Somit befand sie sich in einem schwierigen Konflikt.

Zum Glück war in der Natur der Menschen alles perfekt geregelt. Zur Lösung von Frauenkonflikten hatte man einst den Mann erschaffen. Ein Exemplar dieser Gattung schritt soeben die Rampe empor, die zur offenstehenden Einstiegsschleuse der POINT OF führte.

Als Amy davon erfuhr, ordnete sie an, den Herrn sofort zu ihr zu bringen. Zwar wußte sie nicht, warum er gerade jetzt an Bord kam, doch dank ihrer weiblichen Intuition – Wißbegierde war nicht das einzige, womit der Herrgott das schönere Geschlecht ausstaffiert hatte – spürte sie, daß der Besucher genau zur rechten Zeit eintraf.

*

Eigentlich hieß er Fred. Fred Clarks. Seine Mutter hatte ihn früher Freddy gerufen. Heute nannten ihn seine Freunde »Funky«.

Clarks war Engländer, lebte inzwischen auf Eden und war von Beruf – sein Spitzname ließ es schon erahnen – Funker. Er arbeitete jedoch nicht auf einem Raumschiff der Streitkräfte von Eden, sondern auf dem oberirdischen Firmengelände von Wallis Industries.

Sein Arbeitgeber Terence Wallis war ein Phänomen für sich: stinkreich, geschäftstüchtig (beides ergänzte sich vortrefflich), groß und schlank, mit schütterem Haar und einem Hang zu grellbunten Westen, die überhaupt nicht zu seinen konservativ-eleganten Anzügen passen wollten – aber wer traute sich schon, ihm das zu sagen? Ein mächtiger Mann wie Wallis ordnete sich keinem Modediktat unter.

Um im Geschäftsleben stets die Nase vorn zu haben, war es wichtig, daß er immer rechtzeitig über Veränderungen auf dem Wirtschaftsmarkt informiert war. Manchmal waren es unscheinbare Begebenheiten außerhalb des Marktes, die zu katastrophalen Verlusten führen konnten, wenn man sie nicht rechtzeitig erkannte und analysierte, alltägliche Ereignisse, die erst dann bedeutsam wurden, wenn man sie miteinander in Zusammenhang brachte.

Deshalb beschäftigte Terence Wallis ein Team von Funkexperten, die innerhalb der Reichweite ihrer Hochleistungsgeräte sporadisch den allgemeinen Funkverkehr abhörten – sogar den von vorüberziehenden Raumschiffen –, relevante Meldungen aufzeichneten und die Datenträger bei geschäftlich versierten

Mitarbeitern ablieferten. Diese Damen und Herren wiederum sortierten in ihren Büros die bedeutsamsten Nachrichten aus und legten ihrem Chef täglich eine Zusammenfassung vor.

Das war zeitaufwendig und kostspielig – doch Wallis konnte es sich leisten. Wozu schwamm er in Geld, wenn er es nicht dafür einsetzte, auf unkonventionelle Weise noch mehr Geld zu machen?

Wissen war Macht, und Macht bedeutete, wenn man es geschickt genug anstellte, Reichtum. Es gab auch die umgekehrte Variante, bei der jemand nur deshalb Macht erlangte, weil er reich war, aber ein unwissender Reicher war nie wirklich mächtig, weil ihm der nötige Weitblick fehlte. Der Verstand gehörte noch zu den wenigen Dingen im Leben, die man sich nicht kaufen konnte.

Der mittelmäßig begabte »Funky« Clarks war nur ein unbedeutendes kleines Rädchen im großen Geschäftsgefüge. Für den Posten des Cheffunkers reichten seine spärlichen Fähigkeiten nicht aus, aber immerhin hatte der 48jährige bei Wallis Industries einen festen Job.

Damit hätte er zufrieden sein können, denn der Firmenbesitzer, der gleichzeitig der Staatschef von Eden war, bezahlte seine Mitarbeiter überdurchschnittlich gut, so daß es ihnen an nichts mangelte. Clarks wollte jedoch mehr. Ihn reizte der Gedanke, es seinem Arbeitgeber gleichzutun und am laufenden Band lukrative Abschlüsse zu tätigen.

Um dieses ehrgeizige Ziel irgendwann zu erreichen, hatte er vor ein paar Wochen damit angefangen, besonders interessante Informationen, beziehungsweise solche, die er mit seinem Halbwissen für besonders interessant hielt, nicht wie gewohnt weiterzuleiten, sondern heimlich auf einem kleinen Datenträger, einer »vorsintflutlichen« Minidisk, abzuspeichern.

Bislang wußte er selbst nicht so genau, was er letztlich mit seinem geheimen Informationsschatz anfangen würde; noch hatte er keine Gelegenheit gefunden, die aufgezeichneten Nachrichten auszuwerten. Aber allein die Tatsache, daß es ihm trotz strengster Sicherheitsvorkehrungen gelungen war, seinem Brötchengeber etwas vorzuenthalten, machte ihn stolz. Endlich fühlte er sich nicht mehr wie ein armseliges abgekochtes Würstchen, wie ein winziges Zahnrad unter lauter großen Zahnrädern.

In seinen Phantasien sah er sich bereits als gewieften Geschäftsmann, der sämtliche Konkurrenten eiskalt über den Tisch zog und sich quasi über Nacht ein Vermögen erschuf. Vom Tellerwäscher zum Millionär war zwar der typisch amerikanische Traum, doch was den Amis recht war, war ihm als Engländer nur billig.

Noch bevor er sich näher mit seiner Info-Sammlung beschäftigen konnte, passierte eines Tages etwas, womit er in diesem Leben nicht mehr gerechnet hatte: Der Cheffunker führte mit ihm ein Gespräch unter vier Augen und kündigte ihm eine bevorstehende Beförderung an.

»Heißt das, Sie werden versetzt und schlagen mich als Nachfolger vor, Mister McDanro?« erkundigte sich »Funky« verblüfft bei seinem vier Jahre älteren Vorgesetzten.

»Nein, ich gehe nirgendwohin, mich müssen die schon rausprügeln«, erwiderte der andere lachend. »In diesem Team hat jeder seinen festen Platz, hier gibt es für Karrieristen wie Sie nichts zu holen. Also werden Sie vermutlich in einen anderen Bereich versetzt. Genaueres über Ihre Beförderung weiß ich nicht, nur, daß Sie Mister Wallis aufgefallen sind. Er möchte Sie gleich in seinem Büro sehen.«

»Der oberste Chef will persönlich mit mir reden? Jetzt?«

Clarks' schlechtes Gewissen meldete sich. War Wallis ihm auf die Schliche gekommen? Hatte er den Datenträger im Geheimfach seines Funkpults gefunden?

»Vielleicht geht es ja gar nicht um eine Beförderung«, unkte Clarks, das Schlimmste befürchtend.

McDanro konnte ihn beruhigen. »Mister Wallis sagte klipp und klar, er wolle Sie befördern. Glauben Sie mir, ein Mann wie er meint, was er sagt. Wallis ist dafür bekannt, daß er immer sein Wort hält. Wenn er ankündigt, daß er Sie befördert, dann befördert er Sie auch, darauf können Sie sich verlassen.«

Hoffentlich, dachte »Funky«. *Schließlich kann man jemanden ebensogut mit einem Fußtritt befördern, und zwar auf die Straße.*

*

Clarks' ungutes Gefühl schwand dahin, kaum daß er das Vorzimmer seines obersten Chefs betreten hatte. Terence Wallis kam ihm eiligen Schrittes entgegen, begrüßte ihn ohne Handschlag und meinte, er habe es eilig.

»Folgen Sie mir, wir müssen umgehend abreisen«, teilte er seinem Angestellten kurz angebunden mit.

»Ich beeile mich mit dem Packen«, versicherte ihm der Funker aufgeregt.

»Nicht notwendig, wir bleiben nicht lange«, entgegnete Wallis. »Die Reise erfolgt per Transmitter, und wir kehren noch heute nach Eden zurück. Sie werden sogar vor mir hier eintreffen; ich habe am Zielort noch einiges mehr zu erledigen.«

Am Zielort. »Funky« hatte das Gefühl, daß sein Chef absichtlich für sich behielt, wohin es ging, daher hakte er nicht weiter nach. Früher oder später würde er es ohnehin erfahren – spätestens, wenn sie dort angekommen waren.

Wallis begab sich zu seinem Privattransmitter, der sich auf dem Werksgelände von Wallis Industries befand, der einzigen oberirdisch gelegenen Industrieanlage auf Eden. Alle sonstigen Fabriken hatte man unter der Erde errichtet. Der Unternehmer und sein Angestellter vollzogen den Durchgang nacheinander und gelangten ohne Umwege in den größten Transmitterbahnhof von Eden, direkt in einen bewachten Bereich, der speziell dem Staatsoberhaupt zur Verfügung stand. Von hier aus sollte es mit einem Reisemodul weitergehen.

Clarks konnte lange Transmitterreisen nicht ausstehen. Er mißtraute dieser Technik und befürchtete jedesmal, in mehreren Stücken am Ziel einzutreffen. Wallis wußte aus seiner Personalakte von diesen unbegründeten Ängsten, nahm aber keine Rücksicht darauf.

Die Reise über die Transmitterstraße Eden-Terra begann. Daß sie in Wallis' persönlichem Luxusreisemodul erfolgte, machte es für »Funky« Clarks ein wenig leichter, dennoch betete er, sie möge bald vorüber sein. Seine Hoffnung, unterwegs Einzelheiten zu seiner beruflichen Beförderung zu erfahren, erfüllte sich nicht. Wallis saß nur stumm in seinem bequemen Sessel und besah sich einige auf Folien ausgedruckte Unterlagen.

Was auch immer hier vorging, die ganze Sache schien streng geheim zu sein, denn innerhalb des Moduls erfolgte keine digitale Standortanzeige, wie es sonst üblich war. Sehr wahrscheinlich befanden sie sich auf direktem Weg zur Erde, denn Ausweichmöglichkeiten gab es unterwegs kaum. *Wozu also die Geheimniskrämerei?* fragte sich Clarks.

Plötzlich erschien ihm der Gedanke an eine Beförderung nicht mehr so erstrebenswert. Wollte Wallis ihn auf die teilweise noch stark vereiste Erde abschieben? Auf Eden gefiel es ihm weitaus besser. Eine Familie hatte er dort zwar nie gegründet, aber jede Menge Freunde gefunden.

Das Modul kam innerhalb einer Asteroidenstation zum Stillstand und wurde nicht mehr weiterbefördert. Der Ausstieg öffnete sich automatisch – genau gegenüber dem Einstieg eines anderen Reisemoduls, so daß Clarks von der betreffenden Station kaum etwas erkennen konnte. Da er zum Reiseantritt nicht auf die Uhr gesehen hatte, konnte er nur ungefähr erahnen, an welchem Platz im All sie sich gerade befanden.

Das andere Modul unterschied sich kraß von der Luxusvariante des Staatsoberhaupts. Es zählte zweifelsfrei zur allerbilligsten Kategorie. »Holzklasse« oder »Bretterklasse« nannte man im Jargon die für Pauschaltouristen bestimmten Reisemodule. Dieses hier hätte eine noch schlimmere Bezeichnung verdient. Clarks kamen gleich zwei in den Sinn: »Kaninchenstall« und »Billigsarg«.

»Umsteigen«, ordnete Wallis an.

»Bitte nach Ihnen«, sagte Clarks höflich.

»Ich komme nicht mit«, erwiderte sein oberster Boß. »Von hier aus reisen Sie allein weiter.«

Zaghaft bestieg »Funky« das leere Modul.

Nachdem er sich auf den Boden gesetzt hatte, denn Sitze konnte er keine erblicken, stellte er fest, daß beim Bau dieses Elements wirklich auf jedwede Bequemlichkeit verzichtet worden war.

Es gab hier nicht einmal einen Beleuchtungskörper, zumindest keinen sichtbaren.

Clarks hoffte, das Licht würde aus den Wänden kommen, sobald sich der Einstieg hinter ihm schloß. Statt dessen wurde es stockdunkel.

Er fand, daß jetzt genau der richtige Zeitpunkt war, um in Panik zu geraten.

*

Auf Transmitterbahnhöfen ging es zu wie früher auf stark frequentierten Eisenbahnhöfen: Es herrschte reger Personen- und Versandverkehr. Planeten mit Transmittertechnik verfügten üblicherweise über ein gut organisiertes Verbindungsnetz, das auch die kleineren Ortschaften berücksichtigte, so daß auf das einstige Bahnschienennetz weitgehend verzichtet werden konnte, obwohl es sich noch nicht ganz und gar »auf dem Abstellgleis« befand.

Damit verglichen nahm sich das Transmitterstraßennetz im Weltall eher kümmerlich aus – wenn man einmal von den enormen Entfernungen absah. Es erstreckte sich nicht wie ein riesiges Spinnennetz in alle Richtungen, sondern beschränkte sich im wesentlichen auf die Hauptstrecken, insbesondere auf die Keimzelle aller Transmitterstraßen: Eden-Terra. Die Babylon-Verbindung entwickelte sich aufgrund der unruhigen Lage derzeit zum Politikum, und die Strecke Terra-Quatain-Eden würde erst in zwei Jahren fertig sein.

Die Fahrt von Eden zur Erde war nicht in einem einzigen »Sprung« möglich. Es waren mehrere Zwischenaufenthalte in ausgehöhlten Asteroiden nötig, um von Punkt A nach Punkt B zu gelangen. Die Abstände zwischen den Transmitterstationen betrugen jeweils 5000 Lichtjahre.

Traf man auf einer der Stationen ein, wurde das jeweilige Reisemodul von Antigravfeldern auf einer rot markierten Stellfläche abgesetzt. Dort spannte sich dann ein großer mattleuchtender Bogen über den gegen Erschütterungen geschützten Transportbehälter – die Vorbereitungsphase für den nächsten Transmitterdurchgang. Drinnen bekam man davon so gut wie nichts mit.

Dieser sich stetig wiederholende Vorgang war der Grund, warum Reisen von Eden nach Terra circa eine Stunde dauerten; die Durchgänge an sich erfolgten nahezu zeitlos.

Abseits der Hauptstrecke gelegene Planeten mußten nach wie vor von Versorgungsschiffen angeflogen werden – oder man beantragte einen Stichtransmitter, dessen Genehmigung allerdings von der wirtschaftlichen Nutzbarkeit abhängig war, schließlich mußte sich der ganze Aufwand für den Netzbetreiber Wallis Industries auch lohnen. Im Jahr 2066 waren nur verhältnismäßig wenige Stichtransmitter an die Hauptstrecke angeschlossen. Aktuell wurde derzeit der geheimgehaltene Anschluß an Brana vollzogen.

Um Verwechslungen beim Funk- und Schriftverkehr vorzubeugen, hatte Wallis sämtliche Asteroidenstationen mit einer Numerierung und einem Buchstabencode versehen. Im alltäglichen Sprachgebrauch wurden meistens nur die ersten vier Buchstaben verwendet. Im Fall der drei Lichtjahre von Brana entfernten Relaisstation, in der er sich gerade befand, lautete das Kürzel: LO-GO.

LO-GO zählte zu den kleineren Transmitterstationen und kam mit einem Minimum an menschlichem Personal aus. So ziemlich alles funktionierte automatisch oder wurde von Robotern durchgeführt, doch selbstverständlich war man auch auf den Aufenthalt von Menschen vorbereitet. Zwar blieben die meisten Durchreisenden in ihrem Modul sitzen, so daß es nur weitergeleitet werden mußte, aber jede Station verfügte über Warteräume für Notfälle. In den größeren Asteroiden gab es sogar Übernachtungsmöglichkeiten, falls eine längere Unterbrechung unvermeidbar war.

Wer innerhalb einer Asteroidenstation auf einen Stichtransmitter auswich, mußte nur unwesentlich länger warten als Passagiere, die zum Endbahnhof weiterreisten. Dank modernster Technik konnte man auch diejenigen, die nicht stur »geradeaus« aufs Ziel zuhielten, innerhalb kürzester Zeit abfertigen. Ein Umstieg von einem Modul ins andere war zu diesem Zweck nicht notwendig, da man die entsprechende Passage bereits auf dem Startbahnhof buchte und somit von vornherein in der richtigen Kiste saß. In den Asteroiden wurden ausschließlich Reisemodule verschoben und keine einzelnen Menschen.

Normalerweise gab es also keinen logischen Grund, unterwegs umzusteigen. Selbst wenn sich ein Zweite-Klasse-Passagier in ein Erste-Klasse-Modul gemogelt hatte – was aufgrund strengster Kontrollen fast unmöglich war –, warf man ihn nicht auf der nächsten Station zwecks »Umtopfung« hinaus. Der Betreffende wurde am Zielort vom Sicherheitsdienst in Gewahrsam genommen; man stellte seine Personalien fest und schickte ihm nachträglich eine zusätzliche Rechnung.

»Funky« Clarks' Wechsel von einem Modul ins andere war demnach ein Ausnahmefall – erfolgt aufgrund einer Anordnung von ganz oben.

Wallis beabsichtigte, Clarks in seinem unbequemen »Verschlag« nach Brana zu schicken. Weil der kurze Durchgang nicht länger als ein Fingerschnippen dauerte, wies er die Roboter an, das innen unbeleuchtete Modul noch ein paar Minuten in LO-GO stehenzulassen. Einen Stau verursachte er damit nicht, denn die zusätzliche Verbindung gab es offiziell gar nicht, es wußten nur wenige Eingeweihte davon.

Aus Geheimhaltungsgründen würden zukünftig nur sorgsam ausgewählte vertrauenswürdige Personen den Stichtransmitter nach Brana benutzen dürfen – zu denen »Funky« Clarks ganz sicher nicht zählte. Am Ende seiner Reise würde er nicht einmal wissen, auf welcher Station der Modulwechsel stattgefunden hatte, geschweige denn, auf welchem Planeten er gewesen war.

Da kein Reiseprotokoll angefertigt wurde, würde er es auch nie herausfinden.

*

Clarks hockte in der Finsternis auf dem Fußboden und starb innerlich tausend Tode. Auf der Liste seiner meistgefürchteten Transmitterreisen würde diese hier ganz oben stehen.

Nach einer ihm endlos erscheinenden Weile beobachtete

Clarks, wie sich der Einstieg öffnete, diesmal auf der gegenüberliegenden Seite. Er wollte sich erheben, um auszusteigen, doch ein kleines dürres Männchen im zerknitterten Arbeitskittel forderte ihn auf sitzenzubleiben.

»Ich habe nur eine kurze Frage an Sie, Mister Clarks: Wie fühlen Sie sich?«

»Na ja, es geht so«, lautete seine Antwort. »Mein augenblicklicher Streßpegel ist ziemlich hoch.«

»Das sind nur die typischen Reisesymptome«, entgegnete das Männlein fröhlich. »Immerhin haben Sie in dieser Klapperkiste viele tausend Lichtjahre zurückgelegt. Ich hätte darauf gewettet, Sie würden aus den Ohren bluten, wenn Sie hier eintreffen, oder zumindest aus der Nase. Da es Ihnen aber augenscheinlich gut geht, müssen Sie hier nicht länger verweilen. Einen schönen Tag noch.«

Der letzte Satz wirkte auf Clarks wie Hohn, denn Sekunden später saß er schon wieder im Dunkeln, und die unheimliche Reise ging weiter, ohne daß er wußte, wohin. Die Aussicht auf eventuelles Blut aus Nase und Ohren trug nicht gerade zu seinem Wohlbefinden bei, er fühlte sich hundeelend.

Als das Modul erneut in einer Asteroidenstation eintraf und sich der Ausstieg öffnete, sprang Clarks rasch auf. Er wollte hinaustreten und eine Erklärung verlangen.

Zu seiner Überraschung versperrte ihm Terence Wallis höchstpersönlich den Weg. Clarks wagte es nicht, sich an seinem Chef vorbeizudrängeln.

»Wie fühlen Sie sich?« stellte Wallis ihm die gleiche Frage wie der Dürre.

Bevor Clarks darauf antworten konnte, trat Wallis beiseite, und ein noch recht jugendlich wirkender Arzt kam mit seiner Medikamententasche herein. Um seinen Hals hing ein altmodisches Stethoskop.

Der mit einem schneeweißen Kittel bekleidete Doktor untersuchte den verängstigten Reisenden oberflächlich, horchte ihn kurz ab, klopfte ein paarmal mit dem Zeigefinger gegen seine Brust, ohne daß der Patient sein Hemd ausziehen mußte, und diagnostizierte kurz und knapp: »Gesund!«

»Ich habe nichts anderes erwartet«, bemerkte Wallis und ließ den jungen Arzt wieder vorbei nach draußen. »Galaxisweit ist bisher noch keine Testperson verstorben – glaube ich jedenfalls.«

»Testperson?« Clarks' Stimme überschlug sich beinahe. »Was geht hier vor?«

»Wir haben soeben eine neue Transmitterverbindung ausprobiert«, erklärte ihm der Unternehmer. »Sie führt von dieser Station aus zu einem weit entfernten Planeten. Die vorangegangenen Versuche verliefen zwar zufriedenstellend, aber ein gewisses Restrisiko bestand noch immer. Simulationen am Hyperkalkulator und Versuche mit Tieren ersetzen nun einmal nicht den *letzten,* den endgültigen Test. Erst wenn ein Mensch die Reise gesund überstanden hat, darf die Strecke freigegeben werden.«

Wallis zwinkerte dem leichenblassen Mann zu.

»Gell, da bekommt der Begriff ›Letzte Reise‹ eine völlig neue Bedeutung?«

»Aber… aber hätten Sie dafür nicht meine Zustimmung gebraucht?« stammelte Clarks, der bereits von derlei Testreihen gehört hatte. »Solche Experimente werden üblicherweise von Freiwilligen durchgeführt – und nicht von einem Mitarbeiter, in dessen Personalakte eine Transmitterreisenphobie erwähnt wird.«

Seine Stimme nahm einen entrüsteten Tonfall an. »In den Medien wurde von einer sorgfältigen ärztlichen Betreuung der Testpersonen berichtet. In meinem Fall kann davon gar keine Rede sein. Abhorchen, abklopfen – und das war's? Hat dieser kindliche Kurpfuscher überhaupt einen Studienabschluß? Ich finde es unmöglich, wie hier mit mir umgesprungen wird. Bei allem Respekt: Sie hätten mich zumindest vorher fragen müssen, Mister Wallis!«

Wie durch Zauberei hielt Wallis plötzlich einen winzigen Datenträger in der Hand, der Clarks mächtig bekannt vorkam.

»Selbstverständlich hätte ich Sie vorher gefragt, Mister Clarks – wenn Sie mich ebenfalls vorher gefragt hätten. Ich kann mich nicht besinnen, Ihnen erlaubt zu haben, mir Informationen vorzuenthalten und sich selbige für eigene Zwecke anzueignen.«

Meine Minidisk! schoß es Clarks durch den Kopf. *Jetzt hat er mich bei den Eiern!*

*

»Haben Sie eigentlich kein besseres Versteck gefunden als das Geheimfach in Ihrem Pult?« fragte Terence Wallis »Funky« Clarks, der wie festgewurzelt in seinem schlichten Reisemodul stand und sich wie ein ertapptes Kind vorkam. »Mit diesen ›verborgenen‹ Schubladen ist jeder Arbeitsplatz in eurer Funkstation ausgestattet, eine kreative Spielerei, die einem unserer Büromöbeldesigner eingefallen ist. Normalerweise bewahren die Mitarbeiter darin ihre Tüten mit Gummibärchen auf.«

Clarks mühte sich redlich ab, sich eine Ausrede zurechtzustammeln, aber mit jedem Wort, das über seine Lippen kam, ritt er sich noch tiefer rein.

»Na schön, Sie haben mich erwischt!« gab er letztlich zu. »Ich wollte halt so sein wie Sie und ein paar lukrative Geschäfte an Land ziehen.«

»In meinen Schuhen können Sie nicht gehen«, spöttelte Wallis, »die sind Ihnen viel zu groß. Zu wie vielen phantastischen geschäftlichen Abschlüssen haben Ihnen die auf dem Datenträger gespeicherten Hintergrundinformationen denn verholfen?«

»Noch zu keinem einzigen«, antwortete der verhinderte Werksspion wahrheitsgemäß. »Ich wollte erst noch mehr Infos sammeln und demnächst alles in Ruhe auswerten.«

»Demnächst? In Ruhe?« wiederholte Wallis kopfschüttelnd. »Daran merkt man, wie unerfahren Sie auf diesem Gebiet sind. Wer Geschäfte machen will, muß schnell zuschlagen, sonst kommt ihm ein anderer zuvor. Allerdings würde Ihnen der Informationsschrott, den Sie auf der Minidisk verewigt haben, nicht einmal in tausend Jahren zu einem lukrativen Abschluß verhelfen. Das Zeug ist völlig wertlos, Sie blutiger Anfänger!«

Demonstrativ ließ er den Datenträger zu Boden fallen und zertrat ihn mit dem Hacken seines Schuhs. Und weil er ein reinlicher Mensch war, hob er die Bruchstücke anschließend auf und steckte sie in die linke Tasche seines dunkelblauen Anzugs.

Clarks ergab sich in sein Schicksal. »Ich gehe davon aus, daß ich fristlos entlassen bin. Werde ich ausgewiesen? Immerhin habe ich den Staatschef höchstpersönlich bestohlen.«

»Sie dürfen auf Eden bleiben«, erwiderte Wallis jovial. »Und Sie behalten Ihren Arbeitsplatz. Aber ich warne Sie! Bei der kleinsten Unregelmäßigkeit verschaffe ich Ihnen erneut eine *Beförderung* – diesmal allerdings ohne Reisemodul!«

Das Wort »Beförderung« sprach er überdeutlich aus, um klarzustellen, daß er sein Wort gehalten hatte, wie man es von ihm gewohnt war und wie man es von jedem richtigen Mann erwarten durfte. Wallis hatte Clarks in der Tat *befördert*, wenn auch anders, als der es sich vorgestellt hatte.

»Funky« war sichtlich erleichtert darüber, daß sein Verhalten keine weiteren Konsequenzen nach sich zog, und er bedankte sich überschwenglich. Seinem Arbeitgeber ging das Geseiere auf die Nerven, weshalb er Clarks kurzerhand das Wort abschnitt und ihn umgehend weiter*beförderte* – zurück nach Eden. Selbstverständlich nicht in der Luxusklasse, der ertappte Dieb sollte ruhig noch ein wenig im Dunkeln schmoren. Wallis schloß wortlos den Einstieg von außen und gab das Signal zur Abreise.

Nachdem Clarks' »Verschlag« fort war, machte Wallis es sich in seinem eigenen Modul bequem. Nicht für lange, denn Brana lag ja quasi um die Ecke.

Der Leuchtbogen spannte sich über den von außen so unscheinbaren großen Transportbehälter. Bereits einen Lidschlag später traf er am Ziel ein.

*

Jeffrey Barnes gehörte zu Wallis' technischem Mitarbeiterstamm. Der Multibillionär hatte den kleinwüchsigen dürren Mann mit dem Knitterkittel vor einiger Zeit nach Brana geschickt, um die dort stationierten Wissenschaftler beim Bau des Transmitters zu unterstützen. Zwar arbeiteten auf Brana ausschließlich kluge Köpfe, doch wer wahre Wunder im Bereich der Genmedizin oder bei der Entwicklung von Programmhirnen vollbrachte, war nicht zwangsläufig ein gottbegnadeter Bastler wie Barnes, von dem es hieß, er bräuchte ein Puzzle nur anzuschauen, schon würde es sich von allein zusammensetzen.

(Barnes war noch niemals in Orn gewesen und hatte noch nie von einem vierarmigen Flinkrenner namens Segal gehört, aber beide hätten sich bestimmt bestens verstanden.)

Wer wie Terence Wallis ständig von Aasfressern umgeben war, die nur das Beste von ihm wollten, nämlich sein Geld, wußte wahre Loyalität zu schätzen. Gerade ein Mann wie er brauchte Mitarbeiter, denen er voll und ganz vertrauen konnte. Barnes war einer davon.

Auch Clarks' direkter Vorgesetzter, der Cheffunker McDanro, zählte zu diesem erlesenen Kreis von Vertrauenswürdigen. Als McDanro bei einer Routinekontrolle die verdächtige Minidisk entdeckt hatte, hatte er umgehend Wallis informiert, dessen Viphodirektdurchwahl ihm bekannt war. Daraufhin hatten beide den »Beförderungsplan« ersonnen und Jeffrey Barnes eingeweiht.

»Hat alles perfekt geklappt«, teilte Barnes dem Unternehmer mit, als der auf Brana in der noch provisorisch eingerichteten Transmitterstation aus seinem Luxusmodul stieg. »Ich habe Clarks kurz zu seinem Wohlbefinden befragt und gleich wieder die Tür geschlossen. Nach einer gewissen Wartezeit habe ich ihn zur Relaisstation zurückgeschickt, wie es abgesprochen war. Der arme Kerl tat mir fast leid, er sah bei seiner Ankunft fix und fertig aus.«

»Sie hätten erst einmal sein Gesicht sehen müssen, nachdem der ›Doktor‹ seine ›gründliche Untersuchung‹ beendet hatte«, entgegnete Wallis mit gehässigem Grienen. »Mitleid ist bei ihm völlig fehl am Platze, immerhin ist er ein Dieb – obwohl es ihm glücklicherweise nicht gelungen ist, sich irgend etwas von Bedeutung anzueignen. Sobald er wieder auf Eden eintrifft, wird sich McDanro seiner annehmen und bei der Arbeit künftig ein wachsames Auge auf ihn haben.«

»Warum beschäftigen Sie ihn eigentlich weiter? Man muß zwar Dieben nicht gleich die Hände abhacken, aber einen Hinauswurf halte ich durchaus für gerechtfertigt.«

»Ich habe lange darüber nachgedacht und mich letztendlich entschlossen, mir eine alte russische Volksweise zum Vorbild zu nehmen. In jenem Lied schenkt der Zar einem verräterischen Bojaren das Leben – und hat fortan einen zuverlässigen Leibwächter mehr, denn der Mann ist ihm dafür so dankbar, daß er ihm bis zu seinem Tod die Treue hält. Falls in dieser Geschichte ein wahrer Kern steckt, wird Clarks in Zukunft wohl keine langen Finger mehr machen.«

So lautete zumindest die »abgespeckte« Version, die für Barnes und McDanro bestimmt war. Was Wallis den beiden bewußt verschwieg: Es gab noch einen weiteren Grund für Clarks' Weiterbeschäftigung bei Wallis Industries...

... und der befand sich im Wandtresor des Großunternehmers – die Minidisk mit »Funkys« gesammelten Funksprüchen. Die zerstörten Teile in Wallis' Jackentasche stammten von einer leeren Disk. Die echte hätte er niemals zerstört, er hütete sie wie seinen Augapfel, weil der Inhalt bares Geld wert war.

Clarks hatte bei seinem heimlichen Informationsdiebstahl nämlich eine glückliche Hand gehabt, entweder aus Zufall oder weil er mehr geschäftliches Denkvermögen besaß, als er selber ahnte.

Ihn vor die Tür zu setzen wäre möglicherweise ein Fehler gewesen, von dem unter ungünstigsten Umständen Wallis' Konkurrenten profitiert hätten. Daher zog es der erfolgreiche Unternehmer vor, den gescheiterten Dieb »umzupolen« und unter ständiger Aufsicht in seiner Mannschaft zu behalten.

Eine ungewöhnliche Maßnahme – aber Terence Wallis war schließlich auch ein ungewöhnlicher Mann.

»Wie weit sind Sie eigentlich mit den Tests?« erkundigte er sich bei Barnes.

»Wir sind fertig; es gab nicht die geringsten Beanstandungen«, antwortete der Techniker. »Die freiwilligen Durchgänger stammten alle von hier und sind inzwischen wieder an ihre Arbeit zurückgekehrt – der Aufbau der neuen Cyborgstation erledigt sich schließlich nicht von selbst. Ich wäre ebenfalls längst weg, hätten wir nicht vereinbart, daß ich noch hierbleibe und Ihnen dabei helfe, dem diebischen Funkexperten einen ordentlichen Schrecken einzujagen. Ich gehe davon aus, daß Sie nun ebenfalls Ihren Teil unserer Vereinbarung einhalten.«

»Ich breche niemals mein Wort, dafür bin ich bekannt«, erwiderte Wallis. »Sie dürfen für Ihre Rückkehr nach Eden mein Luxusmodul benutzen, wie ich es Ihnen zugesagt habe. Schikken Sie es mir aber umgehend leer zurück, da ich es nachher noch benötige.«

»Versprochen«, entgegnete Jeffrey Barnes. »Auch ich bin dafür bekannt, daß ich meine Zusagen einhalte.«

Wallis äußerte eine Bitte (was in seiner Position einer Anweisung gleichkam): »Könnten Sie auf Station LO-GO jemanden mitnehmen? Der junge Mann, der den Arzt gemimt hat, möchte heute ebenfalls zurück nach Eden, er hat dort eine für ihn sehr wichtige Verabredung.«

»Kein Problem, ich habe unterwegs gern etwas Gesellschaft. Wo haben Sie den Schauspieler eigentlich aufgetrieben? Bei einer Laientheatertruppe?«

»Nein, in der Geschäftsetage. Der Kleine ist unser Bürobote, stets bereit, sich ein paar Dollar dazuzuverdienen, ohne neugierige Fragen zu stellen.«

*

Terence Wallis begab sich zu Fuß zur POINT OF. Unterwegs begutachtete er wohlwollend die Fortschritte beim Bau der Forschungsstation. Hier wurde zweifelsfrei geklotzt, nicht geklekkert.

An der Einstiegsrampe zum Ringraumer stand ein junger Wachtposten. Da sich Ren Dhark gerade in einer Besprechung befand und der Erste Offizier ebenfalls beschäftigt war, meldete der Mann »am Tor« Wallis' Ankunft Amy Stewart.

»Heften Sie ihm einen Passierschein ans Revers, und schicken Sie ihn zur Unterkunft des Commanders«, ordnete Amy an. »Ich kann ihn hier gerade gut gebrauchen.«

Der Industrielle kannte sich in dem Schiff, das von der Wallis-Stiftung finanziert wurde, bestens aus und fand seinen Weg allein. Da er so ziemlich jedem an Bord persönlich bekannt war und Dhark ihn mit gewissen Sonderrechten ausgestattet hatte, hielt ihn niemand auf, der ihm begegnete, im Gegenteil, er wurde sogar mehrfach freundlich gegrüßt.

Erst als er auf dem Deck eintraf, auf dem Dharks Privatbereich lag, wurde er von einem Wachroboter kontrolliert. Wallis wehrte sich nicht dagegen, er debattierte grundsätzlich nicht mit Maschinen.

Während der Kegelförmige den Passierschein zwecks Überprüfung abtastete, kam dem wartenden Besucher ein seltsamer Traum aus der vergangenen Nacht in den Sinn: Ren Dhark hatte im Vorzimmer des Papstes auf eine Audienz gewartet. Wallis hatte ihn empfangen und ihm prophezeit: »Ehe heute nacht der Hahn kräht, wirst du dreimal den Klabautermann angebetet haben.« Sein Besucher hatte daraufhin erwidert: »Ich befehlige zwar ein Schiff, aber eher würde ich sterben, als gottlosem Seemannsaberglauben zu frönen.«

Und dann war der Träumer erwacht.

Vielleicht hätte ich vor dem Einschlafen nicht in der Bibel lesen sollen, die Jackson mir mal geschenkt hat, dachte er amüsiert, während er im Raumschiff von dem Roboter seine Legitimation zurückbekam.

Ab und zu warf er halt einen Blick ins Buch der Bücher, um die fortwährenden Bibelzitate seines besten Flottengenerals Thomas J. Jackson besser verstehen zu können. Beim Blättern war er auf den berühmten Verleugnungsdialog zwischen Jesus und Petrus gestoßen, der offenbar auf seine Träume abgefärbt hatte.

Amy Stewart begrüßte den Industriellen erfreut und unterrichtete ihn mit kurzen Worten von der Auseinandersetzung zwischen Dan und Ren, die sie »zufällig mitbekommen« hatte. Anschließend betraten beide die Unterkunft.

Sowohl Dhark als auch Riker freuten sich über den überraschenden Besuch – allein schon deshalb, weil sie keine Lust mehr hatten, sich weiter zu streiten. Allmählich fielen sie sich mit ihrer sich ständig wiederholenden Argumentation gegenseitig auf den Wecker, deshalb kam ihnen jede Ablenkung recht.

Wallis hatte nicht nur sich selbst mitgebracht, sondern auch eine Lösung des Problems. »Sie erhalten die benötigten neun Ringraumer von mir, Ren.«

»Heiliger Klabautermann!« entfuhr es Dhark, dem diese Nachricht wie ein Wunder erschien.

Wallis zuckte leicht zusammen. Waren Träume etwa doch keine Schäume?

»Wenn Sie gleich mit mir kommen, können Sie die Schiffe noch heute übernehmen«, bot er Dhark an. »Mein Reisemodul habe ich momentan verliehen, aber wir könnten in der Messe einen Drink zu uns nehmen und danach gemächlich zum Transmitter schlendern. Bis dahin müßte das Teil wieder zurück sein.«

Dan Riker war erleichtert, daß sich der Konflikt nunmehr auf friedliche Weise erledigte. Er hätte bei diesem Streit auf Teufel komm raus nicht nachgegeben, denn er war überzeugt, daß er im Recht war.

»Ich komme mit euch nach Eden«, entschied Amy Stewart spontan.

»So sehr ich Ihre Gesellschaft zu schätzen weiß«, begann Wallis diplomatisch, »muß ich Sie leider bitten hierzubleiben. Ihre Anwesenheit könnte uns unnötig in Gefahr bringen.«

»Wie bitte?« rutschte es Amy verblüfft heraus. »Ich bin eine Gefahr? Na danke, bisher dachte ich immer, wir Cyborgs wehren Gefahren ab.«

»Die Regierung von Babylon hat die gesamte Besatzung der POINT OF zu Vogelfreien erklärt und 100 Milliarden Dollar für die Zerstörung des Schiffs beziehungsweise 500 Milliarden Dollar für die unversehrte Eroberung desselben ausgesetzt«, erinnerte Wallis sie an das immens hohe Kopfgeld. »Auf eine lebende Auslieferung der Besatzung hingegen legt Trawisheim keinen Wert. Laut seinem Willen darf man euch abschießen wie Pappfiguren auf dem Jahrmarkt, wo immer ihr euch blicken laßt. Auf Eden könnte jemand leicht auf den Gedanken kommen, sich das Kopfgeld zu verdienen, indem er Trawisheim über Rens Anwesenheit informiert, beispielsweise ein GSO-Agent, von denen sich bestimmt einige eingeschmuggelt haben, trotz strikter Einreisekontrollen.«

»Als Vogelfreier braucht mein Lebensgefährte meinen Schutz mehr denn je.«

»Keine Sorge, ich passe auf ihn auf und werde ihn vor den Augen der Öffentlichkeit verbergen. Würden Sie uns begleiten, Amy, müßte ich eine Person mehr verstecken, was das Risiko einer Entdeckung verdoppelt.«

»Ist es wirklich nur mein Wohlbefinden, daß Ihnen am Herzen liegt, Terence?« fragte Dhark. »Oder fürchten Sie sich vor einem kriegerischen Konflikt mit Babylon?«

Wallis Antwort war wiederum von Diplomatie geprägt: »Beides, Ren, beides. Ich wäre ein schlechtes Staatsoberhaupt, würde ich nicht alle Mittel ausschöpfen, um einen Krieg mit einem anderen Staat zu vermeiden. Die Geschichte der Menschheit ist eine Geschichte der Kriege – das war schon so, bevor wir auf die ersten Außerirdischen trafen. Sich gegen eroberungssüchtige Aliens zu wehren ist eine Sache, aber ein blutiger Kampf von Menschen gegen Menschen eine andere. So etwas darf nie wieder vorkommen.«

»Henner Trawisheim sieht das offenbar anders«, sagte der Cyborg. »Er kann jederzeit ohne Vorwarnung über Eden herfallen. Einen Grund findet er schon.«

»Ich werde ihm jedenfalls keinen liefern. Von Rens Besuch auf Eden darf niemand etwas mitbekommen. Deshalb nehmen wir ja auch den Transmitter und nicht die POINT OF.«

Bald darauf befanden sich Dhark und Wallis auf dem Weg zu Branas Transmitterbahnhof – der diese Bezeichnung bisher noch nicht einmal annähernd verdiente. Amy hatte letztlich nachgeben müssen und war an Bord geblieben. Sie konnte nichts dagegen tun, denn Ren war der Kommandant und somit ihr Boß.

*

Ren Dhark war beinahe sprachlos, als er das neuste Luxusreisemodul von Terence Wallis betrat. Es war noch luxuriöser als das vorherige und vom Stil her eingerichtet wie ein Empfangssalon aus einem vorigen Jahrhundert.

Nicht einmal der obligatorische Kronleuchter fehlte.

»Das ist – phantastisch!« sagte er sichtlich beeindruckt.

»Es sind alles nur Attrappen«, erklärte der Großunternehmer bescheiden, während er sich in den Lesesessel einer kleinen, aber feinen Bibliothek setzte. »Perfekte Nachbildungen zwar, aber eben nur Fälschungen. Sollte mir diese Kiste aus irgendeinem Grund jemals abhanden kommen, möchte ich nicht um wertvolle Antiquitäten trauern müssen.«

Dhark inspizierte die Hausbar, während das Modul den ersten Durchgang vollzog – den zur Relaisstation LO-GO. Er stieß auf einen exzellenten Single Malt, entschloß sich dann aber, lieber mit klarem Kopf auf Eden einzutreffen. Mineralwasser war schließlich auch eine Art Getränk.

Dem Commander der POINT OF fiel ein freier Platz in der Mitte des »Salons« auf, und er bemerkte: »Da würde prima ein Teppich hinpassen.«

»Vor meiner Abreise lag dort ein gefälschter Perser. Auf meine Anweisung hin wurde er zusammengerollt und ausgeladen, damit er beim Auftauchen des Flash aus dem Boden keinen Schaden erleidet.«

Unwillkürlich trat Ren einen Schritt zurück.

»Keine Angst, ich warne Sie rechtzeitig vor«, erwiderte Wallis lachend. »Den Flash benötigen wir erst auf Eden, irgendwie muß ich Sie schließlich ungesehen aus diesem Behältnis schmuggeln. Meine Techniker haben eins dieser Universalfluggeräte präzise programmiert und unter dem Transmitterbahnhof im Erdboden versenkt. Sobald wir in der Endstation eintreffen, setzt es sich in Bewegung und taucht dermaßen exakt in der Mitte dieses Moduls auf, daß es kein Möbelstück berührt.«

»Sie nehmen sehr viel Rücksicht auf Ihre schöne Einrichtung. Scheinbar sind doch ein paar Originale mit darunter.«

»Auch gute Kopien kosten eine Stange Geld. Kommen wir zur Sache, Ren. Sie ahnen sicherlich bereits, warum ich Amy auf dieser Reise nicht mit dabeihaben wollte.«

Dhark nickte. »Sie möchten mit mir unter vier Augen über Ihr Unsterblichkeitsangebot reden und mich auffordern, mich endlich zu entscheiden.«

»So ist es.«

»Ich enttäusche Sie ungern, Terence, aber ich habe bisher keine Auswahl getroffen. Ich bin mir noch nicht einmal hundertprozentig sicher, ob ich selbst von Ihrem Angebot Gebrauch machen werde.«

»Ist das Ihr Ernst?« Wallis wirkte fast entsetzt. »Die Unsterblichkeit ist ein uralter Traum der Menschheit!«

»Woher wollen Sie das wissen?« erwiderte Dhark. »Haben Sie alle Menschen, die jemals geboren wurden, einer Meinungsumfrage unterzogen? Wohl kaum, denn das gelingt nicht einmal Ihnen, Ihrer weitreichenden Macht und Ihrem immensen Reichtum zum Trotz. Es gibt sicherlich zahlreiche Menschen, die sich vor dem Tod nicht fürchten und friedfertigen Herzens diese Welt verlassen, Menschen, die gar nicht unsterblich sein wollen – und damit meine ich keine Schwerkranken, denn in dieser Hinsicht vollbringt unser medizinischer Fortschritt inzwischen wahre Wunder.«

»Worauf läuft das jetzt hinaus?« fragte Wallis und runzelte die Stirn. »Auf eine ethische Grundsatzdiskussion? Oder haben Sie einfach nur Angst vor einem längeren Leben?«

»Nicht nur davor, sondern auch vor der Lebensverlängerungsprozedur an sich«, gab Ren Dhark offen zu. »Seien wir doch mal ehrlich: Eine echte Unsterblichkeit können Sie mir gar nicht garantieren. Sie *versuchen* lediglich, Kopierfehler, die sich im menschlichen Körper während der Zellteilung ereignen und den natürlichen Alterungsprozeß verursachen, dauerhaft zu unterbinden.«

»Das versuche ich nicht nur«, widersprach ihm Wallis, »es ist meinem Forscherteam bereits gelungen. Mit meinem Originalgenomsatz ausgestattete Nanoroboter fertigen fortwährend exakte Duplikate meiner Körperzellen an, anstelle von schadhaften. Dadurch verlängert sich meine Lebensspanne auf unabsehbare Zeit.«

»Was bislang noch nicht bewiesen ist. Zwar wirken Sie in letzter Zeit wesentlich jünger und frischer, wie nach einer Hormonkur, aber ob das Ganze wirklich funktioniert, wird sich erst in einigen Jahrzehnten herausstellen. Bis dahin kann alles mögliche passieren. Eventuell auftretende Nebenwirkungen könnten Ihr Leben sogar vorzeitig beenden. Oder Sie altern mit 100 Jahren schlagartig, verbringen noch weitere 100 Jahre als runzeliges seniles Faktotum in einem Sanatorium und zerfallen dann zu Staub.«

»Sie lesen offenbar zu viele Horrorromane. So etwas ist völlig ausgeschlossen. Keine der zahlreichen am Hyperkalkulator durchgeführten Simulationen führte zu einem derartigen Ergebnis.«

»Simulationen am Hyperkalkulator und Versuche mit Tieren ersetzen nun einmal nicht den letzten, den endgültigen Test«, entgegnete Ren Dhark, ohne zu ahnen, daß sein Gesprächspartner das gleiche vor kurzem zu seinem diebischen Mitarbeiter Clarks gesagt hatte. »In eintausend Jahren wäre ich bereit, Sie als lebenden Beweis anzuerkennen. Momentan sind Sie lediglich ein ganz normaler Sterblicher – in körperlicher Bestform, zugegeben –, der vom ewigen Leben träumt.«

»Dieser Traum ist jedenfalls realistischer als die spinnerten Phantasien sogenannter Märtyrer, die überzeugt sind, nach ihrem Tod in einem fiktiven Paradies von schönen Jungfrauen verwöhnt zu werden, zur Belohnung für die grausigen Morde, die sie zu Lebzeiten begangen haben. Oder bevorzugen Sie lieber die christliche Version mit Engeln, die in Nachthemden auf Wolken sitzen, Harfen in den Händen halten und die Geister der Verstorbenen mit ihrem Hosianna langweilen? Aus der griechischen und römischen Sagenwelt könnte ich bei Bedarf auch noch ein paar Götter beisteuern.«

»Lassen Sie bitte die Religion aus dem Spiel, Terence, sonst diskutieren wir womöglich bis in die Nacht. Die wenigen seriösen Untersuchungen zur Weiterexistenz nach dem Tod wurden nicht von Göttern geschrieben, sondern von ernstzunehmenden Wissenschaftlern. Unterm Strich gibt es für deren Hypothesen allerdings keine klaren Beweise, genau wie für das reibungslose Funktionieren Ihrer Theorie vom Weiterleben durch den fortwährenden Austausch von Körperzellen. Nicht einmal Shodonn und seinesgleichen lassen sich als Indiz ins Feld führen, denn die Mitglieder des Nareidums nennen sich zwar ›Bund der Weisen Toten‹, doch wirklich gestorben sind sie nie, sie verlagerten lediglich ihr Bewußtsein in sogenannte Seelenchips. Zudem benötigen sie lebende Wirte zur Erledigung der weltlichen Dinge.«

Von Wallis' Warte aus gesehen war sein Unsterblichkeitsangebot ein überaus großzügiges Geschenk, denn die für die Produktion der Nanoroboter benötigten Muun-Kristalle waren in diesem Universum nicht erhältlich. Deshalb durfte sich Ren höchstens sieben weitere Personen aus seinem Umfeld auswählen, die ihn auf seinem ewigwährenden Lebensweg begleiten würden.

Bisher waren nur sehr wenige Menschen einer Unsterblichkeitsbehandlung unterzogen worden. Dan und Anja Riker gehörten mit dazu. Terence Wallis hatte sie von sich aus ausgewählt, so daß Dhark weiterhin sieben Kandidaten zur Verfügung standen.

Eigentlich hatte der Staatschef von Eden damit gerechnet, daß sein Freund als erstes und ohne lange zu überlegen Amy Stewart benennen würde…

»Natürlich, das ist es!« rief er plötzlich und schlug sich leicht mit der flachen Hand vor die Stirn. »Jetzt begreife ich Ihr Zögern, Ren. Es sind weder moralische Vorbehalte noch übertriebene Ängste, die Sie veranlassen, Ihre Entscheidung immer wieder aufs neue hinauszuschieben. Der Hauptgrund liegt in Ihrer Unentschlossenheit bei der Auswahl Ihrer künftigen Wegbegleiter. Noch deutlicher: Sie wissen nicht, ob Sie Amy für den Rest Ihres hyperlangen Lebens als Gefährtin an Ihrer Seite haben möchten.«

Er wartete auf eine wie auch immer geartete Äußerung, doch Dhark zog es vor zu schweigen.

»Mir geht es mit Heather genauso«, fuhr Wallis daher fort. »Sie ist süß und intelligent, und ich mag sie sehr – aber reicht diese Zuneigung für immer? Darum weiß sie bisher noch nichts von dem Unsterblichkeitsprojekt. Ein schlechtes Gewissen habe ich deswegen nicht, ich sehe nämlich nichts Verwerfliches an meinen berechtigten Bedenken. Und daß ich den Wunsch habe, das einzige Leben, das mir als Mensch zur Verfügung steht, auf wissenschaftlicher Basis bis ins Unendliche zu verlängern, empfinde ich ebenfalls nicht als verwerflich.«

»Ich auch nicht«, stellte Dhark klar. »Ich bin mir nur nicht ganz sicher, ob eine solche Lebensverlängerung auch für mich in Frage käme, in dieser Hinsicht schwanken meine Gedanken und Gefühle hin und her. Erst wenn ich mir darüber klargeworden bin, was ich wirklich will, fälle ich meine Entscheidung die sieben anderen ›Glücklichen‹ betreffend. Sie bekommen meine Antwort nach meiner Rückkehr aus Orn, Terence.«

Aus irgendeinem ihm unerfindlichen Grund fühlte er sich in dem geräumigen Modul plötzlich eingeengt. Die Wände schienen ihn regelrecht zu erdrücken, und er sehnte sich nach frischer Luft.

Zum Glück traf der Behälter schon bald auf Eden ein. An die Luft kam Dhark dennoch nicht, und das Engegefühl blieb ihm ebenfalls erhalten – im Inneren des Flash war noch sehr viel weniger Platz.

*

Wallis und Dhark flogen im Flash über das Stammwerk von Wallis Industries hinweg. Von außen war nicht erkennbar, wer sich in dem tankförmigen Boot befand. Da es sich aber um einen angekündigten »Kontrollflug« übers Außengelände und durch die unterirdischen Anlagen handelte, gab es für den Sicherheitsdienst keinen Anlaß zum Eingreifen.

Auf dem angrenzenden Raumhafen lag ein großes Raumschiff in Form eines überdimensionalen Kreuzes: die KRIEGSBRAUT. Mangels Intervallfeld konnte der Raumer der Nomaden nicht auf den unterirdischen Handelsraumhäfen landen. Wallis stand mit den Dobermannartigen in geschäftlicher Beziehung, wie Dhark bekannt war, sie handelten mit diversen Rohstoffen.

Kurze Zeit später tauchte der Flash mit eingeschaltetem Intervallfeld ins Planeteninnere ein. Dort liefen in einer Raumwerft die modernen großen Ovoid-Ringraumer aus Carborit vom Band.

Die wenigen Menschen, die hier unten arbeiteten – das meiste erledigten riesige mehrarmige Arbeitsmaschinen und Großserienroboter –, zählten zu Wallis' engeren Vertrauten. Ihnen durfte sich Dhark ruhig zeigen, sie würden ihn nicht verraten.

»Die Werft arbeitet augenscheinlich mit voller Auslastung«, bemerkte der Commander beim Aussteigen.

Obwohl sie sich unter der Erde befanden, hatte er endlich genügend Bewegungsfreiheit. Zwar litt er unter keiner Transmitterreisenphobie, doch gelegentlich überkamen auch ihn klaustrophobische Gefühle. Menschen waren nun einmal keine Sardinen.

»Stündlich läuft ein neuer Ringraumer vom Band«, erklärte Wallis voller Unternehmerstolz. »Jedes Schiff wird mit der gewohnten schweren Bewaffnung ausgestattet.«

»Demnach rüsten Sie trotz aller Friedensbeteuerungen auf?«

»Selbstverständlich, was dachten Sie denn? Ich bin friedfertig – nicht blöde. Sollte ich jemals von diesem Despoten Trawisheim angegriffen werden, bin ich vorbereitet.«

Dhark schmunzelte. Es war stets ein Fehler, den ausgekochten Staatschef von Eden zu unterschätzen.

»Dank der Vollautomatisierung ist die Produktion des preiswerten Carborit-Werkstoffs nicht übermäßig teuer, Ren, deshalb vermehren wir hier unten die Ringraumer wie die Karnickel. Das Kostspieligste an einer schlagkräftigen Streitmacht ist nur selten der Schiffsbau. Unterhalt und Ausbildung der Besatzungen schlagen wesentlich stärker zu Buche – ganz zu schweigen von den fürstlichen Gehältern für so hochkarätige Kommandanten wie General Jackson.«

Aufgrund extremer Automatisierung waren für die tiefschwarzen Ovoid-Ringraumer der Thomas-Klasse theoretisch nur noch sechs Mann Besatzung notwendig, die auf langen Flügen in drei Schichten von jeweils zwei Mann tätig wurden; das gleiche traf auch auf die aus Unitall gefertigten gleichgroßen Raumer der Rom-Klasse zu. Notfalls reichte sogar ein einzelner Mann aus, was sich jedoch negativ auf die Schlagkraft auswirkte.

Ein reiner Roboterbetrieb war zwar theoretisch möglich, wie bei jedem anderen Raumschiff auch, doch mit der Entwicklung von erfolgreichen Kampfstrategien waren Roboter, die sich stur nach ihrer Programmierung richteten, überfordert. Im Gegensatz zu General Jackson, einem der besten Taktiker der Streitkräfte von Eden. Schon den Zweimannbetrieb in den Ovoid-Ringraumern betrachtete er als reine Notfallmaßnahme, weshalb er für seine Flottenschiffe auf Besatzungsstärken von je 50 Mann bestand.

»Kampferprobte Soldaten bekommt man nun einmal nicht für ein paar Cent auf dem Marktplatz«, sagte Ren Dhark, den die sporadischen Geizanfälle des einstmals reichsten Mannes der Erde (und heute auf Eden sowieso) immer wieder amüsierten.

Wallis hätte es sich leisten können, jeden seiner Ovoid-Ringraumer mit einer kleinen Armee zu besetzen. Aber er dachte halt wirtschaftlich. Und praktisch. Falls eines von Jacksons Schiffen abgeschossen wurde, war es »besser«, wenn dabei nur 50 Mann starben statt 5000.

Obwohl die Gelegenheit ungünstig war, weil »Ebenezer Scrooge« wieder einmal jede zusätzliche Ausgabe und vor allem sich selbst bedauerte, fragte Ren Dhark, wer die neun Carborit-Raumer von Eden nach Brana überführen würde.

»Stellen Sie mir Militärpiloten zur Verfügung?«

»Dafür habe ich genau die richtigen Leute, Ren, lassen Sie sich überraschen. Apropos Überraschung: Alle bereits produzierten Schiffe stehen kampfbereit verborgen im Planetenkern. Falls Trawisheim Eden angreift, wird er eine böse Überraschung erleben. Die tiefschwarzen Ovoid-Ringraumer sind zwar nur mit Mitgliedern der *Heimwehr* besetzt, doch von denen steht jeder einzelne seinen Mann.«

»Heimwehr?«

»Patriotische Bürger, die fest entschlossen sind, ihren Heimatplaneten bis zum letzten Atemzug zu verteidigen. In ihrer Freizeit nehmen sie freiwillig an militärischen Ausbildungsprogrammen teil. Dafür verlangen sie keine Bezahlung. Diese mutigen Menschen geben sich mit geringfügigen Vergünstigungen zufrieden. Natürlich erhalten sie und ihre Familien großzügige Aufwandsentschädigungen, und beim Manöver fehlt es ihnen an nichts.«

»Ein Tip: Würden die Angehörigen Ihrer privaten Sturmtruppe ihre Karabinermunition von zu Hause mitbringen, könnten Sie noch mehr sparen.«

Nur ein Freund durfte so mit einem Freund reden.

»Sie sollten diese Leute nicht unterschätzen«, erwiderte Terence Wallis. »Die Männer der *Heimwehr* kämpfen nicht für Geld, sondern aus echtem Idealismus – das macht sie extrem gefährlich. Im übrigen haben Sie es nur diesem privaten Aufrüstungsprogramm zu verdanken, Ren, daß mir derzeit reichlich Kampfschiffe zur Verfügung stehen, von denen ich neun verschmerzen und mit ausreichend Tofirit beladen kann. Natürlich erhalten Sie die Raumer nur leihweise, doch mir ist durchaus bewußt, daß ich sie unter ungünstigen Umständen niemals wiedersehe.«

»Wenn ich es vermeiden kann, werden sie keinen Kratzer abbekommen.«

»Freut mich, das zu hören. Der Kommandant des Überführungstrupps müßte übrigens jeden Augenblick eintreffen, wir haben uns hier verabredet.«

Wallis forderte Dhark auf, ihn zu einem der Expreßlifte zu begleiten, mit denen man von unten nach oben gelangte und natürlich umgekehrt.

»Erwähnte ich schon, daß die Überlassung der neun Ovoid-Ringraumer mit einer kleinen Bedingung verknüpft ist?« erkundigte er sich wie nebenher.

Aha, jetzt kommt der Haken bei der Sache, dachte Dhark.

»Sobald meine Schiffe im Orbit von Brana mit der POINT OF zusammengekoppelt wurden…«

»…verfrachte ich Ihre Patriotentruppe sofort in den Transmitter, bevor die Jungs Heimweh bekommen«, unterbrach Ren das Staatsoberhaupt respektlos – denn er befürchtete das Schlimmste.

»Nein, ich möchte Sie bitten, alle an der Überführung beteiligten Personen an Bord der POINT OF zu nehmen und sie während Ihrer Orn-Mission gründlicher in puncto Ringraumersteuerung zu unterweisen. Auf diesem Gebiet weisen die Männer nämlich noch ein gewisses Defizit auf. Damit wir uns richtig verstehen: Es sind keine Anfänger, sondern harte Kämpfer und sogar recht brauchbare Piloten. Für einfache Ringraumer-Tarnflüge, wie den von Eden nach Brana, sind sie schon gut genug ausgebildet. Man muß ihnen nur noch den letzten Schliff verpassen.«

»Ausgerechnet auf meinem Schiff?« stöhnte Dhark.

»Ja, das verlange ich als Gegenleistung für meine kleine Leihgabe.«

»Ist das Ihr letztes Wort?« fragte Ren, obwohl er die Antwort kannte.

»Mein letztes Wort trifft gerade ein«, sagte Wallis und deutete auf einen Mann, der aus einem der Expreßaufzüge trat – mit einem frechen breiten Grinsen im Gesicht.

Dhark war so verblüfft, daß ihm herausrutschte: »Heiliger Klabautermann!«

4.

Einige Wochen zuvor

»... nannte sich unser Volk nach der Vernichtung des Planeten Karr nicht mehr Karrorr, sondern Nomaden. Fortan lebten wir viele Generationen lang mit unseren Familien auf großen mächtigen Kreuzschiffen und betätigten uns in ganz Drakhon als Händler und Piraten. Viele Völker erzitterten vor uns, denn wir waren stärker als die meisten Bewohner unserer Galaxis. Auf Karr hatte eine hohe Schwerkraft geherrscht, die auch in unseren Schiffen beibehalten wurde. Dadurch waren wir jeder Spezies, die eine geringere Schwerkraft gewohnt war, körperlich haushoch überlegen. – Nebenbei bemerkt: Auf unserer hiesigen Stützpunktwelt herrschen ebenfalls 1,3 g.«

»Anfang.«

»Wie bitte?«

»Wenn du deinem Enkel etwas beibringen möchtest, Großvater, dann solltest du ihm auch verraten, wie unsere Stützpunktwelt heißt: Anfang.«

»He, das weiß ich selber, immerhin bin ich fast neun Jahre alt!«

»Siehst du? Er ist ein kluger kleiner Kerl. Den Verstand hat er von mir.«

»Ganz wie du meinst, Großvater, ich bin ja schon still.«

Obwohl beide nicht miteinander verwandt waren, redete der Kneipenwirt den alten Mann, der mit seinem achtjährigen Enkel an einem leeren Tisch Platz genommen hatte, respektlos mit *Großvater* an, weil er sich nicht mehr an den Namen des Gastes erinnerte, der hier nur gelegentlich ein Glas Champagner zu sich nahm.

Normalerweise kam der Alte allein, diesmal hatte er einen Welpen bei sich. Wahrscheinlich hatte man ihm das Kind daheim aufgenötigt, kurz bevor er zu seinem Spaziergang aufgebrochen war. Vielleicht brauchte die Mutter des Welpen ein wenig Ruhe – oder etwas Zeit, um mit dessen Vater Geschwister für den Kleinen zu produzieren.

Alle übrigen Gäste kannte der Wirt namentlich, schließlich hielt sich die Einwohnerzahl von Anfang noch in Grenzen. Es waren immer die gleichen Leute, die über den ganzen Tag verteilt zu ihm kamen, depressiv in ihr Champagnerglas stierten, von den alten Zeiten schwärmten, die noch gar nicht so lange her waren, und dann leicht »angeschickert« heimgingen. Einen Vollrausch vermieden sie meistens, den erlaubten ihnen ihre Frauen nicht.

An diesem Abend war der Gastraum halbvoll – oder halbleer.

»Erzähle ihm von unserem herrlichen Leben auf den Wohn- und Kriegsschiffen«, rief ein Gast an der Theke dem Alten zu, »als wir noch echte Männer waren, die ihre Konflikte durch faire Beißkämpfe austrugen und denen die Frauen gehorchten!«

Sämtliche Anwesenden waren Canoiden und ähnelten aufrechtgehenden Dobermännern. Sie waren im Durchschnitt zwei Meter groß, hatten eine schwarze Hautfarbe, vierfingrige Hände, ein feines Gehör und prächtige Gebisse, mit denen sie früher ihre Feinde zerrissen hatten. Heute schlugen sie ihre Zähne nur noch in ihr Lebendfutter, und selbst das jagten sie nicht mehr. Auf Anfang gab es keine einheimische Tierwelt, so daß die Nomaden – die seit ihrer Seßhaftigkeit wieder ihren Ursprungsnamen Karrorr angenommen hatten – auf Züchtungen zurückgreifen mußten.

Immer wieder wurden Tiere von fremden Planeten in Käfigen nach Anfang exportiert, um sie hier auszuwildern, damit die Karrorr später auf Fährtensuche gehen konnten – doch das scheiterte bisher an der Anhänglichkeit der gefangenen Wesen, die ständig in der Nähe der Siedlungen umherstreiften. Offensichtlich hatten sie kaum Angst vor den schwarzen Hünen und fanden sie womöglich sogar richtig lieb.

Der Junge interessierte sich nicht für das Leben auf den

Schiffen, er wollte lieber mehr über den Rudelführer Pakk Raff hören, den er bewunderte. Wie jedes Kind brauchte er seine Helden.

Sein Großvater tat ihm den Gefallen und konzentrierte seine lehrreichen Ausführungen auf den obersten Kopf des Rudels.

»Die Architektur auf Anfang richtet sich nach alten Überlieferungen aus. Das männliche Familienoberhaupt beansprucht einen zentralen Kuppelbau, um den kreuzförmig vier Seitenflügel angeordnet sind. Ursprünglich wohnte dort jeweils eine Frau mit ihrem Nachwuchs. Mittlerweile haben die meisten Karrorr weniger als vier Weibchen, viele sogar nur eines, weshalb die Flügel anderweitig genutzt werden, beispielsweise als Kinderstube, Gästekammer, Eßzimmer und so weiter.

Wie du ja weißt, sind die Wohnbauten des Rudels kreisförmig um den in der Mitte gelegenen Bau des Rudelführers angeordnet. In diesem prächtigen Haus aus Stein wohnt er: Pakk Raff, ein Kerl wie ein Baum, ein ganzer Mann, der sich nichts bieten läßt und immerhin noch drei Seitenflügel für den eigentlichen Zweck nutzt, nämlich zur Unterbringung seines Harems.

Aber auch bei ihm hält das Weiberregiment allmählich Einzug. Obwohl der vierte Flügel seinem reichlichen Nachwuchs viel Platz bietet, lassen die Mütter ihre Welpen häufig zum Spielen in den Zentralbau, also ins Allerheiligste des Rudelführers, wodurch er sich in seiner Arbeit – dem Schmieden von wichtigen Plänen – gestört fühlt. So erzählen es sich zumindest seine Nachbarn.

Nach hiesiger Zeitrechnung ist unser Rudelführer 38 Jahre alt. Er ist groß, stark und gerissen, allerdings...«

Der Erzähler schaute sich vorsichtshalber im Raum um, um sicherzugehen, daß der, von dem er sprach, nicht mitten unter den Gästen saß.

»... allerdings ist er nicht besonders schlau, weshalb er auf seinen genialen 41jährigen Berater Priff Dozz angewiesen ist.«

»Stell unseren Anführer gefälligst nicht als Dummkopf hin!« meldete sich aus irgendeiner Ecke ein erboster Zuhörer zu Wort. »Immerhin war er der erste, der gelernt hat, Angloter zu sprechen, ohne auf einen Translator angewiesen zu sein. Außerdem ist er einer der wenigen, die überhaupt noch einen Harem iht eigen nennen. Seit unsere Weiber mehr Mitspracherecht erstritten haben, plädieren sie für die langweilige Einehe, bestenfalls gestatten sie uns eine Zweitfrau. Pakk hingegen hat drei scharfe Gespielinnen – darunter die schöne Dell Wudd.«

»Dell Wudd und schön?« lästerte ein anderer. »Seit sie geworfen haben, sind Raffs Weibchen auch nicht mehr das, was sie früher einmal waren.«

»Verglichen mit Dozz' Frau sind die drei Liebesgöttinnen«, meinte der Wirt. »Bidd Nobb ist eine fette faule Emanze mit stumpfer Haut und Riesenbrüsten. So etwas hat kein Mann verdient.«

»Priff Dozz schon«, ertönte es von irgendwoher. »Der schwächliche Dickwanst ist so breit, wie er kurz ist. Sein Schädel ist viel zu rund, wodurch er aussieht wie ein wandelnder Haufen Hundekot.«

»Und sein Weib riecht so!«

Grölendes Gelächter erfüllte die Gaststube. Der Großvater bat um etwas mehr Mäßigung, immerhin war ein unschuldiger Welpe anwesend.

Pakk Raff und Priff Dozz waren in der Tat ein ungewöhnliches Freundespaar. Stärke und Klugheit ergänzten sich bei ihnen perfekt. Beiden war nur zu gut bewußt, daß einer ohne den anderen aufgeschmissen war, doch das hätten sie nie offen zugegeben.

In Drakhon hatte Priff versucht, sich selbst zum Rudelführer aufzuschwingen. Er hatte Pakk die FREIHEIT gestohlen, einen Kreuzraumer-Prototypen mit 270 Meter langen Balken, deren quadratischer Querschnitt 30 Meter betrug. Pakk hatte ihn und seine verweichlichten Anhänger daraufhin mit der etwas kleineren KRIEGSBRAUT verfolgt – bis in die Milchstraße. Seit die Galaxis Drakhon in ihr angestammtes Universum zurücktransferiert worden war, saßen beide Schiffsbesatzungen hier fest.

Ren Dhark, Amy Stewart und literweise Champagner, der beruhigend auf die Gemüter der Canoiden wirkte, war es zu verdanken, daß sich die verfeindeten Parteien inzwischen wieder vertrugen.

Zum Leidwesen der Karrorrmänner hatten die Karrorrfrauen seinerzeit die Wiedervereinigungsverhandlungen genutzt, um sich mehr Rechte zu verschaffen, unter anderem das Wahlrecht. Zwar hatte Pakk Raff, nachdem seine Position als Rudelführer in der ersten gemeinsamen Wahl in der Geschichte seines Volkes bestätigt worden war, »diesen widernatürlichen Demokratie- und Emanzipationsunfug« (Originalton Raff) wieder rückgängig gemacht, aber die Aufmüpfigkeit hatte man aus den Weibchen nie mehr herausbekommen.

Seit der Ansiedlung auf Anfang, dem zweiten von vier mondlosen Planeten der gelben Sonne Neu-Karr, etwa 120 Lichtjahre vom Perseusarm entfernt, war es vorbei mit dem Nomadisieren durchs All. Die Männer waren zu Geschäftsleuten mutiert und dementsprechend häufig auf Handlungsreisen, und die Frauen zogen ihre Kinder nicht mehr in den Schiffen groß, sondern auf einer Welt mit grünen Wäldern, endlosen Steppen, Savannen und mächtigen Flüssen.

»Terence Wallis, das Staatsoberhaupt von Eden, wurde zu einem guten Freund und Geschäftspartner der Karrorr«, berichtete der Großvater seinem Enkel. »Ihm verdanken wir nicht nur unseren exzellenten Champagner, er half uns im Jahr 2060 auch beim technischen Aufbau unserer neuen Welt. Im Austausch gegen die veralteten Wurmlochaggregate der FREIHEIT und der KRIEGSBRAUT baute er modernere Transitionstriebwerke in beide Schiffe ein, verschaffte uns drei Großkraftwerke und legte noch einen nagelneuen Kreuzraumer obendrauf: die REISSZAHN.«

Die REISSZAHN war damals vollautomatisiert ausgeliefert worden, so daß fünf Nomaden ausreichten, um das Schiff zu steuern. Inzwischen hatte man es noch einmal verbessert, es verfügte nunmehr über eine Gedankensteuerung.

Für derlei technische Details interessierte sich der Welpe jedoch genausowenig wie für die »Weibergeschichten«. Statt dessen wollte er wissen, wo denn die erwähnten Beißkämpfe zwischen erwachsenen Karrorr stattfanden. Solche Rituale waren fast nur noch bei Kindern üblich, wenn sie an Gleichaltrigen ihre Kräfte austesteten.

Sein Großvater blieb ihm die Antwort nicht schuldig. »Rangordnungskämpfe sind laut Wiedervereinigungsverhandlungsprotokoll – Himmel, was für ein langes Wort! – illegal. Ausnahmsweise hat Pakk Raff diesen Passus nach seiner Wahl nicht gleich wieder abgeschafft, weil er früher oder später zu alt für solche Kämpfe sein wird und ihm ein jüngerer Herausforderer seine Position im Zweikampf streitig machen könnte. Mit einem klugen Berater wie Priff Dozz an seiner Seite hat er somit beste Chancen, noch sehr lange unser Rudelführer zu bleiben.«

Eine Frage hatte der Junge noch. »Wird unser Volk jemals nach Drakhon zurückkehren?«

»Sehr wahrscheinlich nicht. Der Übergang zwischen beiden Universen ist so gut wie unmöglich. Nur Ren Dhark hat es vor ein paar Jahren noch einmal nach dorthin verschlagen. Nach allem, was er berichtet hat, vergeht die Zeit in Drakhon sehr viel schneller als bei uns. Die neue Generation der Karrorr hat nichts mehr mit den tapferen stolzen Kriegern von einst gemein. Unser Volk dort ist friedlicher geworden – und genauso seßhaft wie wir. Daher können wir ebensogut in unserer neuen Heimat bleiben.«

Der alte Mann schaute in die Runde und bemerkte: »Mal ehrlich, Leute, so übel ist es hier doch gar nicht, oder?«

Wie aufs Stichwort betraten Pakk Raff und Priff Dozz die Gaststube.

»Es gibt Tage, an denen kann ich gar nicht so schnell fressen, wie ich kotzen möchte!« schimpfte der Rudelführer.

»Geht mir genauso«, pflichtete ihm sein Berater bei. »Ich kann es kaum erwarten, wieder ins All aufzubrechen!«

*

Wahre Helden gab es nur selten, meistens entstanden sie in den Phantasien ihrer Bewunderer. Lernte man sein Idol erst einmal näher kennen, war unter Umständen schon bald die Luft raus, weil sich derjenige rasch als das entpuppte, was er wirklich war: ein stinknormales Lebewesen wie viele andere.

Noch schlimmer war es, jemanden sein Leben lang anzuhimmeln, um dann festzustellen, daß man seine Gunst an eine seelisch kaputte Existenz verschenkt hatte.

Das Dasein des achtjährigen Welpen, den sein Großvater in die Schankstube mitgenommen hatte, währte zwar erst kurz, und er konnte sich bestenfalls an die Hälfte davon erinnern, nichtsdestotrotz war die Enttäuschung, die er beim Anblick von Pakk Raff empfand, nahezu übermächtig und brachte seine kleine heile Welt zum Einsturz.

»Ich werde mich den Terranern nie fügen!« hatte der Rudelführer einstmals gesagt. »Sobald wir genauso stark sind wie sie, wird die Milchstraße vor der Macht der Karrorr erzittern!«

Heute war das nur noch ein schwaches Lippenbekenntnis. Pakk Raff hing saft- und kraftlos an der Theke, sabberte in seinen Champagner und klopfte Sprüche wie ein *Prolet* – den Ausdruck kannte man auf Anfang natürlich nicht.

»Es ist beschämend, daß ich, der Oberste Rudelführer aller Karrorr, eine Ausrede gebrauchen muß, um von daheim wegzukommen. ›Priff und ich haben Staatsgeschäfte zu besprechen.‹, habe ich behauptet. Als ob es unsere Weiber irgend etwas anginge, was wir tun und lassen! Man sollte sie allesamt mal anständig durch… ach, was rede ich denn da? Das tun wir fortwährend, und sie haben nichts dagegen. Davon ist deine Alte ja auch so fett, Priff!«

»Stimmt, sie steht kurz vor ihrem nächsten Wurf«, bestätigte der Angesprochene. »Und das Schlimmste daran ist, daß sie auch hinterher kaum dünner sein wird.«

»Mach dir nichts daraus«, tröstete ihn der Rudelführer. »Schön und schlank – das ist vergänglich. Im Gegensatz zu den meisten Rudelmitgliedern kann ich meine Weiber zwar begatten, wann immer ich will, denn ich bin der Herr im Haus, aber so wie die mittlerweile aussehen, verspüre ich immer weniger Lust darauf.«

»Geht mir genauso, doch das kümmert Bidd Nobb wenig. Die Dicke benutzt mich wie einen Gebrauchsgegenstand.«

»Das darfst du dir nicht gefallen lassen, Priff. Zeig ihr, wer von euch beiden das Sagen hat.«

»Nicht nötig, das weiß sie bereits.«

»Du bist wahrlich ein armer Hund. Hört wenigstens deine Tochter auf dich?«

»Sie schlägt ganz nach ihrer Mutter – leider nicht mit der Faust.«

Auch Pakk Raff hatte Nachwuchs, und nicht zu knapp. Als er anfing, angetrunken über seine Söhne und Töchter herzuziehen, die ihm laut eigenem Bekunden mit ihrem »Welpengekläff und der dauernden verdammten Fragerei« noch den letzten Nerv raubten, verließ der Großvater mit seinem Enkel die Kneipe, bevor die Enttäuschung des Jungen noch stärkere Ausmaße annahm.

Entwickelte sich Pakk Raff allmählich zum Frauen- und Kinderhasser? Priff Dozz glaubte, den Grund für den Frust zu kennen, dem beide ausgesetzt waren.

»Uns fehlt das Abenteuer«, sagte er, wobei er mit »uns« alle in der Kneipe anwesenden Nomaden meinte, wie er durch eine ausladende Geste mit dem Arm verdeutlichte. »Wir sind vor allem Piraten und erst in zweiter Linie Kaufleute. Wie sollen unsere Frauen jemals wieder zu uns aufsehen, wenn wir uns immer mehr zu Krämerseelen entwickeln?«

»Jemals wieder?« rief einer. »Deine hat doch schon immer auf dich herabgeguckt!«

Dozz ignorierte das Gelächter. Ungerührt fuhr er mit seiner Aussage fort: »Wir Karrorrmänner sind nicht dafür geschaffen, allein auf Handelsreise zu gehen und bei unserer Heimkehr desinteressierte Weiber vorzufinden, die sich um ihre Welpen mehr kümmern als um ihre angestammten Gebieter. Ein echter Karrorr sollte ständig von Frauen umgeben sein, die ihm devot dienen.«

»Nimm dein Maul nicht so voll, Saufkopf«, raunte Pakk seinem Berater zu, der immer dann die große Klappe hatte, wenn Bidd Nobb nicht in der Nähe war.

»Aber ich habe doch recht, oder?« lallte Dozz. »Unser Leben ist öde. Das muß sich endlich ändern! Wir sollten wieder gegen jemanden Krieg führen, um unseren Stolz von einst zurückzugewinnen.«

»Alles zu seiner Zeit«, erwiderte sein Rudelführer. »Fürs erste würden mir ein paar schöne willige Frauen an Bord unserer Handelsschiffe genügen – es müssen ja nicht unbedingt die eigenen sein. Ich dachte da eher an junge unverbrauchte Weibchen, die einem den ganzen Flug über zur Verfügung stehen.« Er seufzte. »Aber die Mütter meiner Welpen würden mir daheim das Leben zur Hölle machen, sollte ich es wagen…«

»Das ist es!« unterbrach ihn Priff Dozz, der spürte, wie er schlagartig nüchtern wurde. »Ich habe eine grandiose Idee!«

Dozz war ein schwächlicher Nuckel, aber wenn er zu denken anfing, lief er meist zur Hochform auf.

Alle Hundeaugen richteten sich jetzt auf ihn. Ein wirklich weiser Mann wußte jedoch, wann es besser war zu schweigen. Er zahlte seine und Raffs Zeche und gab dem Rudelführer ein Zeichen.

Raff folgte ihm nach draußen. Offenbar wollte Dozz ihm etwas anvertrauen, das nicht für fremde Ohren bestimmt war…

*

Nicht nur Priff Dozz hatte sich in früheren Jahren mit dem Rudelführer angelegt und dabei den kürzeren gezogen. Auch Plepp Riff, derzeit Kommandant der REISSZAHN, konnte ein Lied davon singen – genaugenommen hatte er mehr gejault denn gesungen, als ihm Pakk Raff im August 2060 zur Verhinderung einer Befehlsverweigerung das halbe Ohr abgebissen hatte.

Mittlerweile lag der Vorfall sechs Jahre zurück und war somit Schnee von gestern. Riff und Raff verstanden sich wieder bestens – solange Riff tat, was Raff von ihm verlangte.

Plepp Riff war gerade mit der REISSZAHN von einem lukrativen Handelsflug zu den Rateken zurückgekehrt. Pakk Raff und Priff Dozz kamen an Bord und setzten sich mit ihm auf eine Flasche Champagner im Kapitänsquartier zusammen. Raff erläuterte Dozz' Plan – den er natürlich als den seinen ausgab. Priff Dozz wagte keinen Widerspruch, denn der Ruhm gehörte immer dem höchsten Anführer.

»Wir werden in Zukunft mit der KRIEGSBRAUT nicht mehr

auf Handelsreisen gehen, sondern Forschungsraumflüge betreiben«, sagte Pakk Raff. »Auf diese Weise könnten wir wesentlich mehr verdienen als bisher. Laut unserem Abkommen mit Eden erhalten wir für jede Entdeckung, die Wallis Industries oder eine der sonstigen Wallis-Firmen verwerten kann, eine hohe finanzielle Beteiligung. Mit etwas Forscherglück springt dabei eine Menge für uns heraus.«

»Keine schlechte Idee. Doch warum willst du ausgerechnet mit der KRIEGSBRAUT auf Forschungsreise gehen? Die REISSZAHN wurde einst nach den Maßen der FREIHEIT gefertigt; das Schiff ist größer und geräumiger.«

»Richtig, aber die KRIEGSBRAUT war einmal ein Wohnschiff – sprich: Es gibt dort eine hohe Zahl von Wohnkabinen.«

Jetzt ließ der Hund die Katze aus dem Sack. Pakk Raff schilderte seinem staunenden Zuhörer, was er vorhatte.

»Genial!« lobte ihn der Kommandant. »Und du glaubst, unsere Weiber werden dabei tatenlos zusehen?«

»Was sollten sie gegen ein gemeinnütziges Projekt zur Förderung der Gleichberechtigung einzuwenden haben?« ergriff Priff Dozz das Wort. »Bei anderen Völkern dürfen die Frauen schon längst Raumschiffe fliegen, sogar Kampfraumer – nur wir sind in dieser Hinsicht noch rückständig.«

»Das fand ich bisher völlig in Ordnung«, meinte Plepp Riff. »Es ist ehrlos, wenn Männer Frauen für sich kämpfen lassen. Mir ist nicht wohl bei dem Gedanken, daß sie uns im Notfall beschützen sollen.«

»Tun sie doch gar nicht – wir tun nur so, als ob sie es tun«, brachte der gedrungene Berater fehlerfrei einen zungenbrecherischen Satz hervor. »In unserem neuen Forschungsraumschiff, der KRIEGSBRAUT, fliegen künftig 140 Mitglieder des noch zu gründenden weiblichen Kadettenkorps mit. Offiziell werden sie von der früheren Kernmannschaft des Schiffes in allen fliegerischen Belangen ausgebildet, wobei auch militärische Aspekte berücksichtigt werden.«

»Verstehe«, entgegnete Plepp Riff und griente. »Vor allem die Übung ›Hinlegen!‹ müssen die Mädels lernen. 140 zu 50 – das ergibt pro Mann 2,8 Kadettinnen. Hm, keine glatte Zahl.«

»Um die ›Kommaacht‹ braucht ihr euch nicht den Kopf zu zerbrechen«, machte Raff den beiden klar. »Als euer Rudelführer reiße ich mir ohnehin mehr Weiber als ihr unter die Lefzen.«

»Logisch, und wie ich dich kenne, sind es die schönsten«, meinte Riff.

»Häßliche kommen erst gar nicht an Bord. Es wurde bereits ein planetenweiter Aufruf veröffentlicht, und ich rechne mit so vielen Freiwilligen, daß uns die Auswahl schwerfallen dürfte. Natürlich gibt es eine Altersbeschränkung, damit Monstren wie Bidd Nobb erst gar keinen Antrag auf Aufnahme ins Korps stellen dürfen. Wie wär's, Plepp? Möchtest du der Jury angehören, die die Mädels begutachtet?«

»Was für eine Frage«, antwortete der Gefragte begeistert. »Für dieses Privileg würde ich mir von dir sogar noch die andere Hälfte des Ohrs abbeißen lassen.«

*

Bei der Auswahl ihrer »Lehrmädchen« benahmen sich die Jurymitglieder wie formvollendete Herren aus den besten Kreisen. Obwohl manche Karrorr ihren Sabber kaum noch zurückhalten konnten, verzichteten sie auf »Fummeltests« aller Art.

Einige Kandidatinnen, die partout mit an Bord wollten, machten den Gremiumsmitgliedern unverhohlene Avancen. Die Kerle wurden und blieben jedoch hart, schließlich wußte man nie, ob es die betreffenden Damen wirklich ernst meinten oder ob sie sich ihnen nur zum Schein anboten, um die Aufrichtigkeit der Jury zu testen – im Auftrag eifersüchtiger Ehefrauen.

Weil die ganze Aktion unter den stets wachsamen Augen all derer stattfand, die mit ihren Welpenscharen am heimischen Herd zurückbleiben würden (und die auch gar nicht mitfliegen wollten), wurden zuvorderst Intelligenzprüfungen durchgeführt, in Form von Fragebögen mit schwierigen Aufgaben. Von jeder Bewerberin wurde eine Fotomappe mit ihren persönlichen Daten angefertigt.

Diese Daten und die Prüfungsergebnisse hielten die Jurymitglieder pedantisch unter Verschluß.

Jeden Abend werteten sie ihre Unterlagen an einem geheimen Ort aus: im Hinterzimmer ihrer Stammkneipe.

Die wichtigsten Utensilien, die sie auf ihren Zusammenkünften benötigten: viel Champagner, ein Holoprojektor zum Betrachten der Fotos und ein Folienvernichter zur Entsorgung der völlig uninteressanten Intelligenzprüfungsergebnisse. Einige Jurymitglieder verstanden die Fragen nicht einmal selbst, also gab es keinen Grund, sich näher damit zu befassen.

Das Credo der Hinterzimmersitzungen stand auf einem großen Transparent, das jedesmal quer durchs Zimmer gespannt wurde: *Schön müssen sie sein, läufig müssen sie sein – und natürlich doof, sonst würden sie nicht ausgerechnet uns an sich ranlassen*. Man merkte es den Karrorr nicht unbedingt an, doch sie hatten tatsächlich Humor.

*

Als die 140 auserwählten weiblichen Kadetten in die KRIEGSBRAUT einzogen, waren zahlreiche Ehefrauen und Kinder anwesend, um die Männer der Kernbesatzung zu verabschieden. Viele schiefe Blicke trafen die Raumfahrerinnen in spe, nicht nur, weil man ihnen den Erfolg neidete, sondern weil sie ihre strammsitzenden Uniformen so perfekt ausfüllten, wie man es nur in jungen Jahren konnte.

So viel Aufmerksamkeit hätten sich Bidd Nobb und ihre Handvoll Anhänger auch gewünscht. Mit viel Wirbel hatte sie für den Tag des Abflugs zu einer Großdemonstration gegen den Start des Forschungsraumers aufgerufen, mit der Begründung, die Männer würden sich nur »Frischfleisch« an Bord holen – was die natürlich entrüstet bestritten. Kaum jemand beachtete Bidds Aktion, obwohl sie an zentraler Stelle auf dem Raumflughafen stattfand. Die von ihrem Gatten ersonnenen und von ihrem Rudelführer verbreiteten äußerst geschickten Lügen ließen sich nun einmal nicht widerlegen.

»Geschafft!« atmete Pakk Raff in der Kommandozentrale auf, als sich die KRIEGSBRAUT vom Flugfeld erhob. »Jetzt kann uns nichts mehr passieren!«

Obwohl er damit rechnete, daß Bidd Nobb ein paar »Hardcore-Emanzen« unter die süßen Kadettinnen geschmuggelt hatte, war er guter Dinge. Die paar Aufmüpfigen würde er schon zu beruhigen wissen – mit einem Daueraufenthalt in der Arrestzelle.

Um alle übrigen weiblichen Besatzungsmitglieder würden sich die erfahrenen Recken gemeinsam kümmern. Weit über hundert junge wißbegierige Frauen warteten darauf, daß man ihnen etwas beibrachte und sie mit wichtigen Aufgaben betraute – diese Flausen würde man(n) ihnen schon austreiben.

5.

»Heiliger Klabautermann!« rutschte es Ren Dhark heraus, als der nomadische Rudelführer Pakk Raff aus dem Expreßlift trat.

Das war jetzt schon das zweite Mal, dachte Terence Wallis. *Wenn heute noch ein einziger Klabautermann über seine Lippen kommt, widme ich mich in Zukunft intensiv der Traumdeutung und sonstigem esoterischen Unsinn.*

Raff begrüßte Dhark gutgelaunt. Seit der Karrorr mit seinem neuen Kadettenkorps ins Weltall gestartet war und jetzt mehr schöne Frauen an Bord hatte als häßliche Männer, hatte ihn die gute Laune nicht mehr verlassen.

Kurz nach dem Abflug war ein Funkruf von Wallis hereingekommen.

Sein bester Geschäftspartner hatte ihn gebeten, mit seinen Männern die Überführung von neun Ringraumern zu übernehmen, gegen gute Bezahlung, und Pakk hatte sofort begeistert zugesagt. Zum einen hatte er ohnehin vorgehabt, die Geschäftsbeziehung zu Wallis noch mehr zu vertiefen, das war schließlich der Hauptzweck der geplanten Forschungsflüge, zum anderen lernte er mit jedem Einsatz auf einem Ringraumer, diesen einzigartigen Raumschiffstyp besser zu beherrschen.

»Gehörst du etwa auch der *Heimwehr* an?« wollte Dhark von dem Nomadenanführer wissen – eine Frage, die ihm bereits einfältig vorkam, noch bevor er sie ausgesprochen hatte, denn Pakk Raff war schließlich kein Bürger von Eden, sondern gewissermaßen sein eigenes Staatsoberhaupt.

»Ich habe nie gesagt, Mitglieder der *Heimwehr* würden die Schiffe nach Brana überführen«, stellte Wallis das Mißverständnis richtig, das er natürlich bewußt herbeigeführt hatte, um Dhark ein wenig zu foppen.

»Und ob Sie das gesagt haben, Terence«, widersprach ihm Dhark und strapazierte sein Gedächtnis. »Oder?«

»Ich achte stets genau auf meine Worte. Hätten wir Buch über unsere Dialoge geführt, Ren, könnten Sie jetzt zurückblättern und jeden Satz nachschlagen.«

»Zumindest haben Sie mich absichtlich in dem Glauben belassen, Ihre Bonbontruppe mit nach Orn nehmen zu müss... Augenblick mal! Bedeutet das etwa, ich soll die Nomaden mitnehmen? In der POINT OF?«

»Wir fliegen in der POINT OF mit?« freute sich Pakk Raff. »Nach Orn? Die ganze Besatzung?«

»Wie viele Männer hast du denn an Bord?« fragte ihn Ren Dhark.

»Fünfzig«, antwortete der nomadische Rudelführer wahrheitsgemäß.

»Die Mitglieder der *Heimwehr* hätten beim derzeitigen Stand ihrer Ausbildung mindestens zehn Mann Besatzung pro Ringraumer benötigt, also insgesamt neunzig«, rechnete Wallis dem Commander vor.

Pakk Raff wollte etwas dazu sagen, zog es dann aber doch vor, zu schweigen, um das Geschäft nicht zu gefährden.

»Neunzig Menschen sind wesentlich pflegeleichter als fünfzig Nomaden«, meinte Dhark und schaute den Rudelführer an. »Nimm es bitte nicht persönlich, aber deine Leute haben manchmal etwas robuste Manieren, höflich ausgedrückt, und das könnte einige Besatzungsmitglieder verstören.«

»Heißt das, die betreffenden Personen haben Angst vor uns?« hakte Pakk Raff nach.

»Ich will es einmal so ausdrücken: Manch einer an Bord wird bei eurem Anblick leicht nervös und tastet vorsichtshalber nach seiner Waffe.«

»Das finde ich gut«, erwiderte der Karrorr zufrieden. »Sehr gut sogar.«

»Ich nicht!« stellte Dhark klar. »Ich dulde keine Auseinandersetzungen in meinem Schiff und werde jeden, der gegen meine Statuten verstößt, bis zum Ende der Mission in der Arrestzelle versauern lassen! Haben wir uns verstanden?«

»Voll und ganz«, antwortete Pakk Raff betont desinteressiert und wandte sich Terence Wallis zu. »Wann fliegen wir los?«

»Die Raumschiffe werden so bald wie möglich für die Überführung vorbereitet«, sagte der Unternehmer. »Hier ist nicht der geeignete Ort für weitere Gespräche. Am besten, wir gehen in mein Büro. Dort übergebe ich dir streng geheime Koordinaten, die du an niemanden weitergeben darfst.«

Die Expreßlifte waren in einer umfangreichen dicken Röhre aus Unitall untergebracht. Rundum befand sich ein großer kreisförmiger Vorplatz, auf dem die Unterhaltung stattgefunden hatte. Da alle Untertageschaffenden bei der Arbeit waren, waren die drei hier ungestört gewesen. Nun aber sehnte sich Wallis nach der Bequemlichkeit seines eigenen Büros und nach einem Schluck Single Malt.

»Ich weiß ja, was ich Ihnen zumute, Ren«, sagte er auf dem Weg dorthin. »Dennoch muß ich auf der Mitnahme der Karrorr bestehen. Die *Heimwehr* könnte bei der Verteidigung von Eden überfordert sein, und dann wäre ich auf die Nomaden als Piloten angewiesen. Deshalb möchte ich ihnen die perfekteste Ausbildung zukommen lassen – und in der POINT OF gibt es nun einmal die besten Ausbilder.«

»Wir entwickeln derzeit selbst ein Ausbildungsprogramm«, warf Pakk Raff ein, ohne näher darauf einzugehen. »Auch sonst wird sich bald vieles in unserem Leben ändern. Beispielsweise wird die KRIEGSBRAUT künftig nicht mehr als Handelsschiff unterwegs sein. Selbstverständlich betreibt mein Volk wie gehabt weiterhin Rohstoffhandel, doch wir wollen uns von nun an mehr auf die Erforschung fremder Welten konzentrieren.«

Dhark horchte auf. »Wie viele Planeten habt ihr denn schon erforscht?«

»Noch keinen«, antwortete der Nomade zu seiner Verblüffung. »Wir wollten gerade damit anfangen, als uns per Funk der Überführungsauftrag erreichte. Sobald das erledigt ist, beginnen wir mit dem Forschen – in Orn.«

*

Ren Dhark kehrte noch am selben Tag nach Brana zurück – auf die gleiche Weise, wie er gekommen war. Wallis stellte ihm selbstverständlich sein Reisemodul zur Verfügung, das Ren anschließend leer wieder nach Eden schickte.

Der Commander verlor keine Zeit und gab beim Hausmeister seines Schiffes die Herrichtung von Nomadenquartieren in Auftrag, verschieden große Mehrbettunterkünfte und Einzelkabinen. Stanley Oliver wußte, was das bedeutete: In jedem Quartier mußte eine Schwerkraft von 1,3 g erzeugt werden, was beim technischen Stand des Jahres 2066 kein wirkliches Problem darstellte.

Der äußerst zuverlässige Mitarbeiter und sein gestandenes Team waren noch mitten bei der Arbeit, als ihn Ren Dhark erneut über Bordsprech anrief und 140 Quartierplätze mehr in Auftrag gab.

»Pakk Raff hat auf Anfang haufenweise Kadetten an Bord seines Schiffes genommen, die er nicht allein auf Eden zurücklassen möchte«, erklärte Dhark dem Hausmeister. »Leider ist er erst jetzt damit herausgerückt.«

»Bedeutet das, ich soll insgesamt 190 Unterkünfte vorbereiten?« fragte Oliver entsetzt.

»190 Betten, nicht Kabinen, wir sind schließlich kein Hotel«, antwortete Dhark. »Unsere Hundefreunde müssen halt mit weniger Platz auskommen und etwas zusammenrücken. Weil er uns so spät Bescheid gegeben hat, bekommt auch der Rudelführer kein eigenes Quartier – wir legen ihn mit seinem Berater zusammen, Strafe muß sein.«

*

Drei Tage später trafen die neun Ovoid-Ringraumer im Wischnu-System ein.

Die POINT OF startete ins All. Dort übernahm der mit Biokomponenten versehene Bordrechner, der Checkmaster, die Steuerung der tiefschwarzen Ringraumer und koppelte sie zu einer Röhre zusammen. Wegen der Düsenwirkung setzte sich der Unitallblaue ans Ende des Gebildes.

Nun konnte der Checkmaster alle Schiffe wie eines steuern.

Von seiner Kommandozentrale aus funkte Ren Dhark die Ovoid-Ringraumer an und gab Anweisung, alle 190 Nomaden über die in den Schiffen befindlichen Transmitter in die POINT OF zu schicken.

»In geordneter Reihenfolge«, fügte er hinzu, denn er kannte seine Pappenheimer.

Die Transmitter in den Ringraumern befanden sich innerhalb der die Zentrale umlaufenden Galerie. Sie hatten die Form einer halbröhrigen Wandnische und durchmaßen eineinhalb Meter. Mit einer Höhe von drei Metern waren sie auch für einen ausgewachsenen Karrorr mehr als ausreichend. Ausgewachsene Rateken hätten sich allerdings bücken müssen.

Dhark wollte sich den Rudelführer gleich nach seinem Eintreffen gründlich vorknöpfen. Daß der ihm die Kadetten zunächst verschwiegen hatte, empfand er als Respektlosigkeit sondergleichen.

Ungeduldig schaute er zu der Nische, die mit weißen halbtransparenten Kacheln ausgekleidet war, hinter denen man verschwommen ein Geflecht dunkler Drähte erkennen konnte. Eine Kuppel schloß das Gerät nach oben hin ab. Unter ihrem Zenit hing eine metallisch glänzende Kugel, aus der zahlreiche goldfarbene Sensoren ragten. Der Fußboden funkelte kristallin und sah aus wie eine von Omas teuren Tortenplatten.

Und plötzlich stand sie mitten im Ringtransmitter: die Torte. Wumm Woll.

Dhark hatte erwartet, daß Pakk Raff als erster durch den Transmitter treten würde, gefolgt von seinem kuschenden Berater, der ständig an seiner Rute klebte. Statt dessen hatte der Rudelführer eine nomadische Schönheit sondergleichen vorausgeschickt. Eine Karrorr zwar, aber mit einer hinreißenden Figur, die so manche Menschenfrau hätte vor Neid erblassen lassen.

Mit typisch weiblichen Schritten und Bewegungen verließ Wumm Woll den Innenbereich des Transmitters und schaute sich ein wenig scheu um.

Als ihr auffiel, daß sich zahlreiche Blicke auf sie richteten, gab sie sich schutzlos und verwirrt.

Mit ängstlich bebender Stimme nannte sie ihren Namen und erkundigte sich, wohin sie sich denn begeben solle.

»Heiliger Klabautermann!« murmelte Dhark.

Da seit dem zweiten Ausruf bereits mehrere Tage vergangen waren und Terence Wallis diesen hier ohnehin nicht hörte, blieb der Welt ein weiterer überflüssiger Esoteriker erspart.

*

Einige Zeit zuvor

In acht der neun Ovoid-Ringraumer befanden sich 21, im neunten 22 Karrorr. Die Anzahl der Männer auf den Schiffen war ungefähr gleich, und die Kadettinnen, die ihnen bei der Arbeit über die Schulter sehen durften, hatte der Rudelführer ebenfalls in etwa gleichmäßig verteilt, damit niemand zu kurz kam.

Weil er damit rechnete, daß ihm Ren Dhark gleich bei seiner Ankunft auf der POINT OF Vorhaltungen machen würde, weil er ihm das Kadettenkorps verschwiegen hatte – bis jetzt wußte der Commander noch nicht, daß es sich samt und sonders um junge Frauen handelte –, überlegte er fieberhaft, wie er um die Standpauke herumkommen würde.

Sein kluger Berater stand ihm auch diesmal treu zur Seite.

»Wir stürzen ihn in Verwirrung, indem wir als erstes nicht dich, sondern eine besonders reizende Kadettin durch den Transmitter gehen lassen. Anschließend folgen die übrigen 139 Frauen, und erst zum Schluß vollziehen die Männer ihren Durchgang. Ren Dhark hat um eine geordnete Reihenfolge gebeten – die soll er bekommen. Wir schicken ihm als erstes unsere heißen Bräute.«

Pakk Raff bezweifelte, daß sich die männlichen Terraner davon beeindrucken ließen. »Karrorrfrauen wirken auf Menschen bestimmt so abstoßend wie die Menschenfrauen auf uns.«

»Es gibt auch Ausnahmen«, meinte Dozz und erinnerte ihn an seine körperliche Auseinandersetzung mit Dharks muskulöser Lebensgefährtin, die der Rudelführer laut eigenem Bekunden nicht unattraktiv fand.

»Sie hat mich im Kampf besiegt, das war irgendwie... erregend«, gab Raff zu. »Und du glaubst wirklich, das funktioniert auch umgekehrt?«

»Mit der richtigen Kadettin ganz sicher«, erwiderte sein Berater. »Ich habe auch schon eine bestimmte Person im Auge: Wumm Woll. Sie ist einfach entzückend und hat in gewissem Sinne sogar menschliche Züge.«

»Menschliche Züge?« wiederholte Pakk Raff entsetzt. »Warum ist sie nicht durch das Auswahlraster gefallen? Wir haben doch die Fotounterlagen der Häßlichen konsequent in den Folienvernichter gesteckt. Auf welchem Schiff fliegt die Unglückliche denn mit?«

»Auf diesem hier«, sagte Priff Dozz und wirkte ein wenig verlegen.

»Aha, jetzt durchschaue ich dich! Du hast ein Auge auf das Mädel geworfen, und du denkst, weil sie genauso häßlich ist wie du, läßt sie sich mit dir ein.«

Solche beleidigenden Äußerungen durfte sich nur der Rudelführer erlauben. Hätte Dozz es gewagt, im gleichen herablassenden Ton mit Pakk Raff zu reden, wäre es ihm schlecht bekommen.

Priff Dozz schluckte die Demütigung und legte sie ad acta zu den zahllosen anderen. Schweigend verließ er die Zentrale und kam wenig später wieder mit einer jungen Nomadin herein.

»Darf ich vorstellen? Wumm Woll.«

Pakk Raff betrachtete die Kadettin, die vor seinem respekteinflößenden Blick leicht erzitterte, von allen Seiten. Er mußte zugeben, daß sie ihm gefiel. Gerade deshalb konnte er sich nicht vorstellen, daß sie den Menschen ebenfalls gefallen würde.

»Versuch macht klug«, murmelte er. Was hatte er schon groß zu verlieren?

*

Ren Dharks bester Freund Dan Riker war der Oberkommandierende eines Kampfverbandes, der aus Meuterern bestand. Für Hinweise auf deren Verbleib waren hohe Belohnungen ausgesetzt, denn man wollte sie vor ein Kriegsgericht stellen. Dhark und seine Besatzung waren Vogelfreie. Geld gab es zwar nur für die Zerstörung oder das Entern ihres Schiffes, doch sein Leben und das seiner Getreuen war augenblicklich keinen Pfifferling wert.

Somit war es nicht verwunderlich, daß sich in der POINT OF zwei weitere »zwielichtige Elemente« herumtrieben: der wehrpflichtige Obergefreite Charlie Parker und der Kadett Steve Hawker. Beide wurden als Deserteure von der Terranischen Flotte gesucht.

Der blonde, gut durchtrainierte Hawker, dessen Selbstsicherheit mitunter an Überheblichkeit grenzte, war zweiundzwanzig Jahre alt und stammte aus dem Westen der USA. Aufgrund seiner eisblauen Augen hielt man ihn manchmal irrtümlich für einen Nordeuropäer. Er war in diesem Schiff ausgebildet worden.

Mit seiner Offizierskarriere war es ein für allemal vorbei, seit er einen Datenspeicher mit Entschärfungskodes erbeutet und in die POINT OF gebracht hatte, um den Checkmaster von einer Bombe zu befreien, die man auf Befehl von Babylons Staatschef Henner Trawisheim in der Zentrale plaziert hatte.

Dabei wäre Steves mutiger Einsatz gar nicht nötig gewesen, weil sich der Wehrpflichtige Charlie Parker bereits mit dem Bordrechner geeinigt hatte, so daß dieser die Bombe selbst hatte entschärfen können. Viel hatte der Obergefreite nicht tun müssen, er hatte nur seine fünf Kameraden abgelenkt. Trotzdem war es eine Heldentat gewesen, die dem Achtzehnjährigen viele Jahre Gefängnis einbringen konnte.

Schon als Junge hatte sich Charlie gewünscht, in der POINT OF mitfliegen zu dürfen. Da er über keinerlei besondere Fähigkeiten verfügte, die ihn dafür qualifizierten, hatte er sich nie als Besatzungsmitglied beworben. Nun war ihm sein Wunsch erfüllt worden: Er gehörte der Mannschaft dieses unglaublichen Schiffes an.

Charlie bewunderte Ren Dhark über alle Maßen. Seine Empfindungen für Amy Stewart waren noch stärker, er war ganz hin und weg von ihr. Als sie ihm die Hand gereicht und sich bei ihm für die Hilfestellung bei der Befreiung des Checkmasters bedankt hatte, wäre er vor Glück fast gestorben.

Als Ehrenmann würde es ihm natürlich nie in den Sinn kommen, seinem Idol die Lebensgefährtin auszuspannen. Im übrigen war ihm nur zu gut bewußt, daß ein kleiner Soldat wie er bei einer Rassefrau wie ihr, die zudem zwölf Jahre älter war, nicht die geringste Chance hatte, daher begnügte er sich damit, sie in manchen Nächten zärtlich zu verführen – in seinen Träumen.

Sowohl Parker als auch Hawker hielten sich in der Zentrale auf, der TF-Exobergefreite zum Lernen und der TF-Exoffiziersanwärter, um ihm etwas beizubringen. Damit hatten beide erst einmal eine Aufgabe. Über ihren zukünftigen Einsatz in der POINT OF mußte der Commander noch nachdenken.

Wie alle in der Zentrale Anwesenden beobachteten die beiden Neuen, die sich inzwischen ein wenig miteinander angefreundet hatten, wie weitere Nomadinnen aus dem Transmitter traten, eine nach der anderen, in voller Pracht und Größe.

Steve fiel auf, daß Charlie beim Anblick der großen bissigen Frauen zurückschreckte. Der Junge hatte offenbar noch nie zuvor leibhaftige Nomaden gesehen, zumindest nicht in natura.

Hawker amüsierte das Verhalten des kleinen Feiglings – so nannte er ihn allerdings nur in Gedanken –, denn er fand die Nomadenweiber irgendwie faszinierend. Nicht sonderlich begehrenswert, immerhin sahen sie aus wie Dobermänner beziehungsweise »Doberfrauen«, aber ihrer weiblichen Ausstrahlung konnte er sich dennoch nicht entziehen. Wollte er auch gar nicht.

Insbesondere Wumm Woll hatte es Hawker angetan. Er konnte seinen Blick kaum von ihr losreißen. Sie war anders als die übrigen Nomadinnen – und anders als alle seine bisherigen Freundinnen.

Wumm wirkte hilflos und schutzbedürftig, zumindest verstand sie sich meisterhaft darauf, diese Wirkung auszustrahlen und dadurch die Beschützerinstinkte richtiger Männer zu wekken.

»Bei ihrer eigenen Spezies ist sie bestimmt sehr begehrt«, raunte Steve seinem Deserteurkumpanen zu.

»Wer?« fragte Charlie verblüfft.

»Na, Wumm Woll, wer denn sonst?«

Parker verzog nur ratlos das Gesicht. Welche war doch gleich Wumm Woll? Für ihn sahen die Hundeweibchen alle gleich aus: schrecklich und furchteinflößend.

Auch Ren Dhark befand sich in einer Art Schockzustand, weil er kaum glauben konnte, was gerade geschah: Eine Nomadin nach der anderen verließ den Transmitter, und der Strom schien kein Ende zu nehmen. Leider war Wumm Woll die einzige, die schüchtern und leise herüberkam, alle übrigen Frauen schwatzten in einem fort. Anscheinend amüsierten sie sich prächtig über ihren Massenauftritt und die verstörten Reaktionen, die sie verursachten.

»Was, zum Kuckuck, stellt dieses Kunstwerk dar?« fragte Ren seine Lebensgefährtin in Anspielung auf die spontanen öffentlichen »Schock-Events«, die zu Beginn des Jahrtausends in Mode gekommen waren. »Eine schnatternde Hundegänseschar?«

»Ich schätze, das sind die Kadetten, die Pakk Raff angekündigt hat«, vermutete Amy.

»Die er *viel zu spät* angekündigt hat«, stellte Ren klar. »Außerdem hat er mir verschwiegen, daß es sich ausschließlich um Weibchen handelt.«

»Hätte das denn einen Unterschied gemacht?« fragte ihn seine Lebensgefährtin, in deren Blick etwas Lauerndes lag.

Dharks inneres Alarmglöckchen läutete. *Achtung! Paß auf!* signalisierte es ihm. *Egal, was du antwortest, es gibt Ärger!*

Klugerweise verkniff er sich eine Antwort und kümmerte sich lieber um die Organisation. Hawker und Parker erhielten den Befehl, Stanley Oliver bei der Zuweisung der Quartiere zu unterstützen. Beide stürzten sich sofort in ihre Aufgabe, der eine mit einer gewissen Zurückhaltung, der andere mit Feuereifer.

Wie so vieles im Leben war auch diese Situation eine Frage des Blickwinkels. Charlie Parker sah vor allem die scharfen Zähne der Nomadenweiber, während Steve Hawker die Zähne einfach übersah und sich nur auf das Scharfe konzentrierte.

*

In den kommenden beiden Wochen benahmen sich die Nomaden wie die Nomaden und die Terraner wie die Terraner – was nicht zusammengepaßt hätte, hätte die Natur die menschliche Spezies nicht mit der Fähigkeit der Toleranz ausgestattet. Nicht selten wurde diese Begabung von anderen Völkern, die »tolerieren« dreist gleichsetzten mit »ausnutzen«, überstrapaziert. Aufrichtige Männer wie Ren Dhark waren dann zu einem Spagat gezwungen – was ihm mitunter widerstrebte. Aber was tat man nicht alles um des lieben Weltallfriedens willen?

Bei der Friedenswahrung in seinem Schiff war Dhark nicht so zurückhaltend. Die Wachhabenden hatten klare Anweisung, jeden Verstoß gegen die bestehende »Hausordnung« ohne viel Federlesens zu ahnden und jeden in die Arrestzelle zu werfen, der Ärger machte – ungeachtet seiner Herkunft und seines Geschlechts.

Bezeichnenderweise kam es zu keinen Festnahmen von Frauen. Es waren ausschließlich Männer, die gelegentlich gegen sein strenges Gebot verstießen – Nomaden und Terraner. Die einen provozierten, die anderen ließen sich provozieren.

Beinahe wäre auch Steve Hawker eingesperrt worden, weil er sich ständig in den Frauenquartieren herumtrieb. Wortgewandt konnte er den Wachleuten jedoch erklären, daß er es als seine Dienstpflicht betrachtete, sich intensiv um das Wohlergehen der Nomadinnen zu kümmern.

Ausschlaggebend war, daß sich bisher keine einzige Nomadin über seine Fürsorge beschwert hatte.

*

An der Schranke um Orn fand dann das übliche Ritual statt: Ausbremsung des Fluges, Ausfälle von Funktionen, Hinauswurf per Transition – genau wie bei den Wächtern, von deren Initiative Ren Dhark bislang nichts wußte. Im Anschluß an den vergeblichen Versuch, das Hindernis mit einzelnen, vom Checkmaster gesteuerten Schiffen zu überwinden, was bereits beim letzten Aufenthalt in dieser Allregion nicht funktioniert hatte, vereinte man die Ringraumer wieder zur »Düsenröhre«.

Als nächstes umflog Dhark mit seinem geschlossenen Zehnerverband ganz Orn, auf der Suche nach einer Lücke zum Durchschlüpfen. Diese Aktion war zeitraubend, aber aufschlußreich. Erst nachdem er sie beendet hatte, wußte er hundertprozentig, daß die Schranke überall nahtlos dicht war, auch auf der der Milchstraße abgewandten Seite.

Wie üblich gab es einige Dummschwätzer an Bord, insbesondere unter den Nomaden, die »das ja gleich gesagt« hatten. Doch diese unausrottbare Klientel, die sich in allen Lebenslagen ungebeten zu Wort meldete, nahm keiner für voll, weil sie im Endeffekt immer nur von denen schmarotzte, die konkrete Ergebnisse lieferten.

Während der Umrundung hatte sich Dhark an mehreren Orten zahllose Kilometer von der Schranke im Nichts entfernt und probiert, Terra Nostra per To-Richtfunk zu erreichen. Vergebens.

»Und nun?« fragte ihn Pakk Raff, der sich mit einigen Nomaden zu Lernzwecken in der Zentrale aufhielt. »Kehren wir um?«

»Gibst du immer so schnell auf?« erwiderte Dhark.

»Ich weiche keinem Kampf aus, aber ich hüte mich vor sinnlosen Schlachten«, antwortete der Karrorr.

»Ob etwas sinnlos ist oder nicht, weiß man erst nach einer angemessenen Wartezeit.«

»Worauf willst du denn warten? Auf ein göttliches Wunder?«

»Darauf, daß etwas passiert.«

Und es passierte etwas! Schon bald fühlte sich Ren Dhark in frühere Zeiten zurückversetzt…

*

Ende 2059

Ein riesiger, golden schimmernder Flugkörper mit den Abmessungen eines Planeten raste mit einer dermaßen hohen, hypothetisch unerreichbaren Geschwindigkeit durch den Weltraum, daß das Objekt rein rechnerisch das gesamte Universum innerhalb weniger Tage hätte durchqueren können. Die Gedankensteuerung nahm die Verfolgung des goldenen Objekts auf, kaum daß es aus den Tiefen des interstellaren Leerraums auftauchte.

Das Ding flog auf die Galaxis Orn zu, aus der die Menschen kurz zuvor gekommen waren, um in die Milchstraße zurückzukehren – wo die Wahl des politischen Anführers auf Terra unmittelbar bevorstand.

Wollte Ren weiterhin Commander der Planeten bleiben, durfte er keine Zeit mehr verlieren.

Das Schicksal hatte andere Pläne für seine Zukunft.

»Im Inneren des goldenen Etwas lassen sich Hohlräume orten«, erfuhr Ren Dhark von Tino Grappa.

»Hinweise auf die möglichen Erbauer?« fragte Dhark kurz. »Signifikante Energiemuster?«

»Nichts, was uns bekannt ist.«

Nach einer überraschenden Kehrtwende feuerte der seltsame Planet plötzlich goldene Strahlenbahnen auf den ihn verfolgenden Raumschiffsverbund ab, von einer dermaßen hohen Energiedichte, daß die Meßgeräte sie nicht mehr erfassen konnten. Die kilometerdicken Strahlen verfehlten die zehn gekoppelten Schiffe nur um wenige hundert Meter.

Dhark vermutete einen Fehlschuß, aber der Checkmaster teilte ihm mit, es sei nur ein Warnschuß gewesen. Daraufhin ging der Commander auf Ausweichkurs und flog wieder zurück Richtung Milchstraße.

Der goldene Planet zog erneut eine überaus enge Kurve und nahm wie zuvor Kurs auf Orn.

Doch so schnell ließ sich Dhark nicht abschütteln.

Gegen den Rat des Checkmasters befahl er ebenfalls ein Wendemanöver, um das Planetenschiff weiter zu verfolgen.

Kaum war der Befehl ausgeführt, verzögerten die Triebwerke automatisch, bis ein gefahrloses Abschalten des Sternensogs möglich war, was ebenfalls automatisch erfolgte. Mit knapper Lichtgeschwindigkeit trieb der Verband durchs All, zu wenig, um Orn noch in diesem Leben zu erreichen.

Der goldene Planet hingegen passierte in hohem Tempo unbehelligt das Randgebiet Orns und verschwand aus der Ortung.

Auf dem Heimweg spukte die Legende um die Balduren in den Köpfen der Männer herum. Befanden sich die »Mysterious der Mysterious« auf oder in jenem goldenen Planeten?

*

In der Gegenwart des Jahres 2066 wurde Ren Dhark erneut mit dem merkwürdigen Phänomen des goldenen Planeten konfrontiert. Das riesenhafte Ding wurde von der Zentrale aus geortet und kam rasend schnell näher. Es schien direkt auf die POINT OF zuzuhalten.

Doch diesmal war der Commander auf die unheimliche Begegnung der goldenen Art vorbereitet.

Zunächst einmal brachte er die zehn Schiffe in Abwehrposition, indem er sie vom Checkmaster entkoppeln und anschließend die Wuchtkanonen ausfahren und aktivieren ließ. Achtzig Wuchtkanonen waren durchaus in der Lage, einen Planeten von dieser Größe zu zerstören – eine Option, auf die Dhark allerdings nur im äußersten Notfall zurückgreifen würde.

Noch während seine vorsorgliche Anordnung ausgeführt wurde, zog der Kommandant des Ringraumers unter seinem Pilotensessel ein schuhkartongroßes Gerät hervor. Sein Erster Offizier schaute ihn erstaunt an – weder Falluta noch sonst wer in der Zentrale hatten diesen Apparat jemals zuvor gesehen.

Mit wenigen Handgriffen aktivierte Dhark das Gerät.

Wie von Geisterhand gesteuert ging der goldene Planet auf Ausweichkurs. Die Gefahr eines folgenschweren Zusammenstoßes war damit gebannt.

Und in der Zentrale der POINT OF leuchtete gleichzeitig eine mehrere Meter durchmessende blendendweiße Energiekugel auf…

6.

Die POINT OF war längst nach Orn gestartet. Rikers Verband befand sich noch auf Brana neben der neuen Siedlung. Über den Transmitter, der an die Relaisstation der Verbindung Eden – Erde angeschlossen war, trafen nach und nach Versorgungsgüter für sie ein: Lebensmittel, Tofirit und was sonst noch benötigt wurde. Riker konnte von Glück sagen, daß Terence Wallis auf seiner Seite war, denn ohne seinen heimlichen Helfer wäre er schon längst von Trawisheims Wahn zerquetscht worden.

Dan Riker wollte nicht länger auf Brana bleiben als irgend nötig. Das Risiko, hier zufällig geortet zu werden, war zu groß. Die Botschaft über das Kopfgeld von einer satten Milliarde Dollar, das auf ihn und seine Truppe ausgesetzt war, hatte sich gewiß schon in der gesamten Milchstraße herumgesprochen. In der Hoffnung auf diese immense Summe sperrte so ziemlich jeder – egal ob professioneller Kopfgeldjäger oder das alte, halb blinde Großmütterchen – die Augen weit auf. Einige pfiffige Leute hatten bestimmt schon Rikers Biographie studiert, um mögliche Verstecke ausfindig zu machen. Eden, zu dessen Hoheitsgebiet Brana gehörte, war mit Sicherheit eine der ersten Anlaufstellen. Was, wenn irgend jemand auf die Idee kam, vielleicht einmal die zu Wallis' Machtbereich gehörenden Planeten abzuklappern?

Von den Spezialflash im Wischnu-System würde Rikers Verband zwar rechtzeitig gewarnt werden, und sie könnten etwaigen Angreifern entkommen, doch sobald Trawisheim von Rikers Versteck auf Brana erfuhr und damit auch von Ezbals Forschungsstation, würde der Commander der Planeten sofort wissen, daß auch Wallis in diese Sache verwickelt war. Die Konsequenzen wären unabsehbar.

Zum Glück war der Planet Brana weitgehend unbekannt.

»Seltsam, wie schnell das gehen kann, nicht wahr, Dan? Gestern noch ein Held und heute…« Anja lehnte den Kopf an die Schulter ihres Mannes, der gedankenverloren zu dem scheinbar ganz gewöhnlichen Wald am Rande der Siedlung hinüberschaute. »Ist das nicht irgendwie völlig irrational?«

Die einzigen Bäume Branas wogen sich in der leichten Brise. Jenseits von Wald und Siedlung gab es so weit das Auge reichte nichts. Der Teppich aus kniehohen Gräsern erstreckte sich bis zum Horizont, vom Wind wie Haar durchkämmt. Vereinzelt lugten Büsche aus den grüngelben Wogen der Steppenlandschaft; bizarre Formen, die manchmal an die Silhouetten von Tieren erinnerten. Die Luft war angenehm warm und roch nach trockner Erde und Heu.

»Ich weiß nicht«, gestand der schwarzhaarige Mann seufzend. »Was bringt es schon, ein Held zu sein, wenn trotzdem alles ringsum im Chaos versinkt? Dieses Problem hier kann nicht ein einzelner alleine lösen.«

»Wie gut, daß wir Freunde haben, auf die wir uns verlassen können.«

Dan Rikers Armbandvipho begann zu piepsen: ein Anruf von der Transmitterstation. Er wurde gebeten, sofort hinzukommen.

*

Etwas abseits von Echri Ezbals Forschungsstation befand sich eine unscheinbare Leichtbauhalle. Sie war nicht besonders groß mit ihren 200 Metern Länge und 85 Metern Breite. Die noch schneeweißen Kunststoffassaden knirschten im Wind. Die Halle machte äußerlich einen recht verlassenen Anschein, wenn da nicht dieses unentwegte Rattern, Hämmern, Brummen und Rufen zu hören gewesen wäre, das eindeutig aus ihrem Inneren kam. Tatsächlich war die Fassade nur Tarnung, denn die Halle beherbergte eine kleine Transmitterstation. Soeben war ein Reisemodul angekommen, dem 43 Zivilisten und ein großer, kräftiger Mann mit Vollbart und entschlossenem Blick entstiegen. Letzterer bildete den Abschluß und ließ seinen aufmerksamen

Blick einen kurzen Augenblick suchend durch die Halle schweifen, ehe er mit unveränderter Miene das Reisemodul endgültig verließ. Das Eisengitter, das einen Steg bildete, knarrte unter seinen schweren, bestiefelten Schritten, während sich die Schleuse hinter ihm mit leisem Summen schloß.

Per Antigravfeld wurde das leere Reisemodul erfaßt und nach logistischen Prinzipien an das andere Ende der kleinen Halle befördert, wo bereits die Techniker zur Inspektion warteten.

Doch darauf achtete der bärtige Mann nicht, denn er hatte längst sein Empfangskomitee entdeckt. Mit höflichem Nicken begrüßte er zuerst Anja und anschließend Dan Riker.

»General Jackson! Was verschafft uns die Ehre Ihres Besuchs?« fragte der Konteradmiral sichtlich erstaunt.

»Mir ist Ihr tragischer Verlust zu Ohren gekommen«, antwortete der Bärtige mit fester Stimme. »Sehr bedauerlich.«

»Verlust?« Die Erkenntnis brach ganz plötzlich über Riker herein. Er schob sein ohnehin schon hervorstehendes Kinn noch ein wenig nach vorn und runzelte leicht die Stirn. »Ja«, antwortete er unangenehm berührt, »das ist es wohl.«

General Jackson verzog abfällig das Gesicht. »Ein Haufen Feiglinge ohne Rückgrat war das!«

»So sollten Sie bitte nicht in meiner Gegenwart von diesen Männern sprechen«, ermahnte ihn der Schwarzhaarige, der versuchte, nicht allzu gereizt zu klingen. »Ich habe sie vor eine Entscheidung gestellt, und sie haben gewählt. Es wäre mehr als ungerecht, sie dafür jetzt zu verurteilen.«

»Die Leute haben sich eben falsch entschieden!«

»Ich denke, sie haben sich so entschieden, wie es das beste für alle war. Schließlich haben die meisten Familie. Oder hätten sie ihre Frauen und Kinder einfach im Stich lassen sollen, um mir in den durchaus möglichen Tod zu folgen?«

»Wie hätten Sie sich denn entschieden?« Thomas »Stonewall« Jackson durchbohrte sein etwas kleineres Gegenüber herausfordernd mit stechendem Blick.

Riker rieb sich nachdenklich das Kinn und schüttelte nach einer Weile den Kopf. »Ich weiß es nicht«, gab er zu. »Auf jeden Fall hatte ich gute Gründe, meine Besatzung zu fragen und sie nicht einfach zum Bleiben zu zwingen. Ich brauche Männer an meiner Seite, die überzeugt davon sind, das Richtige zu tun. Männer mit Zweifeln stellen ein Sicherheitsrisiko dar.«

»... denn wer zweifelt, ist gleich einer Meereswoge, die vom Wind gejagt und umhergetrieben wird«, zitierte Jackson feierlich Jakobus und spreizte die Nasenflügel, um tief Luft zu holen, während der Bibelspruch eine Weile in der Luft hing wie die Ahnung von etwas Größerem. Anschließend fragte er: »Also haben Sie lieber wenige loyale Männer anstatt viele potentielle Deserteure an Bord?«

»Korrekt.«

»Und was ist mit Ihnen, Mrs. Riker?« fragte Jackson die schweigsame Frau provokant. »Sind Ihnen nie Zweifel gekommen?«

Dans Blick verdüsterte sich. Anja hingegen ließ sich nicht beirren und antwortete ruhig: »Ich bleibe selbstverständlich an der Seite meines Mannes.«

Der General nickte anerkennend und wandte sich wieder an sein männliches Gegenüber. »Sie sind wirklich beneidenswert bei so einer treuen Frau und so einer ordentlichen Besatzung. Einen Orden für Mut hätten Sie alle verdient.«

Der Konteradmiral verdrehte die Augen. »Jetzt übertreiben Sie bitte nicht! Diesen Schlamassel hier zu überstehen ist uns wichtiger als ein Orden auf dem Grab.«

Jacksons freundschaftlicher Hieb auf den Arm kam ebenso unerwartet wie schmerzhaft. Der General grinste breit. »Kein Grund zum Trübsalblasen, denn *der Herr hilft den Gerechten; er ist ihre Stärke in der Not*. Psalm 37, Vers 39.« Er nickte bekräftigend und ließ seinen Arm wieder sinken.

Anja hingegen sah ihn schräg von der Seite an. »Was genau wollen Sie damit sagen?« Das war exakt die Frage, die auch Dan sich gestellt hatte.

Jackson machte eine vielsagende Kopfbewegung in Richtung der Zivilisten, die nur wenige Meter entfernt standen und nichts mit sich anzufangen wußten. »Das sind 43 tüchtige Männer von der Eden-Heimwehr, die von Ihrem Personalverlust gehört haben. Sie haben gerade ihre theoretische Ausbildung abgeschlossen und wollen jetzt ein bißchen praktische Einsatzerfahrung sammeln. Es sind zufällig 39 Mannschaftsdienstgrade und vier Unteroffiziere.«

Ungläubig schaute Riker an Jackson vorbei zu den Zivilisten hinüber, von denen einige seinen Blick erwiderten und ihm zunickten. Es waren genauso viele Männer wie jene, die den Verband verlassen hatten und nach Babylon zurückgekehrt waren. »Aber das...« Mit einemmal verschlug es ihm die Sprache.

Jackson grinste immer noch. »Wenn das keine göttliche Fügung ist, nicht wahr?«

Riker schluckte und lächelte dann unbeholfen. »General Jackson, ich weiß gar nicht, wie ich Ihnen danken soll. Ich bin wirklich sehr überrascht und gerührt von Ihrem Angebot.«

»Danken Sie nicht mir...« Es klang so, als ginge der Satz eigentlich noch weiter. Wem man statt dessen danken sollte, ließ Jackson allerdings schweigend offen.

Doch so richtig konnte sich der Konteradmiral über den unerwarteten Neuzugang trotzdem nicht freuen, ganz gleich wer dafür verantwortlich war. Schließlich bewegte er sich seit der Entzweiung mit Trawisheim auf extrem dünnem Eis. Was auch immer er tat, er mußte damit rechnen, beim nächsten Schritt auszurutschen oder einzubrechen. Jede Entscheidung, die er traf, jedes noch so kleine Geschenk, das er annahm, hatte das Potential, eine Katastrophe auszulösen. Und diese würde nicht nur ihn vertilgen, sondern noch sehr, sehr viele andere Menschen (und vielleicht auch Angehörige anderer Völker) ebenfalls mit sich reißen. Auch in der Not wollte Riker nicht ungewohnt leichtsinnig werden. Er fragte: »Hat Wallis denn keine Angst, daß es zum Krieg mit Babylon kommen könnte?«

»Angst?« wiederholte Jackson erstaunt, als läge ihm nichts ferner, und schüttelte entschieden den Kopf. Doch das Lächeln erstarb auf seinen Lippen, und er wurde ernst. »Nein.«

»Aber früher oder später wird Trawisheim herausfinden, daß Leute von der Eden-Heimwehr sich uns angeschlossen haben! Das ist eine eindeutige Provokation.«

»Mister Riker, einen Krieg mit Babylon fürchtet Wallis nicht. Schließlich ist er der reichste Mann des 21. Jahrhunderts. Er braucht nur mit dem Finger zu schnippen und schon steht das halbe Universum auf seiner Matte.

Aber trotzdem... Wir haben selbstverständlich entsprechende Vorkehrungen getroffen. Einen Bruderkrieg der Menschheit möchte er um fast jeden Preis verhindern. Darum haben diese Männer da drüben ihre Eden-Pässe zu Hause gelassen. Niemand wird sie also als Bürger Edens identifizieren können.«

Das leuchtete Riker ein. Endlich konnte er sich wieder zu einem fröhlicheren Gesicht durchringen. Schließlich wurde er von 43 neuen Besatzungsmitgliedern beobachtet, die ihn im Prinzip nur vom Hörensagen kannten. Er wollte die Leute nicht gleich am ersten Tag enttäuschen und sie glauben machen, daß er kurz davor wäre, das Handtuch zu werfen.

In diesem Moment aktivierte sich der Transmitter, zwischen dessen Torkonstruktion sich für etwa drei Sekunden ein neongelbes Energiefeld spannte. Aus dem Licht schob sich ein weiteres Modul; diesmal eines für Waren.

Der General reckte seinen Hals und rief: »Ah, ja! Auf die Minute genau!«

Die Rikers beobachteten den schwerelosen Flug des großen Behälters, der ebenfalls am Ende der Halle seinen Platz fand. Diesmal erwarteten ihn allerdings keine Techniker, sondern Roboter, die sofort damit begannen, die in Metallkisten verstauten Waren auszuladen. Einer der Roboter löste sich aus der Menge, fuhr mit zwei Kisten direkt auf die drei Terraner zu und stellte sie vor ihnen ab, als wögen sie nichts.

»Was ist da drin?« wollte Anja neugierig wissen und stieß eine der Kisten vorsichtig mit dem Fuß an in der Hoffnung, verdächtige Geräusche würden auf den Inhalt schließen lassen. Doch die Kiste bewegte sich kein Stück, noch gab sie einen Laut von sich.

Jackson bückte sich mit fast schon knabenhafter Begeisterung in den Augen und legte seinen rechten Daumen auf ein kleines, unscheinbares Feld, das sich am Rand der Kiste unter der Deckelöffnung befand. Offenbar war die Kiste verriegelt und durch ein Identitätsschloß gesichert. Wallis hatte wirklich an alles gedacht, um sämtliche Spuren zu verwischen. Wahrscheinlich zerstörten sich die Kisten sogar selbst, wenn sich jemand Unbefugtes daran zu schaffen machte.

Riker merkte, wie er sich immer weiter vorzubeugen begann, und rückte schnell wieder zurück auf seinen Platz. Seine Ehefrau schien sich da weniger zu genieren, denn sie hatte sich schon neben den Bärtigen gehockt und beobachtete die Kiste aufmerksam wie eine Katze auf der Lauer. Wenn sich Wallis schon so viel Mühe mit der Verpackung gab, dann mußte der Inhalt etwas ganz Phantastisches sein.

Mit einem Zischen öffnete sich der Behälter endlich. Jackson hob den Deckel ab, winkte einen der 43 Neuen herbei und drückte ihm den Deckel in die Hand. Der menschliche Packesel ließ sich weder Begeisterung noch Frust anmerken.

Etwas enttäuscht schauten die Rikers auf ein typisches Tarnmuster mit mai- und moosgrünen, erdbraunen und grauen Sprenkeln. Sie hatten irgendwie mehr erwartet bei einer solchen Verpackung. Anja untersuchte vorsichtig den Inhalt. »Es sind Tarnuniformen«, stellte sie mit monotoner Stimme fest und ließ davon ab. Dan wußte nicht so recht, was er dazu sagen sollte. Tarnuniformen waren zwar immer gut zu gebrauchen, aber weshalb sich Wallis solche Umstände beim Transport machte, anstatt die Kleidung einfach mit den anderen Gütern zu schikken, konnte er nicht nachvollziehen.

Der General widmete sich bereits der zweiten Kiste. Nachdem der Deckel entfernt worden war, hob er ein schneeweißes Stoffstück heraus, das er kurz schüttelte und dann neben sich hielt, damit es alle gut betrachten konnten. »Die sehen gut aus, oder? Das hier sind die neuen Borduniformen. Und da in der Kiste befinden sich die Einsatzanzüge.« Er drückte die Uniform Dan Riker in die Hand und nahm eine zweite heraus, die er Anja gab.

Dan streichelte über den angenehm weichen Stoff und schaute sein Gegenüber fragend an. »Was für Uniformen?«

Der Bärtige schnalzte mit der Zunge. »Für Ihre gesamte Flotte natürlich! Wallis hat keine Kosten und Mühen gescheut. Wenn Sie Ihnen nicht gefallen, brauchen Sie mir das nur zu sagen, dann lasse ich sie zurückschicken.«

»Was soll ich denn dazu sagen? Ich habe noch nie darüber nachgedacht, ob eine Uniform gut oder schlecht aussieht. In erster Linie muß sie praktisch sein und genügend Bewegungsspielraum bieten.«

»Da haben Sie natürlich recht. Aber wie oft erlebt man schon die Einführung einer neuen Uniform und wird auch noch nach seiner persönlichen Meinung zur Optik gefragt? Oder sollte ich in der Hinsicht doch lieber Ihre Frau ansprechen?«

Anja zuckte zusammen. »Mich? Nein, nein. Das soll Dan lieber alleine entscheiden. Er ist schließlich der Kommandant dieser Flotte. Nicht, daß man später mir die Schuld gibt, wenn sich ein Mann nicht männlich genug fühlt.« Als anerkannte und geschätzte Mathematikexpertin hielt sie sich nicht für qualifiziert genug, um Kleidungsberaterin zu spielen. Den hart erkämpften Respekt der männlichen Besatzung wollte sie schließlich nicht wegen einer Lappalie gefährden. Abgesehen davon mochte sie körperbetonte, weibliche Kleidung. Wann etwas luftig, körperbetont oder einfach nur eng war, lag allerdings immer im Auge des Betrachters.

Der General ertappte sich dabei, wie sein Blick unwillkürlich zu Anjas viel zu engem Pullover gewandert war, und riß sich schnell von dem Anblick los, ehe ihn das noch auf unchristliche Gedanken brachte.

Riker wußte noch immer nicht recht, was er sagen sollte, und hielt sich statt dessen die neue Uniform an den Körper. In der Tat sah sie nicht schlecht aus. Wallis hatte wirklich einen guten Geschmack. Das schneeweiße Jackett war relativ eng geschnitten. Nicht so eng wie Anja ihre Pullover zu tragen pflegte, aber gerade eng genug, um den Körper eines durchtrainierten Mannes würdig zur Geltung zu bringen; soweit Riker das jedenfalls auf den ersten Blick einschätzen konnte.

Ratsuchend schaute er seine Frau an, die die Uniform ihrerseits mit einem kritischen Blick bemaß, ehe sie den Kopf hin- und herwog und dabei sagte: »Ja, die steht dir bestimmt.«

Mit der Bestätigung seiner Frau konnte nun wirklich nichts mehr falsch sein. Solange er wenigstens ihr gefiel, war es ihm egal, ob andere ihre Meinung teilten.

Dan Riker lachte. »Sie haben es gehört, Jackson! Meine Frau hat grünes Licht gegeben.«

Der General nickte zufrieden. »Weiß ist die Farbe der Unschuld, die am Ende obsiegen wird. Denn der Herr spricht: *Laß dich nie durch das Böse besiegen, sondern besiege das Böse durch das Gute!*«

»Schön wär's«, meinte Anja nur, faltete die Uniform und legte sie zurück in die Kiste.

»Das ist aus der Bibel, Gnädigste. Römer 12, Vers 21«, belehrte er die Unwissenden.

»Ich dachte, Ihre Spezialität wären eher die Psalmen.«

Der Methodist zuckte mit den Schultern. »Nein, die Bibel ist voll von Weisheiten und göttlichen Gesetzen. Warum sollte ich mich also nur auf einen kleinen Teil beschränken? Für einen wahren Christenmenschen gilt das ganze Wort Gottes!«

Riker drehte die Uniform wieder herum, um sie noch einmal von vorn zu betrachten. Dabei fiel sein Blick auf die Rang- und Hoheitsabzeichen. »Flotte Freier Terraner?« las er langsam. »Davon höre ich zum erstenmal. Wer oder was ist das?«

»Die Idee für den Namen stammt von Steven Trainor«, erklärte Jackson nicht ganz ohne Stolz. Die beiden muskulösen Arme stemmte er in die Hüften und sah eher wie ein Eroberer denn wie ein General aus. »Trainor und Wallis arbeiten heimlich an einer Allianz der kleinen Planeten und ehemaligen Kolonien, von denen Trawisheim nichts mehr wissen will.«

Mit dem Daumen fuhr Riker über das Relief des eingenähten Abzeichens. Er wußte nicht recht, was er von dieser neuen Allianz halten sollte. »Heißt das, wir rüsten uns heimlich zum... Krieg?« Das Wort »Krieg« war ihm nur schwer über die Lippen gegangen, so sehr hoffte er, daß einfach nur ein Mißverständnis vorlag. Aber ein Krieg würde bedeuten, klare Grenzen ziehen zu müssen, die Menschheit in Freund und Feind zu unterteilen, viele Unschuldige gegeneinander auszuspielen für mehr als fragwürdige Ziele. Hunderte, Tausende, wenn nicht Millionen oder gar Milliarden von Toten würde es geben!

»Nein«, entgegnete der Bärtige. Nach einem Atemzug relativierte er jedoch seine Aussage: »Nicht direkt jedenfalls. Niemand will den Waffengang mit Babylon. Aber so, wie sich alles momentan entwickelt, können wir uns nicht sicher sein, daß es nicht doch dazu kommen könnte.«

Riker nickte überzeugt. Es wäre auch illusorisch gewesen zu glauben, daß sich jedes Problem mit Worten lösen ließe. »Sie haben recht. Ich würde alles dafür tun, um eine solche Katastrophe zu verhindern.«

»Ich weiß«, erwiderte Jackson anerkennend. »Und genau darum freue ich mich, daß gerade Sie diese Flotte kommandieren.«

Einige Sekunden lang dachte Riker schweigend nach und erwog Pro und Kontra, bis er sich schließlich entschieden hatte. »Ich denke, die Allianz ist eine gute Sache. Genau wie diese Uniformen. Wir werden eine eigene Identität brauchen, um uns gegen Trawisheim behaupten zu können. Und ich glaube, ich weiß da noch jemanden, den ich mit in die Allianz holen könnte…«

7.

Rikers Verband steuerte den Planeten Quatain in der Großen Magellanschen Wolke in der Standardformation an: Die zwölf Ovoid-Ringraumer bildeten in einem Abstand von je einer Lichtsekunde zueinander eine Linie, während die drei Ikosaederschiffe die Ringraumer sechs und sieben in einem gleichschenkligen Dreieck außerhalb der Linie umschlossen.

Von Bord des Flaggschiffs NARVIK aus ließ Riker die Welt anfunken. »NARVIK ruft den Planeten Quatain. Hier spricht Dan Riker. Ich bitte um eine Audienz bei Charaua.«

Nachdenklich betrachtete er Orlun in der Bildkugel; oder viel mehr das, was von der einstigen Großstadt übrig geblieben war. Nach dem Anschlag auf das Fusionskraftwerk durch die Blauen Nogk im letzten Jahr hatte der Rat der Fünfhundert zwar den Wiederaufbau der Stadt beschlossen, doch noch immer klaffte der riesige, dunkle und staubige Explosionskrater wie eine offene Wunde in der Zentralwelt der Nogk. Die Strahlung war noch zu hoch.

*

Mit eingeschaltetem Intervallfeld hatte der Flash die Mauern von Charauas Pyramidenpalast durchflogen und war in einer großen Halle gelandet. Riker und Oberst Michael Sharp, der Kommandant seines Flaggschiffs, fühlten sich angesichts dieser ungewohnten Ehre ein wenig unwohl. Normalerweise bekam niemals jemand die Erlaubnis, mitten im Palast zu landen.

Die beiden Männer zogen sich die Atembefeuchter an, um nicht binnen Minuten innerlich auszutrocknen. Dann öffneten sie die Luke. Sofort schlug ihnen eine unglaublich trockene

Hitze entgegen, die sie im ersten Moment den Atem anhalten und blinzeln ließ.

Riker kletterte als erster aus dem Flugboot und sah sich nach seinen Gastgebern um. Es war niemand zu sehen. Aber dumpfe, gleichmäßige Schritte verrieten, daß sie nicht allein waren.

Durch kleine Öffnungen in der Decke fiel Sonnenlicht und erhellte die Umgebung ein wenig. Die offenbar vorhandene Klimaanlage kühlte die heiße Luft nur unmerklich.

»Der Palast scheint ja recht ausgestorben zu sein«, stellte Sharp trocken fest und rieb sich vorsichtig die brennenden Augen. Tränen verschleierten ihm daraufhin die Sicht. Mit einem Stofftuch tupfte er sie sich fort.

»Das ist mir recht«, erwiderte Riker. »Ich will hier kein großes Aufsehen erregen. Je weniger von unserer Anwesenheit wissen, desto besser.«

Der Oberst nickte und blinzelte nach oben durch die Öffnungen, wo die Sonne im Zenit stand. Inmitten des blendenden Grells versteckte sich Millionen Kilometer entfernt ihre kleine Flotte in der Korona.

In der Halle gab es an jeder Wand jeweils vier eiförmige Pforten. Alle bis auf eine war geschlossen.

Michael Sharp wischte sich den Schweiß von der Stirn, denn es war brütendheiß auf diesem trocknen Planeten. Glücklicherweise reflektierten die neuen weißen Uniformen Licht und Wärme ein wenig, anstatt sie zu absorbieren, so daß der Aufenthalt einigermaßen erträglich war. Sharp kontrollierte noch einmal die Funktionstüchtigkeit seines Atembefeuchters, um keine böse Überraschung zu erleben.

Weniger als zwanzig Meter entfernt erspähte Riker eine menschliche Gestalt, die ihnen zuwinkte. Zielstrebig lief er auf sie zu, rannte fast trotz der Bullenhitze.

»Schön, Sie zu sehen, Riker«, grüßte eine vertraute Stimme. Es war die von Frederic Huxley.

Riker blickte in scharfe, graue Augen und ein rötlich ledernes Menschengesicht.

»Vielen Dank«, antwortete er und schüttelte seinem Gegenüber nach einigem Zögern die Hand. Sharp, der mittlerweile auch herangekommen war, grüßte grunzend und schluckte einen bösen Kommentar bezüglich der Affenhitze herunter. Es ziemte sich nun einmal nicht, als Besucher die Heimat seines Gastgebers zu kritisieren.

»Wo ist Charaua?« wollte Riker wissen, woraufhin Huxley bedeutete, ihm zu folgen.

Er brachte sie in einen geräumigen Konferenzraum, den Charaua offensichtlich schon hatte vorbereiten lassen. Die Luft war hier anders: gerade noch trocken genug für Nogk, aber auch feucht genug für Menschen. Keines von beiden Völkern fühlte sich in diesem Raumklima wirklich wohl, doch es war ein guter Kompromiß. Auch die Temperatur war um ein paar Grad gesenkt worden, um sie den Gästen, die längere Saunaaufenthalte nicht gewohnt waren, erträglich zu machen.

In der Mitte des Raumes stand ein großer ovaler Holztisch, der mit Kunstobjekten dieses Hybridvolks geschmückt war. Um den Tisch herum hatte man vier Schalenstühle gestellt, deren einziges Bein die für die Nogk typische Eiform hatte.

Weitere abstrakte Kunstobjekte schmückten den Raum.

Das Wichtigste befand sich allerdings in metallischen, innen selbstleuchtenden Vitrinen an den Wänden des Raumes: lauter kleine Dankgeschenke von den Babyloniern. Charaua hatte Millionen davon in Kisten, die er irgendwo im Palast gelagert hatte. Nicht, daß er nicht genug Platz gehabt hätte, um diese auch noch aufzustellen! Platz gab es eigentlich genug in dem ehemaligen Kaiserpalast, der nun als Regierungssitz für die Nogk diente.

Doch die Hybridwesen bevorzugten für sich selbst eine möglichst minimale Einrichtung ihrer Behausungen.

Also hatte Charaua sich darauf beschränkt, die Geschenke nur hier im Konferenzraum zu präsentieren, um den Menschen seine Wertschätzung zu demonstrieren.

Er wollte, daß sich seine fremden Gäste möglichst wohl fühlten.

Der Nogk-Herrscher war von seinem wesentlich niedrigeren Hocker aufgestanden und um den Tisch herumgegangen, um die beiden Besucher freudig zu begrüßen.

Über seine Fühler sendete er Willkommensbilder, die auch ohne Translator verstanden wurden.

»Vielen Dank, daß du uns empfängst«, erwiderte Riker höflich.

Sharp wirkte ein wenig verunsichert. Mit seinen 2,51 Meter Größe überragte der Gastgeber selbst den 1,95 Meter großen Oberst, der es normalerweise gewohnt war, anderen auf den Kopf zu schauen und nicht selbst von oben herunter betrachtet zu werden. Der Anblick der großen Kauwerkzeuge dieses Wesens, das eine aufrechtgehende Mischung aus einer Echse und einer Libelle zu sein schien, schüchterte ihn ein bißchen ein – obgleich er natürlich wußte, daß er vor Charaua nichts zu befürchten hatte. Man sah sich aber nun einmal nicht alle Tage.

Der Nogk mit der auffälligen Narbe in der linken Gesichtshälfte gab sich allerdings größte Mühe, seine wesentlich kleineren Gäste nicht zu bedrängen, und huschte blitzschnell und grazil zurück zum Tisch.

»Setzt euch, meine Freunde«, lud er Riker und Sharp ein. Die Bildimpulse, die er über seine beiden Kopffühler ausstrahlte, wurden nun von einem Translator übersetzt.

Die beiden Männer nahmen dankend Platz und wunderten sich, daß sich auch Frederic Huxley hinzugesellte.

Dan Riker runzelte die Stirn. »Charaua, eigentlich sind wir gekommen, um eine wichtige Angelegenheit mit dir unter *sechs* Augen zu besprechen.« Er hoffte, daß der Nogk verstand, was genau er damit sagen wollte.

Die großen schwarzen Facettenaugen blickten ihn unergründlich an, obwohl sich Riker nicht sicher war, ob ein Nogk überhaupt in eine bestimmte Richtung sehen konnte.

»Ich möchte, daß Huxley bei dieser Unterhaltung anwesend ist. Darum habe ich ihn hinzubestellt«, erklärte Charaua. »Er ist nicht nur ein bedeutender Ratsherr, sondern auch entschiedener Gegner der neuen Verhältnisse auf Babylon.«

Riker warf einen prüfenden Blick auf den Oberst, der in seinen Augen ein großes Sicherheitsrisiko darstellte. Immerzu mußte er an die eine Milliarde Dollar Kopfgeld denken und fragte sich, ob er allmählich paranoid wurde. Andererseits durfte er den amtierenden Herrscher des Nogk-Imperiums nicht einfach vor den Kopf stoßen und seinen Berater eigenmächtig ausladen. »Darf ich wohl die Gründe erfahren?« fragte er den rotgesichtigen Terraner also.

»Natürlich. Einer Regierung, die sich nicht an die Gesetze hält, fühle ich mich nicht verpflichtet. So einfach ist das«, erklärte der knapp. »Reinreden läßt sich Trawisheim ja auch nicht!« Er zuckte mit den Schultern und legte beide Hände auf den Tisch.

Die Begründung leuchtete Riker ein, auch wenn er sich dadurch nicht sicherer fühlte. Da würde er sich wohl oder übel auf Charaua verlassen müssen, der große Stücke auf den Mann hielt, der seit 2052 als sein Berater tätig war und seit 2065 auch als Lebensretter galt.

Außerdem war Huxley eines der angesehensten Mitglieder des *Rates der Fünfhundert,* der obersten politischen Instanz der Nogk.

»Ich habe ja schon seit einigen Jahren Vorbehalte gegen die Regierung Trawisheim, aber die jüngsten Ereignisse haben den Sand aus der Wüste gefegt«, sagte Charaua. Obwohl man ihm – wie allen Nogk – äußerlich keinen Gemütszustand ansehen konnte, waren die Bildimpulse, die er sendete, um so verständlicher für die Terraner. Der Translator übersetzte zwar die Bilder in gesprochene Sprache, blieb dabei aber neutral, was die Intonation betraf. Mit den Nogk zu sprechen ergab immer wieder eine höchst faszinierende und eindrucksvolle Kombination aus beidem. Der Nogk-Herrscher war sehr verärgert. »Über unseren Botschafter auf Babylon habe ich die offizielle Mißbilligung meines Volkes für die Entwicklung mitteilen lassen. Und die Regierung Trawisheim hat sie brüsk als Einmischung in die inneren Angelegenheiten zurückweisen lassen! Eine Frechheit ist das!«

»Dort scheint momentan alles aus dem Ruder zu laufen«, bestätigte Riker kopfschüttelnd. »Trawisheim schottet sich völlig ab. Mit seinem Verhalten gefährdet er nicht nur Babylon selbst, sondern auch die interplanetarischen Beziehungen. Dein Volk ist mit Sicherheit nicht das einzige, das er so behandelt.«

»Früher oder später wird sich das von selbst regeln.«

»Ich fürchte, daß dann nicht mehr viel übriggeblieben sein wird. Wir müssen jetzt handeln.«

»Was sollen die Nogk denn machen?«

»Wir hoffen auf eure Unterstützung«, gestand Riker, der eigentlich gehofft hatte, daß Charaua von selbst dieses Angebot machen würde.

Charaua harrte einen Moment aus, während seine Mandibeln ein kleines Stück auf- und zugingen, als nagte er an irgendeiner unsichtbaren Nahrung. Das aufgeregte Zittern seiner Fühler zeugte von Anspannung.

Er dachte angestrengt nach.

Schließlich sagte er: »Ich weiß um deine schwierige Lage, mein Freund. Dennoch können wir Nogk dich nicht offiziell unterstützen.«

»Wieso nicht, wenn ich fragen darf? Fürchtet ihr etwa einen Krieg mit Babylon?«

»Nein. Aber die Menschen sind unsere Freunde. Wir wollen nicht gegen sie kämpfen.«

Riker schürzte die Lippen. Er erinnerte sich daran, daß die Nogk bei der Evakuierung Terras im Januar 2063 tatkräftig geholfen hatten. Die Geretteten lebten jetzt auf Babylon. Charauas Entscheidung war insofern nachvollziehbar. Doch die Zeiten hatten sich geändert.

»Trawisheim ist wie eine tickende Zeitbombe, die wir unbedingt entschärfen müssen, bevor es zu spät ist.« Der Terraner hoffte, daß eine Metapher Charaua am einfachsten die Dringlichkeit seines Besuchs nahelegen würde. »Niemand darf davor die Augen verschließen, denn irgendwann betrifft es uns alle.«

»Ich weiß. Früher oder später werden wir Stellung beziehen müssen.« Er knarrte mit den Mandibeln, was möglicherweise einen Seufzer darstellte.

»Doch was wir tun, muß gut durchdacht sein«, mischte sich Huxley ein. »Die Menschen sind sehr reizbar in Zeiten wie diesen. Man wird schneller zum Feind abgestempelt, als einem lieb sein kann.«

»Wir sind das beste Beispiel«, bestätigte Sharp und atmete

hörbar durch die Nase ein. »Ihr solltet euch also lieber nicht zuviel Zeit lassen.«

»Wir werden die Situation im Auge behalten«, erklärte Charaua, »und zum richtigen Zeitpunkt reagieren. Auf Brana werden jetzt schon erste wichtige Gegenmaßnahmen eingeleitet. Was die neuen Cyborgs gemacht haben, ist doch nicht normal. Ezbal wird schon herausfinden, was mit ihnen geschehen ist.«

»Du bist über Brana informiert?« fragte der schwarzhaarige Kommandant erstaunt und wunderte sich, wieso der Nogk-Herrscher beinahe mehr wußte als er selbst.

»Es wird sehr bald zu einer Entwicklung kommen, die dich angenehm überraschen wird, Riker«, setzte Charaua noch einen drauf.

»Was denn für eine Entwicklung?«

»Darüber kann ich momentan leider noch nicht sprechen«, tat das Hybridwesen die Frage einfach ab und wechselte übergangslos das Thema: »Bis dahin möchte ich dich aber um einen Gefallen bitten: Wir brauchen deinen Verband für einen ganz bestimmten Einsatz…«

*

Babylon. Eine Ringpyramide in der Nähe von Armstrong Field, dem gut vierzig Quadratkilometer großen Raumhafen von Neu-Alamo, diente der Schwarzen Garde als Quartier.

Generalmajor Christopher Farnham stand am Fenster seines Büros in der zweithöchsten Etage und beobachtete mit gemischten Gefühlen die ankommenden und fortfliegenden Raumer in der Ferne. Hier oben, fast einen Kilometer über der Planetenoberfläche, sah alles trügerisch friedlich aus. Die für Babylon so typischen Ringpyramiden, von denen manche bei einer Höhe von über zweitausend Metern eine Grundfläche von bis zu vier Quadratkilometern hatten, glitzerten im Sonnenlicht. Bei schönem Wetter boten sie einen besonders unwirklichen Eindruck. Das klare Blau des Himmels, in dem drei der fünf Monde standen, wurde von den verspiegelten schrägstehenden Fenstern reflektiert.

Eine Mitteilung erreichte Farnham. Staatssekretär Nigel G. Layton wollte ihn sprechen. Unwillig kehrte der Befehlshaber der Schwarzen Garde dem Fenster den Rücken zu und bestellte Kenneth MacCormack, seinen Oberst, zu sich. »Ich brauche einen Zeugen«, sagte er nur, als der Mann sein Büro betrat und stellte sofort die Verbindung zu Layton her.

»Generalmajor Farnham«, grüßte das bläßliche Allerweltsgesicht eines etwa Fünfzigjährigen von der Projektionsfläche. »Schön, daß Sie sich so schnell melden!«

Der Angesprochene schenkte ihm ein kaltes Lächeln. »Womit kann ich Ihnen behilflich sein, Herr Staatssekretär?«

»Ich verlange, daß die Schwarze Garde als persönliche Verfügungstruppe für Henner Trawisheim arbeitet«, antwortete Layton mit tonloser Stimme ohne Umschweife und ohne erkennbaren Respekt.

Farnham zog mit ausdrucksloser Miene beide Brauen über seinen eisgrauen Augen hoch. »Sie verlangen?« hakte er nach.

»Wir befürchten Aufstände von Extremisten, die ich gerne mit intelligenten Mitteln niedergeschlagen wüßte. Möglichst schnell, effektiv und nach Möglichkeit unblutig. Wir wollen ja nicht den friedlichen Teil der Bevölkerung aufhetzen.« Laytons wulstige Lippen verzogen sich zu einem runzeligen Lächeln, das alles andere als gewinnend oder überzeugend wirkte.

Farnham fragte sich, ob sich der Mann seiner nicht vorhandenen Ausstrahlung bewußt war. »Sie wissen genau, daß ein Militäreinsatz gegen das eigene Volk gesetzwidrig ist.«

Layton ließ die Augenlider ein Stück sinken und schmatzte. »Gesetze«, meinte er abfällig mit einer wegwerfenden Handgeste. »Gesetze können jederzeit geändert werden.« Er erklärte dies mit einer Selbstsicherheit, daß man glauben könnte, er hätte die Macht und Befugnis dazu.

Farnham ließ sich seinen Unmut im Gegensatz zu MacCormack, der sich im Hintergrund hielt, nicht anmerken. Nüchtern erklärte er, was er immer für eine Selbstverständlichkeit gehalten hatte: »Die Garde ist nach Ausbildung und Ausrüstung für Sondereinsätze gegen militärisch hochüberlegene Gegner gedacht und nicht für Einsätze gegen Zivilisten geeignet.«

»Über die Überqualifikation der Schwarzen Garde bin ich mir natürlich im klaren. Jedoch befürchte ich, wie schon gesagt, daß es einen Aufruhr in der Bevölkerung geben könnte. Der Commander der Planeten muß unter allen Umständen beschützt werden.«

»Das fällt nicht in unseren Zuständigkeitsbereich.«

»Sie können sich nicht so einfach aus der Affäre ziehen, Farnham! Dieser Extremismus in der Bevölkerung breitet sich wie ein Virus aus, den man nur eingrenzen kann, solange der Seuchenherd noch eindeutig lokalisierbar ist. Andernfalls wird die Welt im Chaos versinken!«

Farnham schüttelte sich innerlich ob dieser übertriebenen Melodramatik. »Ich denke, das hat sich Trawisheim ja wohl selbst zuzuschreiben. Wer über die Köpfe der Bevölkerung hinweg entscheidet, braucht sich nicht zu wundern, wenn er in Ungnade fällt.«

»Was wissen Sie denn schon!« fauchte Layton und verlieh seiner Stimme einen Hauch von überzeugender Wut. Nur sein bläßliches Gesicht wollte keine Farbe annehmen. »Ein guter Politiker muß das Richtige tun, nicht das, was irgendeine zufällige Mehrheit will! Die Bevölkerung hat ja keine Ahnung von den Gefahren, die ihr drohen!«

Farnham ließ sich von diesem plötzlichen Gefühlsausbruch nicht beeindrucken. »Um was für Gefahren handelt es sich genau?« fragte er nüchtern.

Layton blinzelte. »Ich sehe schon, daß Sie uneinsichtig sind, Farnham. Trawisheim wird nicht gerade erfreut sein, wenn ich ihm gleich von Ihrer Sturköpfigkeit berichten muß. Das wird mit Sicherheit noch Konsequenzen für Sie haben!« Ohne eine Antwort abzuwarten, unterbrach er die Verbindung.

Farnham lehnte sich zurück, schüttelte den Kopf und strich sich mit der Hand über den braunen Bürstenhaarschnitt. Dann sah er eine Weile MacCormack an, der genau das gleiche zu denken schien wie er selbst.

»Das ist wirklich eine Frechheit«, erlaubte sich der Oberst die Bemerkung. »Layton versucht, Kontrolle über die Schwarze Garde zu erlangen.«

»Daß sich der Mann aufführt, als sei er der Herrscher der Welt, ist ja wohl nichts Neues. Aber glauben Sie wirklich, daß es schon so schlimm ist?«

»Die Regierung setzt sich über den Willen der Bevölkerung hinweg und versucht jetzt, uns auf ihre Seite zu ziehen. Mir sind schon mehrere Gerüchte von Anschlägen auf friedliche Demonstranten zu Ohren gekommen. Wo soll das enden, wenn wir uns jetzt auch noch gegen diese Menschen wenden?«

»Sie haben vollkommen recht. Die Schwarze Garde ist eine Verteidigungstruppe für die Bevölkerung Babylons und nicht dazu da, um einer selbstsüchtigen Regierung den Rücken zu stärken. Ich habe schon viel zu lange gezögert! Als Eliteeinheit wissenschaftlicher Kämpfer hätten wir längst Vorbereitungen treffen müssen! Aber wir werden dieses Staatstheater keinen Augenblick länger mehr ruhig mit ansehen...«

*

Jane war die Witwe eines Helden. Ihr Mann Earl B. Burroughs war einer der 18 Gardisten, die 2061 bei den Kämpfen um das Heiligtum auf Eins gefallen waren. Sie wohnte mit ihrem elfjährigen Sohn Earl junior in einer kleinen, lichtdurchfluteten Wohnung, die sich in einer der mittelgroßen Ringpyramiden Babylons befand. Die kleine Familie hatte, auch wenn sie nicht gerade reich war, keinerlei finanziellen Probleme.

Die Witwe betrachtete ihren Jungen mit Stolz und erkannte, je älter der Kleine wurde, mehr und mehr ihren toten Ehemann in ihm wieder. Zwar hatte sie ihrem Sohn das gute Aussehen vererbt, – was aber nicht heißen sollte, daß Earl senior häßlich gewesen wäre – doch vom Senior hatte der Junior vor allem den scharfen Verstand und den analysierenden Blick geerbt. Er war eindeutig ein kleiner Wissenschaftler. Daß er zur Schwarzen Garde wollte, überraschte niemanden.

Earl junior durfte dank einer Stiftung für begabten Nachwuchs der Gardisten, die freiwillig aus dem Sold der Soldaten der Garde getragen wurde, die beste Schule Babylons besuchen. Er wollte unbedingt in die Fußstapfen seines Vaters treten, den er abgöttisch verehrte, obwohl er nur so wenig von ihm gehabt hatte. Ohne die Unterstützung der Stiftung wäre ihm das niemals möglich gewesen.

Die private Eliteschule, auf die er ging, war das berühmte Leibniz-Gymnasium, das nach dem 150 Jahre alten Vorbild deutscher Gymnasien organisiert war. Hier hielt man vor allem die traditionellen Werte wie Ordnung, Pünktlichkeit und Fleiß sehr hoch. Die Lehrer waren allesamt sehr gut ausgebildet und äußerst kompetent in der Wissensvermittlung.

Dieser professionelle Einfluß färbte natürlich auch auf die Schüler ab. Sie alle gaben sich die größte Mühe, den Ansprüchen der Lehrer gerecht zu werden, denn sie wußten, daß ihnen mit einem guten Abitur, wie man den Abschluß hier nannte, die Welt offenstand. Nur die wenigsten konnten dem Leistungsdruck nicht standhalten und wechselten lieber auf die staatlichen Schulen, die nach dem Highschool-/College-Prinzip organisiert waren.

Earl junior wußte um das Glück und die Ehre, die ihm zuteil wurden. Die meisten Schüler des Leibniz-Gymnasiums kamen aus steinreichen Familien. Nur ein geringer Prozentsatz, zu dem auch er gehörte, konnte sich den Schulbesuch dank Stipendien leisten. Daß die Eliteschule mehr Anfragen erhielt, als Plätze vorhanden waren, erschwerte natürlich die Zulassung. Glücklicherweise bevorzugte die Schule entsprechend begabte Kinder gefallener Gardisten. So war auch Earl zu seinem Platz gekommen. Er ging jetzt in die Quinta, die sechste Klasse.

Die Burroughs wohnten fast 1000 Kilometer von der Schule entfernt, da die Wohnungen in deren unmittelbarer Nähe unerschwinglich teuer waren. Doch das war kein Problem, denn im Kellergeschoß ihrer Pyramide gab es einen öffentlichen Transmitter. Earls Schulweg dauerte auf diese Weise nur wenige Minuten.

Jane war sehr froh, im Jahr 2066 zu leben und nicht einhundert Jahre früher. Ohne die großartige Technik von heute wäre ihr das Leben, wie sie es jetzt führte, gar nicht möglich gewesen, genau wie vielen anderen Leuten, die sich auch nicht gerade als reich bezeichnen konnten. Stipendium hin oder her,

Earl hätte allein schon wegen der quasi unüberbrückbaren Distanz nicht auf ein vernünftiges Gymnasium gehen können.

Bei dem Gedanken an einen Highschool- oder College-Abschluß wurde Jane ganz anders. Aber zum Glück lebte sie in einer Zeit, in der es Transmitter gab. Und allein die lösten schon eine Menge Probleme und vereinfachten das Leben ungemein. Es gab also keinen Grund, sich zu beklagen.

Doch eines Tages, aus heiterem Himmel, brach ein Unglück über die Familie herein. Alles begann mit einem Brief, den Earl junior von der Schule mit nach Hause brachte.

»Was will denn der Direktor von mir?« fragte Jane erstaunt und bügelte das gefaltete Papier, auf dem der Brief altmodischerweise gedruckt war, mit den Händen glatt. »Hast du irgend etwas angestellt?«

Earl kaute sich nervös auf den Fingern herum und beteuerte: »Ich habe nichts Böses gemacht! Wirklich nicht! Den Brief hat mir meine Klassenlehrerin zum Ende der Stunde gegeben und gesagt, ich solle ihn dir geben.«

»Hast du denn nicht nachgefragt, worum es sich handelt?«

Earl runzelte verwirrt die Stirn, und Jane rief sich in Erinnerung, daß er trotz seines ernsten Äußeren noch immer ein Kind war.

»Ach, ist doch auch egal«, sagte sie und wuschelte Earl durch den Kurzhaarschnitt, den auch sein Vater getragen hatte. »Schauen wir einfach, was der Direktor von mir will! Bestimmt ist es nichts Schlimmes. Vielleicht bekommst du ja eine Urkunde für irgendeine Leistung.«

Aber der Brief enthielt nur die Einladung zu einem Gespräch beim Schulleiter. Sie zuckte mit den Schultern und lächelte ihrem Sohn, der emsig seine Frisur korrigierte, aufmunternd zu.

Gegen Nachmittag begab sie sich zur Schule, nachdem sie beim Sekretariat wegen der Vorladung angerufen hatte. Fast vierzig Minuten mußte sie dort warten, ehe sie der Direktor endlich in das Büro bitten ließ.

Der ältere Herr mit dem strengen Blick trug einen gutgeschnittenen Anzug mit Krawatte und gab ihr zur Begrüßung die Hand. »Setzen Sie sich, Mrs. Burroughs!« sagte er und deutete auf den freien Stuhl auf der anderen Seite des Schreibtischs, seinem gegenüber.

Jane gehorchte. Als sie beim letztenmal hier gesessen hatte, hatte sie Earl junior an diesem Gymnasium angemeldet. Sie verband also im Grunde nur Positives mit dem Büro. Dennoch fühlte sie sich unwohl. Fast wie ein Schüler, der irgend etwas angestellt hatte und nun zur Rechenschaft gezogen wurde. Überall an der linken Wand hingen einschüchternde Kopien von Urkunden in den verschiedensten Disziplinen, die irgendwelche Musterschüler gewonnen hatten. Es war kaum noch ein Plätzchen frei. Jane war sich sicher, daß irgendwo ein Karton herumstand, in dem noch einmal so viele bereitlagen. An der gegenüberliegenden Wand hingen die Auszeichnungen für die Schule. Es war fast schon lächerlich zu sehen, daß das Leibniz-Gymnasium schon zum sechzehntenmal in Folge zur »Schule des Jahres« gekürt worden war. Die mit Prägung und Wasserzeichen versehenen Urkunden hingen alle in einer Reihe, die nach rechts noch Platz ließ. Anscheinend erwartete man in den Folgejahren Nachschub.

Forschungsinstitute lobten die Schule für die hervorragende Grundlagenvermittlung, boten Aufbaukurse an für interessierte und begabte Schüler.

Die Vitrine mit den Pokalen hatte im Direktorenbüro zum Glück keinen Platz mehr gefunden und stand neben dem Lehrerzimmer.

Jane fühlte sich irgendwie um ein paar Jahrzehnte zurückgeworfen, während sie das altmodisch eingerichtete Büro eingeschüchtert betrachtete. Bis auf den kleinen Bildschirm auf dem Schreibtisch war hier alles frei von sichtbarer Technik. Sie fragte sich, ob man absichtlich eine antiquierte Atmosphäre erschaffen wollte.

»Also«, begann ihr Gegenüber, »ich will es kurz machen. Ihr Sohn muß leider die Schule verlassen.«

Jane mußte heftig schlucken, ehe sie mit heiserer Stimme krächzte: »Wie bitte? Welchen Grund gibt es dafür?«

»Unsere Schule kann nur eine begrenzte Zahl von Plätzen anbieten. In diesem Jahr haben wir einen enormen Zulauf wie nie zuvor. Viele Regierungsmitglieder wollen ihre Kinder hier anmelden, was wir ihnen natürlich schlecht abschlagen können.«

»Schön und gut«, meinte Jane bissig. »Aber es gibt doch noch Tausende anderer Schulen!«

»Richtig. Genau deshalb möchte ich ihnen ja raten, ihren Sohn freiwillig abzumelden. Das schädigt niemandes Ansehen und ist für alle Beteiligten die beste Lösung. Ihr Sohn kann genausogut auf einer der tausend anderen Schulen seinen Abschluß machen.«

»Was erzählen Sie denn da für einen Unsinn?« fauchte Jane empört und schlug mit der Faust auf den Tisch. »Sie wissen ganz genau, daß das nicht stimmt! Wir haben das Leibniz-Gymnasium ausgesucht, weil es nicht *irgendeine* Schule ist, sondern die beste Babylons. Mein Sohn gibt sich alle Mühe und die Lehrer honorieren das mit guten Noten. Ich hätte ja Verständnis, wenn Sie ihn hinausschmeißen wollten, wenn er ein schlechter Schüler wäre. Aber dem ist nicht so!« Sie holte tief Luft, um sich wieder zu beruhigen. Am meisten ärgerte sie sich über den neutralen Gesichtsausdruck des Direktors, dem ihr Sohn offenbar völlig egal war. Sie fragte sich, ob Earl junior persönlich von ihm ausgesucht worden war, weil er etwas gegen ihn hatte, oder ob er nur Opfer von irgendwelchen geldgierigen und unpersönlichen Bürokraten geworden war. Sie zog ein anderes Register auf. »Hören Sie, mein Mann ist für die Schwarze Garde gestorben. Nichts wünscht sich mein Sohn lieber, als in die Fußstapfen seines Vaters zu treten. Bitte verbauen Sie ihm nicht einfach die Zukunft.«

Der Direktor grübelte. Einen Augenblick lang sah es tatsächlich so aus, als hätte er seine Meinung geändert, doch dann schüttelte er den Kopf. »Es tut mir sehr leid, Mrs. Burroughs, aber mir sind leider die Hände gebunden. Bitte nehmen Sie meinen Rat an, und melden Sie Ihren Sohn freiwillig ab!«

Schnaufend erhob sich Jane und biß die Kiefer aufeinander, um jetzt bloß nichts Falsches zu sagen. Die Hände hatte sie zu Fäusten geballt, als sie, ohne ein weiteres Wort zu verlieren, mit hochrotem Kopf aus dem Büro stapfte.

*

Daheim angekommen setzte sie sich sofort an ihren Rechner und diktierte dem Schreibprogramm einen Beschwerdebrief, den sie an Terra-Press schicken wollte. Empört erklärte sie ihre Situation und hoffte, daß ihr irgend einer von den sechsunddreißig Milliarden Menschen würde helfen können. Sie wußte, daß die Leute momentan sowieso nicht allzu gut auf die Regierung zu sprechen waren, so daß eine Unterstützung ziemlich wahrscheinlich war. Ihren Sohn meldete sie selbstverständlich nicht »freiwillig« von der Schule ab.

»Was wollte denn der Direktor?« fragte Earl junior, der sich aus der Küche ein Glas Saft geholt hatte. Während Jane den Brief diktiert hatte, war der Junge so tief in seine Hausaufgaben versunken gewesen, daß er nicht einmal ihre Ankunft bemerkt hatte.

»Nichts, Earl«, antwortete Jane und bemühte sich, überzeugend zu lächeln. »Der Mann hat sich bloß vertan. So etwas kann ja mal passieren.«

Der Elfjährige nickte geistesabwesend und trottete zurück zu seinen Hausaufgaben.

Jane las sich ihren Brief noch einmal gründlich durch und korrigierte ein paar Zeilen. Schließlich wollte sie nicht wie eine hysterische Mutter klingen, sondern sachlich und vernünftig. Es sollte auch nicht so aussehen, als wollte sie Öl in ein Feuer gießen, auch wenn sie mit den aktuellen Regierungsmethoden auch nicht gerade zufrieden war. Nein, alles, was sie wollte, war, daß ihr Sohn ungehindert seinen Weg gehen konnte. Alles andere war ihr erst einmal ziemlich egal.

Sie schickte den Brief ab.

Als sie am nächsten Tag aufgeregt die neuste Ausgabe der Terra-Press am Bildschirm durchblätterte, war sie enttäuscht, ihren Brief nicht zu finden. *Na ja, nicht so schlimm,* tröstete sie sich. *Die Redakteure bekommen sicherlich Millionen von Leserbriefen. Vielleicht haben sie meinen nur noch nicht gelesen. Bestimmt morgen!*

Aber weder am nächsten noch am übernächsten Tag fand sie

ihre Beschwerde in der Zeitung. Als begeisterte Leserin von Terra-Press wußte sie, daß die ambitionierte Redaktion eigentlich nie so lange brauchte. Schließlich hatte sie schon öfter dorthin geschrieben und stets wenigstens eine Antwort von den Redakteuren bekommen. *Sehr merkwürdig.*

Jane fuhr auf, als sie ein Geräusch an der Tür hörte, und rutschte mit dem Stuhl quer durch den Raum, um zu sehen, was los war. Sie sah nur noch, wie eine kleine Gestalt davonhuschte und im Zimmer ihres Sohnes verschwand.

»Earl, bist du das?« rief sie, erhielt aber keine Antwort. Als sie lauschte, hörte sie ein dumpfes Schluchzen. Sie schaute auf die Uhr und stellte fest, daß es erst kurz vor elf Uhr war. Normalerweise war die Schule erst gegen ein Uhr aus. »Earl?«

Sie erhob sich von dem Stuhl, schlich zum Zimmer und hielt ihr Ohr prüfend an die Tür.

Tatsächlich: Es weinte jemand.

Sie klopfte vorsichtig an. »Schatz, geht es dir gut?« fragte sie besorgt. *Natürlich geht es ihm nicht gut,* dachte sie.

»Geh weg, Mama!« schniefte Earl.

Sie hörte nicht auf ihn und betrat den Raum. An der Wand hingen jede Menge Poster von Raumschiffen und deren Rißzeichnungen sowie Bilder von der Schwarzen Garde. Es gab sogar eine kleine Papa-Sammlung mit ausgedruckten Zeitungsartikeln und Fotos aus längst vergangenen, glücklicheren Zeiten. Vater bei der Hochzeit. Vater als stolzer, frischgebackener Gardist. Jane berührte sachte die Glasscheibe des Bilderrahmens, hinter dem die Diplomurkunde ihres Mannes klemmte. Sie dachte daran, wie glücklich er gewesen war, als er endlich sein Maschinenbaustudium erfolgreich abgeschlossen und fortan offiziell zur Schwarzen Garde gehört hatte. Nur bei Earls Geburt war er noch glücklicher gewesen.

Jane setzte sich auf das Bett, in dem sich ihr Junge vergraben hatte. Sie streichelte ihm beruhigend den Rücken. »Was ist denn los?«

»Die Schule ist voll doof«, heulte er ins Kissen. »Ich habe doch gar nichts Böses gemacht! Aber ich kriege trotzdem Ärger!«

»Ich glaube dir ja, Schatz. Doch jetzt sage mir bitte, was genau vorgefallen ist! Ich kann dir bestimmt helfen!«

Earl jaulte wie ein geschlagener Hund auf. Dann streckte er seinen Arm aus und deutete zitternd auf seinen Schreibtisch, auf dem ein ungeöffneter Briefumschlag lag. »Zu Händen Frau Burroughs«, stand ganz formal in akkurater Handschrift darauf. Jane ahnte Schlimmes, und sie behielt recht.

Es handelte sich um eine offizielle Mitteilung des Leibniz-Gymnasiums, daß ihr Sohn Earl Burroughs junior mit sofortiger Wirkung wegen Verstößen gegen die Disziplin von der Schule verwiesen worden sei. Unterschrieben vom Direktor und Earls Klassenlehrerin.

Tränen des Zorns stiegen Jane in die Augen, die sie an ihrem Ärmel abwischte. »Diese Schweine«, zischte sie fluchend und schaute zu ihrem Sohn, der mit einemmal ganz hellhörig geworden war, als er einen der seltenen Wutausbrüche seiner Mutter miterlebte.

»Das können die mit uns nicht machen!« knurrte sie und wedelte mit dem Brief, um ihrer Wut Ausdruck zu verleihen. »Du hast noch nie gegen irgendwelche Regeln verstoßen. Ich werde nicht zulassen, daß diese Leute dich einfach zu Unrecht beschuldigen.«

Earls Augen glänzten hoffnungsvoll und stolz bei den entschlossenen Worten seiner Mutter. Er war sehr froh, daß wenigstens sie ihm glaubte und ihn nicht so kalt behandelte, wie es seine Lehrerin getan hatte, obwohl diese genau wußte, daß er nichts verbrochen hatte. Seine Mitschüler hatten ganz komisch geschaut, als er seine Sachen packen und nach Hause gehen mußte.

»Bist du eigentlich der einzige, der so abserviert worden ist?« wollte Jane wissen, während sie den Brief sorgfältig gefaltet in den Umschlag zurücksteckte, als wäre er bloß eine liebe Grußkarte.

Earl schüttelte den Kopf. »Jack aus der Nebenklasse hat auch einen Brief bekommen. Ich kenne ihn, weil sein Vater auch bei der Schwarzen Garde war. Wir haben aber nicht gesprochen. Er ist sofort weggerannt.«

Aufgrund ihrer Arbeit in der Schulpflegschaft hatte Jane alle Adressen und kontaktierte sofort Jacks Mutter, die dieselbe Hiobsbotschaft erhalten hatte und deshalb völlig aufgelöst war. Erst nach zehn Minuten Geheule konnte man mit ihr ein vernünftiges Wort reden. Nach und nach erfuhr Jane, daß es offenbar sehr viele Kinder mit Stipendien – nicht nur jene, deren Väter als Gardisten gefallen waren – getroffen hatte. Sie setzte sich mit allen ihr bekannten geschädigten Familien persönlich in Verbindung.

Es stellte sich heraus, daß wirklich *sämtliche* Kinder mit Stipendien von der Schule verwiesen worden waren. Nur eine einzige Familie hatte den »Ratschlag« des Direktors angenommen, was sie vom ersten Augenblick an bitter bereut hatte.

Doch dem war noch nicht genug. Jane schüttelte den Kopf, als die Liste der Geschädigten immer länger wurde. Earl stand daneben und schaute zu. Es hatte keinen Sinn, ihn bei dieser wichtigen Angelegenheit einfach auszuschließen.

»Schau nur«, sagte sie und deutete auf den unteren Part der Liste. »Das hier sind alles reiche Familien, die es gewagt haben, sich kritisch gegenüber der Regierung zu äußern. Deren Kinder wurden auch rausgeworfen.«

»Glaubst du, das ist ein Komplott?« fragte Earl mit großen Augen. Das Wort »Komplott« flüsterte er, als handelte es sich dabei um ein großes Geheimnis. Er hatte den Schmerz wegen des Verweises von der Schule längst überwunden und stürzte sich mit Begeisterung auf diese neue Mission – ganz wie sein Vater es getan hätte.

»Ja, das glaube ich allerdings«, antwortete sie und zog ihren Sohn an sich. »Die von der Regierung meinen wohl, sie könnten mit uns einfachen Leuten machen was sie wollen, aber da haben die sich in den Finger geschnitten.«

»Und was unternehmen wir jetzt?«

8.

Noch in derselben Woche organisierte Jane Burroughs ein Treffen mit allen Geschädigten, bei dem die Mütter, Väter und sonstigen Erziehungsberechtigten aller 26 zu Unrecht von der Schule geworfenen Kinder anwesend waren. Viele hatten wie Jane ihre Zöglinge mitgebracht.

Die Leute sahen einander teilweise zum erstenmal. Entsprechend viel gab es zu bereden. Mit jeder Minute wurde es lauter in dem kleinen Saal, den Jane extra angemietet hatte.

»Dürfte ich um Ruhe bitten?« rief sie ganze vier Mal, ehe sie endlich Gehör fand. Im Geiste notierte sie sich, daß sie beim nächsten Mal unbedingt einen Stimmverstärker brauchte. Ein anständiges Podest wäre auch nicht schlecht gewesen, denn der Stuhl, auf dem sie stand, war nicht gerade optimal. »Wir alle sind hier, weil uns Unrecht widerfahren ist, das wir nicht auf uns sitzen lassen wollen.«

»Ja! Genau!« hörte sie hier und dort aus der Menge rufen, ohne genau orten zu können, woher das kam.

»Bei Terra-Press interessiert sich niemand für uns. Die Gründe dafür können wir uns ja alle denken.« Ein Raunen ging durch die Menge. Als es abebbte, fuhr sie fort: »Aber ich bin mir sicher, daß es da draußen eine Menge Leute gibt, denen es nicht egal ist, daß Kinder einfach willkürlich von Schulen geschmissen werden, weil ihre Eltern nicht mit unserer Regierung einverstanden sind oder weil die Herrschaften von eben dieser Regierung Platz für ihre eigenen Bälger brauchen.«

»Mein kleiner David«, rief eine empörte Mutter, »weigert sich wegen dieser Mistkerle, aus seinem Zimmer zu kommen! Er käme erst wieder heraus, sagt er, wenn er auch wieder zur Schule dürfe.«

Jane lächelte. »Ich bin mir sicher, daß alle unsere Kinder zur Schule wollen. Darum sind wir ja hier. Wir sollten gemeinsam überlegen, wie unser nächster Schritt aussehen soll!«

»Wir könnten gemeinsam einen Beschwerdebrief an die Presse schicken!« schlug jemand vor.

»Nein, denen ist es doch egal, ob einer oder mehrere den Brief unterschreiben. Die sind nicht an unserem Fall interessiert.«

»Dann schreiben wir eben direkt an die Regierung!« meinte ein anderer.

»Wieso das?« rief noch jemand. »Die hat uns das hier doch erst eingebrockt!«

»Am besten sollten wir öffentlich gegen diese Ungerechtigkeit demonstrieren.«

»Quatsch! Wir sollten lieber nicht zuviel Aufsehen erregen.«

»Warum nicht?«

»Was sollen wir tun, wenn unsere Demo scheitert? Andere Schulen werden unsere Kinder aus Angst vor uns Verrückten dann nicht mehr annehmen. Unsere Kinder wären für ihr Leben gezeichnet, und das wäre unsere Schuld!«

»Na und? Wir können genausogut unsere eigene Schule eröffnen. Die Lernprogramme für Rechner sind heutzutage gut genug.«

»Meinen Sie virtuelle Lehrer?«

Der Mann, der den Vorschlag unterbreitet hatte, nickte emsig. »Ganz genau. Unsere beiden Kinder lernen jetzt beide damit und erzielen gute Fortschritte.«

Eine Mutter – Beatrix hieß die korpulente Frau – hingegen war nicht davon überzeugt. »Lernen ist aber nicht alles. Echte Lehrer, Menschen in Fleisch und Blut, vermitteln nicht nur das Wissen über ihre jeweiligen Fächer, sondern auch soziale Kompetenzen. Unsere Kinder können nicht den ganzen Tag vor dem Rechner hängen. Sie müssen andere Menschen kennenlernen, kommunizieren, sich Problemen stellen, Freundschaften knüpfen können!«

Ein Raunen erfüllte den Raum. Jane nutzte diese Diskussionspause, um die ihrer Meinung nach beste Lösung noch einmal schmackhaft zu machen: »Genau aus diesen Gründen möchte ich, daß mein Sohn wieder zur Schule geht. Eine öffentliche Protestaktion halte ich für sinnvoll. Jemand sprach hier von ›Aufsehen erregen‹. Genau das ist es doch, was wir wollen! Wir brauchen die Aufmerksamkeit von anderen, um auf die Ungerechtigkeit hinzuweisen, die uns widerfahren ist. Zum anderen müssen wir als geschlossene Gruppe zeigen, daß wir uns das nicht bieten lassen! Unser Engagement für unsere Kinder ist doch nichts Verwerfliches, oder?«

Die Leute verneinten einstimmig.

»Genau darum stellen wir uns vor die Schule, wo uns alle sehen können. Vielleicht bemerken uns dann auch die Regierungsmenschen und sehen, daß wir keine Objekte sind, sondern Menschen wie sie. Daß unsere Kinder genauso sind wie ihre! Mit den gleichen Rechten! Unsere Kinder sollen wieder Schüler des Leibniz-Gymnasiums werden. Sie haben die Aufnahmeprüfungen bestanden, nicht über irgendwelche Beziehungen verfügt. Nur das ist gerecht, und dafür müssen wir demonstrieren!«

Alle applaudierten so spontan, daß es Jane völlig aus dem Konzept brachte. Dies hier war ihre allererste Rede vor so vielen Menschen. Sie wunderte sich selbst, daß sie weder stotterte noch Unsinn erzählte, sondern eine relative Nüchternheit an den Tag legte. Offenbar hatte sie ein Talent in sich entdeckt, von dem sie bisher noch nichts gewußt hatte.

Sie besprach mit den Leuten Ort und Zeit. Danach verabschiedete man sich zuversichtlich. Einer der Väter war sogar derart von ihrem Engagement beeindruckt, daß er sie, als sich die anderen schon auf den Heimweg machten, noch sprechen wollte.

Jane wußte von Earl, daß der extrem gutaussehende Mann mittleren Alters Dr. Dr. med. Eduard Walters hieß, Leiter einer großen Klinik für plastische Chirurgie war und eine elfjährige Tochter namens Lisa hatte, die in Earls Parallelklasse ging. Lisas Mutter war im Kindbett gestorben. Warum ihr Sohn so gut über das Leben seiner Mitschülerin Bescheid wußte, hatte sie nicht nachgefragt, obgleich sie unglaublich neugierig war. Wenn sich die Lage beruhigt hatte, wollte sie sich vorsichtig an das Geheimnis heranpirschen.

Dr. Walters schüttelte ihr höflich die Hand und stellte sich vor. »Ich finde es großartig, was Sie machen«, gestand er direkt heraus, »und ich möchte Sie dabei unterstützen!«

»Oh«, sagte Jane, sichtlich verlegen. »Das ist sehr nett von Ihnen.« Gleichzeitig dachte sie: *Was für Hilfe meint er denn? Eigentlich ist doch schon alles organisiert. Earl sagte, der Mann wäre reich. Ob Walters also Geld meint? Aber danach kann ich ihn unmöglich fragen!*

»Ich habe da auch schon ein paar Ideen«, sagte er und zauberte eine kleine, hauchdünne Datenfolie aus seiner Brieftasche, die er aufklappte. Er mußte irgendwo draufgedrückt haben, denn mit einemmal offenbarte sich ein Menü. Walters wühlte sich durch einen Haufen von Daten, bis er mit einem leisen »Ah« die richtige Datei gefunden zu haben schien. Ein Hologramm erschien direkt über der Folie. Mit einem zufriedenen Lächeln auf den wohlgeformten männlichen Lippen hielt er sie Jane hin.

Zögernd nahm sie das hauchdünne Gerät, voller Angst, daß es jeden Moment zerbrechen könnte.

»Keine Sorge, die Dinger sind robust. Ich kann mich sogar draufsetzen, und es funktioniert danach noch immer!« Er lachte, und Jane versuchte es auch.

»Was ist denn das?« fragte sie etwas verwirrt.

»Eine kleine Simulation, die ich habe anfertigen lassen«, erklärte er stolz. »Die kleinen Figuren in Rot stellen uns, die Demonstranten, dar.«

Er berührte eine davon, die sich daraufhin vergrößerte. Nun sah man nur noch diese. Sie trug ein rotes T-Shirt mit der Aufschrift: »Unsere Kinder wollen in die Schule!«

Jane drehte die Datenfolie, da sie nicht wußte, wie man sie bediente, in alle Richtungen und betrachtete, was ihr da angeboten wurde. Vor Begeisterung sprühte sie nicht gerade.

»Rot ist eine gute Farbe. Wenn wir alle diese T-Shirts tragen, fallen wir garantiert auf!« meinte Walters überzeugt. »Aber das ist noch nicht alles.« Wieder drückte er irgendwelche für Jane unsichtbaren Bedienfelder, und das Hologramm eines Fahrzeugs erschien.

»Das«, fuhr er fort, »habe ich auch schon gekauft. Es ist gerade in der Werkstatt. Ich will es in dem gleichen Rot lackieren lassen wie unsere T-Shirts. Hier hinten sind Schallfelder, mit denen wir uns garantiert Gehör verschaffen können! Die sind wirklich praktisch. Wir brauchen kein einziges Mikrophon. Alles, was in einem Umkreis von bis zu 20 Metern gesagt wird, wird über diese Anlage an ein vordefiniertes Lautstärkeniveau angeglichen und ausgesendet. Selbstverständlich absolut rückkopplungsfrei dank moderner Filterungstechnik.«

»Oh, das ist wirklich gut.« Das Fahrzeug mit der Beschallungsanlage sprach Jane wesentlich mehr an als die T-Shirts, denn es war praktisch. Aber Walters fragte sie nicht nach ihrer Meinung, sondern sprach so, als hätte er die Sache schon längst in die Hand genommen. Hätte er nicht so etwas Sympathisches an sich gehabt, sie hätte sich vermutlich darüber geärgert.

»Ich denke, daß wir damit ganz gut ausgestattet sind«, sagte er und nahm die Datenfolie wieder an sich. »Haben Sie noch irgendwelche Vorschläge?«

»Ähm... momentan fällt mir nichts ein.«

»Sie brauchen es nur zu sagen. Wir sitzen im selben Boot. Für meine Tochter scheue ich keine Kosten und Mühen! Geld habe ich genug. Falls wir also noch ein paar Helfer brauchen, ist das auch kein Problem. Ich kenne viele Leute.«

Jane nickte dankbar. Sie war froh darüber, daß er auf sie zugekommen war, um die Protestaktion zu unterstützen. Nach Geld hätte sie nie zu fragen gewagt... Aber wenn er es schon anbot, dann erleichterte das einiges, auch wenn sie die T-Shirts völlig übertrieben fand.

»Wozu eigentlich der ganze Aufwand?« fragte sie vorsichtig in der Hoffnung, den übereifrigen Mann nicht zu kränken.

Er aber lachte und entblößte dabei ein perfektes Gebiß mit perlweißen Zähnen, die viel zu schön waren, um echt zu sein. »Oh, gut daß Sie fragen. Fast hätte ich vergessen zu erwähnen, daß ich noch ein paar Bekannte von den Lokalmedien einladen wollte.«

»Medien?« Jane staunte nicht schlecht. Eigentlich hatte sie sich ja nur eine kleine Demonstration vor der Schule vorgestellt:

ein paar Eltern, ein paar Kinder, vielleicht noch ein paar Schilder. Fertig.

»Natürlich«, bestätigte er. »Oder glauben Sie, daß wir sonst zu unserem Recht kämen? Mit Geld allein kann man in dieser Welt leider nicht alles erreichen.«

Ein Glück, korrigierte sie sein »leider« in Gedanken. »Tja, dann muß ich wohl nur noch unsere kleine Demo bei den zuständigen Behörden anmelden, und es kann losgehen!«

*

Trotz aller gegenteiliger Befürchtungen erhielt Jane Burroughs die Genehmigung für die Demonstration. Irgendwie schien jetzt alles glattzulaufen. Von Stunde zu Stunde wurde sie zuversichtlicher.

Am Montag ging es endlich los. Man traf sich Punkt sieben Uhr vor dem Schulgebäude.

Obwohl sie sich extra zwei Stunden früher auf den Weg gemacht hatte, den aufgeregten Earl junior an ihrer Seite, war sie keineswegs die erste. Gut zwanzig Erwachsene hatten sich schon eingefunden. Ihre Kinder, die wie versprochen ihre Schultaschen bei sich trugen, hatten sie natürlich mitgebracht.

Sie standen zwanzig Meter entfernt vom Eingang der riesigen Ringpyramide, deren Spitze kaum auszumachen war. In dem Gebäude waren neben der Schule, die eine der mittleren Ebenen für sich beanspruchte, noch Verwaltungsstellen und sonstige Büros der Regierung untergebracht. Das traf sich ganz gut, wenn nicht nur der Direktor, die Lehrer und die Schüler auf die kleine Demonstration hier unten aufmerksam wurden, sondern auch diejenigen Leute, derentwegen man sich hier unten überhaupt erst zusammengefunden hatte.

Mit Sicherheit arbeitete da oben in einem der Büros der ein oder andere Elternteil, der sein eigenes Kind mit allen Tricks in eine Schule schicken wollte, die laut Aussagen des Direktors keine freien Plätze mehr hatte.

Nach und nach gesellten sich immer mehr vertraute Gesichter zu den Demonstranten und sogar noch einige unbekannte. Die

Leute schienen sich untereinander zu kennen, weshalb Jane in ihnen Angehörige vermutete.

»Guck mal, Mama!« Earl junior zerrte an Janes Ärmel. »Da drüben ist ein Lehrer!« Er zeigte direkt mit dem Finger auf einen buckeligen kleinen Mann mit Halbglatze und riesiger Brille. In diesem Moment schaute der Alte herüber. Earl ließ schnell den Arm sinken und schaute schnell weg.

Der Lehrer nickte Jane, die ihn mißtrauisch beäugte, höflich zu und kam herüber. »Guten Morgen«, grüßte er höflich. »Sie sind doch Mrs. Burroughs, oder?«

»Guten Morgen«, antwortete sie reserviert. »Kann ich Ihnen irgendwie behilflich sein?«

Beschwichtigend hob er beide Hände. »Oh, es ist nicht so, wie Sie denken. Ich bin nicht hier, um sie zu beschwatzen. Wir, ein paar Kollegen und ich, wollen uns Ihnen bloß anschließen.«

Jane zog erstaunt die Augenbrauen hoch. »Wirklich?«

Der Alte nickte und rückte seine Brille zurecht. Sein Blick schweifte hinüber zu der Ringpyramide. »Ich unterrichte nun schon seit 30 Jahren, aber so etwas ist mir in der ganzen Zeit noch nicht untergekommen. Seit wir auf Babylon sind, beobachte ich mehr und mehr, wie unsere Rechte mit Füßen getreten werden. Bildung für alle, hieß es einst.« Er seufzte laut. »Ich dachte, wir blieben von den negativen Entwicklungen verschont. Immerhin ist das Leibniz-Gymnasium als private Eliteschule seit jeher autonom. Wir haben viele ausgezeichnete Schüler hervorgebracht, weil wir sie uns stets selbst ausgesucht haben, und zwar ausschließlich nach Leistungsgesichtspunkten. Niemand ändert ohne triftigen Grund ein Erfolgssystem.«

Jane nickte nur, während der Lehrer von dem großartigen Gymnasium schwärmte – Dinge, die sie selbst in etwas kürzerer Form vor rund zwei Jahren in der Schulbroschüre gelesen hatte.

»Ich bin schon alt«, fuhr er fort. »Ich habe keine Angst davor, entlassen zu werden. Sollen sie sich doch einen anderen Lehrer für Neue Technologien suchen! Solange ich nicht meine Schüler zurückbekomme, werde ich keinen Fuß mehr in die verdammte Schule setzen!«

Jane dankte ihm für seine Unterstützung.

Sie freute sich sehr darüber.

Gegen acht Uhr kam Dr. Walters mit seinem Gleiter und den unvermeidlichen T-Shirts, gefolgt von ein paar Reportern. Letztere sahen nicht gerade begeistert aus.

Die sind alle nur auf eine Sensation aus, dachte Jane abschätzig. *Aber wahrscheinlich ist gerade nichts los, und sie sind gezwungen, über ein paar aufgebrachte Eltern und Schüler zu berichten. Vielleicht haben wir Glück und kommen zu unserem Recht, dann ergibt das wenigstens eine unterhaltsame Geschichte. Oder wir stehen hier bis übermorgen, und es passiert gar nichts.*

Um neun Uhr, als sie auf die Plattform des Gleiters geklettert war, um die Menge zu überblicken, konnte sie gar nicht mehr zählen, so viele waren gekommen. Es waren bestimmt über einhundert Erwachsene anwesend, dazu viele Schüler, sogar Eltern von Kindern, die nicht betroffen waren, sowie einige Lehrer. Jane war richtig gerührt von dieser Hilfsbereitschaft.

Walters bemühte sich, die T-Shirts an den Mann zu bringen, allerdings mit mäßigem Erfolg. Die meisten machten einen Bogen um ihn, ignorierten ihn beim Vorübereilen oder ließen sich auf eine Diskussion ein, in der sie allerlei Ausreden erfanden, um bloß kein T-Shirt anziehen zu müssen.

Über die Köpfe der Menge hinweg flog ein kleiner Schwarm ferngesteuerter Kameras, die mit Antigrav über der Menge schwebten und alles für die anwesende Presse aufzeichneten.

Dann ging es endlich richtig los. Die Leute riefen im Chor: »Unsere Kinder wollen zur Schule gehen! Unsere Kinder wollen zur Schule gehen! Keine Vorzugsbehandlung für Regierungsmitglieder!« Die Schallfelder auf dem Gleiter verstärkten die Rufe, so daß man sie auch in der Pyramidenspitze noch hören konnte.

Nichtsdestotrotz blieben die Tore der Schule geschlossen. Von außen wirkte die riesige Ringpyramide mit den verspiegelten Fenstern wie ausgestorben. Davon ließen sich die Demonstranten aber nicht beeindrucken, sondern wurden einfach noch lauter.

»Nehmt unsere Kinder wieder auf! Unsere Kinder wollen zur

Schule gehen! Keine Vorzugsbehandlung für Regierungsmitglieder!«

Jane schaute nach einer Weile auf die Uhr. »Wir stehen schon seit einer Stunde hier und rufen«, meinte sie leise zu ihrem Sohn, der mit geschürzten Lippen zu ihr hochschaute. »Ich bin gespannt, wie lange die da drinnen uns noch ignorieren wollen. Gleich müßte doch die Pause anfangen, oder?«

Earl nickte.

Plötzlich verstummte die Menge, und ein Tuscheln ging durch die Reihen, das ebenfalls von den Schallfeldern verstärkt wiedergegeben wurde.

Jane lief ein eisiger Schauer über den Rücken. »Was ist passiert?« fragte sie leise und hörte sich gleichzeitig viel lauter wegen der Beschallung. Sie stellte sich auf die Zehenspitzen, um etwas sehen zu können, denn sie stand mit ihrem Sohn mitten in der Menge.

Doch die Leute versperrten ihr das Sichtfeld, da sie genau die gleiche Idee hatten wie sie und ihre Hälse reckten.

Besorgt schaute Jane zu Earl junior herunter, der sich dicht an sie hielt, aber keinen Ton von sich gab. Sie fragte sich, ob er mutig sein wollte und sich für seine Angst schämte. »Mach dir keine Sorgen«, sprach sie ruhig. Über ihren Kopf raste mit leisem Surren eine der Kameras hinweg.

»Hier spricht die Polizei«, ertönte es plötzlich von überall her. »Verlassen Sie sofort das Gelände!«

»Wir sind hier im öffentlichen Raum! Wir haben das Recht, uns hier aufzuhalten!« brüllte ein erzürnter Demonstrant zurück, der direkt neben Jane stand. Der hochgewachsene Mann fuchtelte mit seiner Faust. »Ihr könnt uns gar nichts!«

»An alle! Gehen Sie sofort nach Hause! Die Demonstration ist hiermit aufgelöst.« Diesmal kam die Stimme des Polizisten nicht mehr von überall her.

Jane, die sich mittlerweile einen Weg zum Gleiter gebahnt hatte, sah Dr. Walters im Inneren an einer Konsole hantieren. Anscheinend hatte er die Anlage ausgeschaltet, damit die Polizisten nicht davon profitieren konnten.

»Gar nichts ist aufgelöst! Wir haben eine offizielle Genehmigung!« beschwerten sich einige Demonstranten. »Wir protestieren hier friedlich!«

»Bleib hier stehen«, sagte Jane zu Earl und kletterte auf die Plattform, um zu sehen, was los war. Als sie die Polizisten sah, sog sie scharf Luft zwischen den Zähnen hindurch ein.

Eine schwarze Front maskierter Männer hatte sich nur wenige Meter von der Menge entfernt aufgebaut, die aus uniformierten und bewaffneten Polizisten bestand. Hinter ihnen standen noch wesentlich mehr Bewaffnete. Sogar zwei Gleiter der Polizei waren anwesend, auch wenn sich diese weit im Hintergrund hielten.

Jane sprang hurtig vom Gleiter und schnappte sich Earl. »Komm, wir gehen!«

»Was?« rief Earl entsetzt. »Wir können noch nicht gehen!« Er riß sich los, doch sie packte ihn blitzschnell wieder am Ärmel.

»O doch, mein Freundchen. Das hier wird mir zu bunt. So war das nicht geplant.«

»Mama! Ich bin kein Feigling! Geh doch alleine nach Hause!«

»Nein, das werde ich nicht. Du kommst gefälligst mit!« Unerbittlich zog sie ihren plärrenden Sohn hinter sich her. Sie war nicht die einzige, die beschlossen hatte, sich zurückzuziehen.

»Papa wäre nicht einfach abgedampft! Der wäre hier geblieben und hätte gekämpft!« brüllte Earl mit hochrotem Kopf.

»Ach ja? Dein Vater war vernünftig. Er hätte nie etwas getan, was dich in Gefahr gebracht hätte. Und er hätte sich niemals in einen sinnlosen Kampf gestürzt.«

Earl schwieg und schniefte leise vor sich hin, den Blick zu Boden gewandt, während er sich von seiner Mutter wegziehen ließ.

*

Natürlich gaben weder Jane Burroughs noch die anderen auf.

Kleine Lokalsender und ein paar Netzreporter hatten über die gescheiterte Demonstration berichtet. Vor allem die Netzreporter färbten ihre Artikel höchst subjektiv und stellten die wildesten Verschwörungstheorien an. Daß in Wahrheit nur sehr wenige Reporter tatsächlich am Schauplatz des Geschehens gewesen waren, erkannte man leicht daran, daß immer das gleiche Bildmaterial verwendet wurde in den verschiedensten Berichten. Aber das schien niemanden zu interessieren.

Jane stand dieser Berichterstattung mit gemischten Gefühlen gegenüber. Eigentlich wollte sie nur ihr gutes Recht bekommen, aber diese relativ kleine Angelegenheit brach plötzlich eine ganze Lawine an Unzufriedenheit los. Sie wühlte sich durch Hunderte von Netzseiten und staunte nicht schlecht, als jemand in einem Forum behauptete, die Sache mit dem Leibniz-Gymnasium wäre nur die Spitze eines gigantischen Eisbergs, und dazu aufrief, die Regierung Trawisheim zu stürzen, bevor noch ein wirkliches Unheil über die Bevölkerung hereinbrach.

Viel verstand Jane nicht von Politik. Um ehrlich zu sein, interessierte es sie nicht, wer gerade an der Macht war, solange es ihrem Sohn und ihr gut ging. *Vielleicht bin schon ich viel zu lange blind durch die Gegend gelaufen,* dachte sie erschrocken. *Wenn ich all das lese, wird mir ganz bange.*

In den seriösen Zeitungen wie Terra-Press, der sie bisher immer vertraut hatte, hatte sie schließlich nur Gutes über Trawisheim gelesen. Natürlich gab es zwischendurch Probleme, aber die gehörten dazu und waren meistens schnell vom Tisch. Sie hatte sich nie für das Geschwätz im Netz interessiert, nur jetzt kamen ihr doch Zweifel. Vor allem erschien ihr jetzt glaubhaft, was sie schon auf mehreren Seiten gelesen hatte, daß nämlich die großen Medien von der Regierung kontrolliert würden. Das erklärte auch, weshalb diese sich über die gesetzwidrige Auflösung einer genehmigten Demonstration – diesen waschechten Skandal – einfach ausschwiegen.

Babylons riesiges Rechnernetz hingegen war unmöglich zu kontrollieren. Hier herrschte quasi die absolute Meinungsfreiheit. Für jeden, den man mundtot machte, kamen hundert neue. Obwohl auch viele Gerüchte und Unwahrheiten im Netz kursierten, steckte doch in vielem wenigstens ein Fünkchen Wahrheit. Im großen und ganzen war der Unmut der Bevölkerung hier am direktesten zu spüren.

Manch einer behauptete, Babylons Netz wäre im Prinzip der Spiegel der Gesellschaft.

Zur zweiten Demonstration vor der Schule, die am Freitag derselben Woche stattfand, kamen über 1000 Menschen zusammen. Jane hatte sie selbst nicht gezählt, sondern erst später aus den Netzberichten erfahren, daß tatsächlich so viele gekommen waren.

Die wenigsten interessierten sich aber für das eigentliche Anliegen: nämlich die Ungerechtigkeit, daß die Regierungsmitglieder die Schule einfach für ihre eigenen Kinder räumen ließen.

Statt dessen richteten sich die meisten Demonstranten gegen die Regierung selbst.

Im Grunde war es Jane egal.

Hauptsache, ihr Sohn konnte möglichst bald wieder in die Schule gehen.

Die Polizei hatte offenbar nicht mit so vielen Leuten gerechnet, denn über eine halbe Stunde lang stand sie nur da und wartete auf weitere Befehle, ehe sie erneut die Auflösung der Demonstration forderte. Diesmal gaben die Leute nicht so schnell nach. Sie schrien ihre Forderungen unbeeindruckt in die Welt hinaus, selbst als Dr. Walters die Beschallungsanlage längst ausgeschaltet hatte. Banner mit Parolen wurden in die Höhe gehalten, Megaphone wie aus dem Nichts gezaubert. Man war gut vorbereitet.

Doch die Polizei verlieh ihrer Forderung diesmal Nachdruck, indem sie Gebrauch von ihren Dienstwaffen machte. Von Lähmstrahlen getroffen, gingen mehr als 40 Männer und Frauen nieder. Die Masse brach daraufhin in Panik aus und stob in alle Richtungen davon.

Jane und Earl überstanden die Massenflucht nur, weil Dr. Walters sie schnell in den Gleiter holte, die Türen schloß und vorsichtig davonschwebte.

»Verdammte Polizei! Ich wette, das wird noch ein Nachspiel für diese Idioten haben!« schnauzte er und beschleunigte, als er endlich freie Bahn hatte.

»Werden Sie uns jetzt Waffen kaufen?« fragte Earl erwartungsvoll, wobei seine Mutter scharf Luft einsog und sich ans Herz faßte.

»Wie bitte?« rief Walters völlig überrumpelt von diesem unerwarteten Wunsch. »Nein. Natürlich nicht!«

»Warum nicht? Ich habe gesehen, daß die Bullen nur so alte Paralysatoren haben. So etwas benutzt man heutzutage doch gar nicht mehr. Gegen die kämen wir locker an!«

Jane runzelte bei dem Wort »Bullen« die Stirn. Diese Seite kannte sie von ihrem Sohn noch gar nicht. Normalerweise drückte er sich immer sehr gewählt aus und sprach nicht wie die Kinder aus schlechtem Elternhaus.

»Ach ja?« fragte der Arzt amüsiert. »Und was benutzt *man* heute sonst?«

»Multikarabiner GEH&K Mark 10/62 natürlich.«

»Die sind doch ziemlich teuer, oder nicht?«

»Die Schwarze Garde ist damit ausgerüstet«, informierte der Elfjährige neunmalklug und nickte bedeutungsvoll mit weit aufgerissenen, von Ehrfurcht erfüllten Augen. »Die haben nur das Neuste vom Neusten.«

»Earl, ich glaube, jetzt ist es gut«, ermahnte ihn seine Mutter. »Wir wollen friedlich demonstrieren. Waffen – egal ob Multikarabiner oder Knüppel, wie die Urmenschen sie hatten – sind dabei völlig fehl am Platz. Zweitens möchte ich nicht, daß du die Polizisten als ›Bullen‹ beschimpfst. Und drittens ist es sehr unhöflich, einfach so um Geld zu betteln.«

Der kleine Junge zog eine Schnute und schaute demonstrativ aus dem Fenster, während Lisa, die vorne bei ihrem Vater saß, leise vor sich hinkicherte.

9.

Der Vater eines von Earls Mitschülern, allem Anschein nach ein Computerspezialist, hatte im Rechnernetz ein Forum eingerichtet, in dem der nächste Termin für die geplante Demonstration veröffentlicht wurde. Er hatte den Vorschlag während des Treffens unterbreitet und nach positiver Abstimmung in die Tat umgesetzt. Alle hatten es für sinnvoll befunden, zentral die Interessenten über die Ungerechtigkeit am Leibniz-Gymnasium und die Protestaktionen zu informieren. Neben all den Verschwörungstheorien mußte wenigstens einmal die volle Wahrheit stehen.

Jane selbst hatte nur wenig Ahnung von Rechnern. Sie wußte lediglich, wie man sie einschaltete, sich in das Netz einwählte, Informationen suchen und finden konnte. Ihr Rechner war schon vor zehn Jahren veraltet gewesen. Doch solange er noch lief, wollte sie ihn nicht ersetzen. Ihr Mann Earl hatte sich immer über ihre Sturköpfigkeit amüsiert.

Ihr Sohn hingegen schwärmte ständig von den Schulrechnern, die auf dem neusten Stand der Technik waren.

»Stell dir vor, Mama! Wir haben dort Datenbrillen, mit denen wir das Netz in dreidimensionaler Form betrachten können. Das sieht dann aus wie ein Hologramm, das wir auch drehen und wenden können. Man fühlt sich, als wäre man in einer anderen Welt.«

Seine Mutter konnte sich nur wenig dafür begeistern. »So, so. Und du möchtest zum Geburtstag auch so eine Brille?«

»Mit deinem Rechner funktioniert die doch gar nicht«, seufzte Earl und verdrehte die Augen. »Du willst ja keinen neuen kaufen.«

»Nicht solange dieser hier noch funktioniert.«

»Aber moderne Rechner sind doch gar nicht so teuer. Außerdem muß es ja nicht das neuste Modell sein.«

»Und was kostet deine Brille?« Als er ihr mit gesenkter Stimme den Preis nannte, mußte sie schwer schlucken. »Du meine Güte! Wer soll sich das denn leisten?«

Er zuckte mit den Schultern. »Viele in meiner Klasse haben sie.«

Jane winkte ab. »Diese Schüler bekommen alles geschenkt, weil sie aus reichem Hause stammen. Wir können uns diesen ganzen Luxus nicht leisten. Außerdem gibt es nächstes Jahr bestimmt wieder etwas Neues, und dann spricht keiner mehr von der Datenbrille.«

»Ich weiß, Mama…«

»Mach du erst einmal die Schule fertig! Nach dem Studium, wenn du eine gute Arbeit gefunden hast, wirst du dir all das leisten können.«

»Ja…« Earl trottete mit hängenden Schultern davon.

Es tat ihr leid, daß sie ihrem Sohn so wenig bieten konnte. Warum mußte er sich auch immer diesen überteuerten Technikkram wünschen? Wünschten sich das heutzutage alle Kinder? Sie wußte es nicht. Doch darüber nachzudenken hatte sie jetzt keine Zeit.

Innerhalb von drei Wochen hatten sich über 40 000 anonyme Interessenten in dem neu eingerichteten Forum angemeldet. Wenn jeder von ihnen zur Demonstration kommen und noch jemanden mitbringen würde, würde die kleine Elterngruppe schon 80 000 Teilnehmer zusammen haben.

Für die Anmeldung bei den Behörden schätzte Jane die Zahl einfach auf 100 000. Selbst wenn diese nicht ganz erreicht werden würde, würde die Demonstration in die Geschichte Babylons eingehen. Nie zuvor hatten sich so viele Menschen hier zusammengetan, und nie zuvor hatten so viele in der Öffentlichkeit der Regierung die Meinung gesagt.

Jane fühlte sich völlig überfordert mit der Organisation und rief Dr. Walters an, der sich darüber freute, endlich wieder etwas zu tun zu haben. Man wollte Getränke- und Essensstände aufstellen sowie Toiletten. Sonst würde alles im Chaos versinken. Es wäre doch zu schade gewesen, wenn viele Teilnehmer wegen natürlicher Bedürfnisse heimkehren müßten. Wegen der Polizei wäre man jedenfalls nicht gegangen. Die hatte doch keine Chance gegen so viele Menschen.

Abgesehen davon hatten diesmal – welch ein Wunder! – Terra-Press und andere größere Medien Interesse bekundet. Ganz Babylon würde zusehen – wenn nicht sogar noch mehr Leute, die irgendwo da draußen in den Weiten des Weltalls das Geschehen hier mitverfolgten!

Aber dazu mußte erst einmal die Demonstration stattfinden, was sich diesmal von ganz anderer Seite als großes Problem erwies.

»Können Sie mir das bitte erklären!« forderte Jane erbost und trommelte auf der Empfangstheke des Amtes für öffentliche Ordnung herum. Nachdem sie die Anmeldung abgeschickt hatte, hatte sie erst heute, exakt einen Tag vor dem Termin, endlich eine Antwort bekommen: eine Absage. Die Begründung war sehr schwammig gefaßt und mit verschiedenen Paragraphen aus dem Gesetzbuch ausgeschmückt. Ein einziges Kauderwelsch, durch das man nicht durchblickte.

Die junge Frau hinter dem Empfangstresen schaute müde von ihrer Konsole auf. »Ziehen Sie sich bitte eine Nummer und stellen Sie sich hinten an!«

Die Schlange reichte bis nach draußen.

»Da stand ich schon vier Stunden. Hier ist meine Nummer!« Entnervt wedelte Jane mit dem kleinen Zettel. »Ich wurde eben aufgerufen.«

»Und was wollen Sie dann von mir?« Das Gegenüber war nicht minder aufgeregt.

»Die blöde Anzeige ist einfach umgesprungen und jemand anders ist hineingegangen.«

»Tja, da kann ich Ihnen leider auch nicht helfen. Sie vorzulassen würde bedeuten, den ganzen Betrieb hier aufzuhalten. Sie hätten sich eben beeilen müssen.« Damit schien sich das Thema für die Frau erledigt zu haben. Sie widmete sich wieder ihrer Konsole und bediente die Eingabefelder mit routinierter Trägheit.

Jane schnaufte wütend und schaute auf die Uhr. In zwei Stunden würde diese verdammte Behörde geschlossen haben. In der Schlange würde sie mindestens vier weitere Stunden anstehen. Das lohnte sich einfach nicht.

Sie entschied, daß sie lange genug freundlich gewesen war, und ging heim.

Das Forum, in dem sie eigentlich ihren Frust herauslassen wollte, existierte mittlerweile nicht mehr. Über Nacht war es gesperrt worden, wie ihr computerversierter Mitorganisator mitgeteilt hatte.

Statt dessen fand sie einige andere Plattformen, auf denen man sich auf die morgige Demonstration freute. Kurz und bündig teilte sie im Kopierverfahren bei mindestens zwanzig verschiedenen Adressen mit, daß die Demonstration vorerst abgeblasen war und daß sie, Jane Burroughs, jedoch vor Gericht ziehen und Klage einreichen würde.

Und genau das tat sie auch am nächsten Tag. Jede Einzelheit teilte sie im Rechnernetz mit. Es tat gut zu wissen, daß so viele Leute hinter ihr standen, auch wenn die Schule für diese eigentlich kein Thema war. Für sie war es einfach eine Geschichte, wie Boulevardzeitungen sie eigentlich liebten: Unbescholtene Bürgerin versucht sich ihr Recht bei den gemeinen Behörden zu erkämpfen.

Abends, sie war gerade mitten in einer spannenden Diskussion über das babylonische Schulsystem, klopfte es an der Tür. Sie wunderte sich, wer das wohl sein mochte, und öffnete naiverweise die Tür, ohne sich vorher nach der Identität des fremden Mannes erkundigt zu haben.

»Guten Abend, Mrs. Burroughs«, grüßte er höflich. »Ich hoffe, ich störe Sie nicht.«

Jane schüttelte den Kopf und überlegte, ob der große sehnige Mann mit dem schütteren hellblonden Haar wohl einer ihrer zigtausend Nachbarn sein mochte, die hier in dieser Ringpyramide wohnten. »Nein, das tun Sie nicht. Kann ich Ihnen irgendwie helfen?«

Er sah sich um, als befürchtete er, verfolgt zu werden. Nach einigem Zögern wiegte er den Kopf hin und her. »Nicht direkt.

Eigentlich bin ich gekommen, um Ihnen meine Unterstützung anzubieten.«

»Oh«, entfuhr es Jane erstaunt. Trotz all ihrer Bemühungen, von denen jeder wußte, hatte ihr – abgesehen von Dr. Walters und vier weiteren, eher sporadischen Helfern – nie jemand unter die Arme greifen wollen. »Wenn das so ist, kommen Sie doch herein!«

Der fremde Besucher wirkte sichtlich froh, als er ins Wohnzimmer geleitet wurde und sie beide ungestört waren.

»Ich glaube, ich sollte mich erst einmal vorstellen«, sagte er verlegen. »Reichlich unhöflich von mir.« Er lachte trocken und reichte Jane die Hand. »Mein Name ist Henk de Groot. Sie haben bestimmt schon von mir gehört.«

Sie runzelte die Stirn. Irgend etwas sagte ihr der Name, doch sie kam nicht darauf was. »Ja… ich glaube schon. Sind Sie Reporter?«

De Groot schüttelte den Kopf. »Um Himmels willen, nein. Ich bin Systemtechniker von Beruf.«

»Ach so. Dann verwechsele ich Sie vermutlich. Und welcher Art ist Ihre Unterstützung?«

»Die Gruppe Appeldoorn möchte Ihnen helfen.«

Jane blieb fast das Herz stehen. Entsetzt starrte sie ihr Gegenüber an und spürte mit einemmal, daß sie einen gewaltigen Fehler begangen hatte, indem sie diesen Mann in ihre Wohnung gelassen hatte. »Verschwinden Sie! Aber sofort!« brüllte sie und zeigte mit dem Finger zur Tür. »Mit solchen wie Ihnen will ich nichts zu tun haben!«

De Groot sah aus wie ein geschlagener Hund. Er wollte noch etwas sagen, aber sie schnitt ihm ins unausgesprochene Wort: »Raus hier!«

Als er weg war und die Tür verschlossen, saß sie zitternd in der Küche und wartete darauf, daß ihr die Getränkemaschine endlich einen Kaffee ausspuckte. Zum erstenmal wurde ihr bewußt, in was für einer gefährlichen Situation sie eigentlich steckte.

Sie hetzte viele einflußreiche Leute gegen sich auf, indem sie um eine Selbstverständlichkeit wie einen Schulplatz für ihren

Sohn kämpfte. Wie konnte sie einfach die Tür öffnen und irgendwelche Fremden hereinlassen!

Ich bin so dumm! schalt sie sich selbst und schlug mit der Faust auf den Tisch.

Ein Geräusch ließ sie hochzucken. Earl junior stand in der Tür.

»Was ist denn los, Mama?« wollte er wissen. »Warum hast du geschrien?«

»Ach, das war nichts. Nur jemand, der mir meine Sachen nicht zurückgibt, die ich ihm geliehen habe.« Die Lüge war ganz automatisch über ihre Lippen gekommen.

Earls zerknittertes Jungengesicht sah nicht überzeugt aus. Doch aus irgendeinem Grund fragte er nicht weiter, worüber Jane ganz froh war. Sie wollte nicht, daß er wußte, daß einer dieser Siedlerextremisten hiergewesen war.

Obwohl ihr Henk de Groot nichts getan hatte, haßte sie ihn. Sie wußte, daß er sie ausnutzen und instrumentalisieren wollte, damit seine Bande an die Macht kam. Die Medien hatten ausführlich über die Methoden der extremistischen Gruppe um Appeldoorn berichtet.

Daß sie eigentlich nur auf eine Dauerpropaganda hereinfiel, ahnte sie nicht – genau wie Milliarden anderer Bewohner Babylons.

*

Nach geschlagenen zwei Wochen waren die Gerichtsverhandlungen endlich vorbei.

Die ehemaligen Schüler des Leibniz-Gymnasiums hatten schon seit über zwei Monaten keinen vernünftigen Unterricht mehr gehabt. Zwar hatten sich einige Lehrer bereiterklärt, den Kindern trotzdem etwas nach Feierabend und an den Wochenenden beizubringen, doch von echtem Unterricht konnte man nicht sprechen. Die 26 Kinder stammten aus unterschiedlichen Klassen und Jahrgangsstufen. Eines von ihnen wollte im nächsten Jahr Abitur machen und hatte schon zwei Klausuren verpaßt.

Dr. Walters hatte einen Übungsraum mit Rechnern angemietet und für alle, deren Eltern es sich nicht leisten konnten, die nötigen interaktiven Lernprogramme gekauft. Aber das konnte ja keine Dauerlösung sein. Woher sollten die Kinder einen anerkannten Abschluß bekommen?

Die wenigen hilfsbereiten Lehrer deckten außerdem nicht alle Fächer ab, und die externen Aushilfslehrer von anderen Schulen und Instituten, die ausschließlich dem Ruf von Walters Geld gefolgt waren, hatten einfach nicht das Niveau eines Leibniz-Lehrers.

»Zum Glück haben wir eine Hürde aus dem Weg räumen können«, verkündete Dr. Walters, der mit jedem Tag weniger optimistisch wurde, mit zaghaftem Lächeln. Während der zwei Monate schien er um zwanzig Jahre gealtert zu sein. Oder hatte er die Krähenfüße in den Augenwinkeln schon damals gehabt? »Wie Sie sicherlich mitbekommen haben, hat uns das Gericht Recht zugesprochen. Wir dürfen also endlich wieder demonstrieren.«

Die Mütter und Väter und sonstigen Erziehungsberechtigten applaudierten begeistert, während die Massenmedien nicht ein einziges Wort über diesen Erfolg brachten. Aber mittlerweile war diese Art der Beachtung den Betroffenen auch nicht mehr wichtig, denn im Netz verbreiteten sich Informationen viel schneller und vor allem ungefiltert.

Die folgende Demonstration hatte über 200 000 Teilnehmer. Die Ungerechtigkeit bezüglich der verweigerten Genehmigung der letzten hatte eine enorme Welle der Empörung hervorgerufen, die größer war als die letzte davor. Viele gingen, was sie selbst zugaben, einfach nur aus Prinzip mit.

Wie lang werden uns die Regierung und der Direktor noch ausschließen wollen? Etwa, bis sich die gesamte Bevölkerung Babylons versammelt hat? fragte sich Jane.

Dr. Walters hatte seinen Gleiter nicht mitgebracht. »Das lohnt sich nicht«, meinte er. »So viele Menschen machen genug Lärm.«

»Meine Güte, sind das viele!« rief Jane begeistert. Es war nicht nur ziemlich eng, sondern auch extrem laut hier. Wie froh sie war, Earl junior daheim gelassen zu haben, auch wenn es ihr leid tat, daß der jetzt schmollend in seinem Zimmer saß. Vielleicht war es ihm ja ein Trost, daß Lisa Walters auch nicht hatte mitkommen dürfen.

Jane hatte sich extra eine kleine, ausfahrbare Trittleiter mitgebracht, aber diese reichte nicht aus, um den Rand der Menschenmasse auszumachen.

Die gesamte Ringpyramide, in der die Schule untergebracht war, war umzingelt, als wäre sie der Regierungssitz Trawisheims. Die Leute hielten ihre Plakate hoch, schrien Forderungen.

»Die Regierung muß aufhören, sich Privilegien zu verschaffen, die ihr nicht zustehen!«

»Wir wollen keine privilegierte Politikerkaste!«

»Gleiches Recht für alle!«

»Das einzige Staatssystem Babylons ist die Demokratie!«

»Die Regierung hat dem Volk zu dienen!«

»Wir fordern ein Mißtrauensvotum!«

»Auch Trawisheim muß sich an die Gesetze halten!«

»Nieder mit Trawisheim!«

Es folgte eine Reihe böser Flüche gegen die Regierung. Manch ein übermütiger Demonstrant forderte sogar einen bewaffneten Aufstand durch das Volk. Anarchie.

Jane verschränkte die Arme. Es hatte keinen Sinn, jetzt auch noch ihre eigenen Wünsche hinauszuposaunen. Niemand interessierte sich noch für die Schule. Niemand hörte ihr zu.

Über den Köpfen der Demonstranten schwebten die Aufzeichnungsroboter der Medien und weiter darüber die dunklen Schatten von Gleitern, die zur Polizei gehörten. Jane war sich sicher, daß irgendwo jenseits der Menge die Ordnungshüter warteten.

Bei dem Gedanken daran mußte sie loslachen.

»Wieso lachen Sie?« wollte Dr. Walters irritiert wissen und schaute sich um, auf der Suche nach einer Ursache.

»Ach, ich denke nur an die Polizei. Die Ärmsten müßten jetzt ziemlich verzweifelt sein. Wir sind einfach zu viele.«

Walters zuckte mit den Schultern.

»Finden Sie das etwa nicht witzig?« Sie sah ihn schräg von der Seite an.

»Wissen Sie, ich bin mit den Gedanken gerade ganz woanders. Ich kann den Unmut der Leute ja verstehen, aber manche übertreiben in meinen Augen.«

»Was genau meinen Sie?«

Einer Erklärung bedurfte es gar nicht mehr, denn genau in diesem Augenblick schrie ein Demonstrant in Janes unmittelbarer Nähe: »Wir lassen uns das nicht länger gefallen! Diese Schweine in der Regierung machen mit uns, was sie wollen! Wir sollten ihnen zeigen, wo der Hase lang läuft. Fackeln wir den Scheißladen ab!«

Beunruhigend schnell machte die Parole »Fackeln wir den Scheißladen ab« die Runde, so daß Jane und die fünf anderen Organisatoren der Demonstration schon mit dem Schlimmsten rechneten. Doch der Spruch schien nach ein paar Minuten schon wieder langweilig geworden zu sein, und man vergaß die Idee mit der Brandstiftung.

»Weißt du, was mir komisch vorkommt«, murmelte Beatrix, eine Mutter, mit der Jane sich angefreundet hatte, »die Presseroboter da oben nehmen irgendwie immer nur dasselbe auf. Ich habe das dumpfe Gefühl, ihr Lieblingsziel sind die Provokateure. Das Ding da oben schwebt schon die ganze Zeit um den Feuertypen herum wie eine Fliege um einen Scheißhaufen. Da ist doch etwas im Busch!«

Dr. Walters schürzte die Lippen und nickte.

Jane hingegen verdrehte nur abfällig die Augen. »Das ist doch klar. Die Medien sind wie üblich nur auf eine Sensation aus. Glaubst du ernsthaft, die sind wegen uns hier? Da kommt ihnen so ein Spinner gerade recht. Bleibt nur zu hoffen, daß er nur hohle Phrasen drischt!«

Plötzlich knallte es. Jemand schrie wie am Spieß, woraufhin sich mit einemmal die ganze Menge in Bewegung setzte.

»Was ist passiert?« rief Jane vergeblich gegen den Strom an. Ihre Leiter wurde mehrfach angestoßen. Nur mit Mühe und Not konnte sie das Gleichgewicht halten. Walters half ihr herunter. Doch kaum unten angekommen, bekam sie einen schmerzhaften

Stoß in den Rücken und prallte mit einem Aufschrei gegen ihren Helfer.

Unerbittlich wurde sie von keuchenden, schwitzenden, panischen Menschen vorwärtsgedrängelt. Obwohl sie sich dicht an Walters hielt, wurden sie mehrfach auseinandergerissen. Einmal wäre sie fast gestolpert und zertrampelt worden, hätte er ihr Verschwinden nicht bemerkt. Beatrix hatten sie längst verloren. Aber die korpulente Dame würde mit Sicherheit nicht so schnell umgerannt werden.

»Beruhigt euch!« schrie Jane. »Wir... wir dürfen nicht in Panik ausbrechen!«

Doch als sie mehrere große Objekte nur zehn Meter über ihnen – Gleiter der Polizei – erspähte, bekam sie es selbst mit der blanken Angst zu tun.

»Walters, wie weit ist es noch?« keuchte sie; und er antwortete über die Schulter, daß er es nicht wüßte.

Höchst besorgt schaute sie nach oben und sah, wie sich bei jedem Gleiter eine Klappe öffnete. Drei Meter große humanoide Stahlkolosse sprangen einer nach dem anderen heraus in die Menschenmenge, die panisch zurückwich. Nur wenige Meter von Jane und Walters entfernt landete einer mit einem ohrenbetäubenden Knall, bewaffnet mit zwei Multikarabinern.

*

Einige Stunden früher am selben Tag.

Marschall Theodore Bulton grübelte schon seit geschlagenen fünf Minuten hörbar vor sich hin, während er aus dem Fenster seines Büros in der 120. Ringebene der Pyramide schaute. »Ich kann Sie gut verstehen, meine Herren«, beteuerte er. »Aber trotzdem kann ich Ihr Vorhaben nicht billigen.«

Farnham seufzte. »Haben Sie etwa eine bessere Idee, Marschall?«

Der Angesprochene blinzelte böse und strich sich mit der Hand die Uniform glatt, obgleich er sich die Mühe im Grunde auch hätte sparen können. Die strenge, gestärkte Kleidung wollte nicht recht zu seiner untersetzten Figur passen. Beine und

Hals wirkten unverhältnismäßig kurz im Vergleich zum massigen Rumpf. Nachdem ihm Farnham und MacCormack ihren geheimen Plan offenbart hatten, schien Bulton sogar noch ein Stück geschrumpft zu sein.

»Es gibt für alles eine vernünftige Lösung«, behauptete dieser. »Man darf nur nichts überstürzen.«

»Seien Sie versichert«, entgegnete der rothaarige Ire höflich, »daß wir sehr ausgiebig darüber nachgedacht haben. Es ist das beste für alle.«

»Ich kann Babylon unmöglich verlassen. Hier lebt doch meine Familie: meine Frau, meine drei Töchter und mein kleiner Enkelsohn! Ich will...«

Weiter kam er nicht, denn in diesem Augenblick ging die Tür auf. General Martell kam unangemeldet hereingestürzt. Sein Kopf war hochrot. Bulton, Farnham und MacCormack zuckten zusammen, als er dem Marschall sein Kündigungsschreiben mit einer solchen Wucht auf den Tisch knallte, daß sämtliche Stifte und losen Papiere einen Satz machten.

Tessa, die Vorzimmerdame, schaute erschrocken in das Büro und drückte auf Bultons unmerkliches Nicken hin einen Knopf an ihrem Schreibtisch, so daß sich die Tür wieder schloß.

»Sind denn heute alle verrückt geworden?« fragte der Marschall außer sich und nahm das Schreiben an sich. Er überflog es kurz. »Sie reichen Ihren Rücktritt ein? Das ist doch absurd!« Er warf es zurück und verzog angewidert das Gesicht, als hätte er soeben irgend etwas Ekelerregendes angefaßt.

Martell – frischgebackener Ex-Kommandeur von Babylon Command, ehemals Terra Command – schlug noch einmal mit der Faust auf den Tisch. »Tun Sie nicht so scheinheilig, Bulton! Als ob Sie sich das nicht hätten denken können!«

»Was denken? Reden Sie Klartext, oder verlassen Sie mein Büro! Und nehmen Sie gefälligst diesen Wisch hier mit!« Er deutete mit seinem wulstigen Zeigefinger auf das Schreiben.

»Sie haben mir jetzt gar nichts mehr zu befehlen!« brüllte Martell. »Ich bin raus! Endgültig!«

»Sie sind verrückt! Genau das sind Sie! Und ein Feigling obendrein!«

»Hüten Sie Ihre Zunge, Mann! Nennen Sie mich noch einmal einen Feigling, und ich poliere ihnen die Visage, bis Sie lachen!«

»Wollen Sie etwa handgreiflich werden?« Bultons ausladender Bauch verlor ein wenig an Umfang, während seine Brust größer wurde. »Das können Sie gerne haben. Ein Wort von mir und hier stehen zehn bewaffnete Männer im Raum. Dann wollen wir doch mal sehen, wer hier etwas zu lachen hat.«

Martell gluckste abfällig. »Mit Verlaub, Sir, der Feigling sind eindeutig Sie. Ich wünschte, wir wären hier allein. Nur Sie und ich…«

Die beiden Männer sahen aus, als wollten sie gleich übereinander herfallen. Martells Augen glühten vor Zorn, während Bultons unter den zusammengezogenen Augenbrauen zu dünnen Strichen zusammenschrumpften. Beider Fäuste waren geballt, die Körper wie zum Sprung angespannt. Es herrschte absolute Stille, in der man jeden Herzschlag hörte, und die Luft schien zu knistern.

Farnham räusperte sich, woraufhin Martell sich mit zornigem Blick nach ihm umdrehte. Da dieser allerdings nichts sagte, nutzte der Befehlshaber der Schwarzen Garde die Gelegenheit: »Dürfen wir wohl erfahren, worum es geht?«

Martell blinzelte. Man sah deutlich, wie er sich hin- und hergerissen fühlte zwischen Wut und Selbstbeherrschung. Er entschied sich schließlich für letzteres. »Gerade eben hat Babylon Command den Befehl erteilt bekommen, gewaltsam gegen die angeblich regierungsfeindliche Demonstration vorzugehen!« Martell drehte Bulton demonstrativ den Rücken zu und redete nur noch zu den beiden von der Schwarzen Garde. »Also… der Befehl lautete ausdrücklich, und ich zitiere: *mit massiver Gewalt*.«

»Babylon Command soll gegen die demonstrierende Bevölkerung mit militärischen Mitteln vorgehen?« fragte der Generalmajor ungläubig. Er meinte, sich verhört zu haben.

»Ganz genau«, bestätigte sein Gegenüber kopfnickend. »Und alle Befehle gehen, wie sollte es anders sein, über den Schreibtisch meines Vorgesetzten.« Er schnalzte mit der Zunge und warf Bulton einen vielsagenden Blick zu. »Entschuldigung, meines *ehemaligen* Vorgesetzten natürlich, denn unter einem solchen Mann kann ich nicht dienen.«

Farnham und MacCormack musterten Bulton mit unverhohlen mißtrauischen Blicken. Dummerweise hatten sie ihm gerade eben ihren strenggeheimen Plan anvertraut. Wie sollten sie das jetzt rückgängig machen?

Der Angeklagte schwitzte und zog sich am Kragen, der mit einemmal enger geworden zu sein schien. »Verflucht! Gar nichts habe ich hier erhalten! Ich weiß nichts von einem solchen Befehl! Nehmen Sie von mir aus mein Büro auseinander! Dahinter steckt dieser verdammte Layton!«

»Layton?« Farnham wurde hellhörig. »Was ist mit dem?«

»Trawisheim hat den vor ein paar Tagen in mein Büro geschickt, um mich für einen Militäreinsatz *gegen Aufrührer* zu gewinnen. Ich habe natürlich direkt abgelehnt und auf unsere Gesetzeslage hingewiesen. Wo sind wir denn hier, wenn wir mit Waffengewalt gegen unsere eigenen Bürger vorgehen!«

»Hat er Sie daraufhin erpreßt?« fragte Martell, dessen Stimme erstaunlich ruhig geworden war.

»Nein. Er hat schnell gemerkt, daß er bei mir auf taube Ohren stößt. Letztlich hat er sich umgedreht und ist gegangen. Seither habe ich nichts mehr von ihm gesehen oder gehört.«

»Aber wie kam es dann zu dem Befehl? Nur Sie haben die Befugnis, einen solchen zu erteilen.«

Der Marschall zuckte mit den Schultern. »Darüber kann ich nur Vermutungen anstellen. Ich wußte bis gerade eben nichts von alledem. Wer hat den Befehl überhaupt unterschrieben?«

Darauf wußte auch Martell keine Antwort.

»Höchstwahrscheinlich Nigel Layton selbst«, vermutete MacCormack.

»Dazu hat er kein Recht!« schnaubte Martell und schlug mit der Faust auf den Tisch. »Das ist illegal.«

»Vielleicht hat ihn auch jemand anders genehmigt«, warf Martell ein. »Wie gesagt, habe ich mir den Befehl nicht so genau angesehen, weil ich immer dachte, sämtliche Anweisungen würden von Ihnen abgezeichnet werden, Bulton.«

»Irgend jemand *muß* dafür verantwortlich sein«, sagte MacCormack. »Es kann kein Zufall sein, daß, nachdem Layton abgewiesen wurde, plötzlich dieser mysteriöse Befehl auftaucht.«

»Trawisheim hat einen gewaltigen Fehler gemacht!« resümierte Farnham düster die Ereignisse der letzten Tage und erinnerte sich dabei an MacCormacks Vermutung. Würde der Staatschef demnächst auch versuchen, den Kommandanten der Schwarzen Garde zu übergehen, wie er es ganz offensichtlich mit dem Oberbefehlshaber der Streitkräfte getan hatte?

Bulton setzte sich seufzend an seinen Schreibtisch und beorderte die Vorzimmerdame zu sich. »Bringen Sie mir bitte einen Kaffee, Tessa.«

»Möchten die Herren auch etwas zu trinken?« Die zarte Stimme der Frau bebte ein wenig. Tessa war sichtlich verunsichert, hatte offenbar schon mit dem Schlimmsten gerechnet, als Martell wie ein Wahnsinniger ins Büro gestürmt war. Doch jetzt standen die beiden Männer friedlich in ein und demselben Raum. War das Problem etwa schon geklärt worden?

Sie verließ das Büro, als niemand sonst etwas von ihr wollte, und kam nach einer Weile mit dem gewünschten Kaffee zurück. Der aromatische Duft wirkte in dieser bedrückenden, schweigsamen Atmosphäre irgendwie fehl am Platz.

»Danke, Tessa. Sie dürfen jetzt gehen. Schließen Sie bitte die Tür hinter sich.«

Die Frau tat, wie ihr geheißen ward. Kurz darauf waren die vier Männer wieder ungestört.

»Was haben Sie jetzt vor?« wollte Farnham von Martell, der vorsichtig an seinem brühendheißen Getränk nippte, wissen.

Der Mann atmete den aufsteigenden Wasserdampf durch die Nase ein und pustete über die wellenschlagende ockerfarbene Oberfläche seines Milchkaffees. Genüßlich gönnte er sich einen weiteren Schluck. Das warme Naß rann wohltuend seine Kehle herunter. Erst als er den Kaffee in seinem Magen spürte, antwortete er: »Ich weiß es noch nicht. Momentan überlege ich noch.« Er widmete sich wieder seiner Tasse.

Farnham und MacCormack sahen einander schweigend an, während Martell unruhig mit den Fingern auf seinen verschränkten Armen trommelte. Letzterer hielt es nach einigen Sekunden schon nicht mehr aus, dem seelenruhigen Marschall beim Kaffeekränzchen zuzuschauen und maulte: »Was soll denn das, Mann? Trawisheim hält uns zum Narren, und Sie süppeln hier in aller Ruhe Kaffee! Tun Sie gefälligst etwas Sinnvolles... Sir!«

»Was soll ich denn Ihrer Meinung nach machen?«

»Keine Ahnung«, gab der ehemalige General geschlagen zu. Er war froh, nicht in Bultons Haut zu stecken, denn er wußte wirklich nicht weiter. Trotzdem wollte er, daß etwas geschah.

Bulton lächelte sinnierend. »Sehen Sie? Eigentlich mache ich schon etwas Sinnvolles: Ich denke nämlich nach. Auch wenn es vielleicht nicht so aussehen mag.« Er ließ den letzten Schluck Kaffee in der Tasse kreisen, ehe er ihn fast schon zu hastig in den Mund kippte. Geräuschlos stellte er das Trinkgefäß auf den Unterteller, klatschte in die Hände und meinte: »So! Ich habe eine Entscheidung getroffen. Meine Herren, jetzt habe ich erst einmal einen wichtigen Anruf zu erledigen!«

Daraufhin rief er mit ernst gewordener Miene Trawisheim an und erklärte kurz und knapp seinen sofortigen Rücktritt. Als er die Verbindung unterbrochen hatte, ohne sich auf eine Diskussion eingelassen zu haben, lehnte er sich zufrieden zurück und grinste schief.

Die anderen starrten ihn verständnislos an, als wäre er völlig verrückt geworden.

»Ich bin Ihrem guten Beispiel gefolgt, Martell!« erklärte Bulton knapp. Dann rupfte er sich die Rangabzeichen von der Uniform und meinte schulterzuckend zu den Gardisten: »Tja, wie es aussieht, kann ich jetzt nichts mehr gegen Ihre Pläne unternehmen. Ich habe leider, leider keine Befehlsgewalt mehr über Sie.«

10.

Jane Burroughs und Eduard Walters gaben es auf, sich durch die mittlerweile ins Stocken gekommene, immer noch panische Menge zu quetschen. Es gab kein Vor mehr und auch kein Zurück.

Der Polizeiroboter stand noch immer wie ein Fels in der Brandung, genau an der Stelle, wo er gelandet war. Noch rührte er sich nicht. Zeitgleich mit den anderen seiner Art verkündete er im Minutentakt mit blecherner, monotoner Roboterstimme: »Alle Demonstranten sind verhaftet. Widerstand wird nicht geduldet!«

Hilfesuchend klammerte sich Jane an den Arm des Schönheitschirurgen. Das letzte Mal, daß sie eine solche Angst verspürt hatte, war, als sich ihr Mann mit der Schwarzen Garde zum Heiligtum auf Eins aufgemacht hatte. Da war diese böse Vorahnung gewesen, die die ganze Zeit über an ihr genagt hatte. Genauso fühlte sie sich jetzt. Irgend etwas Schreckliches würde gleich passieren. Sie spürte es in jedem einzelnen Härchen, das ihr zu Berge stand.

Walters' gehetzter Blick wollte nicht recht zu seinen Beruhigungsversuchen, in denen er als erfolgreicher Arzt natürlich geübt war, passen. »Machen Sie sich keine Sorgen! Die können uns unmöglich alle festnehmen. Wir sind erstens zu viele, und zweitens wäre eine solche Aktion gesetzwidrig. Derjenige, der den Befehl hierzu gab, wird sich noch eine Menge Ärger einhandeln.«

Sie nickte stumm. Obwohl sie wußte, daß er recht hatte, verarbeitete die Angst ihre Beine weiter zu Pudding. Sie wollte einfach nur noch nach Hause. Zu Earl.

»Da!« rief Walters plötzlich und schaffte es irgendwie, sich durch die eng beieinanderstehenden Menschen zu quetschen. Ohne zu überlegen, folgte sie ihm auf wackligen Beinen.

»Was ist denn? Was sehen Sie?« rief sie ihm hinterher.

Aber ihre Frage beantwortete sich kurz darauf von selbst. Walters blieb ruckartig stehen und packte einen der Demonstranten an der Schulter. »He, Sie!«

Der Angesprochene drehte sich mit einem feindseligen Blick auf die fremde Hand um. »Nehmen Sie Ihre Griffel da weg!« schnauzte er direkt los und hieb mit dem Ellenbogen nach Walters, der schnell genug ausweichen konnte. »Was zum Teufel wollen Sie von mir?«

Jane erkannte in dem Kerl den Provokateur von vorhin, der so begeistert von Brandstiftung gewesen war und im Zentrum des Medieninteresses gestanden hatte. Er hatte ein blasses, eingefallenes Gesicht mit aggressiven Gesichtszügen, das gut zu seiner großen, dürren Gestalt paßte. Sie vermutete, daß er ein Drogenabhängiger war. Die tiefgelegenen dunklen Augen flackerten nervös.

»Von wem wurden Sie für Ihre Sprüche von vorhin bezahlt?« fragte Jane direkt heraus.

»Was für Sprüche?«

»Fackelt den Scheißladen ab«, zitierte Walters ruhig.

Der Mann schürzte die Lippen und wandte sich mit einer ruckartigen Bewegung ab. »Nie gehört.«

»Seltsam. Fast alle haben das gebrüllt. Unmöglich, es nicht mitbekommen zu haben.«

»Ich bin erst seit gerade eben hier«, behauptete der Dünne dreist und trippelte unruhig auf der Stelle. »Wann geht's denn hier weiter? Macht mal voran da vorne!« Er stieß einen der Demonstranten grob in den Rücken.

»Was soll denn das?« beschwerte sich die Frau, die von hinten wie ein Mann ausgesehen hatte, lauthals. Ihr dünner kleiner männlicher Begleiter drehte sich ebenfalls um.

»Lassen Sie gefälligst meine Frau in Ruhe!« Der dünne Kerl versuchte sich durch Strecken ein wenig größer zu machen, aber der Provokateur überragte ihn trotzdem noch um eineinhalb Köpfe.

Das Gegenüber hob, nachdem er noch einmal einen Blick auf die muskulöse Frau geworfen hatte, die ihren Mund zu einer empörten Schnute verzog, beschwichtigend beide Hände. »Nur die Ruhe! Ist doch nichts passiert!«

Das ungleiche Paar beäugte ihn noch einen Wimpernschlag lang mißtrauisch, ehe es sich wieder in Fluchtrichtung umdrehte und leise über diesen unverschämten Kerl beschwerte.

Walters packte den Provokateur am Arm und zerrte ihn zurück. »Jetzt passen Sie mal auf, Freundchen! Wir meinen es ernst. Beantworten Sie die Frage!«

»Welche Frage?« motzte der andere spuckend.

»Sind die Parolen von Ihnen?«

»Welche Parolen?«

»Sagen Sie uns doch einfach die Wahrheit! Wir lassen Sie dann auch wieder gehen«, mischte sich Jane mit flehendem Blick ein. Sie sah fast aus wie ein verletztes Reh; eine schwache, hilflose Frau, die der Kerl mit den garantiert verbrecherischen Neigungen nicht ernst nehmen konnte.

»Sie haben kein Recht, mich festzuhalten.« Demonstrativ fegte er Dr. Walters' Hand von seinem Arm. Mit seinen Rechten kannte er sich offenbar gut aus.

»Wir nicht«, antwortete Jane, die ihren Rehblick gegen einen überzeugten eingetauscht hatte. »Aber die Polizei wird es bestimmt interessieren, was sie zu sagen haben. Schauen Sie nach oben! Die Kameras haben alles, was sie gerufen haben, als Beweis aufgenommen!«

Wie aus dem Nichts landete ganz plötzlich eine geballte Faust zielsicher in Walters' Magengrube. Der Arzt bog sich keuchend nach vorn. Damit hatte er nicht gerechnet. Speichel lief ihm aus dem Mundwinkel, während das Blut in seinen Kopf schoß. Einige Sekunden lang bekam er keine Luft mehr.

Jane stand wie gelähmt da und konnte gar nichts machen. Der Angreifer war blitzschnell zwischen den Menschen hindurchgeschlüpft, ehe Walters überhaupt begriffen hatte, wie ihm geschehen war.

»Dieser verfluchte...« Der Chirurg schluckte einen Fluch herunter und rieb sich den Magen.

Jane legte mit einem mitleidigen Blick die Hand auf seinen Arm. »Das tut mir leid. Ich hoffe, es tut nicht sehr weh.«

»Geht schon. Das war es wert.« Er versuchte sich aufzurichten, fiel aber sofort wieder zurück in die gebeugte Haltung. »Jetzt wissen wir immerhin, daß unsere friedliche Demonstration von irgend jemandem sabotiert worden ist.«

Doch diese Erkenntnis kam reichlich spät: Im gleichen Moment legten sich dunkle Schatten über die Demonstranten, durch die ein erschrockener Aufschrei ging. Wie auf Kommando setzten sich alle gleichzeitig in Bewegung und waren noch rücksichtsloser als beim ersten Fluchtversuch.

»Die Schwarze Garde!« kreischte jemand. »Sie wollen uns töten!« Daraufhin wurde die Menschenmenge erneut von einer Panikwelle überflutet.

Jane blickte entsetzt zu den Gleitern empor. *Erst die Polizei und jetzt auch noch die Schwarze Garde? Wir sind doch keine Terroristen!*

Was sie nicht wissen konnte, war, daß die Schwarze Garde nicht gekommen war, um gegen die Demonstranten vorzugehen. Die panischen Massen aber flohen kreuz und quer, als 500 Elitekämpfer in Multifunktionsanzügen aus den Gleitern sprangen. Die dunklen Gestalten mit den verspiegelten Helmen eröffneten sofort das Feuer mit ihren schweren Multikarabinern. Olivgrüne, lichtschnelle Duststrahlen rissen große Löcher in die ungeschützte Stahlkarosserie der Polizeiroboter. Mit Nadelstrahl hätte man sie natürlich schneller ausschalten können, doch das Risiko, wegen der Energieentfaltung eines Treffers Menschen trotz der Freund-Feind-Erkennung der Kampfhelme zu erwischen, war einfach groß.

Für die Gardisten gab es kaum ein Durchkommen, auch wenn sich die Menschenmasse allmählich lichtete. Die Roboter hatten mittlerweile den Befehl erhalten, die Angreifer zu töten. Sie schossen mit rotglühendem Blasterfeuer zurück.

»Alle runter!« befahlen die Gardisten und suchten ihrerseits nach Deckung, die es nicht gab. Zum Glück waren sie als ausgebildete Elitekämpfer flink und sehr gelenkig. Sie kannten sich bestens mit militärischer Technik aus, weshalb sie gut die Reaktionen der Roboter einschätzen konnten. Einige von ihnen hatten Antigravtornister dabei, mit denen sie abhoben, um die Maschinen aus luftiger Höhe unter Beschuß zu nehmen.

Die verängstigten Menschen kreischten wie am Spieß, während rote und grüne Energiestrahlen über ihre Köpfe hinwegglühten.

Nun erwachten die schmerzunempfindlichen Roboter aus ihrer Starre und setzten sich in Bewegung, marschierten zielstrebig auf die Gardisten zu. Jene Zivilisten, die nicht schnell genug den Weg räumten, schlugen sie mit ihren stählernen Armen beiseite.

Jane konnte sich gerade noch unter einem hinwegducken, aber der wesentlich größere Dr. Walters war nicht schnell genug. Er sah gerade noch, wie etwas auf ihn zugerast kam, hob instinktiv die Arme und wurde voll erwischt. Mehr aus Reflex als rational begründet klammerte er sich an den kalten Stahl. Der Roboter versuchte ihn abzuschütteln, da er den Multikarabiner blokkierte. Der Arzt aber ließ nicht los. Er glaubte, daß ihm jeden Moment die Arme samt Schulterblätter ausgerissen würden. Das linke Bein fand mit einemmal Halt und wickelte sich um das Stahlrohr. Das andere hingegen rotierte wie ein Marionettenarm in der Luft.

Doch nicht nur der Roboter war in seiner Kampfkraft eingeschränkt, auch den Gardisten war Walters im Weg. Seinetwegen mußten sie niedriger zielen, um ihn nicht unbeabsichtigt zu erschießen.

Der Roboter fuhr herum, als ihm seine Sensoren das große Loch im Rücken meldeten, aus dem Hydraulikflüssigkeit tropfte. Die giftige, brennbare Flüssigkeit spritzte dabei über die Umstehenden und -liegenden. Walters diente nun als Schutzschild, auch wenn sich die Kampfmaschine dessen sicher nicht bewußt war.

Der arme Mann stand Todesängste aus, während ihm in zwei Metern Höhe die Finger glitschig wurden. Jeden Moment würde er abrutschen. Der Stahlarm schüttelte sich in abgehackten horizontalen und vertikalen Bewegungen, drehte sich sogar einmal um die eigene Achse.

»Lassen Sie los!« rief ein Gardist. Doch Walters blieb hartnäckig wie eine Zecke. Die Angst hatte ihn gelähmt.

Kurzum änderten die Elitekämpfer die Taktik. Sie nahmen nun den Stahlarm, an dem der Zivilist hing, gezielt unter Beschuß. Zwei Duststrahlen genügten, um das Metall anzureißen. Den Rest erledigte die Zentrifugalkraft: Der Stumpf mit Dr. Walters daran wurde in hohem Bogen davongeschleudert. Er kreuzte dabei die Flugbahn eines roten Blasterstrahls. Die schwebenden Gardisten konnten nichts anderes tun, als dem aus der Bahn geworfenen Objekt zügig auszuweichen. Ansonsten wären sie gnadenlos mitgerissen worden.

»Neeein!« kreischte Jane hysterisch und schrill. Lauter als alle anderen. Das Herz war ihr fast stehengeblieben. Nun schlug es ihr bis zum Hals, als wollte es sich zum Gehirn vorarbeiten, um ihren Kopf zum Platzen zu bringen. »Dr. Walters! Wo sind Sie? Ist alles in Ordnung?«

Natürlich bekam sie keine Antwort. Dafür war es viel zu laut ringsum. Die Leute schrien nun mindestens so laut wie sie. Die metallenen Schritte der tonnenschweren Kampfroboter dröhnten dumpf und dunkel wie Hammerschläge gegen Stein.

Als sie sich wieder einigermaßen gefaßt hatte, kroch sie vorsichtig und geduckt über die meckernden Menschen hinweg in die Richtung, in der sie Walters' Landeplatz vermutete.

Vielleicht finde ich ihn ja gar nicht. Er wurde doch vom Blaster erwischt. Was soll ich tun, wenn ich nur seine Beine finde? Sie machte sich während des Kriechens so viele Gedanken darüber, daß sie die eigentliche Gefahr völlig vergaß.

Der Roboter, der sich drei Meter von ihr entfernt befand, beugte sich, begleitet vom Kreischen aufeinanderreibenden Metalls, bedrohlich zur Seite. In seiner Körpermitte klaffte ein großes Loch, weshalb der schwere obere Teil des Torsos nicht mehr von der restlichen Konstruktion gehalten werden konnte. Irgend etwas in seinem Inneren knirschte laut, im nächsten Augenblick brach der Oberkörper ganz plötzlich ab und kippte zur Seite.

Jane hob mit einem Aufschrei schützend die Hände vor das Gesicht, als könnte sie damit den tonnenschweren Stahl abblokken. Sie kniff die Augen zusammen und harrte die Sekundenbruchteile aus, die es dauerte, bis es endlich vorbei war.

Der Roboter stürzte mit einem metallenen hohlen Knall mitten in die Menschen hinein und plättete alles, was nun unter ihm lag. Die Optiken glühten in düsterem Rot wie glimmende Kohlen, als er, auf der Seite liegend, sich nicht mehr regte. Der Arm hing etwas verbogen in einem bizarren Winkel herunter. Das Schultergelenk hatte seine Abdeckung verloren und lag nun offen. Man konnte deutlich die Ähnlichkeiten zu einem menschlichen Gelenk sehen. Kabel und Hydraulikschläuche umspannten es wie Adern und Sehnen.

Als Wimmern und Weinen ihre Ohren erfüllte, wagte Jane zu blinzeln. Durch die noch immer gehobenen Arme hindurch sah sie direkt auf den Kopf des Roboters, der nur einen halben Meter von ihr entfernt lag. Sie atmete erleichtert auf und schämte sich sofort dafür, als sie sich vorstellte, daß andere nicht so viel Glück gehabt hatten wie sie. Der Kopf hatte einer jungen Frau das Rückgrat gebrochen und die Gedärme darunter zerdrückt. Man sah noch deutlich, wie sie ihre letzte Kraft darauf verwendet hatte, ihren Arm auszustrecken, den Mund zum Schrei geöffnet, ehe sie tot zusammengebrochen war. Ihre halbgeschlossenen Augen blickten trüb ins Nichts, und ihr Gesicht war noch immer angstverzerrt.

Mit einemmal erwachte der Roboter wieder zum Leben. Mit mechanischem Brummen und saugenden und pumpenden Geräuschen bewegte er den Arm. Erst hin und her, als wollte er sich davon überzeugen, daß er noch funktionierte. Anschließend stellte er ihn mit einer ruckartigen Bewegung auf den Boden, wobei er fast einen Menschen aufgespießt hätte, und versuchte sich unbeholfen aufzurichten, kippte jedoch wieder zur Seite.

Jane beschloß, lieber schnell abzuhauen, bevor sie dem Ungetüm doch noch zum Opfer fiel. Nach einigen Minuten des Suchens fand sie Dr. Walters fünfzehn Meter weiter. Er war noch an einem Stück und relativ weich gelandet dank der anderen Leute. Mehr als ein paar Prellungen hatte er nicht davongetragen. Sie fiel ihm erleichtert um den Hals.

»Meine Güte, ich dachte schon, Sie wären tot!«

Walters blinzelte benommen. »Das... dachte ich für einen Moment auch. Der Arm muß mich gerettet haben.«

Jane ließ Walters los und schaute sich halb sitzend, halb geduckt nach der verlorenen Extremität des Kampfroboters um, fand sie aber nicht. Wahrscheinlich hatte der Blasterstrahl das Trümmerstück erwischt, woraufhin es vom Kurs abgedrängt worden war. Walters mußte wegen des plötzlichen Stoßes den Halt verloren und losgelassen haben. Anders ließ sich das Verschwinden des Arms nicht erklären. Über dessen Landung wollte Jane lieber nicht nachdenken.

Da sah sie, wie sich plötzlich ein Mann nur drei Meter weiter aus der Menge erhob. In der Hand hielt er den fallengelassenen Multikarabiner des Roboters, von dem er sofort Gebrauch machte. Er schoß, ohne die Einstellung verändert zu haben, amateurhaft auf die Kampfroboter, ohne einen einzigen zu treffen. Davon ließ er sich aber nicht demotivieren. Wie ein Held stand er in der Menge, die Brust herausgestreckt, die muskulösen Oberarme angespannt. Das struppige Haar klebte ihm verwegen im schweißnassen Gesicht. Die Waffe paßte perfekt zu seinem Auftreten. Nur schießen konnte der Mann absolut nicht.

»Waffe runter!« Ein Gardist schwebte über dem Möchtegernhelden, der sich nur verwirrt nach ihm umdrehte und verständnislos den Kopf schüttelte. Der Soldat wiederholte seine Forderung und näherte sich dem bewaffneten Zivilisten.

Der aber drehte sich sofort weg, die Waffe schützend an sich gepreßt. »Ich greife euch unter die Arme!« proklamierte er selbstsicher und drückte die Hahnenbrust noch ein Stück weiter heraus.

»Gehen Sie auf den Boden, Zivilist! Sofort!«

Es war zwecklos. Der Mann weigerte sich, und dem Gardisten blieb nichts anderes übrig, als ihn mit Strich-Punkt zu betäuben, ehe er noch ein paar Menschen tötete. Doch die Arbeit wurde ihm abgenommen, denn in diesem Augenblick raste ein roter Energiestrahl vorbei, der genau zwischen den beiden Männern hindurchraste und den Helden am Arm streifte.

Sofort ließ der den Multikarabiner fallen und fiel schreiend vor Schmerz auf die Knie. Der Gardist warf nur einen kurzen

Blick auf die winzige Brandwunde, schnappte sich die Waffe und widmete sich dann wieder der Bekämpfung der Roboter. Er hätte jetzt ohnehin nicht Sanitäter spielen können. Dr. Walters aber kümmerte sich sofort um den Verletzten.

Der umgekippte Roboter, der mittlerweile nur noch aus einem Torso mit Kopf und einem Arm mit Multikarabiner bestand, weigerte sich vehement, den Betrieb einzustellen. Wild schoß er um sich, während sich die giftige Hydraulikflüssigkeit wie eine Blutlache unter ihm ausbreitete. Die überlebenden Demonstranten, noch immer verstört und unfähig wegzukriechen, bildeten ungewollt einen Schutzkreis um ihn herum.

Mit einem »Poff« ging der invalide Kampfroboter ganz plötzlich in Flammen auf, während gleichzeitig das Brummen der inneren Maschinerie erstarb. Das Feuer breitete sich rasend schnell über der ausgelaufenen Flüssigkeit aus und kam den Menschen bedrohlich nahe. Die Spritzer, die sich, von der züngelnden Flamme berührt, entzündeten, wurden erstaunlich schnell und geistesgegenwärtig ausgeklopft. Der Gestank nach Maschinenöl, Chemie und verbrennendem Fleisch, ja Tod hatte die Babylonier endlich wieder zu Verstand gebracht. Angeekelt hielten sie sich Mund und Nase zu oder bedeckten ihre Gesichter schützend mit Schals oder anderen Wäschestücken. An Schreien war im Moment nicht zu denken.

Als die letzte Kampfmaschine umgestürzt war, trat zuerst ein allgemeines Schweigen ein. Erste Leute trauten sich, die Köpfe ganz zu heben, und riefen dann aufgeregt: »Es ist vorbei! Die Schwarze Garde hat uns gerettet!«

Die Angst war mit einemmal für einen kurzen, euphorischen Augenblick vergessen. Man applaudierte den Rettern, deren Auftrag allerdings noch längst nicht beendet war.

Dr. Walters half einem Demonstranten auf die Beine, der Jane halb unter sich begraben hatte. Die Organisatorin der Demonstration ächzte beim Aufstehen und schaute sich entmutigt um.

»Ist alles in Ordnung?« fragte Walters sichtlich besorgt. Er hatte irgendwie das Bedürfnis, ihr die dunkelbraune Haarsträhne, die ihr ins Gesicht hing, hinter das Ohr zu kämmen. Doch er war ein gesitteter Mensch und tat es nicht, um bloß keine Grenzen zu überschreiten. Schließlich kannte er die Frau nicht wirklich, hatte sie in den zwei Monaten nur ab und zu gesehen. Sie beide hatten einen geliebten Menschen verloren, aber bedeutete das automatisch, daß sie diese Tatsachen einander näher brachten?

Zum Glück störten Jane die Haare selbst. Mit beiden Händen wischte sie sich über das Gesicht und entfernte dabei die unästhetische Haarsträhne. »Mensch!« stöhnte sie. »Was für ein Tag! Auf uns muß wirklich ein Fluch lasten!«

»Das glaube ich nicht. Immerhin hat man uns doch gerettet.«

»Schöne Rettung. Glauben Sie nicht, daß die Polizei auf Rache sinnt für die zerstörten Roboter?«

»Warum so pessimistisch?«

»Das nennt man realistisch. Ich will echt nur noch weg von hier. Ganz weit weg.«

*

Mit Mühe und Not schafften es die Gardisten, die verbliebenen 180 000 Menschen so weit zu beruhigen, daß man sie schnell und organisiert aus der Gefahrenzone bringen konnte. »Sie müssen möglichst rasch untertauchen«, forderten sie die Leute auf, »damit die Regierung kein Exempel an Ihnen statuieren kann. Bitte bewahren Sie Ruhe und orientieren Sie sich an uns! Wir werden Sie in Sicherheit bringen!«

Die verängstigten Menschen hatten so großes Vertrauen in die Schwarze Garde, daß sie den Soldaten wie eine Herde Schafe folgten und es einen Moment lang tatsächlich so aussah, als würde alles gut werden.

Aber da tauchten plötzlich von allen Seiten mehrere tausend Rauminfanteristen der Flotte in voller Kampfmontur auf. Sie kesselten die Menschenmenge förmlich ein und eröffneten ohne Vorwarnung das Feuer.

Die Demonstranten warfen sich kreischend auf den Boden. Viele waren nicht schnell genug und wurden von den Kampfstrahlen erwischt. Die Rauminfanterie schoß scharf!

Warmes Blut spritzte auf die Menschen, die schutzsuchend

die Arme über den Kopf schlugen oder ihren Nächsten als lebendigen Schutzschild mißbrauchen wollten.

Die Schwarzgardisten standen wie Wellenbrecher in einem See aus sich windenden Körpern. Geschickt sprangen sie in die wenigen winzigen Freiflächen und wichen dem Beschuß aus, während sie über ihre Kampfhelme die Multikarabiner ansteuerten und auf paralysierende Strich-Punkt-Strahlen umstellten.

Obwohl auf jeden Gardisten mindestens fünf Flotteninfanteristen kamen, schafften es letztere nicht, auch nur einen von ersteren zu erwischen. Die Elitekämpfer waren einfach zu gut ausgebildet. Vielleicht lag es aber auch nur daran, daß die wenigsten Infanteristen wirklich die Absicht hatten, jemanden zu töten.

Doch mindestens 800 Angreifer schienen sich nicht um die Zivilisten zu kümmern und führten rücksichtslos ihre Befehle aus. Sie zielten sehr tief, wenn sie auf die Gardisten schossen, um zumindest irgend etwas zu erwischen. Die Strahlenbahnen schlugen meist in jene Leute ein, die wie aufgescheuchte Kaninchen geduckt in die Freiheit hoppeln wollten. Die anderen Menschen lernten aus deren Fehlern nicht und versuchten blind vor Panik ihr eigenes Glück.

Die einzigen Gardisten, die einigermaßen frei kämpfen konnten, waren die mit den Antigravtornistern. Sie schwebten einfach über das Chaos hinweg und wichen blitzschnell dem feindlichen Beschuß aus, vor dem ihre Kampfhelme sie rechtzeitig warnten. Ohne dieses Erkennungssystem hätten die frei schwebenden Männer den herannahenden Schuß erst bemerkt, wenn es zu spät gewesen wäre.

Die rücksichtslosesten Angreifer waren die ersten, die starben, denn die Verteidiger hatten die Multikarabiner darauf programmiert, jene zuerst ins Visier zu nehmen und mit einer tödlichen Dosis Strich-Punkt-Strahlung zu beschießen.

In weniger als zwei Minuten hatten die 500 Gardisten gut 1500 Infanteristen kampfunfähig gemacht, sie entweder betäubt oder getötet.

In ihren eigenen Reihen hingegen hatte es keinen einzigen Verlust und nur zwanzig Leichtverletzte gegeben

Die Angreifer zogen sich ob dieser aussichtslosen Lage rasch zurück. Wahrscheinlich wollten sie nicht für die Regierung einen sinnlosen Tod sterben.

*

Kurt Buck, der mittlerweile zum Hauptmann aufgestiegen war, hatte das Kommando über diese 500köpfige Truppe und koordinierte ihren Einsatz. Sowohl mit der Polizei als auch mit den Infanteristen hatte er gerechnet. Dieses Problem war wie geplant schnell aus der Welt geschafft worden.

Allerdings wußte er, daß das Schwierigste noch vor ihnen stand: die Evakuierung der Menschen, die wie Maden übereinander herkrochen auf der Suche nach Freiheit. Sie alle mußten möglichst schnell und möglichst weit weg von hier, unauffindbar für die Schergen der Regierung. Das ging nur mit Hilfe der Transmitter in den nahen Ringpyramiden um den Platz herum. Er hatte vor, die Leute in etwa gleichgroße Gruppen aufzuteilen, von denen jede zu einer anderen Pyramide geführt wurde.

Seine Männer machten ihre Sache gut. Obwohl es Drängeleien und sogar hier und dort Schlägereien unter den Demonstranten gab, lief alles nach Plan.

Buck stand an einem der zwanzig Transmitter einer Pyramide, zu denen die Leute in kleinen Grüppchen geführt wurden, um das Gelingen der Mission vor Ort zu überwachen. Spezialisten der Schwarzen Garde hatten zahlreiche Verbindungen aufgebaut und sorgten dafür, daß diese nicht einfach von irgend jemandem abgeschaltet werden konnten. Die Menschen gingen in kleinen Gruppen hindurch; alle paar Sekunden fünf auf einmal. Es wurden die insgesamt 110 Transmitter der fünf nächsten Pyramiden im Umkreis benutzt.

Im Idealfall schafften es alle sieben Sekunden 550 Zivilisten, durch die Transmitter zu entkommen. Die Aktion würde also mindestens 38 Minuten dauern. Über eine Viertelstunde lang lief alles reibungslos, was Buck aber keineswegs in Sicherheit wiegte.

»Nicht drängeln!« ermahnte er die ungeduldigen Zivilisten.

»Immer der Reihe nach! Halten Sie sich an die Anweisungen der Gardisten, damit es nicht zu Verzögerungen kommt!«

Die Leute hörten nicht wirklich auf ihn, schienen aber irgendwie froh darüber zu sein, daß sie von einer Autoritätsperson herumkommandiert wurden. Buck wußte um das Vertrauen der Bevölkerung in die Eliteeinheit.

Doch die nächste Katastrophe bahnte sich bereits an. Die Regierung hatte nämlich keinesfalls aufgegeben. Im Gegenteil: Auf einmal wurden die Demonstranten draußen von allen Seiten unter Beschuß genommen. Diesmal schreckte man nicht nur nicht vor zivilen Opfern zurück – man wollte möglichst viele haben, wohl um ein Exempel zu statuieren.

11.

Ein neuartiger Panzergleiter der Schwarzen Garde schwebte hoch über der Demonstrationsveranstaltung. Es handelte sich dabei um einen Prototypen, der auf Initiative von Peter Schwengers – mittlerweile vom Hauptmann zum Major befördert – für den Häuserkampf entwickelt worden war. Er war 3,08 Meter hoch, 10,30 Meter lang und 3,76 Meter breit. Vorne verjüngte sich die abgerundete Spitze im stumpfen Winkel, während das Hinterteil platt war, als hätte man etwas davon mit einem riesigen Messer gerade herunter abgeschnitten.

Seine Hülle bestand aus fünfzig Zentimeter dickem Carborit, einer Legierung aus Kohlefasern und Tofirit. Nanopartikel in der Carborit-Oberfläche imitierten wie bei einem Chamäleon die Farben der Umgebung, so daß der Gleiter bestens getarnt war. Bewaffnet war die Maschine mit 50 ringsum montierten Nadelstrahlern, die man aus Multikarabinern ausgebaut hatte.

Insgesamt teilte sich der Gleiter in drei Bereiche. Vorne befand sich eine Pilotenkanzel mit den Konsolen für die Ortung. Die Mitte des Gleiters diente vor allem der Waffensteuerung durch die fünf Bordschützen und fungierte gleichzeitig als Verbindungsgang zum Maschinenraum im hinteren Teil.

Schwengers hatte die neue Flugmaschine ganz pragmatisch »Gleiter für Häuserkampf 1«, kurz GfH 1, getauft. Mit ihm an Bord waren fünf junge Gardisten.

»Major!« rief einer der Schützen aufgeregt. »Soldaten der Rauminfanterie greifen die Zivilisten an!«

»Wie viele sind es?«

»Fünftausendzweihundert.«

Der Major rieb sich das Kinn und nickte nur.

»Sollen wir eingreifen?« Obergefreiter Schmidt, der zufällig aus derselben Gegend stammte wie Schwengers, beäugte schon die ganze Zeit über die Waffenkonsolen, die er noch nie benutzt hatte. Heute würde es vielleicht das erste Mal sein.

»Nein. Es wird erst auf meinen Befehl hin angegriffen. Setzen Sie sich wieder, Obergefreiter!«

Des Majors Untergebene schwiegen, doch man sah ihnen deutlich an, daß sie aufgewühlt waren. Nur fünfzig Meter unter ihren Füßen fand eine Ungeheuerlichkeit statt, die sie per Knopfdruck beenden konnten – das aber nicht durften.

Auf seinem Kontrollschirm beobachtete Schwengers schweigend, wie die Gardisten die Soldaten zurückschlugen. Ein Eingreifen seinerseits wäre völlig unnötig gewesen – genau wie er erwartet hatte.

Über eine halbe Stunde lang passierte nichts mehr. Doch dann sah er, wie sich Soldaten der Regierung in den höheren Ebenen der Ringpyramiden positionierten und von dort aus die Demonstranten erneut mit Blasterstrahlen unter Beschuß nahmen. Sie waren nun im Gegensatz zu vorher in einer taktisch überlegenen Position.

In den leichtstoffgepanzerten Multifunktionsanzügen waren die Gardisten zwar nicht in Gefahr, doch die Zivilisten waren den Angriffen schutzlos ausgeliefert.

Es wurde wahllos in die Menge geschossen, in der es kaum möglich war auszuweichen. Die Menschen versuchten erneut, Hals über Kopf zu flüchten, und rannten hoffnungslos ineinander, stolperten übereinander her, bis sie sich derart verkettet hatten, daß es kein Entkommen mehr gab. Sie boten ein allzu leichtes Ziel.

Die glühendroten Strahlen fraßen sich durch die Stoffkleidung der Zivilisten und versengten die ungeschützte Haut. Jene, die sofort in Brust- oder Kopfbereich getroffen wurden, starben einen schnellen Tod. Viele aber wurden lediglich gestreift; oft von einem Durchschuß ihrer lebendigen Schilde, hinter denen sie sich sicher gefühlt hatten. Gliedmaßen wurden wie Butter abgeschnitten.

Die Verletzten schrien unter den schier unerträglichen Schmerzen. Die Stümpfe waren versengt, die Blutungen augenblicklich gestoppt, so daß sie nicht einfach in erlösende Bewußtlosigkeit versinken konnten.

Hunderte wurden getötet, ehe Schwengers endlich Gegenmaßnahmen einleitete.

»Machen Sie sich bereit!« befahl er seinen Männern. »Auf mein Kommando. Drei.«

Die fünf Gardisten saßen jeweils vor einem Bildschirm, auf denen entdeckte Ziele angezeigt wurden.

»Zwei.«

Um im verwirrenden Häuserkampf nicht aus Versehen die eigenen Leute zu erschießen, mußten die Ziele manuell freigegeben werden.

»Eins. Und Feuer!«

Die Gardisten drückten zeitgleich den jeweiligen Knopf zur Freigabe, woraufhin der Bordrechner automatisch die höheren Ringebenen der Pyramiden mit den Nadelstrahlern unter Beschuß nahm.

Die Soldaten im Gebäude wußten zuerst gar nicht, woher der plötzliche Gegenangriff kam, und duckten sich. Doch die pinkfarbenen Energiestrahlen pulverisierten sämtliche Spiegelscheiben, umgekippten Schreibtische und Stühle, hinter denen sich die Soldaten verkrochen hatten. Der Fußboden war im Nu zerlöchert, bis das Unitall blank dalag. Die Nadelstrahlen waren nicht intensiv und langanhaltend genug, um dieses Metall zu zerstören.

Als die erste Angriffswelle vorbei war, trauten sich die überlebenden Soldaten wieder aus ihrem Versteck. Ein paar von ihnen hatten den Panzergleiter mit seiner Chamäleontarnung entdeckt; besser gesagt dessen diffuse Konturen. Sie zielten sofort auf das ihnen unbekannte Flugobjekt. Erfolglos.

Die Blasterstrahlen zersprangen an der harten Carborit-Oberfläche in Tausende von glimmenden Funken. In eine rote Lichtaura eingehüllt, erkannten auch die anderen den GfH 1, dessen Tarnmechanismus einen unheimlichen Effekt entwikkelte. Es schien, als schwebte über den Demonstranten ein glühendes, pochendes Herz, durch das grellrotes Blut zirkulierte.

Dieser Anblick währte nur etwa fünfzehn Sekunden, dann aktivierte der Bordcomputer erneut die Waffensysteme. Diesmal hatten die Soldaten keine Deckung mehr. Jeder der Nadelstrahler traf sofort sein Ziel. Da der GfH 1 jede Zehntelsekunde 50 Strahlen auf einmal abschoß, fielen die Ziele eines nach dem anderen.

»Die Zielobjekte ziehen sich zurück«, informierte Obergefreiter Schmidt mit zufriedenem Lächeln auf den Lippen. Er atmete erleichtert auf.

Schwengers sagte nichts zu dem erfolgreichen Testlauf seines Gleiters. Per Funk kontaktierte er die Kameraden am Boden, deren Multifunktionsanzüge mit Antigravtornistern ausgerüstet waren. »Hier spricht Major Schwengers. Die Angreifer sind zurückgeschlagen. Nehmen Sie die ausgeschalteten Fensterstellungen ein und erstatten Sie Bericht!«

Zweihundert Gardisten erhoben sich auf seinen Befehl hin aus der Masse, während die anderen am Boden blieben, um die panischen Menschen wieder unter Kontrolle zu bekommen. Zielstrebig flogen erstere den zersplitterten Fenstern entgegen, die wie blitzende rasiermesserscharfe Gebisse in den Unitallwänden der Pyramiden hingen.

»Major Schwengers, hier oben gibt es keine Überlebenden«, meldete ein Gardist aus einer Pyramide, der die Wortführung seiner Gruppe übernommen hatte.

»Untersuchen Sie die Toten!«

Eine Weile trat Schweigen ein.

Auf den zerschossenen Ringebenen sah es aus, als hätte ein Berserker gewütet. Glassplitter glänzten wie Rubine in den Blutlachen zwischen den abgetrennten Gliedmaßen und zerplatzten Körpern. Ein Volltreffer mit einem entsprechend programmierten Nadelstrahl setzte soviel Energie im Körper frei, daß dieser augenblicklich verdampfte. Die Gardisten stiegen vorsichtig über die Toten hinweg, die Multikarabiner schußbereit. Doch es rührte sich nichts mehr auf den Ebenen nahe den Fensteröffnungen.

»Hier ist etwas«, sagte ein Gardist und winkte zwei andere herbei. Mit seiner Waffe schob er ein Stück Stoff fort, unter dem ein halb vom Körper gerissener Kopf mit dem Gesicht nach unten lag. Die Schädeldecke war unappetitlich verformt, und einige Knochensplitter lugten aus der matschigen Pampe. Doch direkt unter der halbtransparenten Oberfläche war noch etwas zu erkennen: klein wie eine Bohne und eindeutig metallisch.

Die drei Gardisten nickten einander zu und nahmen noch weitere Leichen genauer unter die Lupe. Einige Körper waren auffällig unversehrt, obwohl die Kleidung stellenweise zerfetzt und blutig war.

Andere hatten riesige Fleischwunden, regelrechte Krater oder auch Löcher, durch die man hindurchsehen konnte. Die Leichen sahen sehr künstlich aus; wächsern, als wären sie völlig blutleer. Untersuchte man die Wunden jedoch genauer, konnte man eine geleeartige rote Masse zwischen den zerrissenen Adern, die wie Schläuche heraushingen, erkennen. Auch im Magen war keine Säure, sondern nur ein glibberiger Klumpen, als hätte sich sämtliche Flüssigkeit dort zusammengezogen. Die Zeichen waren eindeutig.

Einer der Gardisten meldete Schwengers den Fund: »Sir, wir haben hier einige tote Cyborgs entdeckt.«

»Das dachte ich mir.« Der Major an Bord des GfH 1 kniff die Augen zusammen.

»Sollen wir die Verfolgung der Geflohenen aufnehmen?«

»Nein. Das ist zu gefährlich. Kehren Sie zum Boden zurück und helfen Sie bei der Evakuierung der Zivilisten. Wir werden die Angreifer von hier oben aus in Schach halten.«

»Zu Befehl.«

Die Gardisten sprangen aus den Fenstern, und einen Augenblick lang sah es so aus, als stürzten sie haltlos gen Boden. Doch ihre Antigravtornister verlangsamten den Fall und erlaubten eine sanfte, federleichte Landung.

*

Mit der Hilfe von Dr. Walters, der eigentlich Schönheitschirurg und kein Notarzt war, und einigen anderen couragierten Leuten, die nicht sofort das Weite gesucht hatten, kümmerte sich Jane Burroughs um die Verletzten. Sie verband die Wunden provisorisch mit Kleidungsfetzen, wie Walters es ihr gezeigt hatte. Obwohl ihr von dem Gestank nach Blut, Exkrementen und verbranntem Fleisch speiübel war, gab sie ihr Bestes. Um sie herum lagen Hunderte, wenn nicht gar Tausende mehr oder weniger schwer Verwundete. Sie selbst war wie durch ein Wunder unverletzt geblieben, was ihr wie ein Stein auf dem Gewissen lag.

»Das ist alles meine Schuld«, jammerte sie kaum hörbar, wann immer sie spürte, daß ihr allmählich die Kraft ausging. So viele Verletzte hatte sie noch nie gesehen. Einige davon starben vor ihren Augen, während sie versuchte, ihnen zu helfen. Jedesmal brach sie in Tränen aus.

»Auf keinen Fall«, behauptete Dr. Walters und sah sie mit ernstem Blick an. »Sehen Sie mich an, Jane, und hören Sie mir zu: Hierfür können weder Sie noch ich etwas.«

Sie nickte nur, auch wenn dieses Nicken keine Bedeutung hatte. Die Leute hatten sich nicht von allein hier versammelt, sondern weil sie, Jane Burroughs, zu einer Demonstration aufgerufen hatte. Damit ihr Sohn zur Schule gehen konnte, hatte sie so viele Menschen auf dem Gewissen. Oh, sie war so egoistisch!

Obgleich zahlreiche Ambulanzgleiter bereits eine Viertelstunde nach der Katastrophe eintrafen, kam es ihr so vor, als hätte sie eine Ewigkeit darauf gewartet. Wie in Trance half sie den Rettungsassistenten, die Verletzten in die Gleiter zu tragen.

Nach einer Weile hatte sie so weit abgeschaltet, daß sie die Fragen nach ihrem eigenen Wohlbefinden nicht einmal mehr mitbekam. Die schrillen Schreie nahm sie verzerrt und dumpf wahr, als wäre sie in Wasser abgetaucht und hätte das Schlachtfeld hinter sich gelassen. Ihre Kleidung war schmutzig und blutverschmiert; der einstmals maigrüne Pullover völlig ausgeleiert von dem verzweifelten Zerren der sich unter Schmerzen Windenden oder Sterbenden. Sie war unfähig, überhaupt einen klaren Gedanken zu fassen. Ansonsten hätte sie nämlich gemerkt, daß die Ambulanzgleiter von der Regierung geschickt worden waren.

Erst nach über einer halben Stunde fiel ihr siedendheiß ein, daß ihr Sohn Earl ja ganz allein zu Hause war. Sie ließ sofort alles stehen und liegen und rannte zum nächstgelegenen Pyramideneingang, in den die anderen von den Gardisten hineingelotst wurden. Die Leute, an denen sie sich vorbeidrängelte, beschwerten sich lauthals. Aber sie ignorierte jeden.

Kurz vor dem Ziel legte sich eine schwere Hand auf ihre Schulter und zog Jane, die sich gefährlich nah an der Grenze zur Hysterie befand, zurück. »Immer schön der Reihe nach, Miß!« mahnte eine dunkle, befehlsgewohnte Stimme hinter ihr.

Sie fuhr herum und wollte den dreisten Mann gerade anfahren, als sie erkannte, daß es sich um einen Gardisten handelte. Sie ging dem Blonden gerade bis an die Brust. »Ich... ich muß zu meinem Sohn!« erklärte sie stockend. Ihr Blick flackerte unruhig.

»Wo ist denn Ihr Sohn?«

»Zu Hause. 1000 Kilometer entfernt von hier. Er ist da ganz allein! Können Sie nicht eine Transmitterverbindung herstellen, damit ich ihn holen kann?«

In den Augen des Gardisten blitzte mit einemmal so etwas wie Erkennen auf. »Sind Sie nicht Jane Burroughs?«

»Was?« fragte die kleine Frau völlig verwirrt und wich instinktiv einen Schritt zurück. »Woher wissen Sie das?«

»Ich bin Hauptmann Kurt Buck. Machen Sie sich keine Sorgen wegen Ihres Sohnes! Wir haben ihn bereits abgeholt.«

»Abgeholt? Wieso abgeholt?« Jane starrte ihn ungläubig mit weit aufgerissenen Augen an. Sie befürchtete schon das Schlimmste.

»Wir haben die Familien aller Organisatoren der Demonstration vor zwei Stunden vorsorglich in Sicherheit gebracht«, erklärte ihr Gegenüber ruhig.

»Aber...« Jane suchte nach Worten, die ihr mit einemmal entfallen waren. »Was ist, wenn Sie sich in der Wohnung geirrt haben? Ich muß mich vergewissern, daß mein kleiner Junge nicht doch noch zu Hause ist. Bitte lassen Sie mich durch! Wer weiß, wie lange die Verbindungen noch offengehalten werden können!«

»Mrs. Burroughs«, sagte Buck ruhig, »ich versichere Ihnen, daß Ihr Sohn Earl Burroughs junior in Sicherheit ist. Die Garde läßt niemanden zurück, auch nicht die Familien gefallener Kameraden. Bitte kommen Sie jetzt mit uns! Wenn Sie auf Babylon bleiben wollen, bringen wir Ihren Sohn selbstverständlich zurück. Aber jetzt müssen wir erst einmal von hier verschwinden!«

Jane nickte nur. Was blieb ihr auch anderes übrig, als diesem Gardisten blind zu vertrauen? Auf Babylon gab es für sie und ihren Sohn keine Zukunft mehr. Sie konnte nur noch weitergehen und hoffen, daß sie mit dieser Entscheidung nicht doch noch einen schweren Fehler begangen hatte.

*

An Bord der EMMA WALLIS, die auf dem militärischen Teil von Armstrong Field stand, überwachten Farnham und MacCormack alle Operationen der Schwarzen Garde. Bis auf jene Soldaten, die sich um die Evakuierung der Demonstranten kümmerten, waren alle anderen an Bord oder zumindest auf dem Weg hierher.

Auf den ersten Blick schien es, als wäre der Ikosaederraumer bloß ein Urlaubsschiff. Lauter Zivilisten aller Altersklassen, davon gut die Hälfte Kinder, kamen mit Koffern. Es handelte sich um die Familien der Gardisten.

Sie betraten den 600 Meter durchmessenden Raumer über die hallenartige Schleuse an der Unterseite, für deren Öffnung eines der 20 dreieckigen Elemente, aus denen die Hülle des Schiffs bestand, komplett heruntergeklappt wurde. Über weitere Schleusen verfügten Raumer dieser Bauart nicht, um die Carboritpanzerung nicht zu schwächen. Das dreieckige Monsterschott stand weit offen und wurde von zahlreichen bewaffneten Gardisten und vier Kampfrobotern bewacht.

Andere, kleinere Roboter nahmen den Ankömmlingen größere Gepäckstücke ab und verstauten diese sorgfältig. Sie würden direkt in die zugeteilten Kabinen geschickt werden, sobald alle an Bord waren.

Antigravlifte brachten die Menschen zu den Schlafdecks.

»Hauptmann Buck, wie weit sind Sie mit der Evakuierung?« fragte Farnham per Funk.

Eine Antwort ließ nicht lange auf sich warten. »Wir brauchen noch geschätzte vier Minuten.«

»In Ordnung. Sobald Sie fertig sind, kommen Sie mit Ihren Männern sofort zum vereinbarten Treffpunkt.«

»Verstanden.«

Farnham unterbrach die Verbindung. Sie war nicht abhörsicher, darum wollte er auch nicht zuviel preisgeben. In der Zentrale des Ikosaederraumers verfolgte er mißmutig die Berichte über die Demonstration. Immer wieder wurden die Bilder des einen amoklaufenden Demonstranten gezeigt, der auf die Polizisten geschossen hatte. Peng, peng! Damit diese dramatische Szene nicht plötzlich langweilig wurde, wurde zwischendurch auf ein Studio umgeblendet, in dem sich selbsternannte Spezialisten gegenseitig die wildesten Spekulationen an den Kopf warfen. Sie diskutierten über die volksverhetzenden Parolen, unter deren Motto die Demonstration angeblich gestanden hätte. Die Lieblingsfragen lauteten stets: »Wie können wir uns vor diesen Verrückten schützen? Wird Babylon bald im Terror versinken?«

»Wenn das so weitergeht, kann man sicher damit rechnen«, waren sich die Experten einig. »Wir brauchen effektivere Gesetze, die es ermöglichen, die Extremisten gezielt zu lokalisieren und unschädlich zu machen.«

»Unschädlich zu machen?« wiederholte der Moderator fragend, sprach das Wesentliche allerdings nicht aus.

»Ganz genau. Solche Menschen gehören aus der Gesellschaft entfernt. Sie müssen weggesperrt werden, damit sie uns nicht gegeneinander aufhetzen. Lügen und Gewalt sind ihre Waffen! Wir müssen deutlich zeigen, daß wir so etwas nicht länger dulden.«

Ein anderer Experte beschrieb ausführlich ein mögliches Endzeitszenario, in dem Milliarden von Menschen, angestiftet von einer kleinen anarchistischen Terroristengruppe, übereinander herfielen und am Ende die ganze Milchstraße ins Chaos stürzten.

Die anderen stimmten ihm zu, auch wenn sie interstellare Konflikte (zumindest was die Beziehungen zu anderen Völkern betraf) für unwahrscheinlich hielten.

Der charismatische junge Moderator wandte sich mit todernster Miene an die Zuschauer: »Wie denken Sie darüber? Wollen Sie nichtsahnend Tür an Tür mit einem Terroristen wohnen? Können Sie Ihre Kinder noch guten Gewissens in die Schule schicken?« Noch einmal wurden die Bilder des Schießwütigen und des brüllenden Brandstifters eingeblendet. Anschließend folgte die Ringpyramide. »Nur dank unserer tapferen Polizei konnte ein Brandanschlag auf das Schul- und Regierungsgebäude verhindert werden. Millionen von Menschen, darunter viele Kinder, sind nur knapp dem Tod entronnen. Was können wir gemeinsam gegen den Terrorismus unternehmen? Rufen Sie uns jetzt an oder schreiben Sie uns im Netz!« Das Gesicht des Moderators strotzte nur so vor pathetischer Betroffenheit. Ein Heiligenschein hätte ihm bestimmt sehr gut gestanden.

Farnham rechnete jeden Moment mit einem Auftritt Laytons, der der aufgekratzten Bevölkerung Trawisheims neuste Rettungspläne ans Herz legen würde. Die Leute würden ihm glauben, ohne jemals die ganze Wahrheit über die Demonstration zu erfahren.

Wie gut, daß die Schwarze Garde eigene Beweismittel gesammelt hatte!

Auf Farnhams Befehl hin wurden die Bilder, die die Garde geschossen hatte, in einen Netzknoten eingebunden. Anschließend rief der Kommandant bei Trawisheim an.

»Generalmajor Farnham?« Der unvermeidliche Layton saß im Bildfeld mit unüberzeugend gespieltem Erstaunen im Gesicht. »Sind Sie endlich zur Vernunft gekommen?«

»Ich will mit Trawisheim sprechen«, erklärte der Offizier kurz angebunden und fügte für den Fall, daß sich der Herr Staatssekretär nicht erinnerte, hinzu: »Dem Commander der Planeten.«

Layton blinzelte erbost. Er hatte den Seitenhieb sehr wohl verstanden. Das Bild erlosch. Keine halbe Minute später meldete sich Trawisheim persönlich. »Farnham, was zum Teufel machen Ihre Leute da?« Der Cyborg war sichtlich wütend.

»Sie tun ihre Arbeit«, antwortete der Kommandant der Schwarzen Garde ruhig.

»Seit wann unterstützt die Schwarze Garde Terroristen?«

»Das hat sie nie getan. Darum rufe ich Sie ja auch an.«

»Ich nehme an, es handelt sich um ein Mißverständnis.«

»Eigentlich hatte ich nicht vor, das mit Ihnen auszudiskutieren. Ich habe Ihnen eine offizielle Mitteilung zu machen: Im Namen der Schwarzen Garde kündige ich Babylon die Gefolgschaft. Kein Gardist kämpft für eine Regierung, die auf Zivilisten schießen läßt.«

Eine Weile trat Schweigen ein. Trawisheim schienen die Worte zu fehlen. Man konnte deutlich sehen, wie sein Kopf puterrot anlief, ehe sein Mund wie der Krater eines Vulkans aufriß, um die angestaute Wut herauszulassen. »Sie!« Der Cyborg deutete drohend mit dem Finger in Richtung seines digitalen Gegenübers. »Ich werde die EMMA WALLIS abschießen lassen, sollte sich das Schiff auch nur einen Zentimeter von seinem Platz wegbewegen.«

In der Zentrale des Ikosaederraumers meldete ein Ortungsoffizier kurz darauf, daß die Ringraumer ringsum auf dem weiten Raumfeld dabei waren, sämtliche Waffensysteme hochzufahren. Farnham lächelte nur unberührt und verkündete dem Commander der Planeten: »Die Schwarze Garde wird nach Star City zurückkehren und wieder in den Dienst Terras treten. Sie werden offiziell die Entlassung der Garde über alle Sender bekanntgeben. Sie werden weder etwas gegen unsere Rückkehr nach Terra unternehmen noch Terra deswegen angreifen.«

Trawisheim lachte auf. »Ich hätte nie gedacht, daß Sie solch ein Idiot sind! Warum um alles in der Welt sollte ich Sie und ihre Leute ziehen lassen?«

»Ich sag Ihnen warum: Unter Ihrer Regierungspyramide befindet sich eine Fusionsbombe von enormer Sprengkraft. Sollten Sie uns aufhalten, Terra angreifen oder irgendeinen Befehl erlassen, der die EMMA WALLIS in Gefahr bringt, wird die Bombe gezündet.«

»Lächerlich.«

»Sollten Sie versuchen, das Gebäude zu verlassen, geht die

Bombe automatisch hoch. Ebenso, falls das Peilsignal der EMMA WALLIS erlischt. Es ist also in Ihrem Interesse, daß diesem Schiff nichts zustößt.«

Er vernahm einen Aufschrei, der von Layton gekommen sein mußte. Trawisheim hatte die Lippen zu einem dünnen Strich zusammengepreßt und war so weiß wie die Wand hinter ihm. Sein Blick flackerte unruhig. Ein paarmal schaute er jemanden an, der hinter dem Erfassungsfeld stand – vermutlich seinen Staatssekretär.

Doch dann erweichten die verkrampften Gesichtszüge. Der Cyborg schüttelte langsam den Kopf. »Christopher Farnham, Sie sind wirklich ein ausgekochter Fuchs! Eine Sekunde lang habe ich Ihnen tatsächlich geglaubt. Nur dann fiel mir ein: Wie wollen Sie die Bombe eigentlich unbemerkt unter meinen Füßen plaziert haben?«

»Sie ist mit einem Intervallfeldgenerator versehen worden und wurde auf diese Weise in den Boden unter die Pyramide gebracht. Ich gebe Ihnen den guten Rat, nicht danach zu suchen, denn sollte ein anderes Intervallfeld mit dem der Bombe in Berührung kommen, wird es ebenfalls zu einer Explosion kommen.«

Diesmal hechtete jemand ins Bild. Es war Layton, dessen bläßliches Gesicht nun völlig farblos war. Es glänzte schweißnaß. »Warten Sie, Farnham! Das können Sie nicht machen! Das ist Mord!«

»Was wollen Sie mir von Mord erzählen? Ich verrate Ihnen noch etwas: Die Bombe ist an einen Automatismus gekoppelt. Zeitgleich mit ihrer Detonation wird auch ein Impuls gesendet werden, der die echten Bilder der Demonstration ins Netz einspeisen wird. Überlegen Sie sich Ihre nächsten Schritte also ganz genau – und leben Sie wohl!«

Trawisheim hatte den Mund schon geöffnet. Doch ehe diesem auch nur ein einziger Ton entweichen konnte, hatte der Kommandant der Schwarzen Garde die Verbindung gekappt. »Jetzt habe ich mich doch dazu hinreißen lassen, so viel zu reden«, sagte er kopfschüttelnd. »Dabei wollte ich mich kurz fassen.«

»Ihr Ziel haben Sie jedenfalls erreicht, Sir. Die Ringraumer haben ihre Waffensysteme soeben wieder heruntergefahren«, informierte MacCormack.

Tatsächlich war es draußen auf dem Raumhafen mit einemmal sehr still geworden. Weit und breit war kein Lebewesen zu sehen, nicht einmal Roboterwachen, als hätten sie sich von einer Sekunde zur nächsten in Luft aufgelöst. Ob sie von der Bombe wußten? Oder hatte Trawisheim sie mit einer anderen Begründung wegbeordert?

Kurt Buck betrat die Zentrale und nickte Schwengers, der mit seinem Gleiter natürlich schneller gewesen war, zu. Während überprüft wurde, ob auch wirklich niemand vergessen worden war, verfolgte die obere Riege der Schwarzen Garde, wie Trawisheim im Holo-TV wie verlangt seine Erklärung abgab. Äußerlich wirkte der Commander der Planeten wie immer. Auch seine Stimme war gewohnt fest. Ohne auch nur eine Erpressung anzudeuten, verkündete er, daß er die Schwarze Garde aus den Diensten Babylons entlassen hätte, und behauptete, daß er sich freute, daß sie sich nun Terra anschließen würde. »Dort werden diese tapferen Männer dringender gebraucht als hier. Ich wünsche ihnen alles Gute.«

Farnham war im großen und ganzen zufrieden. Würde Trawisheim sich wider Erwarten nicht an die Abmachung halten und die Schwarze Garde doch noch angreifen, würde er seine Glaubwürdigkeit vor der Bevölkerung nicht aufrechterhalten können. Dann würde er die längste Zeit Commander der Planeten gewesen sein.

*

Die Triebwerke der EMMA WALLIS fuhren hoch, und das Intervallfeld wurde eingeschaltet. Nach einem kurzen Systemcheck hob das Schiff erst langsam, dann immer schneller ab. Die kilometerhohen Ringpyramiden schrumpften zusammen, bis sie nur noch so aussahen wie kleine glitzernde Stacheln auf der Planetenoberfläche Babylons. Die flachen Binnenmeere erschienen als blaugrüne Farbtupfer zwischen den riesigen, schillernden Stadtflächen, den grünen Parkanlagen, den hellen, ebenen Plätzen und den tristen, schmutzig graubraunen Landschaften. Die steil aufragenden Gebirgszüge, auf deren Höhen weißer Schnee lag, der bei stärkeren Windböen keinen Halt mehr fand und hinfortgeblasen wurde, überzogen den Planeten wie ein Adergeflecht.

Der Ikosaederraumer stieg höher und höher, verdrängte die Wolken, die sich in der Mittagssonne ausruhten, bis er schließlich vom Schwarz des Weltalls empfangen wurde, wo die fünf Monde silbern auf der sonnenzugewandten Seite schienen.

Mit Sternensog flog die EMMA WALLIS überlichtschnell in Richtung der 20 477 Lichtjahre entfernten Sonne namens Sol; nach Terra, der Wiege der Menschheit. An Bord waren alle Gardisten und deren Familien, auch Jane Burroughs und ihr Sohn Earl junior.

Als die EMMA WALLIS den Rand des Eschunna-Systems, benannt nach Babylons blauer Riesensonne, erreichte, gab Farnham den Befehl, den von den Gardisten entwickelten Richtfunkprojektor abzuschalten. Dieser Projektor war eine überaus hinterhältige Erfindung, aber vielleicht auch eine der genialsten in die Realität umgesetzten Ideen in Sachen Kriegführung. Er hatte Impulse in den Boden unter der Regierungspyramide gesendet und dort die gefürchtete Fusionsbombe simuliert. In Wirklichkeit hatte es nie eine gegeben. Doch das war nur eines von etlichen kleinen Geheimnissen der Schwarzen Garde – der wissenschaftlichen Eliteeinheit, die ihre Feinde hauptsächlich mit Intelligenz und nur im äußersten Notfall mit Gewalt bekämpfte. Trawisheim würde nie erfahren, daß man ihn an der Nase herumgeführt hatte.

Zum Abschied sprach Generalmajor Farnham über To-Richtfunk noch eine letzte Warnung an den Commander der Planeten aus: »Vergessen Sie nicht, Mister Trawisheim: Sollten Sie Ihr Versprechen der Schwarzen Garde gegenüber jemals brechen, werden nicht nur Sie dafür zur Rechenschaft gezogen werden, sondern jeder einzelne Mitarbeiter Ihrer Regierung wird sterben...«

12.

»Um Dorrkks Willen, was ist das?« gellte Pakk Raffs markante Stimme durch die Zentrale der POINT OF. Er wich zwei Schritte vor der blendendweißen Energiekugel zurück, die sich für alle so überraschend gebildet hatte.

Für alle bis auf Dhark, der das Phänomen eigenhändig ausgelöst hatte. »Kein Grund zur Beunruhigung«, erstickte er die aufkommende Unruhe im Keim. Davon gab es in diesen Sekunden ohnehin genug, und auch er selbst konnte sich nicht völlig von ihr freisprechen.

Denn neben der Manifestation der Energiekugel, die bereits in sich zusammenzufallen begann, gab es eine weitere abrupte Veränderung. Eben noch hatte der goldene Planet im Mittelpunkt der Bildkugel gestanden, gewaltig, mysteriös und auf eine unterschwellige Weise bedrohlich. Nun war er der Sicht entzogen, als habe er eine Transition aus dem optischen Erfassungsbereich hinaus gemacht. Nur die taktische Anzeige verriet, daß er nicht gänzlich verschwunden war, sondern eine Position zehn Lichtjahre von der POINT OF entfernt einnahm.

»Aus dem Nichts entstehende Erscheinungen, die ich nicht einordnen kann, beunruhigen mich nun einmal«, knurrte der Karrorr. »Schließlich weiß ich nicht, ob sie eine Bedrohung darstellen. Dieses Ding ist…«

Dhark schnitt dem nomadischen Rudelführer mit einer harschen Handbewegung das Wort ab und hielt das Gerät in die Höhe, das er kurz zuvor aktiviert hatte. »Keine Bedrohung, Pakk Raff. Ich habe die Energiekugel an Bord geholt – und diejenigen, die in ihr stecken.«

Inzwischen war die sphärische Energiehülle erloschen. An ihrer Stelle standen vier Gestalten, die für überraschte Ausrufe sorgten. Es waren die Wächter Simon, Svante, Doris und Arlo, die auf ungewöhnlichem Weg an Bord gelangt waren. Im Augenblick hatte Dhark keine Zeit für eine Begrüßung.

»Konzentration auf die Geschehnisse im Weltraum«, forderte er seine Leute auf und wandte sich an den Ortungsoffizier. »Ist der goldene Planet transitiert, Tino?«

»Negativ, Commander.« Seiner Natur gemäß saß der Mailänder ruhig und besonnen vor seinen Instrumenten und wertete die angezeigten Daten aus. »Nicht die goldene Riesenkugel ist gesprungen, sondern wir.«

»Wir haben ohne eigenes Zutun eine Transition durchgeführt, Dhark?« wunderte sich Arc Doorn.

»Wir wurden von unbekannten Kräften versetzt«, lieferte Grappa eine Erklärung. »Im Abdrehen hat der goldene Planet uns einen Impuls verpaßt, der uns mit einer transitionsähnlichen Bewegung über eine Distanz von zehn Lichtjahren in Richtung Orn versetzte.«

Der kräftig gebaute Rotschopf Doorn verzog mürrisch das Gesicht. »Was war das für ein Impuls?«

»Darauf habe ich keine Antwort. Er läßt sich mit meinen Instrumenten nicht analysieren.«

»Das ist reichlich wenig.« Der Worgun in Menschengestalt begab sich zum Instrumentenpult und nahm eine hastige Eingabe vor.

»Eine transitions*ähnliche* Bewegung, Tino? Was haben wir uns darunter vorzustellen?« fragte Dhark.

»Eben keinen Sprung durch den Hyperraum, wie wir ihn praktizieren. Die Versetzung der POINT OF erfolgte zwar zeitverlustfrei, aber ohne daß wir dabei den Normalraum verlassen haben.«

»Das ist unmöglich«, protestierte Pakk Raff.

»Für uns schon, für diejenigen, die den goldenen Giganten steuern, nicht, wie man sieht.« Dhark verzichtete darauf, die Balduren anzusprechen, die man in dem planetenähnlichen Gigantraumschiff vermutete.

Er beobachtete die taktische Einblendung in der Bildkugel, die den Planeten markierte.

Sie erlosch aufgrund der Entfernung. »Haben Sie den goldenen Globus noch in der Ortung?«

»Positiv, doch er entfernt sich mit hoher Beschleunigung. Ein paar Sekunden noch, dann verliere ich ihn.«

Mit grimmigem Ausdruck beschleunigte Dhark den Ringraumer. Er war entschlossen, sich diesmal nicht wieder abhängen zu lassen. Dabei hatte er das Beschleunigungsvermögen des gewaltigen Himmelskörpers in der Vergangenheit kennengelernt und wußte genau, daß er selbst mit maximalem Sternensog keinen Anschluß halten konnte. Sie hatten bei dem geheimnisvollen Gebilde einst eine Geschwindigkeit angemessen, mit der sich das gesamte Universum theoretisch in ein paar Tagen durchqueren ließ.

Jetzt kam eine weitere Komponente hinzu. Die POINT OF wurde unerwartet abgebremst, als Dhark die Verfolgung aufnehmen wollte. Verblüfft kontrollierte er die Anzeigen und stellte Normalwerte fest. Es gab keinen Energieverlust, dennoch weigerte sich sein Schiff, wieder Fahrt aufzunehmen. Dhark stöhnte auf, als er begriff, was geschehen war.

»Wir wurden nach Orn hineinversetzt. So wenig wie wir zuvor nach Orn einfliegen konnten, kommen wir jetzt wieder hinaus.«

»Wir sitzen in Orn fest?« fragte Doorn entgeistert.

»Ja.«

»Wir haben also doch einen Weg gefunden, die unbekannte Barriere zu überwinden. Es ist uns gelungen, wenn auch nicht durch eigenes Bemühen. Da wir nun hier sind, machen wir das Beste aus der Situation«, schlug Grappa vor.

Doorn ließ von seiner Tätigkeit am Instrumentenpult ab. »Leider muß ich Grappas vorheriger Analyse beipflichten. Auch mit Hilfe des Checkmasters kann ich den Impuls, der uns versetzt hat, nicht entschlüsseln. Er ist uns völlig unbekannt.«

»Das bedeutet, wir können ihn zu gegebener Zeit nicht imitieren, um Orn wieder zu verlassen?« überlegte Dhark.

»Zumindest mit unserem momentanen Wissen nicht. Die Kerle in dem goldenen Planeten wollten uns wohl eine Kostprobe ihrer Fähigkeiten geben.«

»Einfach so? Das kann ich mir nicht vorstellen. Wir wollen nach Orn hinein, schaffen es nicht, und dann tauchen sie auf und lassen uns die Barriere überwinden? Das kann kein Zufall sein.«

»Sondern Absicht? Zu welchem Zweck?«

Auf diese Frage besaß Dhark keine Antwort, doch er glaubte nicht, daß er sich täuschte. Einst waren sie mit dem golden schimmernden Flugkörper zusammengetroffen, nachdem sie Orn anno 2059 verlassen hatten, und ausgerechnet jetzt wiederholte sich die merkwürdige Begegnung. Dahinter steckte mehr, als sie ahnten. Die Mysterious der Mysterious, wie man die Balduren nannte, verfolgten eine Absicht, über die die davon betroffenen Menschen nur spekulieren konnten.

»Standortbestimmung der neun anderen Schiffe!«

»Sie haben unsere Versetzung nicht mitgemacht, sondern befinden sich an der Position, die wir zuletzt innehatten«, meldete der Ortungsoffizier.

Dhark hatte es befürchtet. Seine kleine Flotte war getrennt worden. Der Umstand deutete um so mehr auf gezieltes Vorgehen hin. Die Unbekannten hatten ausschließlich der POINT OF gestattet, die Barriere um Orn zu überwinden. Die Begleitschiffe hatten keine Möglichkeit, ihr zu folgen.

»Funk-Z, Phase öffnen und Funkkontakt zu unseren Schiffen herstellen.«

Nur Sekunden vergingen, bis der Erste Funker Glenn Morris eine bedauernde Antwort gab. »Ich komme nicht durch. Auch mit To-Richt kommt kein Funkkontakt zustande.«

»Der Goldene Planet ist aus der Ortung verschwunden«, meldete Grappa.

Dhark nickte nachdenklich.

Der endgültige Rückzug des Schiffsgiganten war vorauszusehen gewesen.

Man hatte die POINT OF da, wo man sie haben wollte, was Dhark nicht sonderlich störte, da es sich mit seinen ursprünglichen Plänen deckte.

Er bedauerte nur, von den anderen Schiffen getrennt worden zu sein. Zum Glück waren sie vom Checkmaster gesteuert worden und hatten keine Besatzungen an Bord.

»Willkommen an Bord«, kam er endlich dazu, die vier Wächter zu begrüßen.

»Danke dafür, daß Sie uns benachrichtigt haben«, antwortete der schwarze Wächter Svante.

»Ich bin froh, daß es funktioniert hat.«

»Funktioniert?« Doorn stellte sich zwischen die gut zwei Meter großen Roboterkörper, die überwiegend aus Tofirit bestanden und eine organische Komponente besaßen. Zwischen ihnen wirkte sogar der kräftige Doorn verloren. Er deutete auf das Gerät, das Dhark vor der Ortsversetzung aktiviert hatte. »Damit haben Sie also die Wächter herbeigerufen. Woher haben Sie dieses Gerät?«

»Wir haben es Terence Wallis gegeben und ihn gebeten, es unauffällig an Ren Dhark weiterzuleiten«, antwortete der silberfarbene Simon, der über die längste Erfahrung als Mensch in einem Wächterkörper verfügte. »Dhark sollte es erst dann aktivieren, wenn er eine unmittelbare Chance sah, die Grenze nach Orn zu überwinden.«

»Ein Umstand, der vorhin gegeben war«, sagte Dhark, wobei er unauffällig die Wächterin Doris betrachtete. In dem rötlichen Metallkörper steckte der Geist der Frau, die einst Arc Doorns Lebensgefährtin gewesen war, bevor sie sich zu einem Dasein als Angehörige des Wächterordens entschlossen hatte. »Da die POINT OF allein in Orn ist, bin ich froh, daß Sie so schnell gekommen sind.«

»Wir haben den Funkimpuls vernommen und uns sofort auf den Weg gemacht«, sagte Svante, der als der inoffizielle Anführer der vier beseelten Roboter galt.

»Schneller, als die Polizei erlaubt«, knödelte Doorn. Er ließ sich nicht anmerken, welche Gefühle er beim Anblick seiner ehemaligen Gefährtin entwickelte.

»Was haben Sie nun vor, da Ihnen der Weg nach draußen verwehrt ist?« fragte der Schwarze.

»Wir werden das unternehmen, was wir ohnehin vorhatten. Wir fliegen Terra Nostra an«, kündigte Dhark an. »Wenn wir Informationen über die Zustände in Orn erhalten wollen, bekommen wir sie von den Senatoren Laetus und Nauta. Ich bin sicher, sie wissen über den Notruf Bescheid, den wir in der Milchstraße erhalten haben.«

Entschlossen setzte er Kurs auf die Materiewolke Gardas.

*

»Durch unsere frühere Zusammenarbeit mit den Nomaden hielten sich schon einige von ihnen bei uns auf. So viele Karrorr auf einmal in der Zentrale sind dennoch ein gewöhnungsbedürftiger Anblick«, sinnierte Doorn.

»Man gewöhnt sich an alles«, gab Dhark gelassen zurück. Beim ersten Zusammentreffen in Drakhon hatte man sich unversöhnlich gegenübergestanden, weil die Nomaden – so hatten sie sich in Ermangelung eines Heimatplaneten und wegen ihrer rastlosen Wanderschaft durch ihre Galaxis genannt – als aggressive Wesen aufgetreten waren, die wenig mehr im Kopf zu haben schienen als ertragreiche Beutezüge. Die Feindseligkeiten waren längst ausgeräumt, ein Teil der Canoiden war in der Milchstraße heimisch und in der galaktischen Völkergemeinschaft zu beliebten Handelspartnern geworden.

Dhark hatte veranlaßt, daß alle relevanten Posten von Nomaden, die unter der Aufsicht des jeweiligen regulären Besatzungsmitglieds standen, zweitbesetzt wurden. Selbst wichtigsten Posteninhabern, wie etwa dem Piloten, assistierten junge Karrorr. Bei der Annäherung an die Gardas-Dunkelwolke flog Hen Falluta die POINT OF.

»Haben Sie wirklich vor, später einen Nomaden das Schiff steuern zu lassen?« fragte Doorn.

»Einwände, Arc?«

»Solange die Burschen unsere gute alte POINT OF nicht zu Schrott fliegen, haben sie meinen Segen.«

Dhark grinste. »Unsere Leute passen schon auf, daß nichts passiert. Ich habe Terence Wallis zugesagt, den Nomaden eine umfangreiche Ausbildung angedeihen zu lassen. Ich gedenke mein Versprechen zu halten.«

Die 370 Lichtjahre durchmessende Materiewolke Gardas lag im Randbereich von Orn und zeichnete sich in den Ortungseinrichtungen ab. Auch in der Bildkugel wurde sie bald erkennbar. Dort, wo sie lag, waren keine Sterne zu sehen, weil sie hinter der Wolke verborgen waren und ihr Licht nicht durch sie hindurchdrang.

Glenn Morris, der weiterhin die Funk-Z besetzte, hob eine Hand und machte auf sich aufmerksam. »Der Funkkontakt ist zustandegekommen. Phase ist offen. Sie können reden.«

Der weißblonde Terraner nickte ihm zu. »Hier spricht Ren Dhark an Bord der POINT OF«, begann er. »Wir befinden uns im Anflug auf Gardas und werden in Kürze im Sol-System eintreffen.«

Was bei einem Uneingeweihten für Verwirrung gesorgt hätte, hatte einen einfachen Hintergrund. Die einst von der Erde entführten Römer hatten die Sonne des Systems, in dem die Worgun sie ansiedelten, nach ihrem irdischen Heimatgestirn ebenfalls Sol genannt. Dem erdähnlichen Planeten, der sich als zweiter von zwölf Umläufern um Sol drehte, hatten sie den Namen Terra Nostra verliehen.

»Ich bin Senator Tullius Romanus.« Auf einem kleinen Schirm zeichnete sich das schmale Gesicht eines Römers ab, dessen weiße Haare unmittelbar oberhalb der Augenbrauen endeten. »Die POINT OF?« wiederholte er ungläubig und schob hinterher: »Die ehemalige MASOL?«

»So ist es, Senator«, bestätigte Dhark. »Ich hoffe, du hältst die Funkübertragung nicht für einen Streich, den dir jemand spielt.«

»Nein, Ren Dhark, ich erkenne dich wieder, obwohl wir bei deinem letzten Besuch nicht persönlich miteinander zu tun hatten. Ich bitte dich, meine Überraschung zu entschuldigen. Ich darf sicher auch im Namen meiner Mitsenatoren sprechen, wenn ich sage, daß wir nicht erwartet haben, dich und die MASOL noch einmal in Orn zu sehen.«

Das war typisch für Margun und Sola, dachte Dhark. Die von allen Römern für ihresgleichen gehaltenen Akademiepräsidenten, von denen keiner ahnte, daß sie in Wirklichkeit Worgunmutanten waren, hatten niemandem etwas von ihrem Kontaktversuch verraten.

So waren sie halt, die beiden Geheimniskrämer.

»Ich erbitte Genehmigung, Terra Nostra ansteuern und auf dem Raumhafen von Nova Roma landen zu dürfen.«

»Die Erlaubnis ist selbstverständlich erteilt«, beeilte sich der Senator zu sagen. »Ich setze umgehend den Senat und die Akademiepräsidenten über deine Rückkehr in Kenntnis. Laetus und Nauta werden sich über die Neuigkeit freuen.«

Davon war Dhark überzeugt. Sie würden sich sogar weitaus mehr freuen, als Tullius Romanus annahm, dem die wahre Identität der Präsidenten so unbekannt war wie allen anderen Römern. Dhark bedankte sich für die Anflugerlaubnis, verabschiedete sich und ließ die Verbindung beenden. Während die POINT OF in die Materiewolke einflog und sich Terra Nostra näherte, zerbrach er sich den Kopf über die Gründe, die zu dem Notruf geführt haben mochten. Ob Marguns und Solas Nachricht mit dem Auftauchen des goldenen Planetenraumschiffs in Zusammenhang stand? Oder wußten sie womöglich gar nicht, daß es außerhalb von Orn sein Unwesen trieb? In dem Fall hatten sie einen anderen Grund für die Übermittlung von zwei der fünf den Menschen bekannten Gefahrensprüchen der Worgun gehabt.

Ron wedda wi terra. Größte Gefahr. Alle sofort zurückkommen. *Terra wire*. Alle Unternehmen abbrechen. Rückflug!

Diese Warnungen schickten die Worgun nicht, wenn nicht etwas im Busch war, das wirklich lebensbedrohliche Ausmaße annahm. Unwillkürlich fragte sich Dhark, wie es seinem Freund Gisol gehen mochte. Gisol hatte die Gefahr und das Risiko nie gescheut, ansonsten wäre sein Widerstandskampf gegen die Zyzzkt gar nicht möglich gewesen. Vielleicht war Gisol längst nicht mehr am Leben.

»Wir befinden uns im Landeanflug auf Terra Nostra«, riß ihn eine Stimme aus seinen Überlegungen.

Dhark sah auf. Es war Doorn, der die Worte an ihn gerichtet hatte. Pakk Raff stand mit verschränkten Armen vor der Bildkugel und war in die Betrachtung der Planetenaufnahmen versunken, die dort in rascher Folge abwechselten.

Ein Ausschnitt präsentierte eine schematische Darstellung der G2-Sonne und ihrer zwölf Welten. Terra Nostra war farblich hervorgehoben und mit eingeblendeten Daten versehen, die über Größe und Masse des Planeten, seine Atmosphärenzusammensetzung und andere Einzelheiten informierten. Dhark brauchte sie nicht zu studieren, um zu wissen, daß sie allesamt ausgesprochen erdähnlich waren.

Bei der Umsiedlung der 48. Römischen Legion im Jahre 15 vor Christus hatten die Worgun darauf geachtet, die von der Erde entführten Menschen in ein ökologisches System zu versetzen, das ihnen nicht nur vertraut war, sondern in dem sie zudem mühelos überleben konnten.

Als Falluta den Landeanflug einleitete, meldete sich Senator Tullius Romanus wieder. »Der Senat ist begeistert über deinen Besuch«, verkündete er. »Es handelt sich doch um einen reinen Freundschaftsbesuch? Wir hoffen, es sind keine ernsthaften Gefahren, die dich nach Terra Nostra führen.«

Dhark behielt für sich, daß die Besatzung der POINT OF einem Notruf von Orn gefolgt war. »Es ist ein reiner Freundschafts- und Forschungsbesuch, das ist richtig«, versicherte er. »Die Akademiepräsidenten sind über unsere Ankunft informiert?«

»So ist es. Socrates Laetus und Marcus Gurges Nauta können es kaum erwarten, euch zu sehen. Wir haben auf dem Raumhafen einen kleinen Empfang für unsere lieben Gäste aus Nal vorbereitet. Wir senden einen Peilstrahl, der die MASOL... Verzeihung, die POINT OF zu dem vorbereiteten Landefeld führt.«

Falluta gab durch Handzeichen zu verstehen, daß der Peilstrahl auf die Kontrollen des Piloten gelegt wurde. Dhark bedankte sich bei dem Römer, dessen Antlitz auf dem Schirm verblaßte. In der Bildkugel waren unterdessen andere Aufnahmen zu sehen.

»Ein kleiner Empfang?« wiederholte Doorn die Ankündigung des Römers. »Die fahren uns zu Ehren einen großen Bahnhof auf. Sehen Sie sich den Aufmarsch an, Dhark.«

Es hätte des Peilstrahls nicht bedurft, um Falluta das richtige Landefeld zuzuweisen. An seinem Rand zogen Dutzende, nein, Hunderte Römer auf. Gleiter standen bereit, um die Gäste in Empfang zu nehmen.

»Mit solchem Pomp sind wir Karrorr noch nie empfangen worden«, kommentierte Pakk Raff den Aufmarsch. »Anscheinend habt ihr einen gewaltigen Eindruck hinterlassen.«

Dhark aktivierte das Bordsprech und schaltete auf Rundruf, der die gesamte Besatzung erreichte. Überall im Schiff drangen seine Worte aus den Schallfeldern.

»Die Römer empfangen uns mit großem Bahnhof«, stimmte er seine Leute und die Nomaden auf die unmittelbar bevorstehende Landung ein. »Um die Geste unserer Gastgeber zu erwidern, treten wir nach dem Aufsetzen vor dem Schiff an. Das gilt ausnahmslos für alle Besatzungsmitglieder, auch für die Karrorr. Wir kommen als Abgesandte, die die Menschheit vertreten.«

Die Erde, fügte er stumm hinzu. In Anbetracht der komplizierten Verhältnisse, mit denen sich die zersiedelte und über zahlreiche Systeme verstreute Menschheit herumschlug, behielt er seinen sehnsüchtigen Gedanken für sich. Ging es nach Henner Trawisheim, gehörte die vogelfreie und mit einem Kopfgeld belegte Besatzung der POINT OF der Menschheit ohnehin nicht mehr an.

Doorn strich seine roten Haare nach hinten. »So wird man eben zurecht empfangen, wenn man wie Dhark die ganze Galaxis gerettet hat.«

*

»Meine erste Freischicht seit einer Woche, und dann so etwas. Ich wollte mich grade eben eine Stunde aufs Ohr legen«, beschwerte sich Charlie Parker.

»Das kannst du später immer noch nachholen«, vertröstete ihn Steve Hawker. »Was die Römer da draußen im wahrsten Sinne des Wortes auf die Beine stellen, ist der reinste Staatsempfang, und das zu unseren Ehren. Das will ich auf keinen Fall verpassen.«

»Den Empfang hätte ich mir auch auf dem kleinen Schirm in meinem Quartier ansehen können.«

»Wie langweilig. Eine solche Gelegenheit darf man sich nicht entgehen lassen. Daran muß man persönlich teilnehmen, alter Miesepeter.«

»Von wegen Miesepeter.« Ein Grinsen zeigte sich im Jungengesicht des Obergefreiten. »Du hast ja recht.«

»Na klar. Von unseren Erlebnissen kannst du später einmal deinen Enkeln erzählen.«

Parker sah den Fähnrich schief an. »Du kommst vielleicht auf Ideen. Enkel?«

»Was hast du gegen Nachwuchs?«

»Gar nichts, solange es nicht mein eigener ist. Ich weiß gar nicht, wo der aufwachsen sollte. Auf der Erde? Oder vielleicht auf Eden oder gar auf Babylon? Henner Trawisheim hat sie nicht mehr alle, darin stimmen wir doch überein.«

Hawker drohte scherzhaft mit dem Zeigefinger. »So spricht man nicht über den Commander der Planeten, Herr Obergefreiter.«

»Auch nicht, wenn es zutrifft?«

»Das ist etwas anderes. In dem Fall kann man zumindest darüber flüstern.«

»Henner Trawisheim hat sie nicht mehr alle«, wiederholte Parker seine Worte mit gedämpfter Stimme.

Die beiden jungen Soldaten kicherten. Plötzlich stockte Hawker und deutete mit offenem Mund nach vorn. »Sieh dir das an.«

»Karrorr«, stellte Parker beim Anblick einer Gruppe Canoiden fest, die aus einem Seitengang traten und offenbar ebenfalls auf dem Weg zur Hauptschleuse waren. »Oder Nomaden, wenn dir das lieber ist.«

»Nomadinnen«, zischte Hawker. »Das ist ein kleiner, aber feiner Unterschied.«

»Jetzt geht das schon wieder los. Halte dich bloß zurück, Steve. Ich habe keine Lust, Ärger mit den Beißern zu bekommen.«

»Nomadinnen«, seufzte Hawker. »Es sind Weibchen. Wumm Woll ist unter ihnen. Hör endlich auf, dich zu zieren.«

»Zieren? Ich will dich nur vor einer Dummheit bewahren. Deine Angebetete ist ein gutes Stück größer als du, und sie ist… sie ist…«

»Eine Hündin? Aber die hübscheste, die mir jemals untergekommen ist. Komm schon mit.«

Der durchtrainierte Fähnrich beschleunigte seine Schritte, und Parker folgte ihm. Nach wenigen Metern hatten sie die Wesen, die wie aufrechtgehende Dobermänner mit glattem schwarzen Fell aussahen, eingeholt. Die Nomaden grüßten freundlich und zeigten dabei ihre beeindruckenden Gebisse. Hawker wußte aus Berichten, daß die ersten ihres Volkes, auf die Menschen getroffen waren, sich viel unzugänglicher gezeigt hatten.

»Hallo«, sagte er jovial. »Anscheinend haben wir denselben Weg.«

»Das ist nach Ren Dharks Rundruf nicht verwunderlich, oder?« fragte Wumm Woll.

Hawker nahm den feinen Spott nur äußerlich gelassen hin. In seinem Inneren schalt er sich einen Trottel. Eine ungeschicktere Anmache hätte ihm nicht einfallen können, dachte er, wobei er Parkers Grinsen bemerkte. Wumm Woll war tatsächlich größer als er, und er fand das erregend. Dabei überragte er mit seinen 1,85 Meter Körpergröße einige seiner Kameraden. Ihm blieb nicht viel Zeit bis zum Erreichen der Hauptschleuse, deshalb entschied er, aufs Ganze zu gehen.

»Du siehst wirklich toll aus, Wumm Woll.«

Er meinte es durchaus ernst.

Obwohl sie beide äußerlich mehr Unterschiede als Gemeinsamkeiten aufwiesen, sah er weniger ein canoides Wesen als eine schöne Frau vor sich.

»Was ist das für ein Reifen, den du auf dem Kopf trägst?« überging sie das Kompliment, das er ihr gemacht hatte. »Ein solches Schmuckstück habe ich bisher nur bei Arc Doorn gesehen. Handelt es sich bei dem Reifen um eine Auszeichnung, die du für besondere Leistungen erhalten hast?«

Hawker griff nach dem Kopfreifen, den er wie immer trug, um seine Gedanken vor Harold Kucks abzuschirmen. »Der Reifen dient meinem Schutz.«

»Deinem Schutz? Das verstehe ich nicht. Was hat es damit auf sich?« wollte Wumm Woll wissen.

»Der Reifen schirmt meine Gedanken ab«, erklärte Hawker.

»Wir haben einen Telepathen an Bord. Solange ich den Reifen trage, kann er meine Gedanken nicht lesen.«

»Deshalb trägst du ihn fortwährend?«

»Ja.«

Wumm Woll begann schallend zu lachen. »Weil du Angst vor einem Telepathen hast? Weißt du, was du bist?« Die Nomadin schnappte nach Luft. »Du bist ein Schwächling.«

Hawkers Mundwinkel sanken nach unten. Sein Annäherungsversuch war gründlich mißlungen, doch so schnell gab er nicht auf. »Von wegen Schwächling, ich bin jederzeit bereit, dir zu demonstrieren, was ich draufhabe.«

»Du willst mir deine Kraft beweisen?« Wumm Woll zeigte ihre beeindruckenden Zahnreihen.

»Worauf du dich verlassen kannst.«

»Angenommen. Das verspricht amüsant zu werden. Allerdings meine ich damit ein Stelldichein auf der Kampfmatte des Trainingsraums.«

Parker brach in Gelächter aus, was ihm einen giftigen Blick des völlig konsternierten Hawker einbrachte.

*

Gemeinsam mit Pakk Raff und Glenn Morris hatte Dhark die Zentrale als letzter verlassen. Alle anderen Besatzungsmitglieder waren bereits auf dem Weg nach draußen. Das Schott hatte sich kaum hinter ihnen geschlossen, als ein Signalton aus der internen Bordkommunikation sie aufhielt.

»Ein automatischer Alarm aus der Funk-Z«, sagte Morris. »Wir empfangen einen Funkspruch.«

Dhark blieb stehen. »Da durch die unsichtbare Barriere hindurch keine Verbindung zustande kommt, werden wir von einem Absender aus Orn gerufen. Um eine offizielle Stelle kann es sich nicht handeln, da die Senatoren uns ohnehin erwarten. Bevor wir das Schiff verlassen, hören wir uns an, wer uns da kontaktiert.«

Die drei Männer begaben sich zurück in die Zentrale, und Morris nahm den Anruf entgegen. Er wölbte eine Augenbraue, als eine wohlbekannte Stimme erklang und Marguns Abbild sichtbar wurde.

»Ich grüße dich, Ren Dhark«, begann der Worgunmutant ohne Umschweife. »Es freut mich, daß die MASOL in Gardas eingetroffen ist. Ihr habt unseren Notruf also empfangen.«

»Das haben wir. Allerdings tappen wir bisher ziemlich im Dunkeln, worum es geht. Ich wäre dankbar für ein paar Erklärungen, doch ein römisches Begrüßungskomitee erwartet unseren Ausstieg.«

»Das ist mir bekannt. Sola und ich sind an Bord der EPOY II.«

Dhark horchte auf. »Ihr seid bei Gisol?«

»Ja, und wir befinden uns im Anflug auf Nova Roma, wo wir in wenigen Minuten landen werden. Später werden wir Gelegenheit haben, über alles zu sprechen, doch zunächst habe ich eine Bitte.«

»Verrate mir erst einmal, wie es Gisol geht.«

»Er erfreut sich bester Gesundheit, ebenso wie die junge Dame Juanita. Sie freuen sich nicht weniger als Sola und ich über euren Besuch.«

Ein Lächeln huschte über Dharks Gesicht. »Also schön, Margun, du sprachst von einer Bitte. Was hast du auf dem Herzen?«

»Es ist nur eine Kleinigkeit, die sich aber später als wichtig erweisen könnte. Der Senat braucht nichts über unseren Notruf zu erfahren. Es gibt Gründe dafür, Stillschweigen darüber zu bewahren, daß Sola und ich hinter eurem Besuch in Orn stekken.«

Das klang eigenartig, fand Dhark. Mißtrauten Margun und Sola den Senatoren? Warum durften die Römer nicht wissen, daß die Akademiepräsidenten die POINT OF herbeigerufen hatten? Verwicklungen zeichneten sich ab, von denen die Menschen aus der Milchstraße keine Ahnung haben konnten. Zu gern hätte Dhark sofort mehr erfahren, doch er konnte die zu Ehren der Besucher auf dem Landefeld zusammengekommenen Römer nicht warten lassen.

Er kam Marguns Wunsch jedoch gerne nach, denn er vertraute den beiden Mutanten in Römergestalt ebenso wie dem unerschrockenen Gisol.

»Einverstanden, wir setzen unsere Unterhaltung später fort.« Dhark beendete die Verbindung und nickte Morris und Pakk Raff wortlos zu, ihn aus dem Schiff zu begleiten.

*

»Wirklich beeindruckend«, stellte Pakk Raff fest, als sie die Ausstiegsrampe hinuntergingen.

Der Rest der Besatzung war bereits ausgestiegen und vor der unitallblauen Röhre angetreten, die in der tiefstehenden Sonne einen verwaschenen Schatten warf. Militärische Disziplin war in der POINT OF immer weniger stark ausgeprägt gewesen als in anderen Schiffen der Flotte, schon damals, als sie und ihre Besatzung noch der TF angehört hatten. Heute war die Bedeutung militärischer Ränge noch ein wenig mehr in den Hintergrund getreten. Das änderte nichts daran, daß seine Leute sich zu präsentieren wußten. Als gehörten sie noch der Flotte an und seien als offizielle Delegation der Menschheit hier, standen sie korrekt in Reih und Glied.

Dagegen boten die versammelten Römer einen eher lockeren Anblick. In kleinen Gruppen schauten sie den Terranern entgegen, besonders dem weißblonden Kommandanten des Ringraumers, der es nicht nur bei ihnen zu einer Berühmtheit gebracht hatte.

»Sind das Kleider, die die Senatoren tragen?« Durch seinen Umgang mit den Menschen und die Einbindung in die Völkergemeinschaft der Milchstraße war Pakk Raff auf diplomatischem Parkett inzwischen sicher genug, um seine Frage nicht zu laut zu stellen. Nur Dhark vernahm sie.

»Das sind Togen«, antwortete der Terraner, »die klassische, über zweitausend Jahre alte Kleidung römischer Senatoren.«

Pakk Raffs Augen weiteten sich noch mehr, als eine komplette Rauminfanterielegion in Paradeformation aufmarschierte. Die Männer trugen modernste Waffen – und Uniformen, die sich kaum von denen römischer Legionäre aus der Zeit des Kaisers Augustus unterschieden. Da standen nun also zweitausend Mann in kurzen Röcken in Reih und Glied, die Multikarabiner stramm präsentiert. Flüsternd erklärte Dhark dem Nomadenführer, daß dies nur Prunkuniformen waren und die Kampfanzüge ganz anders aussahen. Römische Soldaten hatten einen ausgezeichneten Ruf in Gardas.

Es war ein milder Nachmittag, und die kaum wahrnehmbare Brise trug einen würzigen Geruch mit sich. Dhark sog die Luft ein. Ganz in der Nähe senkte sich ein Ovoid-Ringraumer der Rom-Klasse auf den Raumhafen hinab. Dhark ahnte, daß es sich um die EPOY II mit Gisol und den beiden Akademiepräsidenten an Bord handelte. Geräuschlos kam das Schiff auf seinem Antigravpolster herab. Von den versammelten Römern, aus deren Mitte sich eine Gruppe löste und das Landefeld überquerte, achtete niemand auf den Ringraumer. Den Mann an der Spitze der Abordnung erkannte Dhark auf Anhieb wieder.

»Willkommen auf Terra Nostra, Ren Dhark. Es ist uns Freude und Ehre zugleich, die POINT OF und ihre Besatzung begrüßen zu dürfen«, sagte der hochgewachsene, hagere Mann und streckte beide Hände aus.

Dhark ergriff und drückte sie. »Die Ehre, empfangen zu werden, ist ganz auf unserer Seite. Senator, dies ist Pakk Raff, oberster Rudelführer unserer Freunde vom Volk der Karrorr. Pakk Raff, Senator Valerius Lurca.«

Mit seinen mächtigen Pranken schüttelte der Nomade die Hände des Römers. »Ich danke auch im Namen der Karrorr für den Empfang.«

Amy Stewart, Doorn und Chris Shanton gesellten sich zu der Gruppe, und in Dhark kamen Erinnerungen an die Zeit hoch, in der er Gisol bei seinem Kampf gegen die Zyzzkt unterstützt hatte. Damals war Gardas ein Bollwerk gegen die Insektoiden gewesen, in das sie nicht hatten eindringen können. Inzwischen war Orn frei, soweit Dhark das beurteilen konnte. Die Zyzzkt waren keine Bedrohung mehr für die Völker Orns, und doch wog etwas schwer, das Margun und Sola zu ihrem Notruf veranlaßt hatte. Dhark verzichtete darauf, Valerius Lurca diesbezügliche Fragen zu stellen.

»Wie ist es euch gelungen, die Schranke um Orn zu durchdringen?« wollte der Senator wissen.

»Ich fürchte, ich habe keine Antwort auf deine Frage«, bedauerte der weißblonde Terraner.

Lurca sah ihn indigniert an. »Das verstehe ich nicht, schließlich habt ihr die Barriere überwunden.«

Dhark kam nicht zu einer Antwort. Ein Freudenschrei lenkte ihn ab. Ehe er sich's versah, fiel ihm eine junge Frau um den Hals und drückte ihn an sich. Konsterniert schob er sie von sich, bis ihm schlagartig aufging, wer die junge Latino-Schönheit war. »Juanita«, sagte er lächelnd und überschlug, daß die ehemals verwahrloste Straßengöre aus den Slums von Rio de Janeiro, die Gisol unter seine Fittiche genommen hatte, mittlerweile achtzehn Jahre alt sein mußte. »Ich habe nicht daran gedacht, daß du inzwischen kein Mädchen mehr bist, sondern eine Frau.«

»Aber genauso ist es«, verkündete Juanita stolz. »Die Zeit bleibt nun einmal nicht stehen.«

Ihre Worte rührten etwas in Dhark an. Er dachte an das Angebot, das Terence Wallis ihm unterbreitet hatte. Er schob den Gedanken an die potentielle Unsterblichkeit weit von sich und richtete seine Aufmerksamkeit auf das Hier und Heute.

»Nein, die Zeit bleibt nicht stehen«, bekräftigte er.

»Was sich bei mir nur positiv bemerkbar macht.« Juanita grinste.

Dhark war unschlüssig, ob sie mit ihrem fraulichen Aussehen kokettierte oder sich ihre kindlich-unschuldige Naivität bewahrt hatte. »Du bist nicht nur eine Frau geworden, sondern eine bildschöne dazu«, versicherte er.

Juanita kicherte vergnügt.

»Nun kriegt euch mal wieder ein«, protestierte Stewart mit säuerliche Miene. »Wir sind nicht zu unserem Vergnügen hier.«

Ihre Verstimmung entging Dhark nicht, obwohl sie jeglicher Grundlage entbehrte. Er fragte sich, was seine Freundin von ihm dachte. Zum Glück entdeckte er in diesem Moment Gisol in seiner menschlichen Gestalt als Jim Smith und die beiden Akademiepräsidenten.

»Es ist lange her, Ren«, begrüßte ihn der Gestaltwandler, »und deshalb um so schöner, dich wiederzusehen.«

»Das gilt auch für uns«, fielen Marcus Gurges Nauta und

Socrates Laetus, hinter deren römischen Masken die Worgunmutanten Margun und Sola steckten, wie aus einem Mund in die Wiedersehensfreude ein.

Dhark machte diejenigen miteinander bekannt, die sich in der Vergangenheit noch nicht begegnet waren. Er hätte die Momente der Besinnung gern länger festgehalten, doch für ausführliche private Gespräche unter alten Kampfgefährten war später noch Zeit.

Außerdem kam Gisol schnell wieder auf das zuvor unterbrochene Gesprächsthema zurück. »Wir haben mitbekommen, worüber ihr euch eben unterhalten habt. Habe ich das richtig verstanden, ihr habt die Barriere um Orn überwunden – und wißt doch nicht wie?«

»Das trifft leider zu«, gestand Dhark und berichtete, was geschehen war. »Ohne den goldenen Planeten würden wir immer noch draußen im Raum kreuzen und überlegen, wie wir die Schranke überwinden können.«

»Hm«, machte Lurca nachdenklich. »Ich erinnere mich an einen goldenen Planeten in der Worgun-Mythologie. Bisher habe ich ihn für eine Erfindung gehalten, für eine erdachte Geschichte, doch euer Erlebnis läßt die Überlieferungen in einem anderen Licht erscheinen. So unwahrscheinlich es klingt, sie scheinen einen wahren Kern zu besitzen.«

»Daß du dem goldenen Planeten nun zum zweitenmal begegnet bist, kann kein Zufall sein«, mutmaßte Gisol.

Dhark lächelte. »Genau das war meine Überlegung. Dahinter steckt etwas, das ich noch nicht erkenne. Ihr habt keine Informationen über diese goldene Welt?«

»Nein. Wie Senator Lurca schon sagte, sie gehört bei uns in den Bereich der Mythen und Legenden«, antwortete Laetus. »Viele unter uns hoffen indes, daß diese Geschichten der Wahrheit entsprechen.«

»Nach eurem Zusammentreffen sieht es danach aus. Aber was führt euch eigentlich zurück nach Orn?« wollte Lurca wissen.

Das unmerkliche Zusammenzucken der beiden Präsidenten entging Dhark nicht. Er hatte nicht vor, sie in Verlegenheit zu bringen.

Zudem nahm er weiterhin an, daß handfeste Gründe hinter ihrer Bitte steckten.

»Es hat mich in den vergangenen Jahren nie ruhen lassen, daß uns nach unserem Aufbruch damals der Rückweg nach Orn versperrt blieb. Die politische Situation in der Milchstraße und interne Querelen hinderten uns leider daran, uns mit dem Problem der Orn-Barriere zu beschäftigen. Nun fanden wir endlich die Zeit, das Phänomen der Schranke zu erforschen. Allerdings ist, wie ihr eben erfahren habt, alles anders gekommen als geplant. Statt die Natur der Barriere zu ergründen und einen Weg durch sie hindurch zu finden, wurden wir von uns unbekannten Kräften versetzt. Das eigentliche Problem stellt sich uns nun dringlicher dar als zuvor, denn wenn wir es nicht lösen, können wir Orn nicht mehr verlassen.«

Es war wie bei der Horizontverschiebung in Andromeda, überlegte Dhark. Daß sie auch dort eine Lösung gefunden hatten, ihrem riesigen Gefängnis zu entkommen, ließ ihn zuversichtlich in die Zukunft schauen.

»Wir haben den Kontakt zu den neun anderen Ringraumern verloren, mit denen wir gekoppelt nach Orn aufgebrochen sind«, fuhr er fort. »Die Hyperkalkulatoren der unbemannten Schiffe werden in diesem Fall wie befohlen Warteposition vor der Schranke einnehmen.«

»Die Schiffe sind unbemannt?« fragte Valerius Lurca.

»So ist es«, bestätigte Dhark. »Und angesichts der unendlichen Geduld von Maschinen werden sie auf uns warten, solange es eben dauert.«

Eine Weile noch wurden Informationen und Erinnerungen ausgetauscht, und es ergab sich ein Bild der Lage in Orn. Irgendwann fand Dhark, daß es an der Zeit war, die Mannschaft zurück ins Schiff zu schicken.

»Für morgen ist eine offizielle Feierstunde des Senats anberaumt, bei der ihr offiziell begrüßt werden sollt«, kündigte Lurca an. »Macht euch auf die Anwesenheit von Medienberichterstattern gefaßt. Schließlich will ganz Terra Nostra am Besuch unserer terranischen Freunde teilhaben.«

»Morgen«, sagte Nauta. »Denken wir zunächst an heute, Ren.

Ich würde mich freuen, dich und Amy Stewart sowie Arc Doorn und Chris Shanton am heutigen Abend als Gäste in meinem Haus begrüßen zu dürfen.«

Dhark sagte freudig zu, ohne sich vor den anderen Römern seine angespannte Erwartungshaltung anmerken zu lassen. Bei dem abendlichen Treffen würde er endlich den Grund für den Notruf erfahren.

13.

Ein Gleiter hatte Dhark und seine Begleiter bei der POINT OF abgeholt und brachte sie zu dem prächtigen, in altrömischem Stil gehaltenen Anwesen des Akademiepräsidenten, der sie eingeladen hatte.

Als sie am späten Nachmittag in seinem Haus eintrafen, war sein Kollege ebenfalls zugegen. Abermals gab es eine herzliche Begrüßung, besonders durch Gisol, der wieder in seiner menschlichen Gestalt als Jim Smith auftrat.

Nauta schickte seine Frau und seinen Sohn, von denen die Besucher wußten, daß es keine echten Römer, sondern künstlich gezüchtete Biokonstrukte waren, in ihre Zimmer.

»Wo ist Juanita?« fragte Dhark.

»Sie ist nicht in das Geheimnis eurer Gastgeber eingeweiht«, erklärte Gisol.

Dhark starrte ihn an, weil er davon ausging, sein Freund habe sich versehentlich verplappert. Schon griff Shanton das Stichwort auf.

»Von welchem Geheimnis ist die Rede?«

»Vom Geheimnis unserer wahren Identität«, antwortete Margun und nickte Dhark zu. »Sola und ich haben diejenigen, die wir als deine Begleiter einluden, ganz bewußt ausgewählt. Da sie es sind, die sich zumeist in deiner unmittelbaren Nähe aufhalten, näher als all deine anderen Weggefährten, sind wir übereingekommen, Amy Stewart und Chris Shanton die Wahrheit zu sagen. Von unserem Freunde im Geiste Arc Doorn ganz zu schweigen.«

»Wie meinen?« Verständnislos blickte Doorn von einem zum anderen. »Wäre mal jemand so freundlich, mir zu erklären, was diese Anspielungen zu bedeuten haben?«

»Ganz meine Meinung, Arc«, unterstützte ihn Shanton. »Ich fürchte, ich stehe auf der Leitung.«

»Dabei ist es so einfach«, antwortete Gisol anstelle der beiden Akademiepräsidenten. »Laetus und Nauta sind in Wahrheit Margun und Sola. Es handelt sich bei ihnen um Worgun... aber nicht um gewöhnliche wie mich, sondern um Mutanten mit extrem hoher Lebenserwartung. Das hat nur einen Nachteil: Sie können ihre einmal angenommene Menschengestalt nicht mehr wechseln.«

»Die legendären Erbauer der POINT OF?« krächzte Doorn.

»Das ist ein Witz, oder?« fragte Shanton. »Sagen Sie uns, daß das ein Witz ist, Dhark.«

»Es ist die Wahrheit.« Ren konnte sich vorstellen, wie sich seine Begleiter angesichts der unerwarteten Eröffnung fühlten.

»Davon hast du mir nie etwas gesagt.« Amy Stewart klang enttäuscht.

»Es ist nicht seine Schuld. Wir haben ihn darum gebeten, keinem Menschen von unserem Geheimnis zu berichten, und er hat uns dieses Versprechen gegeben«, erklärte Margun Dharks Zurückhaltung selbst seiner Freundin gegenüber.

Der weibliche Cyborg zog trotz der Entschuldigung ein Gesicht wie sieben Tage Regenwetter. Dhark registrierte die eigenartige Atmosphäre, die auf einmal herrschte. Doorn schien zu verarbeiten, daß er mit zwei anderen Worgunmutanten konfrontiert war, die er schon bei der ersten Orn-Expedition für Römer gehalten hatte, für menschliche Nachkommen der vor zweitausend Jahren entführten Legionäre. Löste dieses Versteckspiel irgendwelche Ressentiments bei ihm aus?

»Alles in Ordnung, Arc?«

Doorn überging die Frage. »Na ja, ist ja eigentlich ganz nett, mal auf Worgun zu treffen, die so sind wie ich.«

Jetzt war es an Margun und Sola, verblüfft zu sein. »Du – ein Worgun, Doorn? Das kann nicht sein – das hätten wir längst erkannt.«

»Sagt niemals nie!« Der falsche Sibirier lächelte gequält. »Wir Worgun haben bekanntlich ein ›Gesicht‹, das es uns ermöglicht, andere Worgun auch dann zu erkennen, wenn sie bei spielsweise menschliche Gestalt angenommen haben. Das gilt auch für uns Mutanten – jedenfalls soweit ich weiß. Mir ist diese Fähigkeit vor mehr als zweitausend Jahren genommen worden, als ich von einem Schuß getroffen wurde. Der zerstörte eine Sektion meines Gehirns, der für diese Erkennung zuständig war. Umgekehrt konnten mich durch diesen Umstand andere Worgun nicht länger mehr als einen der ihren identifizieren.«

»Wodurch deine Maske noch mehr zu einem Teil deiner selbst geworden ist als bei uns.«

»Das ist nicht erstrebenswert, glaubt mir.«

Shanton schüttelte den Kopf, immer noch fassungslos. »So sehr bin ich noch nie hinters Licht geführt worden. Ich habe nie den geringsten Hinweis darauf entdeckt, daß ihr nicht wirklich Römer seid, also Menschen.«

»Wir fassen das als Kompliment auf, weil genau das der Sinn der Identitäten Nautas und Laetus' ist.«

»Ich rate euch, nicht allzu viel auf dieses Kompliment zu geben«, meldete sich zum erstenmal Jimmy zu Wort. »Es ist nämlich nicht besonders schwierig, den Dicken hinters Licht zu führen.«

»Klappe, du vorlaute Töle«, wies Shanton seine Schöpfung zurecht.

»Klappe? Spricht man so mit einem Geheimnisträger?« Das Brikett auf vier Beinen äffte ein menschliches Kichern nach.

Dhark schritt nicht ein, weil er das Gefühl hatte, daß das Witzeln des Roboterhundes dazu beitrug, nach der eröffneten Sensation Raum für Normalität zu schaffen. »Alle hier Versammelten kennen nun eure wahre Identität«, sagte er. »In dem Fall wäre es mir recht, euch statt Nauta und Laetus bei euren richtigen Namen zu nennen.«

Margun machte eine offenherzige Geste. »Wir haben nichts dagegen. Wie siehst du das, Arc Doorn?«

»Ich habe kein Problem damit.« Doorn kratzte sich nachdenklich am Kinn. »Die Frau, die eben hier war, war eine andere als die uns bekannte«, war ihm aufgefallen.

»Du hast eine gute Beobachtungsgabe«, bestätigte Margun seine Beobachtung. »Was Solas und meine Familienbande angeht, ist Beständigkeit leider nicht möglich. Wenn wir unser Geheimnis bewahren wollen, können wir keine Römerin heiraten.«

»Ihr habt euch meinen Begleitern eben zu erkennen gegeben. Ihr könntet eure Identität generell offenbaren«, schlug Dhark vor.

»Das würde für eine Menge Wirbel und Anfeindungen sorgen, weil wir die Römer in unserer Tarnexistenz in gewisser Weise hintergangen haben.«

»Ihr habt stets nur zum Vorteil und zum Wohlergehen des Volkes gehandelt. Deshalb glaube ich nicht, daß man euch euer Schauspiel vorwerfen würde.«

»Mag sein, doch darum geht es nicht allein«, warf Sola verbissen ein. »Unser Geheimnis muß unter allen Umständen bewahrt bleiben. Darin sind Margun und ich uns einig, nachdem wir das Thema mehr als einmal diskutiert haben. In der heutigen Lage ist das vielleicht wichtiger denn je.«

Dhark horchte auf. *In der heutigen Lage?* Die Dinge in Orn waren nicht so friedlich und harmonisch, wie er annahm. Bevor er die Bemerkung aufgreifen konnte, sagte Stewart: »Für mich klingt das nach einer Ausrede. Ihr seid einfach nicht bereit, die Frauen an eurer Seite zu heiraten.«

»Das stimmt.« Margun blieb gelassen. »Es wäre nicht fair, als relativ Unsterblicher eine Frau mit nur wenigen Jahrzehnten Lebenserwartung zu heiraten. Wir würden einer Römerin auch ihren Kinderwunsch niemals erfüllen können. Die Biostrukte sind die ideale Lösung für unser Dilemma.«

»Weil sie kein Anspruchsdenken besitzen, nicht wahr?« mischte sich Shanton ein. »Die Biostrukte lassen sich bequemer handhaben als eine normale Frau. Mit denen gibt es bekanntlich des öfteren Probleme.«

Dhark sah zu dem Mann mit der Halbglatze und den buschigen Augenbrauen hinüber. Shanton hatte seine Gefährtin vor ein paar Monaten an Steven Trainor verloren und knabberte noch immer daran. Nicht viel besser ging es Doorn, dessen Frau Doris ein Leben als Wächterin der Fortführung ihrer Ehe vorgezogen hatte. Die beiden Freunde wurden von den gleichen Nöten geplagt, obwohl Doorn so gut wie nie über sein Gefühlsleben sprach. Dhark richtete sich auf, um sofort einzugreifen, falls sich einer von ihnen, besonders Shanton, zu dessen Füßen Jimmy kauerte, zu einer unbedachten Äußerung hinreißen ließ.

»Margun und ich wissen, daß unsere Art des Zusammenlebens für die meisten Wesen nicht die ideale ist«, sagte Sola. »In unserem Fall ist es aber die einzig vorstellbare. Die Biostrukte sind ein geeignetes Mittel, um unsere menschlichen Triebe zu befriedigen, ohne dabei jemandem zu schaden. Denn das wollen wir auf keinen Fall. Andererseits sind, das mußten wir zu unserem Bedauern schnell feststellen, die Biostrukte langweilige Gesellschafter ohne Eigeninitiative, Antrieb und eigene Meinung. Aus diesem Grund tauschen wir sie hin und wieder aus.«

»Ich nehme an, du kannst unsere Motivation verstehen, Doorn«, meinte Margun.

Der zögerte erst, dann erhob er die Stimme aber doch: »Ich weiß um die Schwierigkeiten. Während meines langen Lebens auf der Erde hatte ich viele Frauen, und der Abschied war immer schmerzhaft. Auch nach wiederholtem Male gewöhnt man sich nicht daran. Der Verlauf all meiner früheren Beziehungen war aber nichts gegen das, was mich diesmal beschäftigt. Ihr müßt wissen, daß ich vor Doris noch nie verheiratet war.« Mit kurzen Worten informierte er die beiden Artgenossen über sein Problem.

»Unter anderem aus diesem Grund verzichten Sola und ich auf diesen Schritt.«

»Ich war davon ausgegangen, Doris nie zu verlieren. Schön dumm von mir.«

»Unsinn, Arc«, widersprach sein Kumpel Shanton. »Das hat mit Dummheit nichts zu tun. Manchmal laufen die Dinge eben anders, als man es sich wünscht, und dann steht man den Tatsachen hilflos gegenüber, weil man nichts, aber auch gar nichts an ihnen ändern kann.«

»Shanton hat recht. Man kann nicht voraussehen, was geschieht«, bedauerte Margun. »Wäre man dazu in der Lage, könnte man sich auf Schicksalsschläge vorbereiten.«

»Jedenfalls bin ich zu der Einsicht gelangt, daß man sich nicht blauäugig in eine Beziehung stürzen sollte. Oder man sollte sich zumindest der Tatsache bewußt sein, daß sie jederzeit in die Brüche gehen kann, ob man nun verheiratet ist oder nicht. Ich würde nie wieder heiraten. Nach dem Desaster mit Doris kann ich die Art und Weise, wie ihr euer Familienleben gestaltet, gut nachvollziehen.«

Das klang ein wenig verbittert, fand Dhark, den die Offenheit des Sibiriers erstaunte. Man merkte, wie leicht die Worte über Doorns Lippen kamen. Das verwunderte um so mehr, als er seit seiner Trennung kaum einmal über seine Probleme gesprochen und statt dessen seinen Frust in sich hineingefressen hatte – was für den Arc Doorn, den Dhark kannte, typisch war. Denn er galt gemeinhin als wortkarg und zuweilen mürrisch. Statt viel zu reden, handelte er lieber, was eine spezielle Art der Therapie sein mochte. In diesem Fall half sie ihm jedoch nicht weiter, so daß ihm nichts anderes übrig blieb, als aus sich herauszugehen und sein Gefühlsleben zu offenbaren.

Vor zwei weiteren langlebigen Worgunmutanten, überlegte Dhark. Vor ihm, nicht einmal vor Chris Shanton und schon gar nicht vor irgendeinem anderen Besatzungsmitglied der POINT OF hätte Doorn das jemals getan, wären nicht Margun und Sola dabeigewesen. Offenbar nahm er ihnen ihr bisheriges Versteckspiel nicht übel, sondern genoß es, sich mit zwei weiteren Wesen zu unterhalten, die in der gleichen Situation gefangen waren wie er selbst.

Dhark ahnte, daß Doorn mit ihnen offen reden konnte, weil er davon ausging, daß Menschen ihn nicht wirklich verstanden. Stellte sich eine solche Distanz zwangsläufig ein, wenn einem eine längere als die ursprünglich vorgesehene Lebensspanne zugestanden wurde? Bei dieser Überlegung zuckte Dhark innerlich zusammen, denn er war an einem Punkt in seinem Leben angelangt, an dem das auch ihn betraf.

Stand nicht zu befürchten, daß er sich von anderen Menschen entfernte, wenn er Wallis' großzügig gemeintes Geschenk der Unsterblichkeit annahm? Er war froh, bisher mit niemandem darüber gesprochen zu haben, und eine Entscheidung getroffen hatte er auch noch nicht.

»Alles in Ordnung, Ren?« Dhark sah auf und blickte ins Gesicht seiner Freundin. Sie sah besorgt aus. »Du bist auf einmal so still. Stimmt etwas nicht?«

»Doch, alles klar. Entschuldigung. Ich war nur gerade in Gedanken kurz woanders.«

Dhark registrierte, daß Gisol ihn nachdenklich musterte. Zum Glück konnte sein Freund bei allen Fähigkeiten nicht auch noch Gedanken lesen.

*

Nach dem hervorragenden Essen wurde das vorangegangene Gespräch nicht weitergeführt. Doorn kehrte wieder den Schweigsamen heraus, während Jimmy gelangweilt durch den Raum rollte und alles in Augenschein nahm, was ihn, wie Shanton sich ausdrückte, nichts anging. Natürlich ließ sich die Nachbildung eines schwarzem Scotchterriers dadurch nicht von weiteren Ausflügen abhalten, was Margun und Sola nicht zu stören schien.

»Die Zyzzkt sind inzwischen also friedlich und bereiten euch keine Schwierigkeiten mehr«, sprach Dhark aus, was ihm seit der Landung auf der Zunge lag.

»Die Dinge haben sich geändert, seit ihr uns verlassen habt«, antwortete Gisol.

Dhark lauschte den Worten nach. Sie waren nichtssagend. Er hatte den Eindruck, daß ihm sein Worgun-Freund auswich.

»Und was heißt das im Klartext?« Shantons Frage bewies, daß auch er mit der Antwort wenig zufrieden war.

»Als wir vorhin zu dem Empfang nach eurer Landung gestoßen sind, haben wir nicht alles mitbekommen«, wechselte Margun abrupt das Thema. »Ihr seid also jenseits der Barriere auf einen goldenen Planeten gestoßen, und der hat euch hierherbefördert?«

»Mittels eines Impulses, den wir nicht analysieren konnten«, bestätigte Doorn mit sich aufhellender Miene. Er schien froh zu sein, daß nicht länger über Frauen und Beziehungsprobleme gesprochen wurde, sondern über handfeste wissenschaftliche Probleme, die sich leidenschaftsloser diskutieren ließen. »Dieser Impuls bewirkte eine transitionsähnliche Bewegung, die die POINT OF zehn Lichtjahre weit in Richtung Orn versetzte, und nun sind wir hier.«

»Habe ich das richtig verstanden, daß dies nicht euer erstes Zusammentreffen mit dem goldenen Planeten war?«

Dhark nickte. »Nachdem wir Orn vor sieben Jahren verlassen und den Rückflug in die Milchstraße angetreten hatten, begegnete er uns im Leerraum weit außerhalb der Lokalen Gruppe. Er flog mit enorm hoher Geschwindigkeit Richtung Orn.«

»Ihr habt ihn doch bestimmt durchgemessen?«

»Wir haben es versucht.« Dhark erinnerte sich ungern daran, wie unfaßbar technisch überlegen sich der golden schimmernde Gigant gezeigt hatte. »Wir haben kaum vernünftige Werte erhalten damals. Die Emissionen, die von ihm ausgingen, wurden teilweise abgeschirmt. Was durchdrang, war so verzerrt, daß wir mit den Werten nichts anfangen konnten. Wir orteten Hohlräume im Inneren, aber das war auch schon alles.«

Sola streckte lauernd den Kopf vor. »Die Erzählungen berichten von schier unvorstellbarer Geschwindigkeitsentwicklung.«

»Das kann ich bestätigen. Das Flugtempo, das wir ermittelten, erschien uns bis zu jenem Tag selbst hypothetisch unerreichbar. Mit der Geschwindigkeit, die der goldene Planet flog, hätte er das ganze Universum in ein paar Tagen durchqueren können.«

»Trotz ihrer immens hohen Masse und Geschwindigkeit verfügte die Kugel über eine Manövrierfähigkeit, die ich sonst noch nie erlebt habe«, fügte Doorn hinzu.

Ein fiebriges Leuchten war in Marguns Augen getreten. »Es sieht so aus, als ob sich die alten Legenden bewahrheiten. Die Götter aus den Berichten der Vergangenheit existieren.«

»Götter? Von wegen!« brummte Doorn. »Das waren keine Götter, die uns ein Schnippchen geschlagen haben, sondern clevere Burschen, deren Technik uns ein paar Jahrtausende voraus ist.«

»Mutmaßungen«, protestierte Sola.

Doorn winkte ab. »Schlußfolgerungen, die sich mit gesundem Menschenverstand ziehen lassen.«

»Das ist deine Meinung, wir haben eine andere.« Sola schien von der Vorstellung, daß die Götter der Worgun zurückkehrten, ebenso fasziniert zu sein wie Margun.

Da die beiden geniale Wissenschaftler mit brillantem Verstand und analytischen Denkprozessen waren, wunderte sich Dhark über ihre fast kindliche Begeisterung für ein Phänomen, das sich, wie Doorn sehr richtig festgestellt hatte, mit der Menschen bekannten Technik zwar nicht nachvollziehen, aber doch in Grundzügen erklären ließ. Außerdem kannte er Oberst Frederic Huxleys Bericht über das goldene Planetenraumschiff Aurum, das die CHARR vor anderthalb Jahren im Randbereich der Milchstraße entdeckt hatte.*

Dhark faßte Huxleys Erkenntnisse zusammen, nach denen der Worgun Kinor, ein krimineller aber genialer Forscher, auf der Flucht vor Jahrtausenden mit seinem Ringraumer auf dem goldenen Planeten Aurum gestrandet war.

»Aurum, von Kinor später ORN genannt, gleicht dem goldenen Planeten, mit dem es die POINT OF zu tun hatte, sehr. Kinor hielt die sogenannten Mächtigen, denen Aurum vor zwanzig Milliarden Jahren gehörte, für die Balduren.«

»Balduren, das ist der Beweis«, frohlockte Margun.

»Ganz und gar nicht«, entgegnete Shanton. »Daß es sich bei den Mächtigen wirklich um Balduren handelt, bleibt eine Spekulation, für die es keine Beweise gibt.«

»Ob nun Balduren oder nicht, auf jeden Fall wurde der goldene Gigant von Wesen gesteuert, die zwar extrem hoch entwickelt waren, jedoch nicht göttlich. Von Göttern kann daher keine Rede sein. Und die Steuerung belegt eindeutig, daß es sich bei den goldenen Planeten letztendlich um Raumschiffe handelt«, führte Dhark die Gedankenkette zu Ende.

Die beiden Akademiepräsidenten antworteten nicht und gaben nicht zu erkennen, was in ihnen vorging. Dhark fand, daß sie nun lange genug vom eigentlichen Thema abgelenkt hatten. Er

---

* Siehe »Forschungsraumer CHARR« Bände 7 - 12

wollte endlich den Grund seines Hierseins erfahren. Er hatte nicht den weiten Weg von der Milchstraße nach Orn zurückgelegt, um sich weiterhin vertrösten zu lassen. Aus der Vergangenheit kannte er Margun und Sola als entschlossene Pragmatiker, die nicht lange um den heißen Brei herumredeten, sondern auf den Punkt kamen.

»Ihr habt einen enormen Aufwand betrieben, um mich und die POINT OF nach Orn zu holen«, sagte er. »Warum?«

Margun räusperte sich. »Weil wir deine Hilfe benötigen. Es geht um die Aktion gegen Überheblichkeit.«

Dhark und seine Freundin sahen sich verständnislos an. Shanton wühlte in seinem Kinnbart und wartete auf weitere Erklärungen, und in Gisols Jim-Smith-Gesicht trat ein trauriger Zug.

»Aktion gegen Überheblichkeit?« Doorn hob ratlos die Schultern. »Was soll das sein? Ich glaube nicht, daß wir mit diesem Begriff etwas anfangen können. Wie wäre es also, wenn ihr euch nicht jedes Wort einzeln aus der Nase ziehen ließet?«

»Aus der Nase ziehen?« fragte Sola verständnislos.

»Ihr sollt verdammt noch mal endlich damit herausrücken, was in Orn vor sich geht!« polterte Doorn, dem der Kragen platzte. Dhark konnte es ihm nicht verdenken.

Margun begann schwerfällig zu sprechen. »Bei der Aktion gegen Überheblichkeit handelt es sich um ein ausgeklügeltes Programm, das auf die Verdummung der Worgun abzielt. Diese Herabzüchtung unseres Volkes findet seit geraumer Zeit statt und löst zerstörerische Entwicklungen aus. Unter anderem machen unsere Landsleute gnadenlos Jagd auf überlebende Zyzzkt und Worgunmutanten.«

Je mehr er hörte, desto größer wurde Dharks Entsetzen. Was er erfuhr, klang nach einer großangelegten Verschwörung. Nachdem Sola seinen Bericht beendet hatte, herrschte betretenes Schweigen. Gisol rutschte auf seinem Platz hin und her. Auf einmal schien er sich in seiner menschlichen Gestalt unwohl zu fühlen.

»Wir haben ein Gerät entwickelt, das die Worgun dazu bringen soll, mit ihrem mörderischen Treiben aufzuhören, bevor sie allesamt zu Massenmördern werden«, verriet Margun.

»Du unterstützt Margun und Sola?« wandte Dhark sich an Gisol.

»Du fragst, weil früher ich es war, für den nur ein toter Zyzzkt ein guter Zyzzkt war? Diese Zeiten sind vorbei, weil wir unsere Freiheit erlangt haben und nicht länger von den Insektoiden unterdrückt werden. Ich bin nicht mehr Gisol, der Schlächter von Orn, als der ich einst verschrien war. Heute sind die Zyzzkt die Gejagten, auch diejenigen unter ihnen, die auf friedliche Koexistenz mit uns und anderen Völkern setzen. Früheres Unrecht darf nicht mit aktuellem Unrecht vergolten werden. Deshalb stelle ich mich heute auf die Seite derer, die ich einst bekämpft habe.«

Diese Einstellung nötigte Dhark Respekt ab. Nicht jeder war in der Lage, so über seinen Schatten zu springen.

»Nachdem wir Erfolge und Einsicht bei den fehlgeleiteten Worgun erzielt haben, hoffen wir später auch auf die unbekannte Macht im Hintergrund einwirken zu können«, sagte Sola.

»Das muß ich erklären«, fuhr Gisol fort. »Ich bin kürzlich mit der EPOY II in ein künstlich erzeugtes weißes Universum verschlagen worden, in dem nichts existiert außer weißem Licht und einer Arkan-Station. In ihr herrschte ein Worgunmutant in Zyzzktgestalt, der sich mir als Lorak vorstellte, über weitere Zyzzkt. Von ihm erfuhr ich von schwarzen Kampfrobotern mit roten Hoheitsabzeichen, die einst auf Epoy ihr Unwesen trieben. Zu denen gehörten tiefschwarze Keilraumer.«

Gebannt folgte Dhark den Ausführungen über die 200 bis 500 Meter langen Schiffe, die Jagd auf fliehende Worgunmutanten gemacht hatten, über das Primzahlen-Sonnensystem, das der Spezialist für Hypertechnik Lorak mit Unterstützung zahlloser ihm ergebener Zyzzkt-Hilfskräfte erbaut hatte, um das weiße Universum zu einem unangreifbaren Refugium zu machen, in das er einen gestohlenen Arkan-Raumer geschafft hatte. Loraks Plan war gewesen, die mutantenfeindlichen Worgun mit tödlicher Strahlung auszulöschen.

»Bei den Zyzzkt, die zuletzt bei Lorak in der Station waren, handelte es sich um Androiden, die dank Juanitas Eingreifen ausgeschaltet wurden«, schloß Gisol seinen Bericht ab. »Lorak lebt, ist jetzt aber ganz allein in seiner Station.«

Dhark brauchte eine Weile, um die erhaltene Informationsflut zu verarbeiten. Auch seine Freunde schwiegen und hingen ihren Überlegungen nach. Ganz neue Zusammenhänge taten sich auf. Endlich wurde offenbar, woher die Zyzzkt ursprünglich stammten und mittels welcher Manipulation die Worgunmutanten die Insektoiden zu der Geißel der Galaxis gemacht hatten, die sich schließlich über ganz Orn ergoß und jedes andere Leben zu ersticken drohte.

»Das Primzahlen-System würde ich gerne einmal untersuchen«, durchbrach Shanton die nachdenkliche Stille.

Doorn musterte Gisol. »Mich interessiert viel mehr, was es mit dieser schwarzen Macht auf sich hat. Wer verbirgt sich dahinter? Wer sind die Besatzungen der schwarzen Keilschiffe?«

»Wir wissen es nicht. Es gibt keinen Hinweis auf ihre Identität. Daß sie völlig ungestört operieren können, macht sie zu einer uneinschätzbaren Bedrohung. Gegen einen bekannten Feind kann man sich besser zur Wehr setzen als gegen einen gesichtslosen Gegner, von dem man nicht viel mehr weiß, als daß er existiert. Deshalb ist es Marguns und Solas Absicht, die Unbekannten aufzuspüren.«

»Was ist das für eine Maschine, die ihr eben angesprochen habt?« wollte Doorn wissen.

»Margun und ich haben ein neues Arkan-Schiff gebaut«, meldete sich Sola zu Wort. »Es übertrifft mit seinen Abmessungen sämtliche Vorgänger. ARKAN-54 treibt abseits aller Schiffahrtsrouten im Leerraum in den Außenbezirken von Gardas und befindet sich in der letzten Phase der Fertigstellung.« Er nannte eine Reihe von beeindruckenden technischen Daten. »Wir betreiben in ARKAN-54 umfassende Forschungen und nehmen diverse Versuche vor. Unter anderem haben wir dort eine Großanlage entwickelt, die Orn mit einem paraphysikalischen Feld bestreichen kann. Im Grunde handelt es sich dabei nur um einen Verstärker mit gigantischem Leistungsvermögen. Er ist in der Lage, ein Feld zu erzeugen, das alle Worgun in ganz Orn dazu bringt, sich an die Moralgesetze unseres Volkes zu halten.«

Stewart stieß die Luft aus. »Für mich klingt das nach generalstabsmäßiger Manipulation.«

»Irrtum«, widersprach Gisol. »Wir Worgun haben klare Moralvorstellungen, die für uns bindend sind. Nur diejenigen, die auf unbekannte Weise zu Taten manipuliert wurden, die sie aus eigenem Antrieb nie in Erwägung zögen, werden beeinflußt.«

»Zwei Ziele sollen auf diese Weise erreicht werden«, fügte Margun hinzu. »Unsere beeinflußten Landsleute sollen künftig davon abgehalten werden, gegen ihren Willen mit jenen Kräften zusammenzuarbeiten, die bestrebt sind, unser Volk zu verdummen. Und sie werden daran gehindert, die Zyzzkt auszurotten.«

»Vielleicht können wir später sogar die Unbekannten hypnotisch beeinflussen.«

»Die Existenz von ARKAN-54 ist bei eurem Volk bekannt?« fragte Dhark.

Sola schüttelte den Kopf. »Außer den hier Versammelten weiß niemand davon, und das soll auch so bleiben.«

»All das ist äußerst interessant, erklärt aber immer noch nicht, weshalb ihr die POINT OF alarmiert habt. Mit eurem Apparat solltet ihr fähig sein, die Lage unter Kontrolle zu bekommen«, machte Shanton auf einen Widerspruch aufmerksam.

»Die Sache hat einen Haken«, räumte Sola ein. »Unser Verstärker ist einsatzbereit und kann ganz Orn erreichen. Allerdings nützt der beste Verstärker nichts ohne einen Impuls, den er verstärken kann. Wir brauchen jemanden, der überzeugend auf die fehlgeleiteten Worgun einwirkt.«

Dhark preßte die Lippen aufeinander. Mit einemmal ahnte er, worauf alles hinauslief. Solas nächste Worte bestätigten seine Schlußfolgerung.

»Wir brauchen einen Hypno, und den habt ihr an Bord der POINT OF. Wir brauchen die Dienste von Manu Tschobe.«

Shanton ließ den Kopf sinken, und Doorn stieß einen gequälten Laut aus. Stewart schloß fassungslos die Augen. So blieb an Dhark hängen, Gisol und den beiden Akademiepräsidenten die bittere Wahrheit zu vermitteln.

»Manu Tschobe kann euch nicht helfen, denn er hat seine Parafähigkeit verloren.«

*

Die Enttäuschung der beiden Akademiepräsidenten war mit Händen zu greifen. Ihr ganzer Plan hatte auf dem Einsatz Manu Tschobes basiert und stürzte nun wie ein Kartenhaus in sich zusammen.

Der Notruf, den sie losgeschickt hatten, erwies sich als Makulatur.

»Ihr wart ganz schön blauäugig«, warf Doorn ihnen vor.

»Niemand konnte damit rechnen, daß Tschobe seine Hypnofähigkeit verliert«, verteidigte sich Sola.

»Ihr hättet einkalkulieren müssen, daß Tschobe mittlerweile nicht mehr zur Besatzung der POINT OF gehört oder aus einem anderen Grund nicht mit an Bord sein würde. Es gibt zahlreiche Einzelheiten, die hätten schiefgehen können.«

»Schon gut«, wehrte Margun lahm ab. »Wir haben es begriffen.«

»Das ist noch lange kein Grund, die Flinte ins Korn zu werfen«, zeigte sich Dhark gewohnt optimistisch. Er sah Alternativen, der Bedrohung Herr zu werden. »Ihr habt doch wohl nicht vor aufzugeben?«

»Ganz bestimmt nicht«, demonstrierte Gisol die durch nichts zu erschütternde Entschlossenheit, mit der er zur Befreiung einer ganzen Galaxis beigetragen hatte.

»Ich auch nicht. Wir werden einen anderen Weg finden, die fehlgeleiteten Worgun zur Räson zu bringen und die Schranke um Orn einzureißen.«

»Dummerweise habe ich keine Idee, wie wir das anstellen sollen.«

Doorn strich seine roten Haare nach hinten. »Fangen wir mal ganz anders an. Wer hat die unsichtbare Barriere eigentlich errichtet?«

»Die unbekannten Insassen des goldenen Planetenraumschiffs«, schlug Shanton spontan vor.

»Das wirft die Frage nach dem Grund auf.«

»Um den Schiffsverkehr zu unterbinden«, beteiligte sich Stewart an der Diskussion. »Man will jemanden daran hindern, Orn entweder zu verlassen oder zu betreten.«

»Zu verlassen«, behauptete Doorn mit einem Tonfall, der keinen Widerspruch zuließ. »Wie wir vorhin erfahren haben, unternahmen die Insassen der schwarzen Keilschiffe Anstrengungen, Lorak und mögliche weitere Mutanten gezielt zu unterstützen. Denen wiederum ging es darum, die Zyzzkt ins Spiel zu bringen, nach ihren Vorstellungen zu formen und sie durch ungehemmte Vermehrung zu einer furchtbaren Waffe zu machen.«

»Worauf willst du hinaus?« drängte Shanton.

»Ist das nicht offensichtlich? Die Schranke um Orn entstand just, nachdem die Worgun entgegen jeder Wahrscheinlichkeit doch noch über die Zyzzkt gesiegt und ihre Freiheit zurückerlangt hatten. Dabei glaubt ja wohl niemand an einen Zufall?«

»Du meinst, die Unbekannten in den Keilschiffen waren dafür verantwortlich?«

»Da sie, wer auch immer sie sein mögen, von Anfang an gegen die Worgun gearbeitet haben, liegt der Verdacht zumindest nahe. Wie das goldene Planetenraumschiff da hineinpaßt, weiß ich auch nicht. Allerdings sollten wir uns vor übereilten Schlußfolgerungen hüten. Beide Male, da wir dem goldenen Planeten begegneten, geschah das weit draußen im Leerraum. Wir haben keinen Beweis dafür, daß er in der Lage ist, die Schranke zu überwinden, weder vor sieben Jahren noch heute.«

»Ihr habt den Impuls erwähnt, den ihr nicht analysieren konntet«, erinnerte Margun. »Ich dachte, es sei unstrittig, daß er für die Versetzung der POINT OF ursächlich war.«

»Das ist richtig, na und?« Doorn hob demonstrativ die Arme. »Der goldene Planet hat uns zwar durch die Schranke geschubst, ist uns aber nachweislich nicht gefolgt. Vielleicht aus einem einzigen Grund – nämlich weil er es nicht *kann*.«

Dhark wunderte sich, daß bisher noch niemand auf diese Idee gekommen war. »Einc gutc Überlegung. Es würde uns weiterhelfen, wenn wir wüßten, woher die schwarzen Keilschiffe kommen und wer sich in ihnen verbirgt. Ihr habt keinen einzigen Hinweis auf die Unbekannten?«

»Leider nein.« Gisol machte eine ärgerliche Handbewegung.

»Die roten Hoheitszeichen, die die Raumer ebenso wie die schwarzen Kampfroboter trugen, haben wir nie zuvor gesehen. Drei zu einem Dreieck angeordnete ineinandergreifende Ringe – keine Ahnung, was es damit auf sich hat. Ich habe sämtliche mir zur Verfügung stehenden Quellen angezapft, erfolglos.«

»Sola und mir ging es nicht besser«, bedauerte Margun. »Nichts deutet darauf hin, daß die Keilschiffe in der Geschichte unseres Volkes schon einmal eine Rolle gespielt hätten.«

»Kann die von euch gebaute Maschine nur Hypnobefehle verstärken?« kam Doorn auf den ursprünglichen Plan der Akademiepräsidenten zurück.

»Nein, wir haben sie für alle denkbaren Geisteskräfte konzipiert. Sola nennt sie einen Parakraftverstärker.«

Doorn nickte nachdenklich. »Gut«, murmelte er. »Sehr gut. Wenn niemand einen Einwand hat, würde ich gern etwas ausprobieren.«

14.

»Deine Laune ist nicht zu ertragen. Ich bin froh, daß du gelernt hast, dich zu benehmen, und daß du dich unter Kontrolle behältst. Vor ein paar Jahren hättest du mich in dieser Stimmung grundlos gebissen.«

»Grundlos?« Der große, kräftige Pakk Raff schaute auf den wesentlich kleineren Priff Dozz hinunter und ließ ein kehliges Knurren erklingen. »Wenn ich dich beiße, hat das immer einen Grund, und sei es nur der, daß du als mein Berater am besten als Blitzableiter taugst. Mach also besser nicht den Fehler, dich in immerwährender Sicherheit zu wiegen.«

»Du brauchst nicht den harten Hund herauszukehren. Du bist der Rudelführer, ich dein Berater, richtig. Doch nach allem, was wir zusammen erlebt haben, sind wir längst zu Freunden geworden.«

Pakk Raff fletschte die Zähne. Früher hätte er über diese Behauptung gelacht, heute stimmte er ihr zu. Er hatte einen Narren an dem kleinen, aus der Form geratenen Karrorr gefressen, was nicht allein mit dessen intellektuellen Fähigkeiten zu tun hatte. Raffs Laune hob das jedoch nicht.

»Habe ich mir etwas zuschulden kommen lassen, oder warum hat Ren Dhark mich nicht mit zu den Römern genommen?«

»Sie haben dich nicht eingeladen.« Priff Dozz seufzte genervt. »Das habe ich dir inzwischen ein Dutzend Male gesagt. Noch einmal werde ich es nicht wiederholen.«

Die beiden Canoiden waren auf dem Weg zur nächsten Ausstiegsschleuse, um die POINT OF zu verlassen. Es gab keine Ausgangssperre, denn auf Terra Nostra war man unter Freunden, hatte Dhark versichert. Doch auch sonst hätte der Rudelführer sich nicht bevormunden lassen. Wenn andere ihren Spaß hatten und zu Feierlichkeiten eingeladen wurden, blieb er nicht in seiner Unterkunft hocken und langweilte sich.

»Du brauchst nichts zu wiederholen, falls wir einen schönen Abend erleben.«

»Wir hätten ein paar der Mädels mitnehmen sollen.«

»Sie sind in den Bordbetrieb eingegliedert«, wehrte Pakk Raff den Vorschlag ab. Die weiblichen Kadetten aus Reihen der Karrorr benahmen sich spröder und unnahbarer, als Priff Dozz und er sich das gedacht hatten. Kaum trugen sie Uniformen, nahmen sie ihre Pflichten und die Aufgaben, mit denen sie betraut wurden, sehr ernst.

»Du weichst aus, mein Rudelführer. Was ist bloß los mit dir? Du gestattest, daß die Weibchen dir auf der Nase herumtanzen. Das hätte es früher nicht gegeben. Da hättest du mit dem Finger geschnippt, und wir müßten nicht allein von Bord gehen.«

»Mäßige dich«, knurrte Pakk Raff. Er packte den Nacken seines Beraters und schob den Kleinen vor sich her. Er wußte genau, was in Priff Dozz vorging. Er wollte seinen Rudelführer dazu provozieren, ein paar Weibchen mit aus dem Schiff zu nehmen.

»Da vorne ist Wumm Woll.«

Pakk Raff lockerte den Griff und ließ den Kleinen los. In der Tat war die hinreißende Nomadin mit dem durchtrainierten Körper ein Weibchen, das er seinem zunehmend unattraktiver werdenden Harem gern zugeführt hätte. Sie trug Sportbekleidung, die ihre Figur hervorragend zur Geltung brachte. Es konnte kein Zufall sein, sie in diesem Augenblick anzutreffen. Sie war allein, als wollte Dorrkk ihm einen besonderen Gefallen tun.

»Suchst du jemanden, Wumm Woll?« fragte er lauernd.

»Du meinst, einen obersten Rudelführer der Karrorr?«

Der Blick, den sie ihm schenkte, ließ ihm heiß und kalt werden. Pakk Raff konnte sich nicht bremsen, und er wollte es auch nicht. Mit einem Satz war er bei der jungen Schönheit und biß ihr leicht in den Nacken, was Teil des rituellen nomadischen Balzverhaltens war. Pakk Raff grinste in sich hinein, weil sie es geschehen ließ. Das wunderte ihn nicht. Auf diese Weise hatte er noch jede Karrorr in seine Unterkunft bekommen. So hatte es auch bei Dell Wudd angefangen.

»Bist du fertig?« Wumm Woll trat einen Schritt zurück und strich ihre Bekleidung glatt.

»Fertig? Wie meinst du das?«

»Ich weiß Bescheid über deine zahlreichen Affären. Sie sind allgemein bekannt. Die meisten Weibchen in deinem Alter fühlen sich sicher geschmeichelt, wenn du dich um sie bemühst. Ich hege allerdings keine Ambitionen, neben Dell Wudd in deinem Harem zu enden.«

Pakk Raff schnappte nach Luft. Soviel Selbstbewußtsein gegenüber dem obersten Rudelführer aller Nomaden hatte er noch nie erlebt. Er verdammte die Tatsache, daß Priff Dozz die Abfuhr mitbekam. Zu allem Überfluß kam eine stählerne Gestalt, die ein grünes Stirnband mit einem goldenen »A« trug, den Gang entlang. Es hob den intelligenten Roboter Artus unter all seinen stupiden Kollegen optisch unverkennbar hervor.

»Ich wünsche euch einen schönen Abend. Ich bin sicher, dir wird etwas anderes einfallen, um auf deine Kosten zu kommen, Rudelführer. Ich habe bereits eine sehr interessante Verabredung«, verabschiedete Wumm Woll sich schnippisch und entfernte sich.

»Eine Verabredung?« kläffte Pakk Raff. »Sie läßt den obersten Rudelführer aller Nomaden stehen, weil sie mit einem anderen eine Verabredung hat?«

»Offenbar bist auch du bei unseren Weibchen nicht mehr vor Rückschlägen gefeit, mein Rudelführer«, sagte Priff Dozz mitfühlend.

»Kein Mitleid!« bellte Pakk Raff. »Untersteh dich, Mitleid mit mir zu haben, Berater, sonst kündige ich dir die Freundschaft auf. Was das heißt, weißt du.«

»Ja.« Priff Dozz machte sich noch kleiner, als er ohnehin war.

Pakk Raffs kehliges Grollen rollte durch den Schiffskorridor. Er hätte zu gern gewußt, mit wem die schöne Wumm Woll verabredet war.

*

»Ich glaube nicht, daß sie kommt.« Steve Hawker machte eine Reihe von Dehnübungen und schaute immer wieder zum Eingang hinüber.

Bisher war Wumm Woll trotz ihrer Verabredung nicht aufgekreuzt.

»Du solltest froh sein«, fand Charlie Parker. »Dieses Weib wird dich in der Luft zerreißen. Ich kann nicht verstehen, was in dich gefahren ist, sie zu einem Kampf herauszufordern.«

»Nicht ich habe sie herausgefordert, sondern sie mich.«

»Von wegen.«

»Sie nannte mich einen Schwächling. Schon vergessen? Wenn das keine Herausforderung ist. Da blieb mir doch gar keine andere Wahl, als sie auf die Matte zu fordern.«

Parker grinste anzüglich. »Was du mit ihr auf der Matte willst, kann ich mir lebhaft vorstellen. Nachvollziehen kann ich es allerdings nicht. Wumm Woll mag einen exotischen Reiz haben, zugegeben, aber sie ist doch keine richtige Frau. Amy Stewart, das ist eine Frau, sogar ein Traum von einer Frau.«

»Von mir aus kannst du auch den Mond anschmachten. Da sind deine Aussichten auf Erfolg genauso groß.«

Sie verstummten, als die Nomadin die Trainingshalle betrat. Wie Hawker hatte sie Sportkleidung angelegt, über der sie ihren Gravgürtel trug. Sie sah sich in der Halle um.

»Wir sind also allein«, wunderte sie sich. »Ich hätte gewettet, ihr bringt Freunde als Zuschauer mit.«

»Warum sollten wir das machen? Du kommst doch auch allein.«

»Ein Karrorr-Krieger hätte befreundete Rudelangehörige mitgebracht, um ihnen zu zeigen, was für ein großartiger Kämpfer er ist. Man merkt, daß ich noch nicht lange an Bord bin. Anscheinend muß ich mich darauf einstellen, daß terranische Männchen anders sind als unsere.«

»Bei Steve und mir liegst du richtig. Wir sind nicht so darauf erpicht, im Fokus des öffentlichen Interesses zu stehen.«

Wumm Woll begann ebenfalls mit Lockerungs- und Dehnübungen. »Vielleicht hat Steve sich schon mit seiner bevorstehenden Niederlage abgefunden und möchte vermeiden, daß seine Kameraden dabei zu Augenzeugen werden.«

»Ganz bestimmt nicht«, versicherte Hawker.

Die Nomadin ging leicht in die Knie, streckte sich und stieß sich vom Boden ab. Ihr Sprung trug sie fast bis unter die Decke der gut fünf Meter hohen Halle. Federnd kam sie wieder auf und stand vor den beiden Männern, als sei nichts geschehen.

»Das ist nicht fair«, protestierte Parker vehement. »Du hast deinen Gürtel ausgeschaltet und dir dadurch einen unsportlichen Vorteil verschafft.«

Die Karrorr stammten ursprünglich von einer Welt mit höherer Schwerkraft. Sie waren an 1,3 Gravo gewöhnt und trugen deshalb an Bord der POINT OF die Gravgürtel, die für sie gewohnte Schwerkraftverhältnisse simulierten. Wumm Woll berührte einen Kontakt an ihrem Gürtel, worauf das kurze Aufflackern einer roten Kontrolleuchte seine Aktivität anzeigte.

»Gegen einen Terraner habe ich keinen Vorteil nötig.«

»Mir macht das nichts aus.« Hawker verzog ärgerlich das Gesicht. »Ich habe dich nicht darum gebeten, für mich zu sprechen, Charlie.«

Parker blies die Backen auf und stieß die Luft aus. »Ich wollte dir nur helfen. Na schön, ich halte meine Klappe und beobachte das Drama schweigend.«

»Die Daumen drücken darfst du mir trotzdem.«

»Geschenkt.« Parker begab sich zu einer Bank, die an der Wand aufgestellt war, und nahm Platz. »Jetzt mußt du ausbaden, was du dir eingebrockt hast.«

Hawker lächelte zuversichtlich. Er sah nicht so schwarz wie sein Freund. »Also, Wumm, wie willst du es haben?«

»Da brauche ich nicht lange zu überlegen. Ich will einen Ringkampf nach Nomadenregeln.«

»Und wie sehen die aus?«

»Alle Griffe sind erlaubt, Schläge und Bisse verboten. Es gibt keine Zeitbegrenzung. Den Sieg erringt man durch Aufgabe des Gegners.«

»Einverstanden«, sagte Hawker zuversichtlich. Er hatte an der Kallisto-Akademie sowohl Judo als auch Freistilringen aktiv betrieben. Es hatte keinen Kontrahenten gegeben, der ihn geschlagen hätte. Ohne die Nomadin zu unterschätzen, hielt er es für ausgeschlossen, daß sie ihn besiegte.

»Nimm es mir nicht übel, wenn ich keine Wetten auf dich abschließe, Steve!« rief Parker herüber.

»Wolltest du nicht deine Klappe halten?«

Der Obergefreite legte Daumen und Zeigefinger der rechten Hand aufeinander und fuhr sich damit über die Lippen. Er lehnte sich abwartend mit dem Rücken gegen die Wand, während die beiden Kontrahenten begannen, sich lauernd zu umkreisen. Hawker achtete nicht länger auf ihn. Zwar war er siegessicher, aber keineswegs so überheblich, die durchtrainierte Nomadin nicht ernst zu nehmen.

Sie ging schneller in die Offensive, als er erwartet hatte. Ansatzlos machte sie einen Ausfallschritt und griff nach ihm, doch da er geistesgegenwärtig zurückwich, griff sie ins Leere. Sofort setzte Hawker nach und bekam ihre Hüfte zu fassen. Sie fühlte sich warm und weich an.

Nicht ablenken lassen!

Hawker setzte einen Fuß vor und hebelte Wumm Woll aus, bevor sie reagieren konnte. Sie flog auf die Matte, ohne daß er sie losließ. Wütend bäumte sie sich unter ihm auf. Offenbar hatte sie nicht erwartet, daß es ihm so schnell gelingen würde, einen Vorteil zu erringen. Allerdings blieb es bei diesem einen Vorteil. Es gelang Hawker nicht, sie zu drehen und auf die Matte zu drücken. Mit erstaunlichen Kräften, die er ihr nicht zugetraut hätte, stemmte sie ihn zurück und stieß ihn davon. Im nächsten Moment stand sie auf ihren Beinen und lachte vergnügt.

Der Atem des Kadetten ging schwerer, und auch der Brustkorb seiner Gegnerin hob und senkte sich stärker als vor Kampfbeginn. Sie sah besser aus denn je zuvor.

»Wohin starrst du?« fragte Wumm Woll spöttisch. »Du bist zwar kein so guter Kämpfer wie unsere Männchen, aber deine Blicke sind nicht weniger verräterisch.«

Hawker fühlte sich ertappt wie ein Schuljunge, der seine Angebetete verstohlen musterte. Zugleich stachelte ihre Abqualifizierung ihn an. Er ging zum Angriff über. Die Griffe und Würfe aus seiner aktiven Zeit auf der Akademie waren ihm in Fleisch und Blut übergegangen. Zwar gab es bei jedem Kampf neue Situationen, auf die man entsprechend reagieren mußte, doch verselbständigten sich manche Griffolgen.

Zwei weitere Male gelang es ihm, Wumm Woll auf die Matte zu werfen, ohne sie anschließend entscheidend in den Griff zu bekommen. Danach geriet er immer weiter ins Hintertreffen. Hawker begriff, daß sie anfangs von seinen Fähigkeiten überrascht gewesen war, sich jetzt aber mehr und mehr auf ihre Kraft konzentrierte. Sie errang einen Vorteil nach dem anderen, und schließlich gelang es ihr, ihn auf die Matte zu werfen. Im Gegensatz zu ihr schaffte Hawker es nicht, sich wieder aufzurichten. Als sie sich auf seinen Rücken setzte und ihn niederdrückte, versuchte er verzweifelt, sich zu befreien.

Es gelang ihm nicht.

»Gibst du auf?« fragte die Nomadin.

»Auf keinen Fall. Darauf kannst du lange warten«, krächzte der Kadett.

»Du hast es nicht anders gewollt.« Wumm Woll nahm ihn in den Würgegriff, und ihm wurde schwarz vor Augen.

*

Pakk Raff starrte Wumm Woll hinterher, bis ihm aufging, daß er sich reichlich dämlich verhielt. Er hatte sich aufheitern wollen und das Gegenteil erreicht. Der mißlungene Annäherungsversuch hatte ihm gerade noch gefehlt. Er merkte, daß sich Priff Dozz verzweifelt bemühte, seine Schadenfreude zurückzuhalten. »Hast du etwas zu sagen?« knurrte er drohend.

»Nein, mein Rudelführer. Ich frage mich nur, wie Wumm Woll das gemeint hat. Du weiß schon, das mit deinem Alter und so.«

Pakk Raff entblößte seine Zähne, vermied aber zuzubeißen, wie er es früher getan hätte. Vor allem waren sie in der POINT OF. Da galten andere Regeln als an Bord eines Kreuzraumers.

»Wollt ihr das Schiff verlassen?« fragte Artus.

Pakk Raff betrachtete das stählerne Gerippe, ursprünglich ein humanoider Großserienroboter mit im Vergleich zum Torso viel zu dünnen röhrenförmigen Armen und Beinen. Wer Artus betrachtete, ohne seine Fähigkeiten zu kennen, unterschätzte ihn zwangsläufig. Er verfügte nicht nur über außergewöhnliche Körperkräfte, er hatte zudem einen Turing-Sprung durchgemacht. Durch die Vernetzung von 24 Cyborg-Programmgehirnen mit seiner eigenen Suprasensorik war er zu einer künstlichen Intelligenz geworden und wurde von den Terranern als Intelligenzwesen und vollwertiges Besatzungsmitglied anerkannt.

»Mein Rudelführer und ich wollen das Nachtleben von Nova Roma erkunden«, sagte Priff Dozz. »Er ist sauer, weil er sich zurückgesetzt fühlt. Er hätte Ren Dhark gern zu Nauta begleitet. Da er nicht eingeladen wurde, ist er der Meinung, daß wir...«

»Hör auf zu plappern!« fuhr Pakk Raff seinem Berater in die Parade. »Du hörst dich an wie ein altes Klatschweib.«

Priff Dozz duckte sich. »Artus hat doch gefragt.«

»In der Tat, das habe ich«, verteidigte ihn der Roboter. »Und ich finde Dozz' Antwort sehr interessant, Raff. Du fühlst dich ausgeschlossen. Offensichtlich haben wir beide mit demselben Problem zu kämpfen. Auch ich hätte Dhark gern zu den Akademiepräsidenten begleitet. Es wundert mich, daß die Senatoren mich nicht eingeladen haben. Dhark hätte ein gutes Wort für mich einlegen sollen.«

»Hat er aber nicht. Äußerst tragisch für dich.« Pakk Raff gähnte gelangweilt.

»Ich habe eine Idee. Warum nehmen wir Artus nicht mit?« platzte es aus Priff Dozz heraus. »Was hältst du davon, Artus? Willst du uns begleiten?«

»Eine gute Idee. Ein bißchen Ablenkung wird mir nicht schaden.«

Pakk Raff fühlte sich überrollt. Hätte er es nicht besser gewußt, wäre er auf die Idee gekommen, sein Berater und der Roboter hätten sich zu diesem scheinbar zufälligen Zusammentreffen verabredet. Raff drehte den Kopf und sah Wumm Woll nach, doch sie war längst hinter der Korridorbiegung verschwunden. Warum sollten sie den Roboter eigentlich nicht mitnehmen, überlegte er. Schließlich hatten sie in der Vergangenheit schon das eine oder andere Mal gut zusammengearbeitet, und er mochte Artus.

»Natürlich schließe ich mich euch nur an, wenn du keine Einwände hast, Raff«, sagte Artus.

»Einwände? Unsinn! Wie kommst du denn auf die Idee?« Pakk Raff lauschte in sich hinein. Das diplomatische Geschick, das er sich angeeignet hatte, seit er die Menschen kannte, versetzte ihn immer wieder in Erstaunen. »Es ist doch klar, daß wir dich mitnehmen. Zu dritt haben wir bestimmt mehr Spaß als zu zweit. Priff Dozz kann ein ganz schöner Langweiler sein.«

Der Berater schmollte. »Ich kann auch eine Stimmungskanone sein.«

»Stimmt, aber erst nachdem du ein gewisses Quantum Alkohol zu dir genommen hast.«

»Blödsinn, ich kann auch ohne Alkohol lustig sein.«

»Ich bin froh, daß uns keine Kadetten zuhören. Ihr gebt alles andere als ein gutes Beispiel ab«, maßregelte Artus die beiden Nomaden. »Wollt ihr etwa, daß sie euch für Säufer halten?«

Pakk Raff ließ ein donnerndes Gelächter ertönen und dozierte: »In kleinen Dosen regt Alkohol den Verstand an und eröffnet dem Geist neue Horizonte. Wir Karrorr sind nun einmal fürs Feiern bekannt.«

»Mein Rudelführer ist sogar ein ganz außergewöhnliches Feierbiest. Da bleibt kein Auge trocken. Sagen die Terraner nicht so?«

»Ja, ich habe den Begriff gespeichert. Ich bin auf den gemeinsamen Abend mit euch gespannt.«

»Laßt uns aufbrechen, und du Priff«, Pakk Raff fletschte die Zähne, »fang nicht wieder mit den Weibchen an. Das wird ein reiner Männerabend, da ist kein Platz für Sülzholzraspeln. Wie du siehst, habe ich auch ein paar terranische Redewendungen aufgeschnappt.«

Die beiden Nomaden und der Roboter verließen die POINT OF und wurden von dem leuchtend bunten Nachthimmel von Nova Roma empfangen.

*

Als Hawker wieder zu sich kam, saß Wumm Woll nicht mehr auf seinem Rücken. Sie kauerte ein Stück entfernt auf dem Hallenboden und beobachtete ihn. Schnell begab er sich in eine sitzende Position.

»Wie geht es dir?« fragte Parker, der über ihn gebeugt stand und ihn argwöhnisch betrachtete. »Nachdem Wumm dich in den Würgegriff genommen hat, hast du das Bewußtsein verloren.«

»Ja, das ist mir klar.« Hawker setzte ein schiefes Grinsen auf. »Der Himmel ist mir bestimmt nicht auf den Kopf gefallen.«

»Laß die Witzeleien. Ich dachte, es habe dich ernsthaft umgehauen. Du warst völlig weggetreten.«

»Nett von dir, Charlie, aber mir geht es gut.«

Parker winkte der Nomadin zu. »Da hörst du es. Kein Grund zur Besorgnis.«

Hawker stand auf. »Hast du dir wirklich Sorgen um mich gemacht?«

Die Nomadin lachte glockenhell. »Nein, das habe ich nicht. Allerdings bin ich mir nicht sicher, ob ich nicht vielleicht etwas zurückhaltender hätte sein sollen. Etwas mehr Rücksicht hätte nicht geschadet, wie mir scheint. Ich konnte deine körperliche Reaktion schlecht abschätzen. Ein Karrorr hätte nicht so schnell das Bewußtsein verloren.«

Ihre Worte klangen weder zynisch noch überheblich, fand Hawker. »Ich mache dir keinen Vorwurf«, sagte er lächelnd. »Du hast fair gekämpft und verdient gewonnen. Ich bin dir deswegen nicht böse. Ich muß dir etwas gestehen. Ich habe eine Schwäche für starke Frauen.«

Parker stöhnte auf und verdrehte die Augen. »Das darf doch wohl nicht wahr sein. So ein Unsinn.«

Wumm Woll sprang auf die Beine. »So unsinnig finde ich Steves Worte gar nicht.«

Hawker grinste. Er mußte sich zusammenreißen, um seinen Blick nicht über den Körper der Nomadin gleiten zu lassen. Es hatte ihm gefallen, ihr beim Kampf körperlich so nahe gewesen zu sein. Er spielte mit dem Gedanken, eine Revanche zu fordern.

»Was hältst du davon, duschen zu gehen?« hielt Parker ihn von dem Vorschlag ab. »Wir haben heute abend frei und können die POINT OF verlassen. Ganz ehrlich, gegen einen Landgang habe ich nichts einzuwenden. Es heißt, die Kneipen und Bars von Nova Roma seien einen Besuch wert.«

»Wer hat dir das denn gesagt?« Es kribbelte in Hawker, sich näher mit Wumm Woll zu unterhalten, doch sie erweckte nicht den Eindruck, an ihm interessiert zu sein. Andererseits fand er es schwer, das Verhalten von Karrorr zu erkennen und zu analysieren. Für deren Frauen, mit denen er bisher kaum zu tun gehabt hatte, galt das um so mehr.

»Duschen gehen ist eine gute Idee«, sagte die Nomadin.

»Ja. Ja, in der Tat«, haspelte Hawker.

Parker räusperte sich vernehmlich. »Also gehen wir nachher von Bord und haben ein bißchen Spaß?«

»Ja, machen wir«, gab der Kadett sich geschlagen.

»Wenn ihr nichts dagegen habt, würde ich euch gern begleiten«, bat Wumm Woll.

Hawker glaubte seinen Ohren nicht zu trauen. War Wumm an Bord langweilig, oder war sie ebenfalls an einem näheren Kennenlernen interessiert? »Gute Idee. Was meinst du, Charlie?«

»Ich habe keine Einwände. In Wumms Gesellschaft werden wir wenigstens nicht verprügelt, wenn es Ärger gibt. Mit dir ist in der Hinsicht ja kein Staat zu machen. Du kippst doch bei der kleinsten Belastung um, wie wir eben gesehen haben.«

Die Nomadin lachte herzhaft, und Hawker stieß seinem Freund die Faust vor die Rippen.

*

»Ich finde es bedenklich, was ihr eurem Organismus antut. Ihr solltet sorgsamer mit eurem Körper umgehen. Im Alter wird er es euch danken.«

Pakk Raff starrte den Roboter an wie eine Erscheinung, die nicht zu ihnen gehörte, sondern sich aus heiterem Himmel an ihrem Tisch manifestiert hatte. Er stieß sein Glas gegen das von Priff Dozz und leerte es in einem Zug.

»Was hat er gesagt, Priff? Was hat er damit gemeint?«

»Dein Alter, Pakk. Er hat auf dein Alter angespielt. Erinnert dich das nicht an etwas?«

Der Rudelführer knurrte. Und ob er sich erinnerte. Die phantastische Wumm Woll hatte ebenfalls eine Bemerkung über sein Alter gemacht. Was hatte das bloß zu bedeuten? Pakk Raff fühlte sich keinen Tag älter als vor einem Jahr, und wenn, dann hätte er es nicht zugegeben. Wer gestand sich schon gern ein, daß er dem Tod wieder ein Jahr nähergekommen war? Zumindest kein Karrorr. Die Sitte der Menschen, ihren Geburtstag zu feiern, konnte er bis heute nicht verstehen.

»Du meinst Wumm Woll, Priff?«

»Genau. Ich finde, du solltest darüber nachdenken, daß dich neuerdings alle auf dein Alter ansprechen.«

»Rede keinen Unsinn.« Pakk Raff winkte ab. Er war hier, um zu feiern, nicht um nachzudenken. Dazu hatte er die POINT OF nicht verlassen. Das Nachtleben von Nova Roma glich dem jedes anderen Planeten. Im Nachtleben wurde gefeiert, nicht nachgedacht.

»Dir scheint nicht zu schmecken, was du trinkst, Dozz«, sagte Artus.

»Siehst du Priff Dozz das an?«

»Er trinkt nicht mit der gleichen Begeisterung wie du, Raff, sondern hält lediglich mit dir mit. Sobald er den Alkohol in sich reinkippt, verzieht er angewidert das Gesicht und schüttelt sich.«

»Das mache ich ebenfalls. Es geschieht aus Wohlgenuß. Alkohol muß ganz schauderhaft schmecken, dann ist er richtig.«

»Eine seltsame Einstellung. Ich dachte, man ißt und trinkt einerseits zur Sättigung und andererseits zur Gaumenfreude.«

»Artus hat völlig recht. Das Zeug schmeckt mir nicht«, beschwerte sich Priff Dozz.

»Dann bestellen wir eben etwas anderes«, seufzte Pakk Raff.

»Ich würde ein Glas Champagner bevorzugen.«

»Sie führen hier aber nun mal keinen Champagner.« Pakk

Raff stachen zwei Römerinnen ins Auge, die an der Bar saßen und zu den beiden Nomaden und dem Roboter hinüberschauten. Er winkte ihnen zu, und sie winkten zurück.

»Wir könnten ja ein anderes Lokal aufsuchen«, schlug Priff Dozz vor.

»Du spinnst, mein Berater. Sieh doch, wir bekommen Gesellschaft.«

Die beiden Römerinnen, gekleidet in knappe, luftige Kleidchen, kamen lächelnd von der Bar herüber. Die eine war blond, die andere schwarzhaarig.

»Guten Abend, ich bin Agrippina«, stellte sich die Blondine vor und deutete auf ihre Begleiterin. »Das ist Hostilia. Dürfen wir uns zu euch setzen?«

»Selbstverständlich.« Eilig rückte Pakk Raff zwei Stühle zurecht. »Dies ist Priff Dozz, mein persönlicher Berater. Artus, unser stählerner Wunderknabe, ist...« Er suchte nach einer Erklärung.

»Ein Roboter, das sieht man doch«, sagte Hostilia schlau.

»In gewisser Weise ebenfalls ein Berater«, warf Artus ein. »Deshalb rate ich dir, Raff,...«

»Kein Ratschläge.« Pakk Raffs dröhnende Stimme hallte durch das Lokal. »Getränke für die Damen.« Er schwenkte sein leeres Glas. »Der Kleine und ich nehmen noch mal, was wir eben hatten, aber in größeren Gläsern, wenn es geht.«

»Ich empfehle ein wenig mehr Zurückhaltung«, unternahm Artus einen weiteren Versuch, seine Spießigkeit unter Beweis zu stellen.

»Schon gut«, fuhr ihm der Rudelführer barsch in die Parade. Er hatte keine Lust, sich von dem steifen Artus den Abend vermiesen zu lassen. »Ich weiß, was ich tue, und ich kann verdammt gut auf mich allein aufpassen.«

»Wie du willst. Ich bringe keine weiteren Einwände vor.«

»Nett von dir, Artus.«

Pakk Raff beobachtete, wie Artus eine Zigarre aus einer an seinem Körper verborgenen Klappe ans Tageslicht beförderte.

»Eine echte Edenhavanna von Terence Wallis. Ich habe mehrere eingesteckt. Möchte jemand?«

Pakk Raff winkte ab, und Priff Dozz hüstelte vernehmlich, während Artus die Zigarre anschnitt. Pakk Raff bellte zufrieden, als die georderten Getränke kamen. Er stieß mit seinem Berater und den Frauen an.

»Was ist eine Edenhavanna?« fragte Agrippina. »Ich habe so etwas noch nie gesehen.«

»Eine Edenhavanna ist eine Zigarre, und zwar eine exquisit gute. Man raucht sie.«

»Rauchen?«

»Ja.«

»Genug geredet«, warf Priff Dozz mutig ein. »Wir trinken, du rauchst, Artus. Und Pakk Raff und ich widmen den Damen unsere Aufmerksamkeit. Damit kannst du ohnehin nichts anfangen.«

»Genau. Ich rauche, und du und Pakk Raff, ihr trinkt. Und die Damen, ach nein, ich hatte ja versprochen, keine weiteren Einwände vorzubringen.«

»Gut, Artus, sehr gut.« Der Rudelführer ließ das scharfe Gebräu seine Kehle hinunterrinnen und zwinkerte der Blondine zu, die sich neben ihm niedergelassen hatte. »Priff, habe ich dir nicht gesagt, es ist besser, keine Weibchen mit von Bord zu nehmen?«

»Das hast du, Rudelführer.« Priff Dozz kicherte angeheitert. Der Alkohol begann seine Wirkung zu entfalten. »Wer bin ich, daß ich deine Entscheidungen in Frage stelle?«

Der Abend versprach besser zu werden, als Pakk Raff erwartet hatte.

Dennoch störte ihn irgend etwas. Artus hatte eben so seltsam geklungen, fast wie die schnippische Wumm Woll. Ihm entging nicht, daß der Roboter die beiden Römerinnen aufmerksam beobachtete. Artus fing an, ihm auf die Nerven zu gehen. Am liebsten hätte er ihn, der die Zigarre beschnitten hatte und nun anzündete, zurück in die POINT OF geschickt.

Agrippina und Hostilia starrten den Roboter aus großen Augen an. Ein leichter Ausdruck von Angst trat in ihre Züge.

»Was machst du da, Artus?« fragte die Schwarzhaarige mit zitternder Stimme.

»Ich rauche. Genauer gesagt, ich inhaliere den Rauch meiner Zigarre und untersuche ihn in meinem eingebauten Gasanalysator. Auf meine Weise genieße ich die Zigarre.«

»Das ist unheimlich«, flüsterte Hostilia Agrippina zu. »Was ist, wenn er anfängt zu brennen? Du kennst den Chef. Er bringt es fertig, uns eine Mitschuld an einem möglichen Schaden zu geben, und zieht uns aus dem Verkehr.«

»Aus dem Verkehr ziehen?« wiederholte Pakk Raff. Es gelang ihm nicht, dem Gespräch der beiden Frauen zu folgen. Dabei hatte er noch nicht viel getrunken. Bisher lallte er nicht einmal. »Was soll das heißen, aus dem Verkehr ziehen?«

»Seid uns nicht böse, aber wir gehen lieber, bevor er anfängt zu brennen.« Agrippina stand auf und zog Hostilia mit sich, in deren Nacken Pakk Raff eine Schnittstelle für einen Hyperkalkulatoranschluß entdeckte.

»Rudelführer, mir fällt da gerade etwas auf«, japste Priff Dozz empört.

»Mir auch, Priff. Sprich es nicht aus.«

»Nein, Pakk, ganz gewiß nicht. Oh, diese Peinlichkeit.«

»Verdammt, Artus, das waren Roboter«, fluchte Pakk Raff. »Ist dir das nicht aufgefallen?«

»Noch bevor sie sich zu uns an den Tisch gesetzt haben. Ich habe die Emissionen der beiden Maschinen empfangen.«

»Sie sind Bestandteil des Lokals und haben es darauf angelegt, von uns eingeladen zu werden. Warum hast du uns nicht gewarnt?«

»Du hast mir zweimal zu verstehen gegeben, keinen Einwand vorzubringen, deshalb habe ich es gelassen. Ich dachte mir, daß die Roboter sich selbst verraten, sobald ich mir eine Zigarre anzünde. In ihren Augen wirkt das gefährlich, weil man das Rauchen auf Terra Nostra nicht kennt. Ich habe richtig kalkuliert.«

»Ja, das hast du«, räumte Pakk Raff ein. Es brodelte in ihm. »Ich sollte für ein wenig Lärm sorgen. Ich bin sicher, daß uns der Besitzer beehrt, wenn ich den Tisch entzweischlage.«

»Keine Schlägerei, Rudelführer«, bat Priff Dozz. »Was sollen unsere römischen Freunde von uns denken, wenn sie davon erfahren? Und sie werden es erfahren. Bedenke doch, zwei große

Fremde, die nicht von hier stammen, das wird überall das Gesprächsthema Nummer eins sein.«

»Ein großer und ein kleiner dicker Fremder, Priff«, bellte Pakk Raff.

»Wie du meinst, Pakk.«

»Trotzdem solltest du auf ihn hören«, appellierte Artus an den Karrorr. »Niemand hier drin hat den Zwischenfall mitbekommen. Willst du, daß sich das im nachhinein noch ändert? Wenn du Krawall anfängst, stellst du dich selbst bloß, und alle erfahren, worum es geht. Ich an deiner Stelle würde mir diese Peinlichkeit ersparen.«

Pakk Raff stieß ein kehliges Grollen aus. »Schon gut, du hast recht. Ich halte mich zurück.«

Priff Dozz atmete erleichtert auf. »Sehr gut, Rudelführer. Ich bin stolz auf dich.«

»Wie gut, daß ich besonnen bin und die Feinheiten der Diplomatie beherrsche«, stieß Pakk Raff drohend hervor und erhob sich.

»Was hast du vor, Rudelführer?« fragte Priff Dozz.

»Wir machen, was du vorhin vorgeschlagen hast, Berater. Wir wechseln das Lokal.«

*

Gedämpfte Musik empfing die beiden Terraner und die Nomadin in der dezent beleuchteten Nachtbar. In der Luft lag der unterschwellige Singsang sich unterhaltender Römer. Beim Eintreten der drei ungleichen Besucher verstummten einige Gespräche.

Alle Blicke richteten sich auf die großgewachsene Wumm Woll.

»Wir erregen Aufmerksamkeit«, raunte Parker seinem Freund zu. »Daran hätten wir denken müssen.«

»Stimmt. Eine Karrorr haben die Römer in diesem Laden noch nie gesehen. Tut mir leid, daß sie dich so anstarren, Wumm. Möchtest du lieber woanders hingehen?«

»Mach dir keine Gedanken, Steve. Mich stören die Blicke

nicht. Außerdem wäre es im nächsten Laden nicht anders als hier.«

»Da hat sie recht«, pflichtete Parker der Nomadin bei. »Seht mal dort drüben. An der Theke ist Platz für drei Personen.«

Wortlos ging Wumm Woll hinüber und nahm auf einem Barhocker Platz. Die beiden Männer folgten ihr und setzten sich neben sie. Hawker sog die Luft ein und gewahrte einen süßlichen Duft, der eine Ahnung hochprozentigen Alkohols vermittelte. Der Barmann schenkte der außergewöhnlichen Frau einen kurzen Moment übertriebener Aufmerksamkeit, die über seine Aufgabe hinausging, besann sich rasch und wünschte den neuen Gästen einen schönen guten Abend. Er trug eine weite grellgelbe Hose und ein Hemd, in dem sämtliche Farbschattierungen des Regenbogens vereinigt waren. Mit seinen schreiend bunten Kleidungsvorlieben unterschied er sich deutlich von den dezenten Togen der Senatoren, die sich zur Begrüßung der POINT OF am Raumhafen eingefunden hatten.

»Was darf ich euch anbieten?« erkundigte er sich geschäftig.

»Was riecht denn hier so gut?« fragte Wumm Woll zurück.

»Die Sternentropfen von Gardas«, antwortete der Barmann, wobei er in das Polieren eines zylindrischen Glaskolbens versunken war. »Die Sternentropfen sind der Geheimtip in ganz Nova Roma. Es gibt sie nur bei uns.«

»Wenn sie in ganz Nova Roma bekannt sind, kann von einem Geheimtip kaum die Rede sein«, sinnierte Parker.

»Ich finde, die Bezeichnung klingt gut«, zeigte sich Wumm Woll, die leichte Freizeitkleidung trug, vom Namen des Getränks angetan. »Sternentropfen von Gardas, das hat einen wohligen, fast schon erotischen Beiklang.«

»Wir probieren das Gebräu einfach mal.« Hawker hob Daumen, Zeige- und Mittelfinger. »Dreimal Sternentropfen, bitte.«

»Wird erledigt.«

»Guten Abend.« Eine zarte Stimme ließ Hawker aufsehen.

Eine junge Römerin hatte sich zu ihnen gesellt. Ein Wasserfall roter Haare fiel über ihre Schultern und reichte ihr fast bis zur Hüfte. Zu einer bieder aussehenden grauen Bluse trug sie einen kurzen Rock, der gerade eben den Ansatz ihrer Oberschenkel bedeckte, und Stiefel, die ihr bis zu den Knien reichten. Am auffälligsten war ein bauchiges Glas, in dem eine giftgrüne Flüssigkeit zäh schwappte, an deren Oberfläche milchiger Dunst brodelte.

»Guten Abend«, entgegnete Hawker.

»Und zwar einen besonders schönen guten Abend«, flötete Parker und stellte sich und seine Begleiter vor.

Der Kadett grinste in sich hinein, weil er den Eindruck hatte, daß der Obergefreite errötete, was bei dem gedämpften Licht zum Glück nicht zu sehen war.

»Ich bin Claudia Tentia. Ich hoffe, ich störe nicht.«

»Ganz gewiß nicht«, versicherte Parker.

»Bei eurem Eintreten habt ihr für eine Menge Aufsehen gesorgt mit eurer Begleiterin, die gewiß nicht von Terra Nostra stammt.«

»Wumm Woll ist eine Karrorr«, erklärte Hawker. Charlie und er wurden natürlich für Römer gehalten. »Sie und wir gehören zur Besatzung der…« POINT OF lag ihm auf der Zunge, doch statt dessen sagte er: »… der MASOL.«

»Ihr gehört zu dem berühmten Ren Dhark?«

»So ist es«, seufzte Parker.

»Charlie ist nicht weniger berühmt als Dhark«, warf Hawker ein. »Er mag es nur nicht, wenn alle Welt über ihn spricht.«

»Berühmt und bescheiden, das finde ich äußerst faszinierend«, schwärmte die Römerin und nippte an ihrem Getränk, das einen versonnenen Zug in ihr Gesicht zauberte. »Ist das wirklich wahr, Charlie?«

»Na ja, weißt du…«

»Es stimmt«, garantierte die Nomadin.

»Und wie das stimmt, Claudia«, berappelte sich Parker endlich.

»Es freut mich, dich kennenzulernen, Charlie.« Tentia bedachte den Obergefreiten mit einem koketten Augenaufschlag. »Warum trinkt ihr eigentlich nichts?«

Wumm Woll taxierte die giftgrüne Flüssigkeit im Glas der Römerin. »Wir haben bereits bestellt. Dein Getränk sieht ziemlich gefährlich aus.«

»Das sind Sternentropfen von Gardas.«

Hawker grinste, als just in diesem Moment Wumm Woll, Parker und er ihre Getränke erhielten. Die Terraner, die Nomadin und die Römerin stießen miteinander an und tranken. Wumm Woll schnalzte genüßlich mit der Zunge.

»Das kann in der Tat gefährlich werden«, sagte sie.

»Wenn man zuviel davon trinkt, ganz bestimmt.«

»Was hältst du von einem Tanz?« wandte sich Claudia Tentia an Parker.

»Tanzen? Ist das dein Ernst?«

»Sicher.« Die Römerin stellte ihr Glas auf dem Tresen ab.

»Charlie ist ein begnadeter Tänzer, aber du weißt ja…!«

»Ja, seine Bescheidenheit.« Ohne ein Wort des Widerspruchs zuzulassen, zog die neue Bekanntschaft Parker mit sich.

Hawker sah ihnen hinterher, als sie sich auf die kleine Tanzfläche im hinteren Bereich der Bar begaben. »Ich hoffe, du kommst nicht auf die Idee, ebenfalls tanzen zu wollen, Wumm.«

»Nein. Ich bleibe lieber mit dir hier sitzen und möchte mehr über dich erfahren.«

»Puh«, machte der Kadett. »Damit sprichst du mir aus der Seele. Ich muß zugeben, daß ich damit nicht gerechnet hätte, auch nicht als wir uns zu einem sportlichen Wettkampf verabredet haben. Ich hatte es gehofft, ja, aber nicht wirklich daran geglaubt, daß eine starke Karrorr sich mit einem Terraner verabredet.«

»Ach ja, ich erinnere mich. Du stehst auf starke Frauen, sagtest du.«

»Ja.«

»Das ist eine neue Erfahrung für mich. Von Nomaden bin ich ein solches Verhalten nicht gewohnt. Du benimmst dich anders als unsere Männchen.«

»Wie denn?«

»Fast unterwürfig.«

Die Bemerkung rührte eine Saite in Hawker an. »Und das gefällt dir nicht?«

»Doch, es gefällt mir sogar sehr.«

Wumm Wolls Tonfall und die Art und Weise, in der sie ihn

plötzlich ansah, veranlaßte Hawker, den Blick vor ihr zu senken. Gefühle übermannten ihn, die verwirrend, beängstigend und angenehm zugleich waren.

15.

Der vorangegangene Abend im kleinen Kreis in Nautas Haus war gemütlich ausgeklungen. Nun, am nächsten Vormittag, begab Dhark sich in den Senat. Margun und Sola hatten ihn darum gebeten, da sämtliche Senatoren ein persönliches Zusammentreffen mit den Besuchern aus der Milchstraße wünschten. Dhark konnte das Anliegen nachvollziehen und hatte keine Einwände.

Die versammelten Senatoren, von denen, wie Margun versicherte, dem Empfang nicht einer ferngeblieben war, begrüßten den Raumfahrer von der Erde und seine Begleiter mit herzlichem Überschwang. Man hatte die Rolle der Menschen im Befreiungskampf gegen die Zyzzkt nicht vergessen. Besondere Aufmerksamkeit wurde den Wächtern zuteil. Die imposanten Tofiritgestalten machten eine Menge Eindruck, erst recht als bekannt wurde, daß die Metallwesen von Terranern beseelt waren.

In seiner Rede erklärte Dhark, daß sein Forscherdrang ihn wieder nach Orn geführt hätte, weil er die unsichtbare Schranke um die Galaxis knacken wolle. Er schilderte das Zusammentreffen mit dem goldenen Planetenraumschiff und die Art, wie es seinen Ringraumer nach Orn hineinversetzt hatte. Bis auf die Tatsache, daß es die beiden Akademiepräsidenten gewesen waren, die ihn zu Hilfe gerufen hatten, ließ er keine Details aus.

Die Erwähnung des goldenen Planeten sorgte für helle Aufregung im Senat. Mehrere Zwischenrufe verdeutlichten, daß auch die Römer dem alten Mythos über die Götter der Worgun nicht abgeneigt waren.

»Habt ihr keinen Hinweis darauf gefunden, daß der goldene Planet von Balduren gesteuert wurde?« fragte Tullius Romanus.

Dhark bedauerte. »Wir haben keine Ahnung, wer das Schiff steuert. Es ist nicht einmal ausgeschlossen, daß es von einer Maschine gelenkt wird. In dem Fall würde sich allerdings die Frage stellen, ob es sich um einen gewöhnlichen Rechner oder eine intelligente Variante handelt, die man einem Lebewesen gleichstellen müßte.«

»Egal wer oder was sich in dem goldenen Planeten verbirgt, er interagiert gezielt mit deinem Schiff und seiner Besatzung«, behauptete Valerius Lurca. »Die Wahrscheinlichkeit, daß er euch vor sieben Jahren nach eurem Abschied aus Orn und nun abermals durch Zufall begegnet ist, ist so gering, daß sie sich kaum in Prozentzahlen ausdrücken läßt.«

»Der Meinung sind wir auch«, stimmte Wächter Svante dem Senator zu.

»Ist es wahr, daß ihr ratlos seid, wie ihr Orn wieder verlassen könnt?«

»Das trifft zu«, gestand Dhark. »Unsere Spezialisten arbeiten aber mit Hochdruck daran, eine Lösung für dieses Problem zu finden.«

»Ich will ehrlich sein«, meldete sich Tullius Romanus zu Wort. »Mich stört die Barriere um Orn nicht, und den meisten Angehörigen des Senats geht es wie mir. Dadurch, daß unsere Galaxis vom Rest des Universums abgeschottet ist, droht uns und den anderen Völkern Orns auch keine Gefahr von außen.«

Dhark, den es als leidenschaftlichen Raumfahrer und wißbegierigen Forscher nie weit genug hatte hinausziehen können, fiel es schwer, die Sichtweise der Senatoren nachzuvollziehen. Vielleicht war die Vorherrschaft der Zyzzkt noch zu nahe. Auch wenn diese Bedrohung nicht von außen gekommen, sondern gewissermaßen hausgemacht gewesen war, brauchte es seine Zeit, um sie gänzlich zu verarbeiten. Dhark konnte sich vorstellen, daß es sowohl Römern als auch Worgun gelegen kam, mittelfristig erst einmal nur vor der eigenen Haustür zu kehren.

»Uns ist bewußt, daß Isolation kein Zustand von Dauer sein kann«, schlug Laetus, der Dharks Gedanken zu erraten schien, moderate Töne an. »Das gilt auch für ein Gebilde von den Ausmaßen einer ganzen Galaxis. Doch wir haben noch viel aufzuarbeiten, so daß uns eine gewisse Phase der Ruhe und Abgeschiedenheit willkommen ist.«

Nach dem, was Dhark von Gisol erfahren hatte, sah es in Orn allerdings ganz und gar nicht nach einer Phase der Ruhe aus. Einst hatten Zyzzkt die Worgun gejagt, nun jagten die Gestaltwandler die überlebenden Insektoiden. Sah man von den umgekehrten Vorzeichen ab, wiederholte sich die Geschichte.

»Wir arrangieren uns bestens mit unserer freiwilligen Verbannung, zumindest für eine Weile. Mir ist jedoch klar, daß das für euch nicht zutrifft«, zeigte sich Valerius Lurca besorgt. »Haben deine Spezialisten bei ihren Bemühungen schon einen Erfolg errungen?«

»Ich wünschte, ich könnte deine Frage bejahen, doch dem ist nicht so«, gestand Dhark.

»Du klingst wenig hoffnungsvoll. Was willst du nun unternehmen?«

»Laetus und ich haben in der Vergangenheit schon einmal mit Ren Dhark zusammengearbeitet und dabei gute Erfolge erzielt«, sagte Nauta. »Wir haben vor, auch in diesem Fall gemeinsam nach einer Lösung zu suchen.«

Dhark nickte dem Präsidenten dankbar zu. »Wir sind zuversichtlich, gemeinsam etwas zu erreichen, das uns im Alleingang versagt bleibt.«

Unter den Senatoren setzte zustimmendes Gemurmel ein. Vereinzelte Diskussionen brandeten auf, bis Lurca wieder das Wort ergriff.

»Eine löbliche Idee, darin scheinen wir alle übereinzustimmen. Sie festigt unsere alte Freundschaft und erneuert sie.«

»Deshalb werden Laetus und ich an Bord der POINT OF gehen und Terra Nostra für eine Weile verlassen.«

Die Senatoren nahmen die Entscheidung mit Gelassenheit zur Kenntnis. Da sie den Grund erfahren hatten, gab es keine Nachfragen. Dhark atmete erleichtert auf. Wenn der Ringraumer mit den beiden Akademiepräsidenten losflog, geschah das, ohne Aufsehen zu erregen.

*

Die beiden Worgunmutanten trugen Abschirmreifen, worauf Doorn bestanden hatte. Dhark hielt die Vorsichtsmaßnahme für richtig. Zwar wären Ssirkssrii und Harold Kucks niemals auf die Idee gekommen, in den Gedanken eines Besatzungsmitglieds der POINT OF zu spionieren, doch es war besser, auch das geringste Restrisiko auszuschalten.

Dhark merkte Nauta und Laetus – Margun und Sola, die den Ringraumer entwickelt und gebaut hatten – an, daß sie sich freuten, wieder in ihrem Schiff zu sein. Als die POINT OF vom Raumhafen Nova Romas abhob, unterzogen sie jede Station in der Zentrale einer genauen Betrachtung, ohne sich in die Arbeitsabläufe einzumischen. Auch ersparten sie sich Kommentare an die Adressen der diensthabenden Offiziere.

Gisol hatte sich der POINT OF angeschlossen. Seine EPOY II mit Juanita und dem Mutanten Segal an Bord, den er den Menschen vor dem Start vorgestellt hatte, flog parallelen Kurs zur POINT OF. Im ersten Moment war Dhark überrascht gewesen, daß sein Freund ohne Not ein weiteres Besatzungsmitglied aufgenommen hatte, doch die Schilderung der Umstände, wie Gisol und Juanita gemeinsam mit Segal von Epoy geflohen waren, bot eine einleuchtende Erklärung. Sie zeugte mit erschreckender Deutlichkeit davon, mit welcher Rücksichtslosigkeit die Worgun Jagd auf ihre Mutanten machten. Nur weil sie besonders intelligent waren?

»Was du uns über Kucks und Ssirkssrii erzählt hast, klingt interessant«, sagte Nauta zu Doorn.

»Interessant und faszinierend – und zugleich ein wenig erschreckend. Auf keinen Fall gestatte ich, daß jemand einen Blick in meinen Kopf wirft.«

»Da geht es dir wie Laetus und mir.«

Doorn nickte verstehend.

Dhark lauschte dem Gespräch mit Zurückhaltung. Für einen Uneingeweihten ergab es wenig Sinn. Was dahintersteckte, begriff man nur, wenn man darüber unterrichtet war, daß sich hier drei Worgunmutanten unterhielten. Er konnte die Doorn und die beiden Präsidenten verbindende Seelenverwandtschaft verstehen, die anders war als die zwischen Kucks und Ssirkssrii. Alle drei lebten seit einer Ewigkeit unerkannt inmitten eines Volkes, das nicht das ihre war. Für einen Augenblick kam ihm die groteske Vorstellung, nach Abschluß dieser Mission könne Doorn auf die Idee kommen, die POINT OF zu verlassen, um bei den Erbauern der MASOL auf Terra Nostra zu bleiben.

Wieso eigentlich grotesk? fragte sich Dhark. Doorn hatte seine Ehefrau Doris verloren und trug, wie das Gespräch in Nautas Haus gezeigt hatte, schwer an diesem Päckchen. Es war bezeichnend, daß er an diesem Abend zum erstenmal offen über das Thema geredet hatte.

Dhark konnte nicht ausschließen, daß Doorns Blutsverwandtschaft zu Margun und Sola schwerer wog als die Freundschaft mit seinen terranischen Kameraden.

Dhark schüttelte die Vorstellung ab, den rothaarigen Brummbär als Freund und als mit seinen Fähigkeiten für die Menschheit enorm wichtigen Mitstreiter zu verlieren.

»In meinen Kopf kann sowieso niemand schauen.« Pakk Raff, der sich mit seinem Berater in der Zentrale aufhielt, demonstrierte seine Gelassenheit. »Das war in Drakhon so, und das ist hier nicht anders.«

In Drakhon, der Heimatgalaxis der Nomaden, die aus einem anderen Universum stammte, besaß jede Spezies eine artspezifische parapsychische Fähigkeit. Gegenüber allen anderen Völkern wirkte die Gabe der Karrorr nicht aktiv, sondern besaß passiven Charakter. Die Canoiden waren nämlich gegen die Paraangriffe aller anderen Wesen immun.

»Welche Parafähigkeiten sind denn in Orn am weitesten verbreitet?« wollte Priff Dozz wissen.

»Gar keine«, antwortete Doorn.

»Gar keine? Was meinst du damit?«

»Daß es in Orn keine bekannten Völker mit Parakräften gibt, ganz einfach.«

»Das stimmt nur bis zu einem gewissen Punkt«, schränkte Nauta ein. »Eine alte Legende berichtet von einem geheimnisvollen verborgenen Volk, in dem jeder eine andere Paragabe besitzt.«

Priff Dozz kicherte vergnügt. »Das sind ja schöne Ammenmärchen.«

Doorn hatte die Augen zusammengekniffen. »Wenn du meinst. Laetus und Nauta sind allerdings anderer Meinung. Sie glauben, daß die Legende einen wahren Kern besitzt und es dieses Volk tatsächlich gibt.«

»Irgendwo in den Weiten von Orn?«

»Ja.«

»Die Römer sind bisher aber nie auf dieses Volk getroffen?«

»Nein.«

»Dann wird das auch so bleiben, oder glaubt hier irgendwer an Wunder?«

»Wir brauchen kein Wunder, sondern einen wohlüberlegten Plan«, mischte sich Dhark ein. »Womit wir bei dem Versuch wären, den Doorn durchführen möchte. Angenommen, das geheimnisvolle Volk, von dem keiner weiß, wo es lebt, existiert wirklich, dann hat es bestimmt einen Hypno in seinen Reihen. Zumindest hoffen Nauta und Laetus das.«

»In diesem Fall könnten wir den ursprünglichen Plan der Römer doch noch durchführen«, überlegte Pakk Raff. »Nur nützt uns die ganze schöne Theorie nichts. Wie sieht also Doorns Plan aus?«

Dhark überlegte einen Moment, dann nickte er. »Ich verrate es euch, aber damit ich nicht alles doppelt erklären muß, möchte ich vorher die beiden in die Zentrale rufen, auf die es bei Doorns Versuch vorrangig ankommt.«

Er aktivierte Bordsprech und befahl Harold Kucks mit seiner Seelenpartnerin Ssirkssrii in die Zentrale.

*

»Das Tier sieht interessant aus. Hoffentlich ist es nicht gefährlich«, sorgte sich Priff Dozz.

»Und ich choffe, der krummbeinige dicke Chund isst nicht gefährlich«, keckerte die einen Meter lange leguanähnliche Echse, die auf Harold Kucks' Schulter saß.

Pakk Raff brach in schallendes Gelächter aus. Vor Vergnügen

schlug er seinem Berater so grob auf den Rücken, daß der Kleine in die Knie ging. Dhark verkniff sich ein Grinsen, um Priff Dozz nicht noch mehr zu düpieren. Er wartete, bis der Rudelführer sich beruhigt hatte.

»Ssirkssrii ist eine Faskia, die über nicht weniger Intelligenz verfügt als alle anderen an Bord, und Kucks ist ihr Seelenpartner«, erklärte er. »In Ssirkssriis Gegenwart kann Harold die Gedanken anderer Lebewesen lesen, allerdings nur in einem Radius von zwanzig Metern. Ssirkssrii selbst ist dazu nicht in der Lage. Wohl aber können beide gegenseitig ihre Gedanken lesen und sich somit stumm unterhalten.«

Dhark stellte dem Flashpiloten und seiner Seelenpartnerin diejenigen unter den Anwesenden vor, denen sie noch nicht begegnet waren.

»Deshalb tragen hier einige die Abschirmreifen?« Mißtrauisch beäugte Priff Dozz die scharfen Krallen der Faskia und ihren Stachelkamm, der vom verhornten Kopf über den Rücken bis zur Schwanzspitze reichte. Er hatte seine Überraschung darüber überwunden, es nicht mit einem dummen Tier zu tun zu haben. »Ihr fürchtet, daß etwas von euren Gedanken publik wird, was nicht für die Öffentlichkeit bestimmt ist?«

»Ich lege Wert auf meine Privatsphäre«, brummte Doorn.

»Sind Kucks und die Echse etwa indiskret?«

»Das sind wir nicht«, versicherte der Flashpilot mit dem dünnen schwarzen Schnurrbartstrich.

Doorn winkte genervt ab. »Darum geht es überhaupt nicht. Vorsicht ist die Mutter der Porzellankiste – obwohl ich niemandem unlautere Absichten unterstelle. Trotzdem bestimme ich selbst über den Grad der Vorsicht, die ich walten lasse.«

»Du bist hoffentlich kein Gewaltverbrecher auf der Flucht, der Angst davor hat, enttarnt zu werden«, scherzte Pakk Raff und wurde gleich wieder ernst. »Welche Rolle spielen Kucks und Ssirkssrii in dem Plan?«

»Dass wüßte ich auch gerne«, zischelte die Echse.

»Ich bin sicher, der Commander wird es uns gleich verraten, meine Schöne.« Kucks streichelte den Kopf der Faskia, die daraufhin ein zufriedenes Keckern erschallen ließ.

»So ist es.« Dhark rekapitulierte noch einmal kurz die Situation in Orn.

Er strich die Jagd der fehlgeleiteten Worgun auf die Zyzzkt und auf eigene Mutanten heraus und erläuterte Nautas und Laetus' Plan, mit Hilfe eines Hypnos regulierend einzugreifen, um die Feindseligkeiten zu beenden und die Moralvorstellungen der Worgun wieder in den Vordergrund zu stellen.

»Wir müssen etwas unternehmen«, drängte Laetus. »Wir können nicht tatenlos zusehen, wie die Worgun, ob freiwillig oder unter einem Zwang, der ihnen nicht einmal bewußt ist, ihre zutiefst ausgeprägte Moral vergessen und sich wie Barbaren benehmen.«

»Ihr Römer sorgt euch mehr um die Worgun als die Worgun selbst«, wunderte sich Pakk Raff.

»Weil sie unsere Freunde sind und im Kampf gegen die Zyzzkt treue Verbündete waren. Sie tragen keine Schuld an den derzeitigen Geschehnissen. Unsere Ehre als Römer gebietet es uns, ihnen in der Stunde neuerlicher Not zur Seite zu stehen.«

»Das ist ein gutes Argument. Die Ehre eines Kämpfers ist wichtig. Man läßt keine Freunde im Stich, auch nicht, wenn man sich dadurch selbst in Gefahr begibt«, knurrte Pakk Raff. »Ihr habt deshalb meine und die Unterstützung meines Rudels.«

»Darf ich zur Vorsicht vor unüberlegten Versprechungen mahnen, mein Rudelführer?« warnte Priff Dozz.

»Hast du nicht gehört, was ich eben gesagt habe?« schnauzte Raff seinen Berater an.

»Doch, das habe ich.«

»Dann stelle meine Zusage an unsere Freunde nicht in Zweifel, wenn dir deine Ohren lieb sind.«

Priff Dozz zog den nicht vorhandenen Schwanz ein und kuschte.

»Um etwas unternehmen zu können, ist es also wichtig, daß wir das unbekannte Volk der Parabegabten finden?« fragte Pakk Raff.

»Nicht nur wichtig, sondern unerläßlich«, sagte Dhark. »Aus diesem Grund sind wir auf dem Weg zu einer geheimen Arkan-Station, in der die beiden Chefwissenschaftler von Terra Nostra einen leistungsstarken Parakraftverstärker gebaut haben. Er war ursprünglich für Tschobe konzipiert, aber Manu hat seine Hypnofähigkeiten bekanntlich eingebüßt.«

Doorn blickte finster drein. »Deshalb habe ich eine Idee entwickelt, wie wir den Verstärker vielleicht trotzdem nutzen können.«

»Und dafür werden Ssirkssrii und ich gebraucht«, folgerte Kucks. »Kann ich davon ausgehen, daß wir gewissermaßen Versuchskaninchen spielen?«

Doorn nickte. »Der Parakraftverstärker wurde bisher nicht getestet. Aber wenn der Versuch so verläuft, wie ich ihn mir vorstelle, können Sie und die Echse telepathisch ganz Orn abhören – und so vielleicht das Volk finden, nach dem wir suchen.«

»Hm«, machte Kucks nachdenklich und strich über seinen dünnen Schnurrbart. »Sind Sie wirklich der Meinung, das funktioniert?«

»Wenn Laetus und Nauta nicht zuviel versprochen haben, sehe ich recht gute Aussichten auf Erfolg.«

Nauta legte die Stirn in Falten. »Natürlich können wir keine Garantie abgeben. Wir haben den Verstärker jedoch ein dutzendmal in allen Einzelheiten überprüft und Simulationen durchgeführt. Nur ein Feldversuch mit einem, der Begriff fiel soeben, *Versuchskaninchen* steht noch aus.«

Dhark sah den Flashpiloten an. »Nun, Harold, was halten Sie davon?«

»Ich bin mir nicht sicher«, gab Kucks zögernd zurück. »Die ganze Sache klingt ziemlich unausgegoren, irgendwie improvisiert.«

»Das ist sie auch, das verhehle ich nicht. Dummerweise haben wir keine Alternative. Natürlich kann ich Ihnen den Befehl nicht geben, und das will ich auch gar nicht, aber bedenken Sie, daß Sie und Ssirkssrii unsere einzige Option sind. Ohne Sie können wir die Erfindung der Römer nicht anwenden.«

»Was meinst du?« fragte Kucks die Echse.

»Ich finde, dass wir unss nicht ssperren ssollten, wenn wir die einzige Chance auf Erfolg ssind.«

»Ein Parakraftverstärker, das klingt irgendwie gefährlich,

meine Schöne. Ich will vermeiden, daß du durch dieses Gerät Schaden nimmst.«

»Papperlapapp«, zischelte die Faskia. »Wass ssoll mir schon passieren? Ich werde genau aufpassen, du chasst mein Wort.«

»In dem Fall bin ich einverstanden«, gab Kucks seinen Widerstand auf. »Sehen wir uns die Maschine in der Arkan-Station aus der Nähe an und finden heraus, wozu sie fähig ist.«

Dhark war erleichtert, dank der beiden Seelenpartner etwas unternehmen zu können. »Ich danke Ihnen, Leutnant. Und dir danke ich auch, Ssirkssrii.«

»Kein Problem«, keckerte die Faskia. »Dank Charold chabe ich gelernt, meinen Freunden beizzustehen.«

»Bemerkenswert«, murmelte Pakk Raff.

»Wass denn?«

»Eure Seelenpartnerschaft. Eure Verbindung. Von einer ähnlichen Konstellation habe ich noch nie gehört.«

»Sie ist ein Geschenk, das ich auf keinen Fall mehr missen möchte«, schwärmte Kucks.

»Sso wenig wie ich«, pflichtete die Faskia ihm bei. »Mit Charold chabe ich genau den richtigen Sseelenpartner gefunden. Davor konnte ich mir eine sso enge Bezziehung überchaupt nicht vorsstellen.«

»Du kannst also die Gedanken der Leute hier in der Zentrale lesen, abgesehen von denen, die einen Abschirmreifen tragen?«

»Nicht ich, ssondern Charold.«

»Das meine ich ja.«

»Ssollen wir ess bei dir verssuchen?« bot Ssirkssrii an.

Der Karrorr grinste zuversichtlich. »Ja. Ihr werdet zwar scheitern, aber das ist bestimmt eine nette Erfahrung.«

»Schluß mit dem Unsinn«, ging Dhark dazwischen. »Wir treiben hier keine Spielchen.«

Kucks tätschelte der Faskia den Kopf. »Es ist in Ordnung, Commander. Ich würde gern herausfinden, ob die Nomaden parapsychisch wirklich so unangreifbar sind, wie Pakk Raff glaubt.«

»Von mir aus«, signalisierte Dhark sein Einverständnis. Er konnte nicht sehen, was auf geistiger Ebene geschah. Bei den

Seelenpartnern zeigte sich keine Veränderung, und auch der Rudelführer verzog keine Miene.

Schließlich schüttelte Kucks den Kopf. »Nichts zu machen. Pakk Raff hat nicht übertrieben. Ich kann nicht den kleinsten Gedankenfetzen von ihm erhaschen.«

Priff Dozz kicherte vergnügt, und Pakk Raff verschränkte demonstrativ die Arme vor der Brust. Der Flashpilot kratzte sich nachdenklich am Schopf. Offenbar war er trotz gegenteiliger Beteuerung der Nomaden von einem Erfolg ausgegangen. Daß seine und Ssirkssriis Fähigkeit bei den Karrorr versagte, war eine gänzlich neue Erfahrung für ihn.

»Laßt uns dieses geheimnisvolle Volk mit seinen Paragaben suchen«, donnerte Pakk Raffs Stimme durch die Zentrale. »Ich bin für jede neue Herausforderung dankbar.«

16.

»Das ist ARKAN-54«, sagte Laetus mit unüberhörbarem Stolz in der Stimme.

»Mach die Schnauze zu, Priff. Du sabberst die Zentrale voll«, schalt Pakk Raff seinen Berater.

Der Rudelführer war allerdings nicht weniger begeistert als Priff Dozz, das konnte Dhark an den großen Augen des Nomaden erkennen. Beide Karrorr standen vor der Bildkugel und begutachteten die Arkan-Station, auf die die POINT OF zuflog. Im Erfassungsbereich war auch die EPOY II zu sehen.

Dhark mußte sich eingestehen, daß die gewaltige Station auch ihn in ihren Bann zog. Er hatte schon zahlreiche Einrichtungen der Worgun gesehen, und doch beeindruckten sie ihn immer wieder. Die Einblendungen in der Bildkugel bestätigten die Größenangaben, die er am Vortag erhalten hatte. Die würfelförmige Station hatte eine Kantenlänge von 178 Kilometern. Zahlreiche irdische Großstädte ließen sich darin unterbringen. Ganze Völker ließen sich in ein Objekt dieser Größe evakuieren.

»Diese Station würde ich zu gern einmal erkunden«, seufzte Pakk Raff.

»Das ist unmöglich. Du wirst nicht alt genug, um auch nur einen Teil davon zu erforschen«, belehrte ihn sein Berater. »Ich kann mir nicht einmal vorstellen, daß Laetus und Nauta das gesamte Innere von ARKAN-54 kennen. Wie ist es zwei Männern möglich, einen solchen Raumgiganten zu planen und zu bauen? Könnt ihr mir das erklären?«

Die Angesprochenen schwiegen, weil sie als Römer keine einleuchtende Erklärung bieten konnten. Ihre Identität als Worgun wollten sie weiterhin geheimhalten.

»Nauta und Laetus haben mir verraten, daß sie auf bestehende Baupläne der Worgun zurückgegriffen haben. Zum Bau der Station standen ihnen ein Corus und ein Heer von Robotern zur Verfügung.«

»Ein Corus?«

»Eine vollautomatische Fabrikationsanlage, die sich selbsttätig ausbaut und erweitert. Coren sind an der Oberfläche, unterirdisch, im Weltraum und unter Wasser einsetzbar.«

»Sehr interessant. Ein solcher Corus wäre ein Handelsobjekt, für das wir Karrorr eine Menge bieten würden.«

»Der Bau eines Corus ist extrem aufwendig, und daher sind sie unbezahlbar. Damit schachert man nicht herum wie mit einem Sack Partris-Knollen«, empörte sich Nauta.

In der Außenhülle der Station entstand eine Öffnung. Mit geringer werdender Geschwindigkeit glitt die POINT OF darauf zu. Hinter dem sich verbreiternden Maul flammte Licht auf.

»Antrieb abschalten!« kommandierte Nauta.

Dhark gab Falluta im Pilotensitz ein Zeichen, und der Sublichteffekt erstarb. Vom eigenen Schwung getragen, näherte sich der Ringraumer der Schleusenkammer.

»Ein Traktorstrahl hat uns erfaßt«, meldete Grappa.

Unsichtbare Kräfte zogen die POINT OF durch die breite Öffnung und bugsierten sie auf ein markiertes Landefeld. In dem riesigen Hangar waren keine anderen Raumschiffe untergebracht. Unmittelbar neben der POINT OF setzte die EPOY II weich auf.

Die beiden Senatoren gingen zum Zentraleschott. »Willkommen in ARKAN-54.«

*

Dhark war mit der Architektur der Arkan-Schiffe und Erron-Stationen vertraut. Sie bestachen durch ihre Größe, durch ihre Gewaltigkeit, die mit nichts anderem im Universum vergleichbar war, und unterschiededn sich doch immer wieder voneinander. Das vorherrschende Element, nämlich der bauliche Gigantismus, der jedem Besucher die eigene Winzigkeit vor Augen führte, blieb stets erhalten. Hier war das anders. Ein Transportband trug Dhark, Kucks, Ssirkssrii und die beiden Präsidenten tiefer ins Innere der Anlage hinein. Weiteren Besatzungsmitgliedern, die gern mitgekommen wären, hatte Nauta eine Absage erteilt. Besonders Pakk Raff war sauer, weil er sich nicht im Inneren der gigantischen Station umsehen durfte.

»Von außen habe ich mir die räumliche Aufteilung großzügiger vorgestellt«, sagte Kucks.

»Ess isst langweilig«, stimmte Ssirkssrii ihrem Seelenpartner zu. »Doch dass isst ssekundär. Wir ssind schliesslich nicht zzu unsserem Vergnügen chier.«

»Du hast recht, meine Schöne, doch ich habe wahre Wunderdinge in ARKAN-54 erwartet.«

»Es gibt keine Wunder in Arkan-Stationen. Alles, womit sie angefüllt sind, ist hochentwickelte Worgun-Technologie, wobei die Bauweise stets der Zweckmäßigkeit folgt«, erklärte Laetus nüchtern. »Allerdings wird man als unbedarfter Betrachter zuweilen durchaus von der optischen Eindringlichkeit der Ausstattung gefangengenommen.«

Wenig später erhielten die Besucher die Bestätigung. Die Umgebung änderte sich schlagartig, nachdem das Transportband die fünfköpfige Gruppe durch einen schmalen Durchlaß getragen hatte und in eine hochaufragende Unitallkammer mit zur Mitte hin gewölbter Decke brachte. Blaues Licht füllte die Halle bis in den letzten Winkel aus.

Das Transportband schwebte in der Luft, über einem semitransparenten Boden, der von Wellenbewegungen durchzogen wurde und unablässige Veränderungen erfuhr. Er schien aus einem amorphen Material zu bestehen, in dem kaskadierende Leuchterscheinungen aus unzähligen Farben spielten. Bauchige Blasen des Blaulichts diffundierten durch den in stetiger Unruhe begriffenen Hallenboden hindurch und tropften in darunter verborgene Auffangbecken.

»Chalt dich bloss gut fesst, Charold«, mahnte die Faskia den Mann, auf dessen Schulter sie saß. Sie hatte sich dicht um seinen Hals geschmiegt, um bloß nicht abzurutschen.

»Worauf du dich verlassen kannst«, versprach Kucks. »Ich

habe nicht vor, da unten ein Bad zu nehmen. Ich vermute, es würde mir schlecht bekommen, in diese träge Pampe zu plumpsen.«

»Das würde es«, bestätigte Laetus. »Doch tatsächlich besteht keine Gefahr. Würde einer von uns stürzen, träten augenblicklich auf Agrav-Basis arbeitende unsichtbare Rückhaltevorrichtungen in Kraft und würden ihn wieder auf das Band heben.«

»Beruhigend«, murmelte Kucks mit einem Tonfall, der das Gegenteil ausdrückte.

Bei der rätselhaften Technologie von Arkan-Stationen fragte Dhark nicht nach Erklärungen. Es war am besten, man nahm die bizarren Einrichtungen einfach hin, ohne sich den Kopf darüber zu zerbrechen. Die einzelnen Elemente, so optisch unterschiedlich sie sich auch darstellten, waren lediglich Teile eines übergeordneten Systems. Er wußte, daß Worgun selbst hochentwickelte Technik so bauen konnten, daß ihre Bauweise und Struktur einen Sinn ergaben und Rückschlüsse auf die Funktion gestatteten. Daß sie so häufig davon abwichen und alles besonders kompliziert und unübersichtlich anlegten, mochte ein Anzeichen von Größenwahn aus Zeiten sein, in denen die Mysterious die unangefochten an der Spitze von Orn stehende Spezies gewesen waren.

Sie durchquerten weitere Räume und folgten dem Verlauf kleiner und großer Korridore, glitten durch Hallen und wurden von Kraftfeldern auf andere Ebenen getragen. Man konnte leicht den Eindruck gewinnen, durch ein nicht enden wollendes Wunderland getragen zu werden, und kratzte dabei doch gerade eben an der Oberfläche der Station. Als das Transportband anhielt und Nauta die Passagiere mit einer Handbewegung aufforderte, von der Beförderungseinrichtung hinunterzusteigen, schätzte Dhark, daß sie sich nach wie vor in einer peripheren Sektion von ARKAN-54 befanden.

Laetus führte die Gruppe durch eine unscheinbare Tür in einen kleinen Raum. Erwartungsvoll sah Dhark sich um, doch es gab kaum etwas zu sehen, das sein Interesse erregt hätte. Zentral war ein Sessel plaziert, davor ein wenig beeindruckendes Schaltpult mit ein paar Anzeigen, deren Bewandtnis sich nicht erkennen ließ. Ringsum war ein halbes Dutzend weiterer Sitzgelegenheiten gereiht, flache Schalen bar jeglichen Komforts, und in der gegenüberliegenden Raumecke führte eine Treppenflucht nach oben.

»Wo ssind wir? Wass isst dass für eine Einrichtung?« zischelte Ssirkssrii.

»Von hier aus wird der Parakraftverstärker gesteuert«, verriet Nauta.

Kucks grinste spöttisch. »Das soll wohl ein Scherz sein. Ich dachte, es geht darum, ganz Orn zu erreichen.«

»Das ist richtig.«

»In den Toilettenkabinen der POINT OF gibt es mehr Technik als hier.«

»Gar nicht wahr, Charold. Davon chabe ich mich mit eigenen Augen überzzeugt.«

Dhark räusperte sich. »Ich bin sicher, die Senatoren kennen die hiesigen technischen Gegebenheiten besser als wir.«

Laetus rang mit den Händen. »Ich danke dir für dein Vertrauen und entschuldige mich zugleich bei Kucks und Ssirkssrii für das entstandene Mißverständnis. Es ist unsere Schuld. Bitte folgt uns, denn wir möchten euch einen weiteren Raum zeigen.«

Die Präsidenten gingen an dem Sessel und dem Schaltpult vorbei und stiegen die Treppe hoch. Dhark und Kucks mit der Echse folgten ihnen ein Stockwerk nach oben. Vor ihnen lag eine riesige Halle, deren Abmessungen sich nicht bestimmen ließen. Das jenseitige Ende war nicht zu sehen. Es war zu weit weg. Ein Park voluminöser, turmhoher Gigantmaschinen schränkte die Sicht zusätzlich ein.

»Die Halle muß mehrere Kilometer lang sein«, schätzte Kucks.

Nauta machte eine umfassende Handbewegung. »Das ist sie. Alle darin enthaltenen Aggregate sind Teil der Maschine, die Laetus und ich gebaut haben. Das, was ihr hier vor euch seht, ist der eigentliche Parafeldverstärker.«

»Und unten?«

»Der kleine Raum ist die Kraftaufnahmestelle. Von dort wird die Maschine bedient und gesteuert.«

Nun wurde Dhark einiges klar. Der gewaltige, unübersichtliche Maschinenkomplex, der sich vor den Besuchern in die Ferne erstreckte, vermittelte eine Ahnung von seiner Leistungsfähigkeit. Mehr als einmal hatte Dhark worgunsche Großprojekte gesehen, die die technischen Möglichkeiten der Menschheit weit überschritten.

»Gehen wir zurück nach unten«, forderte Laetus die anderen auf.

Sie folgten ihm die Treppe hinunter, die im Vergleich zu den futuristischen Apparaturen altbacken und beinahe anachronistisch wirkte. Ohne eine Aufforderung abzuwarten, nahm Kucks Platz auf dem Sessel, der, wie die Senatoren sich ausgedrückt hatten, Kraftaufnahme des Parafeldverstärkers.

»Ich nehme an, von hier aus sollen Ssirkssrii und ich aktiv werden.«

»Richtig.«

»Brauche ich keinen Helm, über den ich mit dem Verstärker verbunden bin?«

»Nein, die Maschine arbeitet nach dem gleichen Prinzip wie die Gedankensteuerung.«

»Worauf müssen wir achten?«

Nauta trat an das Pult heran und betätigte einen Schalter. »Ihr müßt euch klarmachen, daß ihr gewissermaßen zu einem Teil der kollektiven Stimme Orns werdet. Euch bleibt nichts verborgen. Lauscht einfach auf paranormale Impulse.«

»Einfach?« fragte Dhark. »Ich kann mir nicht vorstellen, daß das so einfach ist.«

»Kucks und Ssirkssrii brauchen bloß ihren Geist zu öffnen, für alles andere sind wir zuständig. Laetus und ich steuern die gesamte Anlage von dem kleinen Pult aus.«

»Den beiden kann doch nichts passieren, Nauta? Ich möchte, daß das sichergestellt ist.«

»Wie wir schon sagten, haben wir bisher nur Probeläufe ohne Testpersonen durchgeführt. Dies ist das erste Mal, daß jemand in der Kraftaufnahme sitzt.«

Dhark war der bevorstehende Versuch nicht geheuer. Die Senatoren sprachen es nicht aus, doch es stand im Raum, daß für den Flashpiloten und seine Seelenpartnerin ein gewisses Risiko bestand. Er zögerte, sein Einverständnis zu dem Versuch zu geben.

»Alles in Ordnung, Commander«, riß ihn Kucks aus seinen Überlegungen. Die Faskia blieb ruhig auf seinen Schultern sitzen. »Für einen Rückzieher ist es zu spät. Außerdem haben wir keine andere Option, worüber wir uns alle einig sind. Beginnen wir, bevor ich in letzter Sekunde doch noch kalte Füße bekomme.«

»Also schön«, gab Dhark sein Einverständnis. »Nauta, Laetus, fangen wir an.«

*

Zuerst nahm Harold Kucks gar nichts wahr. Er sah nichts und hörte nichts. Es gab keine Gerüche und keinen Geschmack. Den Sessel, auf dem er Platz genommen hatte, registrierte er ebensowenig wie das Schaltpult und die Männer, die ihn beobachteten. Einzig Ssirkssrii war bei ihm. Er fühlte das Gewicht ihres Körpers auf seinen Schultern und empfing ihre Gedanken, die eine beruhigende Wirkung auf ihn ausübten.

Mir geht es gut, machte er die Faskia auf seine Ruhe und Gelassenheit aufmerksam.

Mir auch. Und ich passe gut auf dich auf.

Das weiß ich, meine Schöne.

Ein einsames winziges Licht erregte Kucks' Aufmerksamkeit. Es glomm in der Dunkelheit auf und schien ihn wie magisch anzuziehen. Er war erstaunt, wie leicht es ihm fiel, dem Lichtlein zu folgen. Gemeinsam eilten sie durch Raum und Zeit, und dann entstand vor ihm ein weiteres Licht, und noch eines und noch eines. Es wurden immer mehr, bis sie den ganzen Raum um ihn herum ausfüllten.

Dies war der Weltraum, begriff Kucks. Dies war die Sterneninsel Orn mit all ihren Gestirnen. Er erfaßte sie und die Planeten, die die Lichter umkreisten. Und er vernahm die Wesen, die dort lebten, und ihre Gedanken, Gefühle und Sehnsüchte.

Intensität und Anzahl stiegen sprunghaft an, und Kucks

wußte, daß nur Sekunden vergangen waren, bis ihre schiere Menge ihn überrannte wie ein Springflut. Er versuchte innezuhalten, doch es gelang ihm nicht.

Ungebremst raste er durch die Galaxis, ohne Einfluß auf seine Richtung oder die Geschwindigkeit ausüben zu können. Von allen Seiten prasselten Gedanken auf ihn ein, Gedanken und Geschichten, die er bruchstückhaft vernahm.

Harold. Es war Ssirkssrii, die ihn ansprach. Ihre Gedanken vermischten sich mit denen all der anderen Wesen, auf die Kucks nie getroffen war.

Namen, Begriffe und Bilder deckten ihn wie ein Kugelhagel ein. Sie kamen von vorn, von hinten, buchstäblich von überall her und drohten seinen Geist zu sprengen. Verzweifelt versuchte er eine unsichtbare geistige Mauer aufzubauen, doch das war unmöglich. Dem Ansturm, dem er ausgesetzt war, hatte er nichts entgegenzusetzen.

Und es wurde noch schlimmer. Millionenfach, milliardenfach kam einseitiger Kontakt zustande, und jeder einzelne davon war ein kleiner Stich in seinen Verstand. Er verlor die Orientierung, verlor seine Erinnerung daran, wie er an diesen unwirklichen Ort gelangt war.

Er, wer war er überhaupt? Die mentale Lawine hüllte ihn ein, begrub ihn unter sich, und es nahm kein Ende.

Nahm kein Ende.

Kein Ende.

Harold!

Harold? Was bedeutete das? Und wer oder was rief durch das Chaos, das seinen Verstand auslöschte?

Niemand rief mehr. Da war niemand. Und auch er war nicht mehr da. Er? Wer war er? Er konnte sich nicht erinnern.

*

»Abschalten! Ssofort den Verstärker abschalten! Chört ihr denn nicht?«

Als Ssirkssrii zu kreischen begann, wußte Dhark sofort, daß etwas nicht stimmte.

Kucks' Gesichtsmuskeln zuckten, seine Augenlider flatterten, und er bäumte sich in dem Sessel auf.

Plötzlich stieß die Faskia sich vom Hals ihres Seelenpartners ab und sprang Laetus an. Bevor der Senator ausweichen konnte, hatte sie ihn erreicht, kratzte ihm übers Gesicht und klammerte sich an ihm fest.

»Wass isst loss?« schrie sie. »Versteht ihr denn nicht? Charold verliert den Versstand. Er sstirbt durch diessen Wahnssinn.«

Dhark sprang zu dem Schaltpunkt hinüber, doch Nauta, der näher daran stand, kam ihm zuvor. Er hieb auf den Schalter, mit dem er die Maschine zuvor in Betrieb genommen hatte. Eine kleine rote Kontrollampe, die während des keine drei Minuten dauernden Betriebs geleuchtet hatte, erlosch.

»Charold! Charold, kannst du mich verstehen? Hörsst du mich?«

Kucks war auf dem Sessel zusammengesackt. Er rührte sich nicht. Dhark machte sich Vorwürfe, weil sie nicht schneller reagiert hatten. Während Laetus mit dem Finger den blutigen Streifen auf seiner Wange betastete, untersuchte Nauta den regungslosen Piloten.

»Er lebt, mehr kann ich nicht sagen. Wir müssen ihn sofort in die POINT OF schaffen. Die Ärzte müssen sich um ihn kümmern.« Nauta packte Kucks und zog ihn in die Höhe. »Na los, helft mir schon.«

Dhark ergriff den Flashpiloten von der anderen Seite. »Sollen wir ihn etwa über die Förderbänder bis in den Hangar bringen? Das dauert viel zu lange.«

»Nicht nötig, nur raus hier.«

Sie trugen Kucks vor die Tür, wo soeben ein flacher Gleiter vorfuhr. Dhark und Nauta verfrachteten den Bewußtlosen behutsam auf die Ladeflächen und stiegen ein. Mit einem weiten Satz sprang die einen Meter lange Echse neben ihren Seelenpartner. Als letzter kletterte Laetus in den Gleiter, an dessen Kontrollen sich Nauta bereits zu schaffen machte.

Die flache Wanne ruckte an und nahm Fahrt auf.

Vergeblich versuchte Dhark Kucks' Zustand zu erkennen.

Der Brustkorb des Mannes hob und senkte sich kaum merklich. »Durchhalten, Harold«, raunte er. »Sie erhalten gleich die beste medizinische Versorgung, die man sich wünschen kann.« Er aktivierte sein Armbandvipho und bereitete die Medizinische Abteilung auf das Eintreffen des Patienten vor.

»Charold chört dich nicht. Ssiehst du nicht, dass er ohne Bewusstssein isst?« zeterte die Faskia. »Ihr sseid Dummköpfe, allessamt. Und ich bin ebenfallss dumm. Ich hätte Charold nicht erlauben dürfen, an diessem Verssuch teilzzunehmen.«

»Es war seine eigene Entscheidung«, erinnerte Laetus, der damit beschäftigt war, sich ein dünnes Blutrinnsal aus dem Gesicht zu tupfen. Der Kratzer, den die Echse ihm in ihrer Panik beigebracht hatte, zog sich quer über seine Wange, war aber nicht besonders tief.

»Sseine eigene Entscheidung? Findesst du, dass isst eine Entschuldigung?«

»Nein«, mischte sich Dhark ein. »Aber niemand hat sich einen Vorwurf zu machen, auch du nicht, Ssirkssrii. Es war ein *Unfall*. Wir werden alles tun, damit es Harold bald wieder besser geht. Du mußt dich jetzt beruhigen, verstehst du?«

Die Faskia zischte und schlug mit dem Schwanz auf. »Und wenn Charold nicht mehr zzu ssich kommt? Wass isst, wenn ssein Versstand dass nicht verkraftet chat?«

»Hast du Kontakt zu ihm? Was ist mit seinem Verstand?«

»Ich weiss es nicht. In sseinem Kopf isst alless durcheinandergeraten.«

Dhark stieß schwer die Luft aus. »Was ist eigentlich geschehen? Was hat den Kollaps ausgelöst?«

»Ess war zzuviel für ihn. Ess wäre für jeden zzuviel gewessen. Charoldss Geisst isst durch Orn gerasst. Von allen Sseiten ssind die Gedanken von Lebewessen auf ihn eingestürzt. Von Milliarden Lebewessen, verstehssst du? Er war darauf nicht vorbereitet. Er konntc die Aufnahme nicht ssteuern.«

Dhark fragte sich, ob die beiden Erbauer der Maschine diese Entwicklung nicht hätten voraussehen müssen. Er behielt seine Überlegung für sich, um die Verärgerung der Echse nicht weiter zu schüren. Außerdem hatte er selbst gesagt, daß Vorwürfe und

Schuldzuweisungen fehl am Platz waren. Bei einem wissenschaftlichen Versuch, so traurig das auch war, konnte immer etwas schiefgehen.

Endlich erreichte der Gleiter den luftgefluteten Hangar, in dem die beiden Ringraumer standen. An der Einstiegsrampe unterhalb der Hauptschleuse der POINT OF wartete bereits ein medizinisches Notfallteam, um Kucks in Empfang zu nehmen.

*

»Kucks liegt in der Medoabteilung und wird von unseren Ärzten behandelt. Er hat das Bewußtsein bisher nicht wiedererlangt. Mehr kann ich im Augenblick zu seinem Zustand nicht sagen«, teilte Dhark der großen Runde mit.

Zu der von ihm einberufenen Besprechung in einem großen Konferenzraum von ARKAN-54 hatten sich alle eingefunden, die in der POINT OF gerade nicht unabkömmlich waren. Das galt besonders für die Ärzte, die sich zur Stunde um Kucks kümmerten. Dafür waren auch sämtliche Nomaden zugegen, Kadetten und Wehrdienstleistende, die vier Wächter, Gisol mit seinen beiden Besatzungsangehörigen sowie Nauta und Laetus, von denen weiterhin nur ein kleiner Kreis Eingeweihter wußte, daß es sich bei ihnen in Wirklichkeit um Margun und Sola handelte.

»Doch Kucks' Gesundheitszustand ist bei aller Anteilnahme nicht der Grund für diese Zusammenkunft«, fuhr Dhark fort. »Ich möchte mir einen Eindruck verschaffen, wie unsere Lage eingeschätzt wird, und vor allem möchte ich Vorschläge für unsere nächsten Schritte hören.«

»Die Einschätzung der Lage liegt auf der Hand«, sprach Shanton schnörkellos aus, was die meisten der Anwesenden dachten. »Den Flug nach ARKAN-54 hätten wir uns sparen können, weil er keinen Nutzeffekt besaß. Wir sind nicht einen Schritt weitergekommen.«

»Es war einen Versuch wert«, ging der schwarze Wächter Svante weniger hart mit dem mißglückten Einsatz der von den Senatoren entwickelten Maschine ins Gericht. »Der Parafeldverstärker ist eine interessante Erfindung. Sein Wert wird lediglich dadurch geschmälert, daß der menschliche Verstand durch ihn überfordert wird.«

»Das ist noch gelinde ausgedrückt«, brummte Doorn. »Ich nehme an, wir sind uns einig, daß es nicht nur grob fahrlässig wäre, noch einmal einen Menschen in diese Höllenmaschine zu setzen, sondern kriminell.«

»Niemand von uns hat das vor, Arc«, versicherte Dhark, dem Kucks' Befinden Warnung genug war.

»Ich halte die Möglichkeiten, die der Verstärker bietet, noch nicht für ausreichend ausgelotet«, warf Simon ein.

Doorn machte eine wegwerfende Handbewegung. »Setzen Sie sich ruhig rein, wenn Sie wollen, Wächter. Allen anderen rate ich dringend davon ab.«

Der silberfarbene Wächter blieb gelassen. »Es geht mir nur darum zu verdeutlichen, daß eine Menge Potential in dem Verstärker steckt. Sollte es gelingen, dieses Potential auf weniger gefährliche Weise abzurufen, kann das nicht schaden.«

»Laetus und ich werden weiter an der Maschine arbeiten«, sagte Nauta. »Niemand hier braucht zu befürchten, daß wir noch einmal jemanden wie Kucks einer Gefahr aussetzen, solange uns keine grundlegenden Verbesserungen gelungen sind.«

Dhark stemmte die Unterarme auf die Tischplatte. »So lange sitzen wir anderen nicht untätig herum. Bis Nauta und Laetus Erfolg haben, liegt es an uns, ein Wesen mit Parafähigkeiten zu finden, mit dem die Senatoren dann zusammenarbeiten können.«

»Was das angeht, können wir gleich einpacken«, grummelte Doorn.

»Und wieso?« fragte Pakk Raff. »Es muß doch möglich sein, in ganz Orn ein dergestalt begabtes Wesen zu finden.«

»Indem wir blind durch die Gegend fliegen und die Augen offenhalten? Die berühmte Suche nach der Stecknadel im Heuhaufen ist dagegen nämlich gar nichts. Machen wir uns nichts vor. Die bekannten Völker Orns haben keine Parabegabungen hervorgebracht. Mit planlosem Aktionismus verschwenden wir unsere Zeit ohne die geringste Aussicht auf Erfolg.«

»Eine Galaxis ohne Parabegabte?« Der Rudelführer schüttelte den Kopf. »Das gibt es nicht.«

»Warum denn nicht? Bei euch in Drakhon besitzt jeder eine Paragabe. Die Umkehrung, nämlich gar keine übersinnlichen Fähigkeiten, ist genausogut vorstellbar.«

Die Meinungsverschiedenheit zeigte Dhark das Dilemma, in dem sie sich befanden. Nicht allein er war ratlos. Seine Hoffnung, daß in der großen Runde eine zündende Idee vorgetragen wurde, verflüchtigte sich. Niemand wußte so recht, wie es weitergehen sollte, daher klammerte man sich an Strohhalme und diskutierte Optionen, die im Grunde nicht vorhanden waren.

»Weitere Ideen?« fragte er. »Vorschläge oder Anregungen?«

Deprimierendes Schweigen war die Antwort. Plötzlich machte Artus auf sich aufmerksam, indem er mit seinen stählernen Fingern auf der Tischplatte trommelte. Dhark sah zu ihm hinüber. Neue Hoffnung erwachte in ihm, denn der Roboter war immer für eine Überraschung gut.

»Ist das eine Wortmeldung, Artus?«

»Ich frage mich nur gerade…« begann Artus und unterbrach sich gleich wieder. »Nein, ich frage euch, Nauta und Laetus, gibt es hier eine INSTANZ?«

»Natürlich, so wie in jeder Arkan-Station.«

»Dann dürfte sie ebenfalls mit umfangreichem Wissen bestückt sein.«

»In der INSTANZ von ARKAN-54 ist der vollständige Wissensschatz von Terra Nostra und Epoy gespeichert«, bestätigte Nauta.

»Worauf willst du hinaus, Artus?«

»Später, Dhark. Ich möchte keine falschen Hoffnungen wekken, falls sich meine Überlegung als hinfällig erweist. Kann ich Zugriffsberechtigung auf die INSTANZ erhalten, Nauta?«

Nach einer Sekunde nickte der Senator. »Ich habe die INSTANZ per Gedankensteuerung instruiert, dich als Zugriffsberechtigten anzuerkennen. Du kannst von der Eingabeeinheit rechts hinten in der Ecke aus mit ihr kommunizieren.«

Artus bedankte sich. Er erhob sich von seinem Stuhl und begab sich zu dem genannten Arbeitspult. Dhark unterdrückte den

Impuls, ihm zu folgen. Wenn Artus seine Idee allein überprüfen wollte, sollte er das machen.

»Ich habe mal eine Frage an Laetus und Nauta, die mit unseren Überlegungen gar nichts zu tun hat«, bat Priff Dozz.

»Kein Frechheiten, Kleiner«, raunte Pakk Raff seinem Berater zu. »Bring mich hier bloß nicht in Verlegenheit.«

»Ganz bestimmt nicht, mein Rudelführer.«

Nauta machte eine auffordernde Handbewegung. »Bitte, Priff Dozz, was möchtest du wissen?«

»Wie kommt eigentlich dein und Laetus' Status diese Arkan-Station betreffend zustande? Ihr besitzt nicht nur ein Ein- und Ausflugrecht für ARKAN-54, ihr verfügt anscheinend auch im Alleingang über die Station. Sogar die INSTANZ untersteht und gehorcht euch. Ihr beherrscht die ganze Stationstechnik perfekt und wart sogar in der Lage, den Parafeldverstärker zu bauen. Kurz, ihr verfügt wie Herren über diese Station. Ist das sonst nicht nur bei Worgun der Fall?«

»Verdammt schlaue Fragen, Kleiner«, lobte Pakk Raff seinen Berater.

»Ich weiß, Rudelführer.«

Dhark hingegen zuckte bei Priff Dozz' Fragen, die naheliegend waren, zusammen. Es war nicht verwunderlich, sondern eher erstaunlich, daß sie erst jetzt gestellt wurden.

»Die Frage solltest du dir eigentlich selbst beantworten können, Priff Dozz«, mischte sich Gisol mit demonstrativer Gelassenheit ein. »Worgun und Römer sind seit Jahren enge Verbündete, die beiden Akademiepräsidenten persönlich mit hochrangigen Worgun bekannt.«

»Außerdem haben schon vor vielen Jahrhunderten Laetus' und mein Vorfahre das gesammelte technische Wissen der Worgun erhalten.«

»Verstehe. Das ist einleuchtend«, druckste Priff Dozz herum.

Pakk Raff drohte in menschlicher Manier mit erhobenem Zeigefinger. »Wie ich bereits zuvor sagte, das waren ziemlich dusselige Fragen, mein Berater.«

»Wie ich bereits zuvor sagte, ich weiß, mein Rudelführer«, gab Priff Dozz klein bei.

Der Wortwechsel der beiden Nomaden sorgte für Gelächter und entspannte die Lage ein wenig.

Dhark war froh, daß Gisol und die Senatoren so rasch und unbeeindruckt reagiert hatten.

Der nächste, der für Zuversicht sorgte, war Artus, der wieder auf seinem Stuhl Platz nahm.

»Ich habe Neuigkeiten«, verkündete er. »Ob es sich dabei um gute Nachrichten handelt, kann ich jetzt noch nicht beurteilen. Ich bin aber zuversichtlich. Zumindest sorgen sie dafür, daß wir nicht länger Däumchen drehen müssen, sondern etwas unternehmen können.«

»Du hast in der INSTANZ etwas gefunden, was uns womöglich weiterhilft?« fragte Gisol.

»Womöglich – ja.«

»Heraus mit der Sprache, Artus«, forderte Dhark den Roboter auf, seine Entdeckung preiszugeben.

»Ich möchte noch einmal auf den Einsatz des Parafeldverstärkers zurückkommen. Nauta und Laetus brauchen dafür die Unterstützung eines Hypnos, wie es Tschobe war. Bei den den Römern bekannten Völkern Orns gibt es eine solche Gabe nicht. Wir alle denken aber, daß sie auch in Orn existiert«, begann Artus eine umständliche Erklärung. »Was liegt daher näher, als nach einem bislang unbekannten Volk zu suchen.«

»Gibt es solche Völker in Orn überhaupt noch?« zweifelte Simon. »Unseren Informationen zufolge waren die Worgun einst weitverbreitet und haben zahlreiche Völker kennengelernt. Die Zyzzkt schließlich haben Orn bei ihrer Expansion bis in den letzten Winkel erkundet.«

»Aus diesem Grund habe ich die INSTANZ zu Rate gezogen. Sie hat mit ihrer riesigen Kapazität die Sternkarten von Orn durchforstet, eine Aufgabe, die sich ohne INSTANZ in Monaten nicht hätte bewältigen lassen.«

Dharks Erwartungshaltung schnellte in die Höhe. »Weiter, Artus, weiter. Grundlos erzählst du uns das doch nicht.«

»Nein. Die INSTANZ ist nämlich fündig geworden. Ich weise darauf hin, daß in ihr auch die Sternkarten der Zyzzkt lückenlos gespeichert sind. Obwohl praktisch jedes Sonnensystem bekannt ist, gibt es einen Bereich in einer entlegenen Randzone der Galaxis, den die Worgun niemals besucht haben.«

»Und auch die Zyzzkt nicht«, ahnte Gisol.

»Richtig. Dabei handelt es sich um eine Raumkugel von fünfzig Lichtjahren Durchmesser.«

In der Runde setzte Gemurmel ein. Alle redeten durcheinander. Dhark, der ahnte, was Artus ihnen vermitteln wollte, wartete ab, bis von allein wieder Ruhe einkehrte.

»Du nimmst an, daß wir in diesem nichtverzeichneten Sternenbereich unbekannte Völker finden könnten, und unter denen wiederum könnte es Wesen mit Parafähigkeiten geben.«

»Ich nehme es nicht an«, relativierte Artus Dharks Worte. »Aber diese Raumkugel bietet uns zumindest diese Option, die, wenn ich mich nicht täusche, die beste ist, die wir derzeit haben.«

»Gute Arbeit, Artus.« Obwohl die Idee ganz frisch war, begann Dhark sich bereits für sie zu begeistern, da sie derzeit wirklich die einzige Option mit Aussicht auf Erfolg war. »Wißt ihr von diesem Raumbereich? Er bildet einen weißen Fleck auf den Sternkarten der Römer und der Worgun.«

»Nein«, gestand Nauta. »Er ist uns unbekannt.«

»Wie ist das möglich?«

»Ich habe keine Ahnung, weshalb nie ein Raumschiff dorthin geflogen ist. Die Vorstellung, daß bei der generalstabsmäßigen Ausbreitung der Zyzzkt ein Sektor von fünfzig Lichtjahren Durchmesser schlicht übersehen wurde, kommt mir allerdings reichlich unwahrscheinlich vor.«

Dieser Einschätzung schloß Dhark sich an. Wartete im Randbereich von Orn etwa ein weiteres Geheimnis darauf, daß sie sich seiner annahmen? Allem Anschein nach blieb ihnen gar nichts anderes übrig.

»Wenn es keine weiteren Vorschläge gibt, gehen wir an Bord und treffen Startvorbereitungen«, sagte er. Da sich niemand zu Wort meldete, erhob er sich und verließ den Konferenzraum.

17.

»Bei der Konferenz in der Arkan-Station hatte ich ein- oder zweimal das Gefühl, daß du dir Vorwürfe machst, Ren.«

Dhark öffnete die Augen. Seine Gedanken waren ihm zu dem unbekannten Raumsektor von Orn vorausgeeilt, in dem er sich neue Erkenntnisse erhoffte. Dorthin waren sie nun unterwegs. Amy saß ihm mit übereinandergeschlagenen Beinen gegenüber und betrachtete ihn aufmerksam. Er kannte diesen intensiven Blick aus ihren blauen Augen, der ihn geradezu zu sezieren schien.

»Du meinst, weil es Harold Kucks so übel erwischt hat?«

»Was denn sonst?«

»Hat man mir das angemerkt?«

»Ein anderer sicher nicht, ich aber schon. Manchmal enthüllen winzigste Regungen, was du denkst oder fühlst. Ich kann dich besser lesen als jeder andere an Bord.«

Dhark seufzte. »Mag sein, vielleicht hast du recht. Mir selbst ist das nicht einmal aufgefallen. Selbstvorwürfe wäre auch zu hoch gegriffen. Ich frage mich nur, ob es nicht generell sinnvoll wäre, der ganzen worgunschen Hochtechnologie etwas skeptischer zu begegnen.«

»Es gibt Stimmen in Reihen der Besatzung, die genau diese Meinung schon lange vertreten.«

»Ist das so?«

»Zugegeben, es sind nur wenige. Aber wenn selbst du dich das fragst, dann muß wohl etwas dran sein. Blinder Technikglaube kann übel ausgehen, andererseits…«

»Ja?«

»Andererseits überwiegen unsere positiven Erfahrungen mit Technologie der Worgun die negativen bei weitem.« Stewart hob einen Arm und ließ ihn kreisen. »Nimm nur dieses Schiff und stell dir vor, du hättest es in der Ringraumerhöhle auf Deluge eben nicht entdeckt. Wo ständen wir dann heute wohl?«

»Eine gute und berechtigte Frage. Was willst du mir damit sagen?«

»Daß jede technische Weiterentwicklung nun einmal Gefahren und zwangsläufig auch Rückschläge mit sich bringt, sich auf lange Sicht jedoch auszahlt. Zumindest in den meisten Fällen. Oder nimm ein anderes Beispiel, nämlich die Cyborg-Technologie. Ohne sie wäre ich nicht die Amy, die ich bin. Vielleicht wäre zwischen uns dann alles ganz anders gelaufen, womöglich nämlich gar nicht.«

Dhark lächelte. »Schwer vorstellbar.«

»In der Tat, und dennoch nicht ausgeschlossen. Jedenfalls bin ich grundsätzlich ein Befürworter sowohl von technischen Neuentwicklungen als auch von deren Anwendung, trotz der Gefahren, die sie in sich birgt.«

Dhark nickte nachdenklich. Ohne es zu ahnen, sprach seine Freundin die Thematik an, mit der er sich herumschlug, seit Terence Wallis ihm das Angebot der Unsterblichkeit gemacht hatte. Ihrer generellen Einstellung nach müßte er das Angebot annehmen, doch dieses ganz spezielle Thema ließ sich mit keinem anderen vergleichen. Er erkannte, daß er noch längst nicht bereit war, sich für ein Ja oder Nein zu entscheiden. Er brachte es nicht einmal fertig, sich differenziert damit auseinanderzusetzen. Wollte er das überhaupt? Es schien ihm fast so, als schiebe er die Überlegung vor sich her und warte darauf, daß irgendwer sie ihm abnahm. Bloß würde das nicht geschehen.

Dies war nicht der richtige Moment, um darüber nachzudenken. Andererseits: Irgendwie war es nie der richtige Moment.

Dhark drückte seiner Freundin einen Kuß auf die Lippen und erhob sich.

»Gehst du in die Zentrale?« fragte sie.

Er nickte. »Ich mache aber einen kleinen Umweg und schaue in der Medoabteilung vorbei.«

Vielleicht hatten die Ärzte etwas herausgefunden.

*

Dhark betrat die Krankenstation mit einem unguten Gefühl. Bevor er sich zu Kucks begeben konnte, begegnete er Manu Tschobe. Der Schwarzafrikaner mit dem geglätteten, schlohweißen Kraushaar, der Arzt und Funkspezialist in einem war, machte einen mürrischen Eindruck.

»Wie sieht es aus?« fragte Dhark. »Konnten Sie etwas für Kucks tun?«

»Schwer zu sagen. Es ist uns gelungen, seinen körperlichen Zustand zu stabilisieren. Seine biologischen Werte sind völlig in Ordnung. Was das angeht, brauchen wir uns keine Sorgen zu machen.«

»Aber? Ihre Einschränkung ist nicht zu überhören, Manu.«

»Weil ich mir keine Mühe mache, sie zu verbergen. Denn es handelt sich um ein großes Aber. Was Kucks widerfahren ist, hat seinen Geist zerrüttet. Wir haben diverse neurologische Tests durchgeführt, ohne zu greifbaren Ergebnissen zu gelangen.«

»Was bedeutet das im Klartext?«

Tschobe sah Dhark unverwandt in die Augen. Das hatte er früher nie getan. Solange er seine leicht hypnotische Fähigkeit besessen hatte, hatte er jeden direkten Blickkontakt mit einem Gesprächspartner vermieden, es sei denn, er hatte ihn in seinem Sinne beeinflussen wollen. Verloren hatte er seine Gabe im Zuge der merkwürdigen Ereignisse, die die Rückkehr der Synties in die Milchstraße begleitet hatten.

»Das bedeutet, daß ich Kucks die einzige Medizin verschrieben habe, die mir und meinen Kollegen in diesem Fall einfällt. Es ist eine, die bei vielen Krankheiten wirkt, nämlich gesunder Schlaf. Das mag absurd klingen, da Kucks ohnehin nicht das Bewußtsein zurückerlangt, ist es aber nicht. Ich glaube, daß sich sein Verstand im Ruhezustand am besten erholen kann.«

»Wir können also nichts anderes unternehmen außer warten und hoffen?«

Tschobe nickte düster. »Wir besitzen zwar eine Technik, die vor der Jahrtausendwende noch wie Wunderwerk erschienen wäre, doch trotzdem liegt es manchmal nicht in unserer Hand. Tut mir leid, Dhark.«

»Nicht Ihre Schuld, Manu. Ich gehe mal nach hinten und sehe nach Kucks.«

»In Ordnung. Diese Echse ist übrigens bei ihm. Ich habe versucht, sie aus der Krankenstation zu verscheuchen – erfolglos. Sie weicht keinen Schritt von Kucks' Seite.«

»Das dachte ich mir.« Dhark begab sich nach hinten zu den Liegen.

Der Flashpilot war derzeit der einzige Patient. Er lag auf dem Rücken, die Augen geschlossen, und sah aus, als würde er nur ein kurzes Nickerchen machen. Im Gegensatz zu den Ereignissen in ARKAN-54 waren seine Züge entspannt.

»Chat Manu Tschobe dir ssein Leid geklagt?« empfing ihn die Faskia.

»Sein Leid?«

»Dass er nichts für Charold tun kann und völlig verzweifelt isst? Dass er viel Schlaf empfiehlt und ssich sonnst abssolut chilfloss und überflüssig vorkommt?«

»So ähnlich.« Ssirkssriis Theatralik nötigte Dhark ein Lächeln ab. »Nimm es Tschobe nicht übel. Ich bin sicher, er und seine Kollegen haben sämtliche Register gezogen, um Harold zu helfen. Zuweilen versagt unsere Schulmedizin. Das heißt aber nicht, daß nicht alles wieder ins Lot kommt.«

»Dass wird ess.«

»Das hoffe ich auch.«

»Ich choffe nicht, ich weiss ess.«

Dhark horchte auf. »Steht ihr in gedanklichem Kontakt?«

»Nicht sso, wie du dir dass vorstellsst. Ess isst sschwer zzu erklären.« Ssirkssrii wand sich. »In gewisser Weisse ruht nicht nur Charolds Körper, ssondern auch ssein Geisst. Ess isst anderss als bei einem normalen Sschlaf, bei dem der Versstand von cuch Menschen sstetss gewisse Aktivitäten entfaltet.«

»Ist dieser Zustand gut oder schlecht für Harold?«

»Ssehr gut«, versicherte die Echse inbrünstig. »Ssein Versstand isst nicht geschädigt, dass chabe ich Tschobe auch gessagt, aber er zweifelt an meinen Worten. Dabei weiss ich genau, wass ich bechaupte. Charolds Versstand hat keinen Schaden davongetragen, er muss ssich nur regenerieren. Danach isst Charold wieder ganzz der alte.«

»Gibt es irgend etwas, das wir dazu beitragen können?«

»Nein, nichtss. Gar nichtss. Nur ich kann dass. Ich chelfe ihm auf eine Weisse, die ich dir nicht erklären kann. Auf eine Weisse, zu der nur Sseelenpartner in der Lage ssind. Dir bleibt nichtss anderess übrig, alss mir zzu vertrauen.«

Dhark nickte. »Ich vertraue dir. Und nun lasse ich dich wieder mit Harold allein.«

»Dass isst gut.«

Er verließ die Medoabteilung mit gemischten Gefühlen. Einerseits glaubte er der Faskia jedes Wort, andererseits hatte er das Gefühl, daß sie ihm etwas verschwieg. Aber vielleicht bildete er sich das auch nur ein, weil er sich Sorgen um Kucks machte. Er begab sich auf direktem Weg in die Zentrale, weil die POINT OF sich dem unbekannten Raumsektor näherte, den Artus in der INSTANZ entdeckt hatte.

*

Just als sich das Zentraleschott vor Dhark öffnete, setzten die rasenden Kopfschmerzen ein. Sie kamen wie aus heiterem Himmel. Dhark massierte sich mit den Fingerspitzen die Schläfen, ohne eine Besserung zu erzielen. Er ging in die Knie, hielt sich am Rahmen fest und richtete sich wieder auf. Die nächsten Schritte stolperte er mehr als zu gehen.

In der Zentrale erwartete ihn ein ungewohntes Bild. Statt sich auf ihre Aufgaben zu konzentrieren, waren mehrere Anwesende vor ihren Instrumenten zusammengesunken. Flüche und Stöhnen empfingen ihn, als er eintrat. Grappa war halb von seinem Sessel gerutscht und krümmte sich. Drei weitere Männer lagen auf dem Boden. Simon, Doris und Arlo kümmerten sich um sie.

Dhark kämpfte gegen seine eigenen Kopfschmerzen an und sprang zu dem Mailänder hinüber. »Tino, alles in Ordnung?«

»Es... geht«, murmelte Grappa mit verzerrten Gesichtszügen. »Es muß... gehen.«

Mit Dharks Unterstützung zog er sich in die Höhe und hielt sich an seinem Pult fest. Auch seine Kameraden kämpften gegen den unsichtbaren Angriff an. Mit eiserner Disziplin stemmten sich die Raumfahrer gegen das Pochen in ihren Köpfen. Nicht allen gelang es erfolgreich, wie die Bewußtlosen zeigten.

»Wer verspürt keine Schmerzen?« verschaffte sich Dhark Gehör.

Die vier Wächter meldeten sich, dazu Doorn und die Senatoren, alle drei ihre Abschirmreifen tragend. Offenbar blockierten die Abschirmer die Schmerzen.

»Es ging vor ein paar Sekunden los«, sagte Svante. »Grappa wies uns gerade darauf hin, daß wir nur noch ein paar Lichtjahre von der Raumkugel entfernt sind, die unser Ziel ist.«

»Pakk Raff, spürt ihr Nomaden es ebenfalls?«

»Weniger intensiv als ihr, nehme ich an«, kläffte der Rudelführer.

Der wimmernd am Boden liegende Priff Dozz, um den Pakk Raff sich kümmerte, bewies das Gegenteil. Die Karrorr waren vor der unsichtbaren Attacke so wenig gefeit wie die Menschen.

»Commander«, keuchte Grappa. »Commander, die... die EPOY. Sie hat plötzlich... kehrtgemacht. Sehen Sie in die... Bildkugel.«

Dhark tat, wie ihm geheißen, während die rasenden Schmerzen in seinem Kopf ihn taumeln ließen. In der Bildkugel sah er Gisols EPOY II, die mit steigender Geschwindigkeit davonflog. Die eingeblendeten Daten verrieten ihr Ziel.

Der Ovoid-Ringraumer raste mit Höchstbeschleunigung auf die nächste Sonne zu.

18.

Am 27. November 2066 erreichte die EMMA WALLIS das Sol-System. Sowohl Christopher Farnham als auch Kenneth MacCormack hatten sich aus diesem Anlaß in der Zentrale eingefunden.

Hector Elizondo, der Kommandant des Schiffes und dem Generalmajor der Schwarzen Garde direkt unterstellt, hatte den Ortungsoffizier angewiesen, Messungen vorzunehmen und die im Hyperkalkulator abgelegten Daten über das Sonnensystem zu aktualisieren.

In der Bildkugel war eine Darstellung von der Tagseite der Erde zu sehen. Die Eismassen an den beiden Polen bedeckten jeweils fast ein Drittel des Erdballs. Im Süden waren Kap Hoorn und große Teile der südlichen Gebiete Chiles und Argentiniens mit Eis bedeckt.

Im Norden reichte die Eisdecke bis in das Gebiet der ehemaligen Vereinigten Staaten von Amerika.

»Die Synties sind weiterhin unermüdlich dabei, der Sonne Wasserstoff zuzuführen«, berichtete Elizondo. Er stand vor dem Kommandopult und las die Daten, die von der Ortungsstation übertragen wurden, von dem Bildschirm ab. »Die klimatischen Verhältnisse auf Terra entsprechen in etwa jenen der letzten natürlichen Eiszeit. Wie Sie sehen können, sind die Gebiete zwischen dem 40. Breitengrad Nord und Süd inzwischen wieder komplett eisfrei. Diese Gebiete sind theoretisch wieder bewohnbar; allerdings sind die Tages- und Nachttemperaturen noch immer um einige Grad kälter, als wir es in den entsprechenden Gegenden gewohnt waren.«

Farnham drehte sich zu dem diensthabenden Ortungsoffizier um. Das künstliche Auge der linken, von einer langen Narbe entstellten Gesichtshälfte reagierte um einen Sekundenbruchteil langsamer als das rechte Auge, was auf einen arglosen Betrachter leicht irritierend wirken konnte.

»Haben Sie Kontakt mit Alamo Gordo aufgenommen?«

Der Angesprochene nickte angespannt und preßte den daumennagelgroßen Ohrlautsprecher noch etwas tiefer in den Gehörgang, als traute er der Botschaft nicht recht, der er gerade lauschte.

»Sir«, sagte der Mann schließlich gefaßt. »Der Chef der Raumverwaltung erteilt uns keine Landeerlaubnis.«

Farnhams Miene verdüsterte sich. Unwillig fuchtelte er mit der Hand. »Leiten Sie das Gespräch auf die Schallfelder. Ich möchte persönlich mit dem Mann sprechen.«

Nachdem der Funker die erforderliche Schaltung vorgenommen hatte, bedeutete er mit hochgereckten Daumen, daß die Verbindung stand.

»Hier spricht Generalmajor Farnham, Befehlshaber der Schwarzen Garde. Mit wem habe ich das Vergnügen?«

»Edward Kunnim, Chef der Raumverwaltung«, drang die sonore Stimme eines Mannes aus den Schallfeldern der Zentrale. »Bitte haben Sie Verständnis, daß ich der EMMA WALLIS die Landung auf unseren Raumhäfen nicht gestatten kann. Dies könnte diplomatische Verwicklungen nach sich ziehen, die Sie sicherlich auch nicht gutheißen können, Generalmajor. Die Schwarze Garde ist ein militärisches Organ des Diktators Henner Trawisheim. Wir Terraner legen keinen Wert auf einen Besuch von Ihnen, Sir.«

Mit unbeweglicher Mine hatte Farnham den Mann aussprechen lassen. Doch jetzt war er am Zug. »Haben Sie die neusten Nachrichten von Babylon nicht verfolgt, Kunnim?«

»Ich habe Wichtigeres zu tun, als mir eine Holosendung der von Trawisheim gleichgeschalteten Nachrichtensender anzuschauen, Sir. Ich bilde mir nämlich gerne selbst meine Meinung.«

»Nun, wenn Sie die Nachrichten verfolgt hätten, wüßten Sie, daß Trawisheim die Schwarze Garde offiziell entlassen hat. Er hat ausdrücklich betont, daß kein von Menschen besiedelter

Planet, den wir mit der EMMA WALLIS anfliegen, mit Repressalien oder gar einem Angriff zu rechnen hat.«

»Was dieser Diktator von sich gibt, ist mir ziemlich gleichgültig, Generalmajor. Wahrscheinlich ist das alles nur ein abgekartetes Spiel, um die Terraner dazu zu bewegen, Ihre Truppe nach Alamo Gordo zu lassen. Wer weiß, was Sie mit Ihren Elitesoldaten im Namen der Diktatur alles anstellen werden, sollte ich so leichtsinnig sein und Ihnen eine Landeerlaubnis erteilen. Im übrigen weise ich Sie an, das Sonnensystem unverzüglich zu verlassen.«

Farnham konnte sich ein Grinsen nicht verkneifen. »Sie scheinen ein mutiger, aufrechter Mann zu sein, Kunnim. Bevor Sie mich und meine Männer jedoch zum Teufel jagen, bitte ich Sie, mich mit Bruder Lambert zu verbinden. Ich denke, in diesem Fall hat das Regierungsoberhaupt das letzte Wort. Lambert soll entscheiden, ob die Schwarze Garde zukünftig in die Dienste Terras tritt oder als vagabundierende Söldnereinheit durch die Milchstraße kreuzt.«

Kunnim war die unterschwellige Ironie in Farnhams Worten nicht entgangen. »Der Kurator Terras ist jetzt bereit, mit Ihnen zu sprechen, Sir«, erklärte er nach einer kurzen Weile.

Kunnim hatte, um den Babyloniern zu bedeuten, daß er keinen Kontakt mit ihnen wünschte, die Bildübertragung unterdrückt. Aber nun schaltete er eine Bildverbindung.

Auf dem Schirm über dem Kommunikationspult erschien ein fülliges, mit Pigmentflecken übersätes Gesicht, aus dem die spitze Nase markant hervorstach. Das dunkle Haar war schütter, und in den braunen Augen lag ein ruhiger, leicht geheimnisvoll anmutender Ausdruck.

»Generalmajor Farnham«, sagte Bruder Lambert mit unaufgeregter Stimme. »Ich hatte mir fast schon gedacht, daß wir mit einem Besuch der EMMA WALLIS rechnen müssen.«

»Sie haben also Kenntnis von den jüngsten Entwicklungen um die Schwarze Garde?«

Lambert nickte kaum merklich. »Auch die terranische Regierung unterhält einen Geheimdienst, Farnham. Dessen vornehmliche Aufgabe ist es zur Zeit, die beunruhigenden Vorkommnisse auf Babylon genau im Auge zu behalten. Dazu gehört natürlich auch, die Sendungen der gleichgeschalteten Medienkonzerne zu verfolgen und zu deuten.«

Farnham lächelte grimmig. »Ich hoffe, Ihre Geheimdienstler sind zu einer anderen Einschätzung gekommen als der Chef der Raumverwaltung.«

Ein feinsinniges Lächeln umspielte kurz die Lippen des Regierungsoberhauptes. »Kunnim bekleidet nicht ohne Grund den obersten Posten der Raumverwaltung. Er ist ein mißtrauischer, aber gottgefälliger Mann.«

»Nun – wie auch immer«, sagte Farnham leicht verstimmt. »Wie sieht Ihre Entscheidung aus, Lambert? Werden Sie die Schwarze Garde auf Terra willkommen heißen, oder sollen wir uns anderweitig nach einem neuen Betätigungsfeld umsehen?«

»Ich halte Trawisheims Argument für fadenscheinig, Farnham. Daß er die Schwarze Garde aus Kostengründen aus dem Dienst Babylons entließ, nehme ich diesem Despoten nicht ab.«

Bevor Farnham zu einer Erwiderung ansetzen konnte, hob Lambert abwehrend die Hände. »Ich werde Kunnim anweisen, den Schutzschirm um Alamo Gordo abschalten zu lassen, damit die EMMA WALLIS auf Cent Field landen kann. Alles andere besprechen wir dann unter vier Augen. Als Geste meines Wohlwollens und als kleine Entschädigung für das ungastliche Vorgehen der Raumverwaltung werde ich mich persönlich zu Ihnen begeben, Farnham.«

Lambert unterbrach die Verbindung, und der Bildschirm erlosch.

Der Generalmajor atmete tief durch. »Na also – geht doch«, sagte er in aufgeräumter Stimmung. Dann gab er Elizondo Anweisung, Kurs auf die Sacramento-Berge in Neu-Mexiko zu nehmen.

*

Der Raumhafen Cent Field hatte eine wechselvolle Geschichte hinter sich. Bevor die Menschheit mit der Worguntechnologie in Kontakt gekommen war, war das Areal ein Raketenversuchsgelände gewesen und hatte den Namen White Sands getragen. Seither war das Landefeld auf eine Fläche von 20 mal 25 Kilometer ausgebaut worden. Die Werften und Hangars hatten zusätzlich ein Areal von eintausend Quadratkilometern beansprucht. In unmittelbarer Umgebung des Raumhafens waren zahlreiche Freizeit- und Vergnügungseinrichtungen entstanden, von denen das Lokal »Zum trinkfesten Raumsoldaten« die wohl bekannteste gewesen war. Die Stadt Alamo Gordo, an deren östlichem Rand der Raumhafen lag, hatte so sehr an Bedeutung gewonnen, daß sie vor gut fünfzehn Jahren zur Hauptstadt der Erde ausgerufen worden war und somit World City abgelöst hatte.

Heute erinnerte jedoch nur noch das gewaltige Ausmaß des Geländes an den einstigen Glanz und die Bedeutung, die Cent Field für die Menschheit früher gehabt hatte.

All dies ging Farnham durch den Kopf, während er die ausladende Rampe an der Unterseite des Ikosaederschiffes hinabschritt. Der Blick seines gesunden Auges schweifte über das verwaiste Landefeld. Das künstliche konnte auf Anforderung sogar noch Daten liefern und einblenden, etwa die aktuellen Temperaturen. Hier und da waren noch die Frostschäden zu bemerken, die die sonnenbedingte Eiszeit auf der Landefläche zurückgelassen hatte. Einige der Schlaglöcher waren inzwischen ausgebessert worden, doch noch längst nicht alle. Dies wertete Farnham als untrügliches Zeichen dafür, daß die Terraner noch weit davon entfernt waren, die alten Zustände auf der Erde wiederherzustellen.

Dies lag jedoch wahrscheinlich auch gar nicht in der Absicht der auf Terra Zurückgebliebenen, wie Farnham wußte. Die Menschen auf der Erde hatten ganz andere Probleme, als den Raumhafen wieder mit dem Leben und der Betriebsamkeit zu füllen, die hier einst geherrscht hatten.

Am Ende der Rampe angekommen, umwehte Farnham ein kühler Windhauch. Als die EMMA WALLIS sich auf Alamo Gordo hinabgesenkt hatte, war der Kompaktfeldschirm für einige Minuten ausgeschaltet worden, der die Stadt und den Raumhafen in einer Höhe von zwei Kilometern überspannte.

Die unter dem Schutzschirm aufgewärmte Atmosphäre hatte sich im Randgebiet rasch mit der kühlen Umgebungsluft vermischt und umwehte nun das Raumschiff. Bald würden sich die Luftmoleküle unter der Einwirkung der durch den Energieschirm eindringenden Infrarotstrahlung jedoch wieder auf konstante zwanzig Grad erwärmt haben.

In den schlimmsten Monaten der Vereisung hatten hier Mittagstemperaturen von minus neununddreißig Grad geherrscht. Daran gemessen mußte die momentan vorherrschende Temperatur als ausgesprochen milde bezeichnet werden.

Farnham schloß nun auch den obersten Knopf seiner weltallschwarzen Uniformjacke noch. »Ein echter Mann friert nicht«, zitierte er hämisch einen Ausspruch, den er vor kurzem im Datennetzwerk von Babylon aufgeschnappt hatte. »Er zittert nur vor Wut, weil es in der Wüste jetzt kälter ist als in seinem Kühlschrank«, wandelte er den Spruch dann leicht ab, um ihn den terranischen Verhältnissen anzupassen.

Der Xenobiologe lachte verbissen und sah zu den Überresten der zehn Meter hohen Stahlgitterbegrenzung hinüber, hinter denen sich einige Wartungshangars erstreckten. Die Gebäude waren leer, wie ein Blick durch die riesigen, offenstehenden Werkstore verriet. Die Zugangsbarrieren zum Landefeld waren ebenfalls geöffnet, und der doppelte Energiezaun, der das Areal zusätzlich gesichert hatte, war außer Betrieb gesetzt, weil die energieerzeugenden Aggregate entweder abmontiert oder aber unbrauchbar gemacht worden waren.

Vage stiegen in Farnham Bilder auf, wie es auf Cent Field während der Evakuierung der Erdbevölkerung nach Babylon zugegangen war. Er verdrängte die Erinnerung an die Schiffe der Nogk, die zusammen mit den Ikos der E-Klasse diese schwierige Aufgaben bewältigt hatten, jedoch wieder.

Aus der Richtung der Gebäude der Raumhafenkontrolle näherte sich ein einzelner Gleiter.

Als der Gleiter bis auf wenige Meter an die Rampe herangekommen war, lächelte Farnham kaum merklich.

In dem Fahrzeug saß nur eine einzige Person.

Es war Lambert, wie an dem mit Pigmentflecken übersäten

Gesicht unschwer zu erkennen war. Der Gleiter setzte auf, und der Kurator Terras stieg aus.

»Sie haben sich nicht geändert, Bruder Lambert«, sagte Farnham, während er dem Mann die Hand hinstreckte. »Andere Staatsoberhäupter hätten es sich nicht nehmen lassen, sich auf dem Weg zu einer Besprechung von einer Eskorte begleiten zu lassen.«

Lambert ergriff Farnhams Hand. »Erstens lege ich keinen Wert auf theatralische Auftritte«, entgegnete er. »Und zweitens weiß ich, daß ich von Ihnen nichts zu befürchten habe, Generalmajor.« In seinen dunklen Augen blitzte es schelmisch auf. »Sollte ich mich jedoch in Ihnen getäuscht haben, wird mir auch eine Eskorte nichts nützen. Meine Leute sind nicht einmal annähernd gut genug ausgebildet, um den Mitgliedern der Schwarzen Garde etwas entgegensetzen zu können.«

»Sie wären ein schlechter Anführer, wenn Sie eine Situation so eklatant falsch einschätzen würden, daß Ihr Leben anschließend in Gefahr wäre. Daß dies bisher noch nicht eingetreten ist, beweist, daß Sie auf Ihrem Posten genau am richtigen Platz sind.«

Lambert winkte ab. »Genug der Nettigkeiten. Kommen wir zum Kern dieses Treffens.«

Einladend wies Farnham die Rampe hinauf. »Suchen wir vorerst einen etwas behaglicheren Ort auf.«

*

»Oberst Kenneth MacCormack«, stellte Farnham den rothaarigen Iren vor, der in der Kabine des Generalmajors auf das Eintreffen der beiden Männer gewartet hatte.

Pflichtschuldig schüttelten sich MacCormack und Lambert die Hand. Dann nahmen die drei in der Besprechungsecke der geräumigen Suite Platz, die Farnham an Bord der EMMA WALLIS zur Verfügung stand.

»Ich habe mir Trawisheims Erklärung noch einmal aufmerksam angesehen«, eröffnete Lambert das Gespräch. »Ich kenne diesen Cyborg gut genug, um mir sicher zu sein, daß die

Schwarze Garde etwas gegen ihn in der Hand hat. Es war Trawisheim anzumerken, daß er die Verlautbarung mit großem Widerstreben von sich gegeben hat.« Er sah die beiden Offiziere nacheinander an. »Der Commander der Planeten hat Sie nicht freiwillig ziehen lassen, soviel steht fest. Die Behauptung, sich aus finanziellen Erwägungen von der Elitetruppe trennen zu müssen, ist bloß ein vorgeschobener Grund, hinter dem sich etwas ganz anderes verbirgt.«

Farnham und MacCormack tauschten einen raschen Blick.

»Aus taktischen Gründen und in Hinblick auf die Sicherheit meiner Leute können wir Ihnen leider nicht verraten, welches Druckmittel wir gegen Trawisheim eingesetzt haben«, erklärte MacCormack und schob sein ausgeprägtes Kinn vor. »Sollte Trawisheim je erfahren, was hinter unserer Drohung wirklich steckt, würde das Konsequenzen nach sich ziehen, die nicht absehbar sind.«

Lambert nickte wenig begeistert. »Ich habe mir schon gedacht, daß dieses Gespräch darauf hinauslaufen wird, Ihnen Vertrauen entgegenzubringen.« Er lehnte sich zurück. »Ich werde Ihnen diesen Vorschuß gewähren, meine Herren. Ich hoffe nur, ich muß das nicht eines Tages bereuen.«

»Sie können versichert sein, daß wir nicht nur deshalb nach Terra gekommen sind, weil die Schwarze Garde auf Babylon angeblich den Sparplänen eines Diktators zum Opfer gefallen ist«, sagte Farnham rauh. »Wir haben Trawisheim unsere Gefolgschaft gekündigt, weil wir mit seiner repressiven Politik nicht einverstanden sind.«

Lambert lächelte spöttisch. »Warum hat es so lange gedauert, bis Ihnen der Kragen geplatzt ist?«

MacCormack schnaufte mißbilligend. »Es läßt sich als Außenstehender leicht behaupten, auf die politische Schieflage in einem fremden Machtbereich so zu reagieren, wie es dem gesunden Menschenverstand und dem humanen Gewissen vielleicht angemessen erschienen wäre. Doch für Menschen, die in diesem System leben, Familie haben und sozial in dem Gefüge verankert sind, steht mehr auf dem Spiel als nur das gute Gewissen. Es dauert daher zuweilen, bis man in die Rolle eines Widerständlers hineingewachsen ist – und dann kann es mitunter bereits zu spät sein. Andere arrangieren sich vielleicht lieber mit dem System, um ihre Familien zu schützen…«

»Oder weil Sie von der aktuellen Lage profitieren«, fiel Lambert dem Iren ins Wort.

Wütend ballte MacCormack die Fäuste. »Wollen Sie mir etwa Opportunismus vorwerfen, Kurator? Von Entscheidungen, die ich als Offizier treffe, sind auch die Männer betroffen, für die ich die Verantwortung trage. Und diese Verantwortung wiegt schwerer als meine Meinung über eine politische Strömung, die sich jeden Moment wieder ändern könnte.«

Lambert lächelte nachsichtig. »Nehmen Sie mir die kleine Stichelei nicht übel, MacCormack. Sie werden sicherlich verstehen, daß auch ich eine große Verantwortung auf meinen Schultern trage und mir darum Gewißheit über die Beweggründe der Menschen verschaffen muß, die an mich in meiner Funktion als Regierungsoberhaupt herantreten.«

»Wir wollen offen zu Ihnen sein, Lambert«, schaltete sich nun Farnham wieder ein. »Die Schwarze Garde hat stillgehalten, die politischen Entwicklungen auf Babylon jedoch aufmerksam verfolgt. Erst als Trawisheim uns befahl, auf wehrlose Bürger zu schießen, um eine unliebsame Demonstration aufzulösen, haben wir uns entschlossen, aktiven Widerstand zu leisten.«

»Anstatt auf die Zivilisten zu schießen, haben wir sie gegen die anrückenden Soldaten und die eingesetzten Cyborgs verteidigt.« MacCormack starrte Lambert über den niedrigen Tisch hinweg durchdringend an. »Wir sind Elitesoldaten, aber keine Mörder, die gegen die Verfassung verstoßen!«

Lambert nickte. »Daran habe ich keine Sekunde gezweifelt.«

Einen Moment lang herrschte Schweigen in der Suite.

Schließlich war es Farnham, der wieder das Wort ergriff. »Wie sieht es aus, Lambert? Werden Sie die Schwarze Garde auf Terra dulden?«

»Sollte das, was Trawisheim zwingt, der Schwarzen Garde gegenüber stillzuhalten, jemals gegenstandslos werden, würde ich die Menschen auf der Erde in große Gefahr bringen«, erwiderte Lambert zurückhaltend.

»Trawisheim hat momentan andere Probleme, als gegen uns oder die Erde vorzugehen«, erwiderte Farnham.

»Davon abgesehen wird diesen Diktator auch das effektivste Erpressungsmittel auf Dauer nicht davon abhalten zu versuchen, seine Interessen durchzusetzen«, fügte MacCormack hinzu. »Wenn seine Herrschaft auf Babylon erst einmal gefestigt ist, wird keine von Menschen besiedelte Welt auf Dauer vor Trawisheim sicher sein – davon können Sie fest ausgehen, Lambert. Er wird um jeden Preis versuchen, alle von Menschen bewohnten Planeten unter seine Knute zu zwingen.«

»Das Vorhandensein der Schwarzen Garde wird Trawisheims Interesse für die Erde sicherlich erheblich dämpfen«, stellte Farnham in Aussicht. »Jetzt mag unsere Anwesenheit für die Terraner vielleicht ein gewisses Risiko bergen. Doch auf lange Sicht gesehen werden wir die militärische Wertigkeit der Erde nachhaltig heraufsetzen.«

Lambert nickte gewichtig. »Ihre Argumente klingen vernünftig. Sie dürfen jedoch nicht vergessen, daß wir uns auf Terra noch immer in einer schwierigen Aufbauphase befinden. Arbeitskräfte und finanzielle Mittel werden noch für einen längeren Zeitraum an diese vornehmliche Aufgabe gebunden sein. Ich fürchte daher, die terranische Regierung kann es sich nicht leisten, eine derart kostspielige Elitetruppe wie die Schwarze Garde zu unterhalten.«

Diesmal waren es Farnham und MacCormack, die sich entspannt in ihren Sesseln zurücklehnten.

»Offenbar haben Sie sich nicht umfassend genug über die Garde informieren lassen«, sagte MacCormack mit sichtlicher Genugtuung. »Denn dann wüßten Sie, daß unsere Truppe schon immer mehr Geld erwirtschaftet hat, als für unsere Unterhaltskosten ausgegeben werden mußte.«

»Sie dürfen nicht vergessen, daß jeder Soldat der Schwarzen Garde nicht nur ein hart gedrillter Kämpfer ist, sondern zusätzlich auch ein extrem gut ausgebildeter Wissenschaftler«, rief Farnham dem Kurator Terras in Erinnerung. »Jeder unserer Soldaten, ob nun im Offiziersrang oder nicht, ist mit Forschungsarbeiten beschäftigt, wenn keine Kampfeinsätze anstehen. Die

Garde hat im Laufe ihres Bestehens zahlreiche Patente entwickelt, die selbstverständlich der Regierung gehören, die als unser Dienstherr fungiert.«

»Die Nutznießer zukünftiger Patente würden folglich die Terraner sein, vorausgesetzt, Sie nehmen uns in Ihre Dienste, Lambert«, schloß MacCormack.

Der ehemalige Steuerberater blies überwältigt die Backen auf. »Sie verstehen es, einen Pragmatiker wie mich zu überzeugen. Das muß ich Ihnen neidlos zugestehen.«

Farnham fuhr sich mit der Hand über die Narbe auf seiner linken Gesichtshälfte. »Nun – wir können Ihnen darüberhinaus verraten, daß unsere Wissenschaftler einige neue Entwicklungen in der Hinterhand haben, die lukrative Geschäfte versprechen. Von diesen Erfindungen weiß Trawisheim nichts, und sie wurden auch noch keinem Patentamt zur Prüfung vorgelegt.«

»Die Betriebswirtschaftler unter meinen Männern haben bereits Vermarktungskonzepte für diese neuartigen Produkte entwickelt«, ergänzte MacCormack. »Ihren Berechnungen und Voraussagen nach könnte der terranische Staat Milliarden mit diesen Entwicklungen verdienen. Es wird nicht allzu lange dauern, bis die ersten größeren Einnahmen in die Staatskasse fließen.«

»Langsam wird mir diese Sache unheimlich«, erwiderte Lambert nicht ganz ernst gemeint. Er faßte sich an die Nasenspitze. »Offenbar geht es in diesem Gespräch nicht mehr nur um die Frage, ob die terranische Regierung die Schwarze Garde aufnehmen wird. Vielmehr stecken wir mitten in den Verhandlungen darüber, zu welchen Konditionen dies geschehen soll.«

»Wenn Sie das sagen.« Farnham lächelte feinsinnig, eine Geste, die im Zusammenspiel mit seiner Gesichtsnarbe und dem künstlichen Auge jedoch eher wölfisch anmutete.

Lambert atmete tief durch. »Nennen Sie mir die Bedingung, die ich erfüllen muß, damit sich die Garde wieder der terranischen Regierung unterstellt.«

»Wir verlangen nicht viel. Einzige Bedingung ist, daß die Schwarze Garde ihren alten Stützpunkt in Star City wieder beziehen darf und wir erneut die Hoheitsrechte über diese Stadt erlangen. Sie soll wieder militärisches Sperrgebiet und tabu für Nichtprivilegierte werden.«

»Star City liegt in Trümmern«, gab Lambert zu bedenken. »Die Stadt wurde von den Eismassen der Gebirgsgletscher fast vollständig verwüstet.«

»Etwas anderes haben wir auch nicht erwartet«, erwiderte MacCormack gelassen.

Lambert überlegte einen kurzen Moment, nickte dann aber gedankenverloren. »Einverstanden«, meinte er schließlich. »Ich werde die Planetenverwaltung auffordern, einen entsprechenden Vertrag aufzusetzen.«

Zufrieden rieb sich MacCormack die Hände. »Besiegeln wir dieses mündliche Abkommen mit einem Drink.«

Farnham sah den Oberst schräg von der Seite an. »Natürlich werden wir diesen Umtrunk ganz im Sinne von Star City begehen, und statt Alkohol ein Milchmixgetränk zu uns nehmen.«

MacCormack grinste säuerlich. »Selbstverständlich«, sagte er zerknirscht und aktivierte sein Armbandvipho. »Ich werde den Adjutanten anweisen, uns Drinks zu bringen, die nach den alten Rezepten der Milkywaybar gemixt wurden.«

*

Star City war eine Stadt – eher ein Städtchen –, die auf dem Reißbrett entworfen worden war. Sie war ganz und gar ein künstliches Konstrukt gewesen; der Charme einer über mehrere Jahrhunderte gewachsenen Stadt war ihr vollkommen abgegangen. Doch dieser wurde von einem hauptsächlich militärischen Zwecken dienenden Städtchen auch gar nicht erwartet.

Lambert hatte nicht übertrieben, als er angemerkt hatte, daß Star City fast vollkommen zerstört worden war. Von den Häusern auf den einst reich bewaldeten Ausläufern der Sacramento-Berge oberhalb von Alamo Gordo waren nicht einmal ein Dutzend in einem restaurationswürdigem Zustand. Die Stadt glich einem Trümmerfeld und erweckte den Anschein, als wären mehrere Panzerbataillone darüber hinweggerollt.

Außer ein paar kargen Gräsern, die sich nach dem Schmelzen

der Gletscher auf den Hängen angesiedelt hatten, war die Bergflanke kahl und unansehnlich. Lawinen und Geröllmassen, die im Laufe des Schmelzprozesses in die Täler abgegangen waren, hatten nicht nur die erfrorenen Bäume hinweggefegt, sondern stellenweise auch das Erdreich mitgerissen.

Bevor die Gardisten sich an den Wiederaufbau der Stadt machten, wurde mit Hilfe großer Bulldozer das Erdreich aus den verschütteten Tälern zurück an die ausgewaschenen Ebenen transportiert und mit den Schwerkraftfeldern der EMMA WALLIS verfestigt. Der ehemalige Raumhafen des Stützpunktes wurde von Geröllmassen befreit und instandgesetzt, so daß das Ikosaederschiff schließlich darauf landen konnte.

Parallel dazu wurden die wichtigsten Teile des Stadtgebiets von Trümmern befreit und schließlich mit dem Bau neuer Häuser begonnen. Aus einer Baumschule am Randgebiet von Alamo Gordo, die ihre Pflanzensamen aus den Archehöhlen von Eden bezog, trafen große Lieferungen junger Bäume ein, mit denen die Gebirgsausläufer rund um die Stadt üppig bepflanzt wurden. Das diente nicht nur der Natur, sondern vor allem der Sicherung des Bodens.

Mittlerweile hatte auch Terence Wallis davon erfahren, daß die Schwarze Garde nach Terra zurückgekehrt war. Um auch die Fauna in den Bergen wieder aufleben zu lassen, ließ der Besitzer und Staatschef von Eden über die Transmitterstrecke Kojoten, Eichhörnchen und andere Kleintiere, die in den Bergwäldern gelebt hatten, nach Alamo Gordo schicken. Von dort wurde die kostbare Fracht dann von der EMMA WALLIS oder von Gleitern nach Star City gebracht und in der Umgebung ausgesetzt.

Schon nach wenigen Tagen waren die ersten Wohnhäuser, die die Gardisten zusammen mit den Robotern errichtet hatten, bezugsfertig. Mittels eines Losverfahrens wurden die Familien bestimmt, die in die neu errichteten Häuser einziehen durften.

Während in der Stadt emsig weitergearbeitet wurde, installierten die jüngsten Rekruten unter der Aufsicht ihres Spieß rund um das Stadtgebiet moderne Sicherheitsanlagen. Ein unterirdisches Kraftwerk wurde wieder in Betrieb genommen, so daß die

Stadtbewohner nicht mehr auf die Energieerzeuger aus der EMMA WALLIS angewiesen waren. Täglich verließen immer mehr Familien ihre Quartiere in dem Ikosaederschiff, um die neu errichteten Häuser in der Stadt zu beziehen.

Ein Wiederaufbauprojekt lag Farnham ganz besonders am Herzen. Als die Arbeiten daran abgeschlossen waren, wurde die Wiedereröffnung der Anlage mit einer kleinen, der Örtlichkeit angemessenen Gedenkveranstaltung gefeiert.

Der kleine Friedhof war genauso wieder hergerichtet worden, wie er zu Beginn der Vereisung Terras ausgesehen hatte. Die Begräbnisstätte war von jungen Nadelbäumen umgeben. Eine Kapelle aus Feldsteinen erhob sich neben dem Haupteingang. Ginster, Buchsbaumhecken und Ziersträucher säumten die Wege zwischen den einzelnen Parzellen.

Wie durch ein Wunder war der Friedhof von Erdrutschen und abgehenden Lawinen weitestgehend verschont geblieben. Die Mausoleen waren stark beschädigt und die meisten Grabsteine umgeworfen worden. Doch die Särge mit den ums Leben gekommenen Gardisten darin ruhten noch immer dort, wo sie einst im Boden versenkt worden waren.

Nun lag der Friedhof wieder in gewohnter Stille unversehrt da, so daß die Hinterbliebenen erneut einen Ort hatten, an dem sie der Gefallenen gedenken konnten.

Auch das Grab von Ren Dharks Sohn Ion Alexandru Gipsy war hier zu finden. Dieses Grab hatte Farnham ausgewählt, um davor stehend eine kleine, von ihm vorbereitete Wiedereröffnungsrede vor einigen wenigen geladenen Gästen zu halten.

Dieser Ort der Trauer und des Gedenkens erschien dem Generalmajor genau richtig, um vor seinen Untergebenen und deren Familienangehörigen über den neuen Anfang zu sprechen, den die Rückkehr der Schwarzen Garde für Terra und die Elitetruppe selbst bedeutete. Farnham betonte, daß dieser Aufbruch in eine neue und auch ungewisse Zukunft unternommen wurde. Und er bekräftigte noch einmal, wie wichtig es sei, daß die Starken den Mächten trotzten, die sich gegen die Schwachen und Wehrlosen wendeten und die Menschlichkeit ebenso wie die Verfassung mit Füßen traten.

Die Rede wurde aufgezeichnet und in das Unterhaltungs- und Datennetz Terras gespeist. Daß die Schwarze Garde wieder zur Erde zurückgekehrt war und in Zukunft der terranischen Regierung und nicht mehr dem Diktator auf Babylon unterstellt war, hatte sich bald bis in die kleinste und frostigste Siedlung auf der Erde herumgesprochen.

*

Am Tag nach der sogenannten Aufbruchsrede des Generalmajors trafen sich Farnham und MacCormack im provisorischen Verwaltungsgebäude im Zentrum der Stadt. Es war früh am Morgen, und ein kühler Wind strich aus den Tälern kommend die Bergflanken hinauf. Als die beiden Männer das Gebäude durch einen Hinterausgang verließen, fuhr ihnen ein Windstoß direkt ins Gesicht. Die jungen Fichten, die den Gleiterparkplatz umstanden, wankten, und aus der Ferne war das Heulen eines einsamen Kojoten zu hören.

Als sich Farnham und MacCormack einem der abgestellten Gleiter näherten, bemerkten sie, daß sie nicht allein auf dem Parkplatz waren. Ein junger Offizier, der durch seine stattliche Größe und sein dichtes blondes Haar auffiel, schickte sich gerade an, in einen Gleiter zu steigen. Als er die beiden Männer sah, nahm er Haltung an und grüßte militärisch.

»Stehen Sie bequem, Buck«, sagte Farnham zu dem Hauptmann. »Darf ich erfahren, was Sie vorhaben? Soviel mir bekannt ist, haben Sie Order, in den Bergen eine Manöverübung mit dem 14. Zug durchzuführen.«

Buck nickte. »Der Appell ist bereits an die Männer rausgegangen, Generalmajor. In einer halben Stunde brechen wir auf.« Er deutete auf den Gleiter. »Bevor das Manöver beginnt, habe ich jedoch noch etwas Privates zu erledigen.«

»Lassen Sie hören«, forderte Farnham den Mann auf.

Buck räusperte sich verlegen. »Ich war gerade im Begriff, zum Haus von Jane Burroughs aufzubrechen, Sir.«

Farnham zog eine Augenbraue in die Stirn. »Und was wollen Sie von der Witwe?«

Buck nahm wieder Haltung ein. »Es geht um den kleinen Earl. Heute ist sein erster Schultag. Ich habe mich persönlich dafür eingesetzt, daß er in die neue Übergangsklasse aufgenommen wird. Schließlich hat er wegen der Vorkommnisse auf Babylon bereits genug Unterricht versäumt.«

Farnham tätschelte die Schulter des jungen Mannes. »Ihr persönliches Engagement ist sehr löblich, Hauptmann. Der innere Zusammenhalt von Gardisten und Familienangehörigen ist eine unverzichtbare Grundlage für die mentalen Kräfte der Garde.«

Buck lächelte geschmeichelt. »Ich habe Jane und ihrem Sohn versprochen, sie zum Schulgebäude zu begleiten. Der Gebäudetrakt ist noch nicht ganz fertiggestellt. Man kann sich schnell verlaufen, wenn man sich nicht auskennt.«

»Ist schon gut«, sagte Farnham mit väterlichem Unterton in der Stimme. »Machen Sie sich auf den Weg, Buck. Sonst kommt der Junge an seinem ersten Schultag noch zu spät zum Unterricht.«

Der Hauptmann salutierte und stieg dann hastig in den Gleiter. Wenig später schwebte das Fahrzeug auf die Ausfahrt zu und bog auf die Hauptpiste ab.

MacCormack hatte Mühe, das Lächeln aus seinem Gesicht zu bannen. »Glauben Sie, zwischen ihm und Jane Burroughs bahnt sich etwas an?«

»Das ist deren Privatsache«, gab Farnham zurück. »Es würde Jane aber sicherlich guttun, wenn sie sich neu orientiert. Außerdem braucht Earl eine Vaterfigur. Aber wie gesagt, das soll nicht unsere Sache sein, Kenneth.«

Der Oberst nickte zustimmend. »Nur gut, daß Buck nicht gefragt hat, was wir um diese frühe Morgenstunde auf dem Gleiterparkplatz verloren haben.«

»Eine solche Frage zu stellen, wäre er wohl kaum berechtigt gewesen«, gab Farnham gelassen zurück und öffnete die Beifahrertür eines Gleiters. »Machen wir uns endlich auf den Weg, bevor doch noch jemand stutzig wird.«

Die beiden Männer stiegen ein. Kurz darauf stieß auch dieser Gleiter auf die Hauptstraße vor. Doch MacCormack steuerte in die entgegengesetzte Richtung wie zuvor Kurt Buck. Das Ziel der beiden Offiziere lag nicht in den im Wiederaufbau befindlichen Stadtgebieten. Statt dessen steuerte der Offizier einen Stadtteil an, in den die Räum- und Bautrupps bisher noch nicht vorgedrungen waren.

*

Der Gleiter landete inmitten eines Trümmerfeldes. Von den komfortablen Wohnhäusern, die hier einst gestanden hatten, war nichts geblieben als Schutthalden, die sich mit Erde und Geröll vermengt hatten. Einige große Felsbrocken ragten aus den Trümmern hervor. Moose und Flechten hatten begonnen, das Terrain für sich zu erobern. Spärliches Gras wucherte in den Ritzen der zertrümmerten Betonplatten.

Nachdem MacCormack ausgestiegen war, schaltete er ein kleines Ortungsgerät ein und schwenkte es sachte hin und her. »Sie haben einen ausgezeichneten Orientierungssinn, Christopher. Hier sind wir tatsächlich richtig. Ich habe unseren Standort mit den alten Stadtplänen abgeglichen.« Er deutete auf die Überreste eines ehemaligen Schuppens. Der Bretterhaufen war schwarz und verrottet. Pilzschwämme überwucherten die zusammengefallenen Regale, die hier und da aus den Trümmern hervorstachen.

»Machen wir uns an die Arbeit«, sagte Farnham, streifte sich Handschuhe über und trat vor den zusammengestürzten Schuppen hin.

»Eigentlich wäre das ein Job für einen Roboter«, bemerkte MacCormack zerknirscht, während er sich bückte und eine morsche Bretterwand anhob.

»Diese Angelegenheit ist zu heikel, um sich bei ihrer Erledigung der Hilfe einer Maschine zu bedienen«, erwiderte Farnham und packte entschlossen mit an.

Wenige Minuten später hatten die beiden Männer die Trümmer beiseitegeräumt und das Fundament des ehemaligen Geräteschuppens freigelegt. MacCormack hatte sich eine der alten Schaufeln gegriffen und befreite den Betonboden von der Erde darauf. Immer wieder stieß er mit dem Schaufelblatt zu, bis das metallische Schlagen von einem hohlen, dumpfen Klang abgelöst wurde.

Gemeinsam legten die beiden Offiziere eine rostige Bodenklappe frei. Die Scharniere schrien wie waidwunde Tiere auf, als die Männer die Klappe hochwuchteten und anschließend arretierten.

»Der Keller sieht relativ unversehrt aus«, berichtete MacCormack, nachdem er mit einer Stablampe in den dunklen Schacht geleuchtet hatte. »Die Eisensprossen müßten unser Gewicht eigentlich tragen können.«

Farnham nickte zufrieden. »Aktivieren Sie die Spürer des Gleiters, damit wir gewarnt werden, sollten wir ungebetenen Besuch erhalten.«

MacCormack nahm die erforderlichen Schaltungen am Armaturenbrett des Fahrzeuges vor und kehrte dann zu dem Generalmajor zurück. Nacheinander kletterten die Männer in die Tiefe. Der Ire schloß die Luke über ihnen, während er die rostzerfressene Sprossenleiter hinabkletterte.

Der Kellerraum, in den sie hinabgestiegen waren, mutete wie ein ganz gewöhnlicher Vorratsraum in einem Gartenschuppen an. In den vollgepackten Regalen lagerten Unkrautvernichtungsmittel und Dünger. Die Packungen waren aufgequollen. Die Werkzeuge und Gartengeräte hatten Rost angesetzt.

Während MacCormack mit der Stablampe leuchtete, wandte sich Farnham der Wand zu, an der automatische Rasentrimmer und Vertikutierer hingen. Der Generalmajor nahm die Geräte vom Haken und warf sie in eine Ecke. Dann wischte er mit der Hand die staubschweren Spinnweben fort. Unter einer dicken Schicht aus feuchtem Staub und Schimmel kamen an der Wand die kaum erkennbaren Umrisse einer kleinen Klappe zum Vorschein.

Farnham atmete tief durch. Dann holte er unter der schwarzen Uniformjacke einen kleinen Schlüssel hervor, den er an einer Kette um den Hals getragen hatte. Angespanntes Schweigen herrschte in dem muffigen Kellerraum, während der Xenobiologe den Schlüssel in den kleinen Schlitz in der Wand steckte.

Kaum hatte Farnham den Schlüssel herumgedreht, schwang

die Klappe auf. Das Tastenfeld, das dahinter zum Vorschein gekommen war, leuchtete matt auf.

»Die Schließanlage hat Energie«, sagte MacCormack überflüssigerweise. »Ein gutes Zeichen.«

»Wir werden sehen«, erwiderte Farnham und gab mit flinken Fingern eine Zahlenkombination ein.

Ein Ruck ging durch die Wand, vor der die beiden Männer standen. Staub und Schmutz rieselten herab, während die Mauer eine Handbreit zurückglitt.

Schließlich fuhr sie komplett unter leisem Knirschen und Scharren beiseite.

»Okay«, sagte Farnham und lockerte die Schultermuskulatur. »Jetzt kommt es auf jede Sekunde an. Wir wissen nicht, auf welche Hindernisse wir stoßen werden. Vielleicht ist der Schacht eingestürzt.«

»Dann kann uns auch der liebe Gott nicht mehr beistehen«, preßte der Ire rauh hervor.

Die Wand war noch nicht vollständig in der seitlichen Aussparung verschwunden, da trat Farnham auch schon über die Schwelle. Vor ihm lag eine Betontreppe, deren graue Stufen in der Tiefe von der Dunkelheit verschluckt wurden.

»Sind Sie bereit?«

»Jawohl. Es kann losgehen! Bisher sind drei Sekunden vergangen.«

Farnham nickte gefaßt. Dann begann er, dicht von seinem Begleiter gefolgt, die Stufen hinabzurennen.

Hinter den beiden Männern glitt die Wand wieder zu. Im selben Moment flammte die Beleuchtung auf. Erst jetzt war zu erkennen, wie lang die Treppe war und wie tief sie in den Fels des Berges hinabführte.

Farnhams Befürchtung war jedoch unbegründet.

Der Schacht hatte die Eiszeit unbeschadet überstanden.

Dumpf hallten die hastigen Schritte und das gepreßte Atmen der Männer in dem muffigen Stollen wider.

*

Unbehelligt erreichten die beiden den Fuß der Treppe, die vor einer soliden Felswand endete. MacCormack riß sich einen Schlüssel vom Hals, den er an einem Silberkettchen getragen hatte, und stieß ihn im selben Moment in einen Schlitz in der Wand, da er wieder eine Sekundenansage machte.

Der Ire drehte den Schlüssel herum und riß die Klappe auf. Die gleiche Tastatur, die sich oben im Schuppenkeller in dem verborgenen Kästchen befunden hatte, kam zum Vorschein. Hastig gab der Oberst eine Zahlenfolge ein.

Gebannt hielten die beiden Männer die Luft an und lauschten.

»Wir liegen gut in der Zeit«, sagte MacCormack. »Es sind uns noch sechzig Sekunden verblieben.«

»Die nützen uns überhaupt nichts«, gab Farnham rauh zurück. »Wenn sich die Wand nicht öffnet, fliegt hier gleich alles in die Luft!«

MacCormack drehte sich zur Felswand um. Doch die rührte sich nicht. Entschlossen schob der Ire seinen Vorgesetzten zur Seite, trat einen Schritt zurück und warf sich dann mit der Schulter gegen den harten Fels.

Als hätte es nur dieses kleinen Stoßes bedurft, schnappte die Wand plötzlich einige Millimeter zurück. Dann begann sich die schwere Felsplatte langsam in die Aussparung im Massiv zu schieben.

Erleichtert atmeten die beiden Männer auf, während hinter der aufgleitenden Felstür plötzlich Licht aufflackerte.

»Die Anlage hat Energie!« Farnham gab sich keine Mühe, seine Erleichterung und Freude zu verbergen. »Wir haben verdammtes Glück gehabt, Kenneth!«

Der Oberst nickte und rieb sich die schmerzende Schulter. »Jetzt bleibt nur noch zu hoffen, daß hier noch alles im selben Zustand ist wie vor Jahren, als wir diese Einrichtung zum letztenmal betreten haben.«

Hinter der Felsplatte, die sich nun vollständig in das Massiv geschoben hatte, lag eine kleine Grotte, die mit etlichen Aggregaten und Apparaten vollgestellt war.

MacCormack trat an einen mannsgroßen Rechner heran und ließ per Knopfdruck eine Tastatur aus dem Gehäuse fahren.

Eine Stahljalousie hob sich, und ein Bildschirm kam zum Vorschein.

Emsig machte sich der Ire daran, die letzten Protokolle aufzurufen, während die Felstür leise in ihre Ausgangsposition zurückschnappte.

»Es scheint tatsächlich alles in Ordnung zu sein«, rief er Farnham zu, der sich einer Batterie weißer, zwei Meter hoher Schränke näherte. »Seit dem Abzug der Garde von Terra ist niemand in diesem Gewölbe gewesen. Das autarke Energieversorgungssystem hat all die Jahre trotz der eisigen Temperaturen an der Planetenoberfläche ohne Unterbrechung gearbeitet.«

»Wie sieht es mit der Abschirmung aus?« wollte Farnham wissen und legte die Handfläche auf das Tastfeld auf der Tür eines der weißen Stahlschränke.

»Die arbeitet ebenso perfekt wie das Sicherungssystem. Niemand wird diesen Hohlraum orten können.« MacCormack stieß ein rauhes Lachen aus. »Wir wären tatsächlich zum Teufel gegangen, wenn sich das Felsentor hier unten nicht schnell genug geöffnet hätte.«

Farnham zog die Tür des Schrankes auf. Eisige, von milchigen Schwaden durchwaberte Luft schlug ihm entgegen. Mehrere Schubgestelle, in denen durchsichtige Röhrchen lagerten, waren hinter dem Eisnebel zu erkennen.

MacCormack, der ein weiteres Protokoll aufgerufen hatte, sagte: »Die Temperatur in den Kühlschränken ist durchweg konstant geblieben. Die DNS-Proben befinden sich in einem perfekten Zustand.«

Erst jetzt schien die Anspannung von dem Generalmajor abzufallen. Er nickte zufrieden und zog eines der Röhrchen an seinem Verschluß vorsichtig aus dem Gestell hervor.

Ein Etikett klebte auf dem kleinen Zylinder, in dem sich ein weiterer metallischer Behälter befand. Der Name *Tadeusz Ribicki,* die Dienstnummer und das Sterbedatum des Gardisten waren auf dem Klebeschild vermerkt.

Vorsichtig schob Farnham den Behälter an seinen Platz zurück und schloß die Kühlschranktür wieder.

MacCormack schien zu ahnen, welches Röhrchen der Generalmajor sich angesehen hatte. »Sollte es tatsächlich eines Tages soweit kommen und dieses DNS-Material, das heimlich von den Männern gesammelt wurde, die bis zu unserem Rückzug von Terra der Garde beitraten, wird wirklich dafür eingesetzt werden, um neue Gardisten zu klonen, wird uns das die Gefallenen auch nicht zurückbringen.«

»Das ist mir durchaus bewußt«, erwiderte Farnham forsch. »Wir könnten den Körper eines Gardisten kopieren, wenn dies legal wäre – aber nicht sein Bewußtsein. Bisher jedenfalls nicht.«

Mit strenger Miene sah er den Obersten an. »Die Existenz dieser Anlage muß weiterhin geheim bleiben und ihr Geheimnis gewahrt werden.«

»Das versteht sich von selbst«, erwiderte MacCormack und rief weitere Protokolle im Rechner auf.

19.

»Ach, bitte, Daddy – darf ich nicht doch mitkommen?« Der zehn Jahre alte Bernard sah seinen Vater von unten herauf flehend an.

Percy Yeager, ein kräftiger sehniger Mann, in dessen dichtem lockigen Haar sich der Präriestaub mit dem Staub aus der Tarnitmine vermischt hatte, sah breit grinsend auf seinen Sohn hinab. »Hast du denn deine Lernaufgaben schon gemacht, die deine Mutter dir aufgegeben hat?«

Bernard nickte eifrig. Die beiden standen vor dem kleinen Wohnhaus aus Leichtbauelementen, das inmitten der Trockensteppe einen mehr als verlorenen Eindruck machte. Wenige Meter entfernt erhob sich ein Aluminium-Windrad, das eine Pumpe betrieb, mit der das Grundwasser aus großer Tiefe in eine Speichertonne gepumpt wurde, die auf hohen Ständern neben dem Wohnhaus stand.

Als Yeager von seinem Sohn angesprochen worden war, war er gerade im Begriff gewesen, sich mit einem Projektilgewehr bewaffnet dem Sandrover zu nähern, der neben einem Schuppen parkte, wo die Benzinfässer und die Ersatzteile für die Schürfroboter lagerten. Bei dem Fahrzeug handelte es sich um ein offenes Geländefahrzeug aus zusammengeschweißten Rohren ohne Karosserie – ein Produkt der GWM-Corporation.

»Dann laß mal hören Junge«, forderte Yeager seinen Sohn auf und legte das Jagdgewehr lässig in seine Armbeuge. »Was hast du heute alles gelernt?«

Bernard verzog säuerlich das Gesicht, als habe sein Vater ihn gerade aufgefordert, ein Mädchen zu küssen. »Muß das denn sein, Daddy?«

Yeager nickte belustigt und tippte seinem Sohn mit dem

schwieligen Zeigefinger gegen die staubverschmierte Stirn. »Wissen zu erlangen ist für einen kleinen Mann wie dich genauso wichtig wie die Lebensmittel, die uns von anderen Welten gebracht werden. Ohne Wissen wird dein Gehirn genauso verdorren, werden deine Gedanken genauso unfruchtbar werden wie der Boden in den Trockensteppen.«

Bernard verdrehte die Augen. »Das weiß ich doch, Daddy. Das sagst du mir fast jeden Tag. Ich übe doch auch immer ganz fleißig.«

»Dann wirst du mir ja jetzt ohne Zögern ein paar Grunddaten über unsere Welt aufsagen können«, meinte Yeager ernst.

Bernard preßte die Lippen aufeinander und machte ein angestrengtes Gesicht. »Maximilian ist ein Kolonialplanet der Menschen«, sagte er schließlich mit leidenschaftsloser Stimme, als würde er ein Gedicht rezitieren, dessen Inhalt ihm nicht besonders zusagte. »Unsere Welt ist der dritte Planet der Sonne Nilges' Star. Hier regnet es nur sehr selten. Es gibt zwei Kontinente. Der eine befindet sich auf der Nord-, der andere auf der Südhalbkugel. Entlang des Äquators erstreckt sich das Meer. Es wird durch eine einzige Landbrücke durchbrochen, die die beiden Kontinente miteinander verbindet. Ein großer Mond begleitet unsere Welt. Wir nennen ihn Jonas.«

Bernard holte tief Luft und sah seinen Vater erwartungsvoll an.

Yeager furchte die Stirn. »Das war schon alles?« Vorwurfsvoll deutete er auf einen prismenförmigen Bretterverschlag, der sich etwa fünfzig Meter von der Behausung entfernt aus dem trockenen Boden erhob. Aus der mannshohen, nachtschwarzen Öffnung des Verschlages führte ein Bahngleis, das nach wenigen Metern vor einem Prellbock endete. Ein mit einem Benzinmotor betriebener Schienenkarren stand auf dem Gleis. Der Behälter war bis zum Rand mit kristallinen Erzbrocken gefüllt. »Das Wichtigste hast du vergessen, Junge!«

Bernards Gesicht lief vor Scham rot an. »Natürlich – das Tarnit«, haspelte er. »Wegen dieses Mischerzes haben die Menschen sich doch überhaupt erst auf dieser unfreundlichen Welt niedergelassen. Das Tarnit wird für die Herstellung modernster

Technologie benötigt und ist daher enorm wichtig für die Menschheit.«

Yeager grinste breit und fuhr seinem Sohn durch das Haar. »Na – das klingt doch schon ganz brauchbar, Junge.«

»Darf ich denn jetzt mit auf die Jagd kommen, Daddy?« schöpfte Bernard neue Hoffnung.

Entschieden schüttelte Yeager den Kopf. »Dafür bist du noch zu jung, Bernard. Wenn du dreizehn bist, darfst du mich noch einmal fragen, ob du mich auf die Jagd begleiten darfst.«

Der Junge schnaufte empört. »Du hast mich reingelegt, Daddy!« rief er vorwurfsvoll. »Ich dachte, ich darf mitkommen, wenn ich dir aufsage, was ich lernen sollte!«

Yeager grinste. »Siehst du, Kleiner, du mußt noch viel lernen, wenn du dich in der Erwachsenenwelt behaupten willst. Aber du bist auf dem besten Weg, glaub mir.«

»Du bist gemein!« schmollte der Junge und verschränkte trotzig die Arme vor der Brust.

In diesem Moment trat eine Frau aus dem Haus. Trotz des derben Kleides und der Schürze, die sie trug, war deutlich zu sehen, wie schlank sie war. Das brünette Haar hatte sie im Nakken zu einem Knoten gebunden. Es war nicht schwer zu erkennen, daß sie einige Jahre jünger als Percy Yeager war. Während sie sich Vater und Sohn näherte, wischte sie sich die Hände an der Schürze trocken. Ein ernster Ausdruck ruhte auf ihrem schönen Gesicht.

»Du willst noch auf die Jagd, Percy? Aber du hast doch schon den ganzen Tag in der Mine geschuftet!«

Yeager zuckte gleichmütig mit den Schultern. »Wir brauchen doch etwas zu essen, Cathryn.«

»Wir haben noch einige Konserven. Und im Gefrierschrank ist noch tiefgekühltes Gemüse.«

Yeager schüttelte den Kopf. »Für diese Importprodukte habe ich in Frontier Gulch ein halbes Vermögen ausgegeben, Schatz. Sie sind für Notfälle vorgesehen und dafür, das Klaraugenfleisch zu ergänzen. Wir wären in Kürze pleite, wenn wir nur noch Zeug essen, das von anderen Koloniewelten nach Maximilian geschafft wird.«

Cathryn seufzte, zog ihren Sohn zu sich heran und drückte ihn an sich, was er sich nur widerwillig gefallen ließ. »Ich wünschte, wir könnten mehr Zeit zusammen verbringen, Percy. Es ist nicht recht, daß du so viel arbeiten mußt.«

Yeager grinste breit. »Für meine Familie würde ich alles tun, Schatz.« Er beugte sich vor und drückte Cathryn einen Kuß auf die Stirn. »Und nun haltet mich nicht länger von meinen Aufgaben ab. Sonst werde ich vor der Dämmerung nicht wieder zurück sein.«

Er wandte sich ab und schritt auf den Sandrover zu. Nachdem er das Gewehr in die Halterung am Überrollbügel gesteckt hatte, schwang er sich auf den Fahrersitz. Außer diesem gab es noch einen Sitz für den Beifahrer und eine schmale Rückbank. Hinter dem Überrollbügel befand sich eine robuste Ladefläche, auf der allerlei Zeug herumlag.

Die Maschine röhrte laut auf, als Yeager sie startete. Der Auspuff stieß eine bläuliche Wolke aus. Da es auf Maximilian reiche Erdölvorkommen gab und Benzin daher billig war, mußten die Schürfer mit dem Sprit nicht sparen.

Yeager winkte seinen beiden Lieben zu, und als er dann das Gaspedal durchtrat, wirbelten die vier angetriebenen profilstarken Ballonreifen zwei Meter hohe Fontänen aus Sand und Staub auf.

Der Sandrover machte einen Satz nach vorn und beschleunigte. Als das Fahrzeug den Zugang zur Tarnitmine passierte, wandte Cathryn sich ab und kehrte ins Haus zurück.

Doch Bernard stand noch lange da und schaute sehnsuchtsvoll der Staubwolke hinterher, die sein Vater mit dem Geländewagen in die karge, schier endlos erscheinende Landschaft der Trockensteppe malte.

*

Yeager hatte seinen Sandrover auf einer Felserhebung abgestellt, wo das Gefährt zwischen den riesigen, flechtenübersäten Quadern nicht sonderlich auffiel. In geduckter Haltung und das Gewehr locker mit beiden Händen umschlossen näherte er sich einer Senke. Am Grund der Mulde, so wußte der Schürfer, befand sich das einzige Wasserloch im Umkreis von mehreren Dutzend Kilometern.

Das Gestrüpp, das die mit Felsbrocken übersäte Trockenebene bewuchs, reichte Yeager bis an die Hüfte. Die verdorrten Blätter an den knochentrockenen Zweigen verströmten einen dumpfen, staubigen Geruch, wenn der Schürfer die Pflanzen versehentlich streifte.

Sollte einer der seltenen Regenfälle niedergehen, würden die Büsche augenblicklich zu saftigem Leben erwachen. Die grauen Blätter würden grün und die spröden Äste biegsam und geschmeidig werden. Innerhalb weniger Stunden brachen die Blütenknospen auf, die jetzt wie verdorrte Knoten anmuteten. Die rosafarbenen, kelchförmigen Blumen verströmten dann einen stechenden Duft, der Flinkechsen anlockte, Kriechtiere, die nicht länger als ein Zeigefinger waren und in Scharen in den Büschen herumkrochen, um von dem Nektar der Blüten zu naschen. Dabei verfing sich Blütenstaub in ihren Schuppen, mit denen die Echsen die Blüten der weiblichen Sträucher dann befruchteten.

Die letzte Regenperiode lag bereits mehrere Monate zurück. Wann der nächste Regen fallen würde, konnte Yeager nicht zweifelsfrei vorhersagen. Obwohl der Regen von den Siedlern als Erfrischung begrüßt wurde, so empfanden viele diese kurze, aber heftige Naßzeit trotzdem als unheimlich, denn mit dem Regen kamen auch all die seltsamen Lebensformen zum Vorschein, die während der langen Trockenperioden erstarrt unter der Erde vor sich hindämmerten.

Obwohl Maximilian ein wasserarmer, unwirtlicher Planet war, verfügte diese Welt doch über ein komplexes Ökosystem, das von den Menschen noch nicht einmal annähernd erforscht worden war. Das Interesse der Siedler an der Natur war auch eher pragmatischer Natur. So beschränkte sich die Erforschung zumeist darauf, herauszufinden, ob eine Pflanze oder eine neu entdeckte Echsenart genießbar waren.

Die Analyse fiel jedoch meist negativ aus. Bis auf das Blaue Klarauge schienen sämtliche bisher bekannten Echsenarten auf

Maximilian ungenießbar oder sogar giftig zu sein. Nicht anders sah es mit der Flora aus. Die Pflanzen auf dieser Welt waren für den Menschen zum Verzehr nicht geeignet, und der Boden so trocken und unfruchtbar, daß alle Versuche, Kulturpflanzen aus anderen Welten heimisch zu machen, kläglich scheitern mußten.

Würde es auf Maximilian keine so reichhaltigen Tarnitvorkommen geben, wären auf dieser Welt wohl nur einige wenige Wissenschaftler stationiert. Doch so spartanisch das Leben auf Maximilian auch war, um so reichhaltiger war hier das Kristallerz- und Erdölvorkommen. Dies hatte viele Siedler angelockt, die hofften, auf Maximilian ihr Glück zu machen.

Inzwischen hatte Yeager den Rand der Senke erreicht. Um das kleine Wasserloch herum wuchsen Gräser, die von den Echsen, die hierherkamen, um zu trinken, so kurz abgegrast worden waren, daß sie aus der Ferne betrachtet wie ein grünlicher Schimmer anmuteten, der sich um das brackige Wasserloch herum gebildet hatte.

Unwillkürlich hielt Yeager den Atem an. Unter den zahlreichen Echsen, die das Ufer des Wasserlochs belagerten, befand sich auch ein Blaues Klarauge. Es handelte sich um ein ausgewachsenes Exemplar, das vom Kopf bis zur Schwanzspitze etwa drei Meter maß.

Diese Echsenart ernährte sich wie die meisten anderen auch von Trockenpflanzen. Ihr Wasserhaushalt war den extremen Verhältnissen auf Maximilian hervorragend angepaßt. Ein Klarauge brauchte nur einmal im Jahr Wasser in sich aufzunehmen. Ein kompliziertes und noch nicht gänzlich erforschtes Speicher- und Wiederaufbereitungssystem im bläulich geschuppten Körper der Echse ermöglichte diese erstaunliche Fähigkeit.

Der sparsame Feuchtigkeitshaushalt des Klarauges war einer der Hauptgründe, warum das Fleisch dieser Echse so schmackhaft und saftig war. Giftstoffe, die während des Stoffwechsels anfielen, wurden in einem speziellen Organ in Kristalle umgewandelt und abgelagert.

Dieses Entgiftungsorgan mußte vom Jäger, nachdem er ein Klarauge erlegt hatte, sofort und mit viel Sorgfalt entfernt werden. Sollte dieses Organ von einer Kugel zerfetzt oder anderweitig verletzt werden, war das Fleisch der Echse verdorben und zum Verzehr nicht mehr geeignet.

Yeager war ein geübter Jäger. Schon oft hatte er ein Blaues Klarauge erlegt und so ermöglicht, daß seine Familie für geraume Zeit auf die teuren Importlebensmittel verzichten konnte. Obwohl in den Stollen seiner Mine täglich eine Tonne Tarnit geschürft wurde, reichten die Erträge kaum aus, um die überteuerten Lebensmittel zu bezahlen, die von anderen Planeten eingeführt wurden.

Seit Yeager sich mit seiner Familie auf Maximilian niedergelassen hatte, waren die Preise für den Transport des Tarniterzes kontinuierlich gestiegen. Zur Anfangszeit der Kolonisierung Maximilians waren die Schürfer reiche Leute gewesen. Doch inzwischen konnten sie wegen der gestiegenen Kosten ihre Familien nur mehr schlecht als recht ernähren. Etliche Schürfer hatten bereits aufgegeben, ihr Land verkauft und waren fortgezogen, um auf einer anderen Siedlerwelt ihr Glück zu versuchen.

Yeager würde es genauso ergehen, wenn er nicht regelmäßig auf Klaraugenjagd gehen und die Unterhaltskosten dadurch niedrig halten würde.

Behutsam legte er sich auf den Boden und brachte sein altes Gewehr in Anschlag.

Klaraugen waren äußerst scheue und wachsame Echsen. Das leiseste Geräusch konnte sie frühzeitig aufscheuchen und zur Flucht veranlassen. Und wenn der Jäger dann nicht schnell genug reagierte, war die Chance, die schmackhafte Echse zu erlegen, ein für allemal vorbei. Denn wenn ein Klarauge einmal zu rennen anfing, blieb es erst stehen, wenn es völlig erschöpft war. Dann war es zumeist mehrere Kilometer vom Ausgangspunkt entfernt. Und obwohl die Echse sich während dieser Flucht völlig verausgabt hatte, erholte sie sich nach wenigen Minuten wieder und würde erneut fliehen, wenn der Jäger versuchte, sie mit dem Sandrover zu verfolgen.

Auch aus diesem Grund hatte Yeager seinen Sohn nicht mit auf die Jagd genommen. Bernard war noch zu jung und unbeherrscht, um sich während der Klaraugenjagd längere Zeit ruhig zu verhalten.

Yeager legte auf die Echse an, die bäuchlings am Ufer kauerte und mit der langen Zunge Wasser schleckte. Als ahnte das Tier bereits, daß Gefahr im Verzuge war, hob es plötzlich den Echsenschädel.

Yeager erschauderte leicht. Der Anblick der wasserklaren Augen des Reptils bereitete ihm jedesmal leichtes Unbehagen. Diese Augen wirkten auf befremdliche Weise menschlich, so daß der beunruhigende Eindruck entstand, bei den Blauen Klaraugen könnte es sich um intelligente Lebensformen handeln.

Dies war jedoch nicht der Fall, wie nähere Untersuchungen der Tiere eindeutig bewiesen hatten. Blaue Klaraugen waren instinktgesteuerte Reptilien. Ihre Handlungen beruhten auf ererbten Verhaltensmustern.

Einer dieser angeborenen Instinkte war der Fluchtimpuls. Und den würde Yeager sich nun zunutze machen.

Den Finger am Abzug tastete er mit der anderen Hand nach einem faustgroßen Stein. Gerade wollte er ausholen, um den Stein in die Senke zu schleudern, da richtete sich das Klarauge plötzlich zu seiner vollen Größe auf.

Yeager ließ den Stein sofort fallen und packte die Flinte. Etwas hatte die Echse aufgeschreckt und ihm die Arbeit abgenommen. Jetzt galt es blitzschnell zu reagieren, ehe das Tier die Flucht ergreifen konnte.

Yeager drückte ab. Ein trockenes Bellen zerstörte die Stille. Bevor die Echse, die sich auf ihre Hinterläufe gestellt hatte, mit weitausholenden Watschelschritten die Flucht ergreifen konnte, schlug Yeagers Stahlmantelgeschoß in die Brust ein und zerfetzte das Herz des Reptils.

Ohne einen Klagelaut von sich zu geben, brach das Blaue Klarauge tot am Ufer des Tümpels zusammen. Die anderen Echsen, die sich am Wasserloch aufgehalten hatten, waren plötzlich verschwunden. Wie es die Art der meisten Reptilien auf Maximilian war, hatten sie sich bei Gefahr in den Boden gewühlt.

Zufrieden mit seinem Schuß stand Yeager auf. Er nahm das Gewehr in die rechte Hand und eilte die Böschung hinab. So schnell wie möglich mußte er jetzt das Organ mit den giftigen Kristallablagerungen aus der Echse herausschneiden, ehe sich das Gift im Körper des Tieres ausbreiten und ihn wertlos machen konnte.

Im selben Moment, da der Schürfer sich beim feuchten Ufer niederkniete und sein Jagdmesser zückte, bemerkte er die drei Fremden. In lange schwarze Mäntel aus Echsenhaut gekleidet, schritten sie den Hang hinab. Jeder von ihnen trug ein Gewehr und hatte eine Handfeuerwaffe in einem Gürtelholster stecken.

Gelassen führte Yeager den Schnitt aus, griff in die Bauchhöhle der Echse und zog das Entgiftungsorgan vorsichtig hervor. Er durchtrennte die Sehnen und Blutgefäße und schleuderte den drei Männern, die ihn nun fast erreicht hatten, das schwere giftige Organ vor die Füße.

»Du bist Percy Yeager, nicht wahr?« sagte einer der Kerle mit rauher Stimme und setzte den Stiefel besitzergreifend auf den Schädel des Blauen Klarauges.

»Und wenn schon«, erwiderte Yeager und richtete sich auf. »Nimm den Fuß von meinem Essen, Bones.«

Nun, da die Männer unmittelbar vor ihm standen, konnte er auch ihre Gesichter erkennen. Die drei arbeiteten für Herbert Nelson, einen Händler in Frontier Gulch. Nelson gehörten sämtliche Geschäfte in dem kleinen Ort.

»Das ist nicht dein Klarauge!« stellte Anton Crumble, ein schmächtiger Bursche, dessen unrasiertem, hagerem Gesicht stets etwas Verschlagenes anhaftete, richtig. Er vollführte eine ausholende Armbewegung. »Das Wasserloch hier gehört zu Mister Nelsons Jagdrevier – inklusive aller Echsen, die hier herumkriechen.«

»Sehr witzig, Crumble.« Yeager steckte das Messer weg. Nelsons Mitarbeiter waren bekannt dafür, daß sie gern Streit suchten und einen ruppigen Umgangston pflegten. Er wollte sie nicht provozieren.

»Das ist kein Witz, Mann!« Harold Ashton, der dritte Mann im Bunde, trat vor und packte den Schürfer mit seinen Pranken an den Jackenaufschlägen. »Du bist ein verdammter Wilderer, ein Verbrecher. Wäre hier in der Nähe ein Baum, würden wir dich sofort an einem Ast aufknüpfen!«

Yeager realisierte langsam, daß die Männer nicht zufällig hier waren. »Laß mich los, Ashton. Ich lasse mich von Burschen wie euch nicht einschüchtern. Außerdem glaube ich euch kein Wort. Die Steppe steht allen Siedlern zur Jagd zur Verfügung.«

»Du irrst«, sagte Bones mit kalter Stimme. »Nelson hat die Jagdlizenz für dieses Gebiet von der GWM Corporation erworben.«

»Einen Dreck hat er!« erwiderte Yeager aufgebracht.

Ashton zog daraufhin die Jacke des Schürfers so fest um dessen Brustkorb zusammen, daß ihm das Atmen schwer wurde. »Ich habe noch nie davon gehört, daß die GWM Corporation die freie Steppe in Jagdreviere aufgeteilt hätte. Ich weiß genau, was hier gespielt wird. Ich lasse mir das Jagen von Nelson aber nicht verbieten. Das hätte er wohl gerne, daß jeder Schürfer nur noch seine überteuerten Lebensmittel kaufen muß. anstatt Blaue Klaraugen zu jagen – das einzig Eßbare auf diesem Planeten!«

»Es ist mir egal, was du denkst, Yeager«, sagte Bones gelassen. »Deine Jagdbeute werden wir mitnehmen.«

Ashton stieß den Schürfer so brutal von sich, daß dieser im Zurücktaumeln über einen Stein stolperte und stürzte.

Die Männer lachten hämisch, als Yeager auf seinem Hosenboden vor ihnen saß. Das Gewehr war ihm aus der Hand gefallen und lag eine Armeslänge von ihm entfernt im matschigen Ufer.

»Ihr Bastarde!« knurrte Yeager erzürnt. Als er nach seinem Gewehr schielte, schlug Bones augenblicklich seinen Mantel zurück und entblößte einen alten Blaster.

»Nur zu«, forderte der Ganove den Schürfer mit lauerndem Unterton in der Stimme auf. »Pack dein Gewehr und versuch uns die Beute streitig zu machen!«

Yeager schluckte trocken.

Ersatzmagazine für Waffen wie diesen Blaster waren auf Maximilian extrem teuer. Er wußte, daß Bones sich derartiges kaum würde leisten können. Waffe und Energiemagazine mußte er also von Nelson bekommen haben, um dessen Interessen effektiver durchsetzen zu können.

»Ja, Mann. Nimm deinen verdammten Schießprügel endlich, Yeager!« rief Crumble. Er und Ashton hatten ihre Pistolen bereits in den Händen. Offenbar lauerten sie nur auf eine Gelegenheit, sie endlich einsetzen zu können.

Yeagers Wangenmuskeln mahlten. Ihm blieb keine Wahl, als das Blaue Klarauge den Ganoven zu überlasen. Andernfalls würden sie diese Auseinandersetzung als Anlaß nehmen, ihn wie eine lästige Quängelechse abzuknallen und seine Leiche in das Wasserloch zu werfen.

»Okay«, sagte er zerknirscht und hob die Arme zum Zeichen, daß er nicht vorhatte, Ärger zu machen. »Nehmt das Klarauge und verschwindet. Aber ich warne euch. Sollte sich herausstellen, daß Nelson doch keine Jagdlizenz für dieses Gebiet hat, werde ich bei der Verwaltung der GWM Corporation vorsprechen.«

»Willst du uns etwa drohen?« knurrte Ashton und spannte den Hahn seiner Pistole. Kurz sah er seine Begleiter von der Seite an. »Dieser Bursche hat eine Lektion verdient, findet ihr nicht auch?«

Bones nickte unbeteiligt.

»Zeig diesem Mistkerl, was ihn erwartet, wenn er vorhat, Scherereien zu machen«, forderte Crumble aufgeregt, als freute er sich bereits auf das, was nun unweigerlich folgen würde.

Yeager glaubte seinen Augen nicht zu trauen, als er nun sah, wie Ashton die Waffenhand langsam senkte und mit der Pistole auf sein Knie zielte.

»In Zukunft wird dein kleiner Sohn die Arbeiten in der Mine verrichten müssen, Percy«, sagte Ashton mit kalter Stimme. »Du kannst ihm dann ja vom Rollstuhl aus dabei zusehen, wie er sich für dich und deine Frau krummschuftet.«

Dann drückte Ashton ab.

Yeager, der nicht fassen konnte, daß die drei Ganoven tatsächlich bereit waren, bis zum Äußersten zu gehen, zuckte erschreckt zusammen.

Die Kugel, die eigentlich sein Knie hatte zertrümmern sollen, war jedoch eine Handbreite neben seinem Bein in den lehmigen Boden gejagt.

Ashton brüllte auf, starrte erst verständnislos auf seine leere Hand, und dann auf seinen zerstörten Revolver im Schlamm neben dem Wasserloch.

»Dort!« rief Bones und deutete nach rechts zum Rand der Mulde empor. »Ein Fremder!«

Jetzt sah auch Yeager den Mann, der sich oben am Hang breitbeinig aufgestellt hatte. Ein Windstoß ließ die langen Aufschläge seines Staubmantels hin und her wallen. Er hatte den breitkrempigen Hut tief in die Stirn gedrückt und starrte unverwandt zu der Gruppe am Wasserloch hinab. Das Gewehr in seinen Händen war unmißverständlich auf Tim Bones gerichtet.

»Wer ist das, verdammt?« zischte Crumble.

»Keine Ahnung«, versetzte Ashton ungehalten. »Ich weiß nur eines – der Kerl wird nicht mehr lange genug leben, um zu bereuen, daß er mir meine Kanone aus der Hand geschossen hat.«

»Bleib ganz ruhig«, mahnte Bones und hielt Ashton zurück, als er sich nach seiner Waffe bücken wollte. »Dieser Bursche gefällt mir nicht.«

Er holte tief Luft und rief: »Verschwinde, Mann. Was hier geschieht, geht dich nichts an, verstanden?«

Statt zu antworten, bellte ein trockener Schuß auf. Vor Bones rechter Stiefelspitze stob eine Fontäne aus Lehmbrocken und Erde auf.

Unwillkürlich wich Bones einen Schritt zurück. »Okay«, zischte er seinen Komplizen zu. »Ihr lenkt diesen Irren ab, damit ich ihn mit meinem Blaster wegpusten kann.«

»Und wie stellst du dir das vor?« kreischte Crumble mit überschnappender Stimme. Wie durch Geisterhand war seine Waffe im Holster verschwunden.

»Du Memme!« fluchte Ashton.

»Hee – du hast doch erlebt, wie verteufelt gut dieser Bursche schießen kann«, rechtfertigte Crumble sich. »Ich bin ja bereit, für Nelson einiges zu riskieren. Aber mein Leben setze ich wegen dem nicht aufs Spiel.«

Der Fremde am oberen Rand der Senke war offenbar nicht

gewillt, sich auf ein längeres Geplänkel einzulassen. Er schoß erneut, und diesmal traf die Kugel Ashtons am Boden liegende Halbautomatik.

Das in einem spitzen Winkel aufgeschlagene Projektil ließ die Waffe wie von einem Fußtritt getroffen über den Lehm schliddern, bis sie mit einem vernehmlichen Plumpsen in dem Wasserloch landete.

»Verflucht!« schimpfte Ashton und ballte zornig die Fäuste.

»Machen wir lieber, daß wir von hier wegkommen«, forderte Crumble und zog Bones am Mantelärmel zurück. »Mit diesem Kerl ist nicht zu spaßen.«

Bones riß sich los. »Einen Dreck werde ich. Nelson wird uns die Hölle heißmachen, wenn er erfährt, daß wir uns von einem Fremden haben einschüchtern lassen.«

Der Mann mit dem Staubmantel schoß erneut. Diesmal traf die Kugel das Entgiftungsorgan des Blauen Klarauges. Die dünne Membranhaut des Körperteiles platzte auf und die kristallisierten Giftstoffe, die sich darin abgelagert hatten, stoben als lilafarbene, übelriechende Wolke auf und hüllten die drei Ganoven ein.

Die Männer fingen augenblicklich zu husten an und wedelten angewidert mit den Armen in der Luft herum. Crumble war der erste, der davonstürzte und die Böschung stolpernd hinaufrannte.

Ashton und Bones folgten ihm widerwillig. Kurz nachdem sie den oberen Rand erreicht hatten, verschwanden sie hinter einem Erdwall.

Wenige Sekunden darauf brüllte ein Benzinmotor auf, und ein Sandrover schoß hinter der Deckung hervor und verschwand Richtung Frontier Gulch.

Die ganze Zeit über hatte der Fremde die drei Halunken nicht aus den Augen gelassen, war ihren Bewegungen mit dem Lauf seines Gewehres lauernd gefolgt. Doch nun entspannte er sich und ließ die Waffe sinken.

Er steckte das Gewehr in eine Hülle, kam mit federnden Schritten den Hang hinab und trat schließlich vor Yeager hin, der noch immer völlig perplex auf seinem Hosenboden saß.

»Wer… wer sind Sie?« fragte der Schürfer, während er die ihm dargebotene Hand ergriff.

»Daniel«, antwortete der Mann einsilbig. »Nennen Sie mich einfach nur Daniel.«

Mit einer kraftvollen Bewegung zog er Yeager auf die Beine.

*

»Sie haben mich da gerade vor etwas Schlimmem bewahrt, Daniel«, sagte Yeager, nachdem er sich vorgestellt hatte. Mit einem Kopfnicken deutete er auf das erlegte Klarauge hinab. »Und Sie haben mein Abendbrot gerettet.«

Der Fremde rückte seinen Hut zurecht. »Sie haben Glück, daß ich gerade in der Gegend war. Diese Burschen machten den Eindruck, als wollten sie Ihnen wirklich übel mitspielen.«

Der Schürfer nickte, hob sein Gewehr auf und wischte mit der flachen Hand den Schmutz ab. »Kann ich mich bei Ihnen vielleicht irgendwie erkenntlich zeigen?«

Daniel rieb sich den Nacken. »Nun, das können Sie vielleicht wirklich. Mein Sandrover hat den Geist aufgegeben. Ich glaube, die Antriebswelle ist gebrochen.«

Yeager nickte wissend. »Eine Schwachstelle der Rover. Die Ingenieure von GWM haben mit diesem Fahrzeug für die Schürfer ein erschwingliches Fortbewegungsmittel entwickelt. Doch an einigen Stellen hapert es, weil zu sehr an den Materialkosten gespart wurde. Doch diese Schwachstellen lassen sich schnell beheben, wenn man ein glückliches Händchen hat – und das braucht man als Schürfer unbedingt, wenn man auf Maximilian wirtschaftlich überleben will.«

Prüfend warf Yeager einen Blick unter den Hut seines Gegenübers. Das Kinn war vorgeschoben, und den breiten Mund umspielte ein schwer zu deutendes Lächeln. »Sie sind nicht von hier«, stellte er fest.

Daniel nickte kaum merklich. »Ich habe auf dem Südkontinent gelebt und bin über die Landbrücke hierher in den Norden gekommen«, behauptete er.

»Sie sind Schürfer?«

»Kann schon sein. Werden Sie mir jetzt mit meinem Sandrover helfen, oder wollen wir die sauflustigen Echsen noch länger davon abhalten, an dem Tümpel ihren Durst zu stillen?«

»Sie haben recht – Sie müssen mir meine Neugierde verzeihen. Es kommen nur selten Fremde her.« Yeager lachte rauh. »Genaugenommen ist es fast drei Monate her, seit sich zuletzt ein Fremder in diesen Teil der Steppe verirrte. Er suchte hier nach einem Claim, um sich niederzulassen. Doch Nelsons Männer haben ihn vertrieben. Danach habe ich von dem Burschen nie wieder etwas gehört.«

Er deutete auf die erlegte Echse. »Könnten Sie mir helfen, das Klarauge zu meinem Wagen zu bringen, ehe ich mir Ihren Rover ansehe?«

»Natürlich.« Daniel bückte sich und packte das Reptil bei den Vorderläufen. Yeager nahm die Hinterläufe und legte sich den langen Schwanz der Echse um die Schultern.

Gemeinsam schleppten die beiden Männer das Beutetier den Hang hinauf.

Währenddessen blickte Daniel sich immer wieder aufmerksam um. Dic Art und Weise, wie er es tat, verriet dem Schürfer, daß mehr in diesem Mann steckte, als nur ein glückloser Tarnitsucher, aus dem ein abenteuerlustiger Revolverheld geworden war.

Bei Yeagers Sandrover angekommen, wuchteten sie das Klarauge auf die Ladefläche.

»Wo steht Ihr Wagen denn, Daniel?« fragte der Schürfer, während er den Kadaver festzurrte, damit er während der Fahrt nicht hin und her geworfen wurde.

»Nicht weit von hier in einer Senke«, erwiderte Daniel und deutete vage in eine Himmelsrichtung.

Yeager furchte die Stirn. »In dieser Richtung liegt nichts als unfruchtbare Trockensteppe. Dort gibt es kein Tarniterz, nicht einmal Erdöl. Was haben Sie in dieser einsamen Einöde zu suchen gehabt?«

»Genau das: Einsamkeit«, erwiderte Daniel einsilbig.

Yeager lächelte freudlos und schwang sich auf den Fahrersitz. »Sie sind genauso verschlossen wie die versiegelten Ölquellen im Äquatormeer.« Er deutete auf den Beifahrersitz. »Steigen Sie ein. Ich fahre Sie zu Ihrem Wagen.«

Nachdem Daniel neben dem Schürfer Platz genommen hatte, sah dieser ihn von der Seite an. »Ihrem Gesichtsausdruck nach zu urteilen wissen Sie überhaupt nicht, was es mit den versiegelten Ölquellen auf sich hat.«

Daniel zuckte gelassen mit den Schultern und legte das eingewickelte Gewehr auf seine Oberschenkel. »Ich müßte lügen, wenn ich das Gegenteil behaupte.«

Yeager lachte rauh und startete den Motor. »Sie müssen in den letzten Jahren auf dem Trabanten gelebt haben, wenn Sie von dieser Sache noch nie etwas gehört haben.«

Der Schürfer wendete den Rover und fuhr in die von Daniel angegebene Richtung. »Wie ich Sie einschätze, werden Sie mir gleich schon erzählen, was es mit den Ölquellen auf sich hat«, rief der Fremde gegen den Motorenlärm an.

Yeager steuerte den Rover um eine Buschgruppe herum. »Wenn es Sie interessiert. Vor zwei Jahren hatte die Ortungsabteilung der GWM Corporation unter dem Meeresgrund riesige Erdölreservoirs entdeckt. Verglichen damit sind die ertragreichen Ölfelder in den Steinsteppen nur Pfützen.«

Yeager warf Daniel einen kurzen Seitenblick zu, um sich zu vergewissern, ob dieser ihm auch zuhörte. »Die GWM schickte Tauchroboter runter und ließ Probebohrungen durchführen. Dabei stellte sich heraus, daß die Felsdecke, unter der das Ölfeld lag, zu dünn und instabil war. Die Berechnungen, die im Vorfeld von den Ingenieuren unternommen worden waren, erwiesen sich als fehlerhaft. Sogar die Rechner hatten nicht erkennen können, daß der Fels der Belastung durch die Probebohrung nicht standhalten würde.«

Yeager zuckte mit den Schultern. »Als das Öl durch das Bohrloch in den provisorischen Tank floß, sprengte der enorme unterirdische Druck die Felsplatte. Eine Flut aus Schlamm und Rohöl schwemmte die Roboter und die technischen Anlagen hinweg. Der Meeresgrund riß in der Folge auf einer Fläche von mehreren tausend Hektar auf. Viele Millionen Liter Erdöl quollen empor und verseuchten das Meer.«

Sie erreichten die kleine Bodensenke, in der Daniels Sandrover stand. Dort war das Fahrzeug kilometerweit nicht zu sehen gewesen.

Einen geeigneteren Standort, um einen Sandrover zu verbergen, konnte Yeager sich nicht vorstellen.

»Wie hat GWM auf diese Katastrophe reagiert?« wollte Daniel wissen, da der Schürfer seine Rede unterbrochen hatte.

»Es mußten Raumschiffe eingesetzt werden, um das Austreten des Erdöls einzudämmen«, fuhr Yeager, der nicht mehr ganz bei der Sache war, fort. »Der Meeresboden wurde großflächig versiegelt. Anschließend wurde ein Verbot für die Erschließung der Ölfelder in der Tiefsee verhängt.«

Er stoppte seinen Rover neben Daniels defektem Fahrzeug.

»Sicherlich ein weiser Entschluß«, sagte Daniel und kletterte aus dem Wagen. »Besonders mit Hinblick darauf, daß in den Steppen genug Ölvorkommen existieren, um den Verbrauch der Bewohner von Maximilian über Hunderte von Generationen hinweg zu decken.«

Yeager nickte zerstreut. »Die befürchtete Naturkatastrophe blieb übrigens aus«, sagte er und umrundete prüfend Daniels Rover. »Wie sich herausstellte, leben in unserem Meer Mikroorganismen, die darauf spezialisiert sind, Rohöl zu fressen. Anscheinend kommt es öfter vor, daß der Meeresboden aufbricht und Öl austritt. Diese Mikroben haben sich darauf spezialisiert, die ausströmenden Mineralien zu vertilgen.«

»Wie praktisch«, bemerkte Daniel trocken.

Unbemerkt hatte Yeager den Blick über die Ladefläche des Sandrovers schweifen lassen. Bis auf einen Wasserkanister und einer Umhängetasche aus Reptilienleder war der Stauraum leer. Daniel hatte weder genügend Proviant noch ausreichend Wasservorräte dabei, um eine längere Fahrt durch die Trockensteppe unternehmen zu können.

Der Schürfer ließ sich auf den Boden nieder und kroch unter den Wagen.

Die linke Antriebswelle für den Vorderradantrieb war in der Mitte durchgerissen. Die Bruchstelle war absolut glatt und ebenmäßig.

Die Sache wollte Yeager immer weniger gefallen. Er richtete sich auf und wischte die Hände an einem alten Lumpen sauber.

»Sie haben keine Ersatzteile dabei?« vermutete er.

Daniel schüttelte den Kopf.

»Wie sieht es mit Proviant und Wasser aus?«

»Ist alles aufgebraucht. Ich war auf dem Weg nach Frontier Gulch, um mir neue Vorräte anzuschaffen.«

Yeager grinste freudlos. »Nelson hätte sich über diese Extraeinnahme sicherlich gefreut. Ihm gehören sämtliche Geschäfte im Ort. Die Männer, die Sie vertrieben haben, arbeiten übrigens für ihn.«

»Woanders kriegt man hier keinen Proviant?«

»Wohl kaum. Nelson hat den letzten Krämerladen vor zwei Jahren übernommen. Anna Higgins, der dieser Laden gehörte, mußte verkaufen, weil ihr Mann sein ganzes Hab und Gut beim Pokern verzockt hatte.« Yeager verscheuchte eine Steppenfliege. »Und nun raten Sie mal, wer mit ihm am Pokertisch saß?«

»Die drei Kerle, die ich in die Flucht geschlagen habe?«

Yeager nickte zustimmend.

»Sieht nach einem abgekarteten Spiel aus.«

»Das war es sicherlich auch. Aber das konnte man Nelson natürlich nicht nachweisen. Jetzt ist er der einzige Händler weit und breit und diktiert die Preise für die Lebensmittel und Ersatzteile. Ein Schürfer, der es auf sich genommen hatte, nach Millfort zu fahren, um dort einzukaufen, ist nie wieder zurückgekehrt. Der arme Bursche muß irgendwo auf der Strecke, für die man mit einem Sandrover fast einen Tag braucht, verschollen sein.«

Yeager schüttelte verbittert den Kopf. »Ich würde dieses Risiko niemals auf mich nehmen. Wie man hört, sind die Lebensmittel und die Ersatzteile in Millfort auch nicht wesentlich billiger, als in Frontier Gulch. Es lohnt sich also nicht, die Strapazen der weiten Fahrt auf sich zu nehmen und die Familie und die Mine allein zurückzulassen. Auf eine solche Gelegenheit lauert Nelson doch nur. Ich traue diesem Kerl alles zu, wenn es darum geht, sich auch noch die letzten unabhängigen Minen unter den Nagel zu reißen.«

»Ziemlich düstere Aussichten«, bemerkte Daniel.

Yeager zuckte resigniert mit den Schultern. »Sieht es auf dem Südkontinent denn etwa besser aus? Dort werden die hohen Importkosten doch sicherlich auch auf die Verbraucher abgewälzt.«

»Wie könnte es anders sein?«

Der Schürfer deutete auf Daniels Wagen. »Ich könnte die Antriebswelle für Sie schweißen. Zuvor müßte ich Ihren Rover allerdings abschleppen. In meinem Schuppen habe ich das erforderliche Werkzeug für diese Reparatur.«

»In Ordnung«, sagte Daniel gelassen. »Nach allem, was ich gehört habe, ist mir sowieso vorerst die Lust vergangen, Frontier Gulch einen Besuch abzustatten.«

Wieder stieg in Yeager dieses ungute Gefühl auf. Er wurde aus diesem geheimnisvollen Mann nicht recht schlau. Doch immerhin hatte er ihn vor Nelsons Männern gerettet. Er war ihm also etwas schuldig, so rätselhaft ihm dieser Bursche auch erscheinen mochte.

Entschlossen, seine Schuld abzutragen, ging er zu seinem Sandrover hinüber und holte aus einer Aluminiumkiste ein Abschleppseil hervor.

*

Bernard sprang von seinem Glasmurmelspiel auf, als er das Gespann hinter einer Bodenwelle hervorkommen sah. »Mom!« rief er aufgeregt. »Daddy kommt zurück – und er hat jemanden mitgebracht!«

Cathryn, die im Schatten des Wasserreservoirs saß und an einer Staffelei arbeitete, drehte sich auf dem Schemel um. Sie schattete die Augen gegen die Strahlen der tiefstehenden Sonne ab und spähte der Staubwolke mißtrauisch entgegen, die sich in der Ferne abzeichnete. Dumpfes Motorendröhnen schallte über die flache Ebene herüber.

»Deine Augen sind ausgezeichnet, Bernard«, lobte sie ihren Sohn. »Das ist tatsächlich dein Vater. Offenbar hat er einen anderen Sandrover in Schlepp genommen.«

Sie reinigte sich die farbverschmierten Finger mit einem Terpentinlappen und stand auf. Zusammen mit Bernard stellte sie sich vor den Hauseingang und wartete auf das Eintreffen des Gespanns.

»Kennst du den Mann am Steuer des anderen Wagens?« fragte Bernard.

Cathryn zuckte mit den Achseln. »Es ist nur wenig von ihm zu erkennen, Schatz. Ich hoffe, es ist keiner dieser Rabauken aus dem Ort.« Unwillkürlich tastete sie nach der kleinen Pistole, die sie in einem Holster am Oberschenkel trug. Wegen des weiten, derben Rocks, den sie trug, war nicht zu erkennen, daß sie bewaffnet war.

Gebannt beobachteten die beiden, wie die Sandrover den Eingang der Mine passierten und schließlich vor der Scheune stoppten.

Bernard riß sich von seiner Mutter los und rannte auf die beiden Männer zu, die nun aus den Fahrzeugen kletterten. Zögernd folgte Cathryn ihrem Sohn.

»Das ist Daniel«, stellte Percy den Fremden vor. »Daniel, das sind meine Frau Cathryn und mein Sohn Bernard.«

Cathryn furchte die Stirn und versuchte einen Blick unter den breitkrempigen Hut zu erhaschen. »Daniel? Und weiter?«

»Belassen Sie es einfach bei diesem Namen«, wurde ihr erwidert, wobei Cathryn den Eindruck hatte, es sei dem Mann unangenehm, daß sie in sein Gesicht zu sehen versuchte.

»Du bist spät dran, Percy«, sagte sie, um das Thema zu wechseln.

»Es hätte nicht viel gefehlt, und ich wäre vielleicht gar nicht mehr zurückgekehrt.« Yeager löste den Haken des Abschleppseils. In knappen Sätzen berichtete er seiner Frau, was vorgefallen war.

In Bernards Augen trat ein begeistertes Leuchten, als sein Vater von den gutgezielten Schüssen berichtete, die Daniel abgefeuert hatte.

»Bist du vielleicht ein Sheriff?« fragte er aufgeregt.

Der Angesprochene schüttelte den Kopf. »Ich bin ein Herumtreiber, Kleiner. Nicht mehr und nicht weniger.«

Yeager hatte unterdessen das Scheunentor aufgewuchtet. Gemeinsam mit Daniel schob er den reparaturbedürftigen Sandrover hinein. Dann trugen die beiden Männer das erlegte Klarauge in den Wirtschaftsraum neben der Küche.

»Die Antriebswelle auszubauen und zu schweißen wird etwa zwei Stunden in Anspruch nehmen«, erklärte Yeager schließlich, nachdem sie die Echse an einen Fleischerhaken an der Decke gehängt hatten. »Bis dahin wird es dunkel sein. Wenn Sie möchten, können Sie die Nacht über hierbleiben.«

Cathryn rieb sich fröstelnd die Oberarme, als ihr Mann diesen Vorschlag aussprach.

»Ich will Ihnen keine Umstände machen«, sagte Daniel ausweichend, dem die Geste der Frau nicht entgangen war.

»Bitte bleib!« bettelte Bernard. »Wir haben doch so selten Besuch. Sie haben meinem Dad doch das Leben gerettet!« Er zupfte am Rockzipfel seiner Mutter. »Außerdem kann niemand auf dieser Welt einen besseren Klaraugenbraten machen als meine Mom!«

Ein amüsiertes Lachen drang unter dem Hut hervor. »Ich werde nur bleiben, wenn alle Anwesenden damit einverstanden sind, Junge.«

Cathryn schlug verlegen die Augen nieder. »Selbstverständlich dürfen Sie die Nacht über bleiben, Daniel. Bitte entschuldigen Sie mein Mißtrauen. In dieser abgelegenen Gegend muß man vorsichtig sein – besonders, seit dieser Nelson seine Finger überall im Spiel hat.«

»Von mir haben Sie nichts zu befürchten, Ma'm«, war die einsilbige Antwort.

»Dann sind wir uns ja einig«, sagte Yeager in aufgeräumter Stimmung. Er schlug Daniel kameradschaftlich auf die Schulter. »Kommen Sie. Ich könnte in der Werkstatt eine helfende Hand brauchen. Meine Frau wird sich unterdessen ums Essen kümmern.«

Als die beiden Männer nach draußen traten und in der Dämmerung zum Schuppen hinübergingen, blieb Daniel kurz stehen und warf unter seinem Hut hervor einen Blick auf das Gemälde, an dem Cathryn gearbeitet hatte.

Eine weite, üppige Blumenlandschaft war auf der Leinwand zu sehen. Vögel und Insekten schwirrten über den verlockenden Blütenkelchen, und in der Ferne tollten wundersame Echsen, die ein einzelnes gewundenes Horn auf der Stirn trugen.

*

Drei Stunden später saß die Familie zusammen mit Daniel am Eßzimmertisch. Auf den Tellern dampften saftige Fleischbrokken, die einen herzhaften Duft verströmten. Als Beilage gab es ein erbsenartiges Gemüse. In den tönernen Humpen aber schäumte klassisches Bier.

»Wollen Sie nicht endlich Ihren Hut absetzen, Daniel?« sprach Cathryn ihren Gast an, nachdem Percy ein kurzes Dankgebet gesprochen hatte.

Daniel zögerte einen kurzen Moment. Doch dann kam er der Aufforderung nach.

Cathryn furchte die Stirn und betrachtete das Gesicht des Fremden aufmerksam. »Ich kann mir nicht helfen. Aber irgendwie kommen Sie mir bekannt vor.«

»So?« Er schnitt ein Stück von dem Fleischbrocken ab. »Das höre ich öfter. Wahrscheinlich liegt es daran, daß ich ein Allerweltsgesicht habe.«

Cathryn lachte trocken auf. »Nicht jeder Mann hat so dichtes schwarzes Haar und so schöne blaue Augen wie Sie, Daniel. Uns Frauen würde es gefallen, wenn es so wäre. Aber glauben Sie mir, nicht jeder Kerl, der sich für unwiderstehlich hält, ist es in den Augen einer Frau auch tatsächlich. Sie machen da jedoch eine Ausnahme.«

»Cathryn!« rief Percy tadelnd. »Warum läßt du unseren Gast nicht einfach in Ruhe sein Essen genießen?«

Daniel schob sich die Gabel mit dem Klaraugenfleisch in den Mund und kaute dann zögernd, als wäre er sich nicht sicher, ob ihm schmecken würde, was er sich da auf die Zunge geschoben hatte.

Seine Miene hellte sich jedoch auf, und entspannt kaute er weiter.

»Es ist das erste Mal, daß sie Klaraugenfleisch essen, nicht wahr?« bemerkte Cathryn. »Und es scheint Ihnen nur leidlich zu schmecken.«

Sie verstummte, als sie einen strafenden Blick ihres Mannes auffing. Eine Weile wurde schweigend gegessen.

Dann ergriff Daniel plötzlich das Wort.

»Die Arbeit an der Antriebswelle war ziemlich zeitraubend und hat einiges an Material verbraucht, Percy. Selbstverständlich werde ich für alles bezahlen.«

»Das kommt überhaupt nicht in Frage«, wehrte Yeager mit vollem Mund ab. »Ich will von Ihnen kein Geld. So wie Sie daherkommen, haben Sie bestimmt noch viel weniger als ich.«

»Kann ich mich denn vielleicht anders erkenntlich zeigen?«

Yeager sah ihren Gast über den Tisch hinweg unverwandt an. »Sie sind ein kräftiger Bursche und können ordentlich mit anpacken, Daniel. Warum bleiben Sie nicht ein paar Tage und helfen mir unten in der Mine? Ich könnte dort eine helfende Hand derzeit dringend brauchen.«

»Warum läßt du mich denn nicht helfen?« rief Bernard beleidigt dazwischen.

»Weil du noch zu jung bist«, erklärte Yeager streng. »Du sollst lernen und spielen. Arbeiten müssen wirst du noch früh genug.«

Bernard verschränkte trotzig die Arme vor der Brust. »Ich bin schon viel erwachsener, als du denkst.«

Daniel nickte bedächtig. »In Ordnung, Percy. Ich werde Ihnen für eine Weile in der Mine zur Hand gehen, bevor ich wieder meiner Wege ziehe.«

Yeager atmete erleichtert durch. »Damit erweisen Sie mir wirklich einen großen Dienst, Daniel.«

»Und du mußt doch so eine Art Sheriff sein«, war Bernard überzeugt. »Erst rettest du meinen Dad – und jetzt willst du auch seine Mine wieder flottmachen.«

In den Augen des Jungen leuchtete es. »Darf ich dein Gewehr einmal ansehen, mit dem du diese Ganoven davongejagt hast? Ich habe gesehen, wie du die eingewickelte Waffe vorhin zusammen mit deiner Tasche in das Gästezimmer gebracht hast.«

»Das geht nicht!« erwiderte Daniel barsch. Er preßte die Lippen zu einem breiten Strich zusammen. »Waffen sind nichts für Kinder, hörst du! Ich möchte nicht, daß du meinem Gewehr auch nur zu nahe kommst.«

Tränen schimmerten in den Augen des Jungen.

Mit einer solch heftigen Reaktion hatte Bernard offenbar nicht gerechnet.

»Daniel hat recht, Schatz.« Cathryn ergriff die Hand ihres Sohnes und streichelte sie tröstend. »Waffen sind kein Spielzeug. Das habe ich dir doch oft genug erklärt.«

Der Junge zog seine Hand zurück und schmollte.

»Sie müssen entschuldigen, Daniel«, sagte Cathryn zu Daniel. »Waffen üben eine ungemeine Faszination auf Bernard aus. Das liegt nur daran, daß man sich auf Maximilian ohne Waffe seiner Haut nicht mehr sicher sein kann. Das war aber nicht immer so. Zur Pionierzeit waren alle nur damit beschäftigt, die Minen zu erschließen. Percy hat eine Menge Geld mit dem Tarniterz verdient. Doch diese Zeiten sind längst vorbei. Jetzt fressen die Kosten für den interstellaren Transport einen Großteil der Erträge auf. Es könnte auf Maximilian ganz anders aussehen, wenn die Schürfer an dem Wohlstand beteiligt würden, den die Besitzer des Transportunternehmens jetzt anhäufen.«

»Das Ölgemälde«, sagte Daniel. »Sieht so Ihre Vision von einer besseren Umwelt auf Maximilian aus?«

Cathryn errötete leicht und nickte. »Es mag Ihnen naiv vorkommen, Daniel. Aber ich bin mir sicher, die Schürfer könnten diese Welt in ein kleines Paradies verwandeln, wenn ihnen das Leben nicht so schwer gemacht werden würde.«

*

Der Tag einer Schürferfamilie begann früh am Morgen, wenn sich die Sonne über den Horizont schob. Als Yeager verhalten an die Tür des Gästezimmers klopfte, war er mächtig erstaunt, als Daniel augenblicklich öffnete und ihn mit einem brummigen »Guten Morgen« begrüßte.

»Sie sind schon auf?«

Daniel setzte seinen Hut auf. »Ich habe mich draußen bereits etwas umgesehen«, erwiderte er. »Verspricht ein schöner Tag zu werden.«

Yeager grinste. »Davon werden wir unten in der Mine kaum etwas mitbekommen. Oder wollen Sie Ihr Versprechen etwa wieder zurücknehmen?«

»Von mir aus können wir sofort mit der Arbeit beginnen.«

Yeager hob abwehrend die Hände. »Erst einmal werden wir frühstücken. Mit hungrigem Magen arbeite ich nämlich nicht gerne. Es gibt kalten Klaraugenbraten.«

Cathryn stand bereits in der Küche und hantierte mit den elektronischen Geräten, um Kaffee zu brauen und den Braten in Scheiben zu schneiden.

Das unterschwellige Dröhnen des benzinbetriebenen Stromgenerators, der in einem Anbau des Hauses untergebracht war, erfüllte das Zimmer.

Bernard saß an einem Tisch vor einem Suprasensor und lernte die Deklination von Verben, wie seine Mutter es ihm aufgetragen hatte.

Nach dem Frühstück, das die Familie zusammen einnahm, machten Yeager und Daniel sich auf den Weg in die Mine. Der Schürfer hatte einen Rucksack mit Proviant und Ersatzteilen geschultert, während Daniel das eingehüllte Gewehr und seine Umhängetasche mit sich führte.

Über dem tiefblauen Morgenhimmel zogen träge einige Zirruswolken dahin. Ein warmer Wind wehte über die Steppe und wirbelte hier und da kleine Staubwolken auf oder trieb einen trockenen Kugelbusch vor sich her.

Vor dem Mineneingang angekommen, deutete Yeager auf die mit Erz gefüllte Lore. »Die Schürfroboter hätten inzwischen eigentlich eine zweite Lore füllen sollen«, sagte er zerknirscht. »Wahrscheinlich gab es mal wieder eine Störung.«

Er grinste säuerlich. »Die meisten meiner Arbeitstage beginnen damit, einen Defekt zu beheben. Die vollautomatische Schürfanlage ist alt und müßte dringend generalüberholt werden. Doch dafür fehlt mir leider das nötige Kleingeld.«

Die beiden Männer folgten dem Gleis ins Innere des Stollens.

Der stark abschüssige Gang endete nach mehreren Metern in einer Halle, deren Wände, Decke und Boden mit Beton ausgekleidet waren. Mehrere leere Loren standen in einer Reihe auf dem Gleis. Ein Förderband verlief von einem vergitterten Fahrstuhlschacht zum ersten Waggon.

Yeager war vor eine mitgenommen aussehende Schalttafel getreten und betätigte einige der Drucktasten.

»Der Fahrstuhl scheint in Ordnung zu sein«, sagte er wie zu sich selbst. Mit einem sarkastischen Grinsen auf den Lippen wandte er sich zu Daniel um. »Das ist doch schon mal positiv. Ansonsten hätten wir den weiten Weg hinunter zu den Abbaustollen jetzt mit Hilfe der Sprossenleiter im Fahrstuhlschacht zurücklegen müssen.«

»Woher bezieht die Anlage ihre Energie?« wollte Daniel wissen, der sich aufmerksam umgesehen hatte.

»Der erforderliche Strom wird von einem benzinbetriebenen Generator produziert«, erklärte Yeager bereitwillig, während er auf den Gitterverschlag des Fahrstuhlschachtes zutrat. »Die Anlage befindet sich im Keller des Schuppens und ist mit einem unterirdischen Tank verbunden.« Er drückte auf den Rufknopf für die Fahrstuhlkabine. »Das Benzin beziehe ich direkt von der Raffinerie der GWM Corporation. Die schicken regelmäßig einen Lastengleiter und füllen meine Tanks wieder auf.«

Yeager lachte rauh. »Dieser Service ist Nelson natürlich ein Dorn im Auge. Am liebsten würde er die Verteilung des Treibstoffes auch noch übernehmen. Doch die GWM beharrt auf ihrem Monopol. Sollte dieses Monopol eines Tages aufgehoben werden, könnte ich meinen Laden hier dichtmachen. Denn wenn Nelson den Spritverkauf übernimmt, würden die Preise sprunghaft ansteigen. Soweit wird es Wulf Nilges, der Chef von GWM, aber hoffentlich nicht kommen lassen. Momentan ist Benzin noch das billigste, was man auf Maximilian kaufen kann.«

Unter vernehmlichem Scheppern und Rasseln stieg der Fahrstuhl aus der Tiefe empor. Ein Ruck ging durch die Gitterkonstruktion, als die Kabine endlich oben eintraf. Das Ziehharmonikagitter glitt auf.

Skeptisch begutachtete Daniel die geräumige Kabine. Sie bestand aus einer Stahlplattform, auf der ein Schienensegment festgenietet war. Die Blechverkleidung der Wände war verbeult und hatte Rost angesetzt. Statt einer Decke gab es lediglich eine Trägerkonstruktion, durch die hindurch ein Blick auf den klobigen Motor für die Stahlseilspulen erhascht werden konnte.

Da Daniel noch zögerte, die Kabine zu betreten, machte Yeager den Anfang. Er zeigte auf das Schienensegment, über das er hinwegstieg. »Hier sollte eigentlich ein voller Erzbehälter stehen. Die integrierten Greifarme packen die Erzbrocken auf das Förderband, welches das Material in die bereitstehende Lore transportiert. Ist diese voll, startet der Benzinmotor und fährt die Lore nach draußen. Wenn eine Lieferung komplett ist, informiere ich das GWM-Büro in Millfort. Die schicken dann einen Lastengleiter, der das Erz abholt.«

Daniel hatte die Kabine inzwischen ebenfalls betreten. Yeager legte die Hand auf ein Tastfeld, und die Ziehharmonikatür glitt geräuschvoll zu. Mit einem Ruck setzte sich die Kabine in Bewegung und glitt rumpelnd den Schacht hinab.

Nach einigen Metern wich die Betoneinfassung des Schachtes massivem Fels.

»Warum ziehen Sie mit Ihrer Familie nicht fort?« fragte Daniel und rückte das eingewickelte Gewehr auf seiner Schulter zurecht. »Das Leben hier ist hart und voller Entbehrungen.«

Yeager winkte ab. »Cathryn und ich – wir haben die Hoffnung nicht aufgegeben, daß sich die Lage der Schürfer irgendwann wieder bessern wird. Anfangs konnten wir gut von den Erträgen der Mine leben. All die Dinge, die Sie gesehen haben, haben wir von unserem eigenen Verdienst gekauft. Wir hatten es nicht nötig, einen Kredit aufzunehmen. Es war ja genug Geld da.«

Er seufzte resigniert. »Seit die Exportkosten für das Erz wegen der hohen Frachttarife so enorm gestiegen sind und auch die Preise für die importierten Lebensmittel kaum mehr erschwinglich sind, vegetieren wir am Existenzminimum dahin. Aber Sie haben das Gemälde von Cathryn ja selbst gesehen. Wir sind nicht bereit, unsere Träume und Hoffnungen aufzugeben. Es ist nur ärgerlich, daß Leute wie dieser Herbert Nelson uns Schürfern das Leben noch zusätzlich schwermachen.«

Die Kabine bremste unsanft ab. Sie waren an ihrem Zielort angekommen.

»Unternimmt der Sheriff denn nichts gegen diesen Händler?« Daniel folgte Yeager in ein schwach erleuchtetes Gewölbe, von dem sternförmig mehrere Stollen abzweigten.

Der Schürfer lachte freudlos. »Cramer? Der steht doch auf Nelsons Gehaltsliste. Von dem ist keine Hilfe zu erwarten. Im Gegenteil.«

Auf dem Gleis vor dem Lastenaufzug stand eine niedrige Lore, die bis zum Rand mit Tarniterz gefüllt war. Einer der schweren Gesteinsbrocken war herabgefallen und blockierte das Gleis.

Vorn und hinten war die Lore mit Greifarmen ausgerüstet. Der vordere Gelenkarm bewegte sich auf und ab, während die Greifklaue versuchte, den Erzbrocken auf der Schiene zu erreichen.

Da eines der Gelenke jedoch defekt war, konnte der Arm den Brocken nicht ergreifen.

»Verfluchter Mist!« schimpfte Yeager und schaltete die Steuerung des Greifarmes ab. »Fassen Sie mal mit an, Daniel!«

Gemeinsam wuchteten sie den schweren Erzbrocken auf die Ladefläche der Lore. Als Yeager die Elektronik dann wieder einschaltete, setzte sich das Gefährt in Bewegung und verschwand im Aufzug.

Die Tür schloß sich. Die Kabine stieg den vergitterten Verschlag empor und verschwand schließlich im Schacht.

Daniels Gesicht drückte nicht gerade Begeisterung aus, während er dem emporgleitenden Fahrstuhl hinterhersah.

»Hier – nehmen Sie den«, sagte Yeager und überreichte Daniel einen gelben Helm mit integrierter Stirnlampe. »Den werden Sie brauchen.«

Daniel hängte seinen Hut an einen Haken an der Wand, wo bereits ein ölverschmierter Overall und eine verschlissene Jacke hingen, und setzte den Helm auf.

»Wollen Sie Ihre Waffen nicht auch lieber hier zurücklassen?« fragte Yeager, weil Daniel das verhüllte Gewehr am Körper festschnallte und den Sitz der Umhängetasche prüfte.

»Ich trenne mich fast nie von meinem Arbeitswerkzeug«, erwiderte dieser trocken. »Was steht als nächstes an, Percy?«

Yeager deutete in einen der Stollen. »Der Schürfautomat arbeitet gerade in diesem Schacht dort. Wir müssen nachsehen, wo der Nachschub bleibt. Die blockierte Lore war offenbar nicht der einzige Grund für das Ausbleiben des Erzes. Es ist verdächtig still in dem Stollen. Irgend etwas stimmt da nicht.«

Der Schürfer schaltete die Stirnlampe an und verschwand geduckt in dem niedrigen Stollen.

Daniel folgte ihm. Der Gang war gewunden und gerade breit genug, um der schienengeführten Lore Platz zu bieten. Die Lichtkegel der Stirnlampen geisterten über die Felswände. Sie wiesen deutlich erkennbare Kratzspuren auf, die von den Schürfwerkzeugen stammten. Offenbar war der Schürfautomat gezielt einer Tarnitader gefolgt, während er den Stollen immer tiefer in den Fels gegraben hatte.

Nach mehreren hundert Metern erreichten die beiden Männer das Ende des Ganges. Ein klobiger Apparat stand dort auf den Schienen. Sternförmig gingen Ausleger von der Maschine ab, krallten sich mit den Ankern in den Fels, um den Schürfautomaten zu stabilisieren.

Yeager zwängte sich zwischen den Auslegern an der Maschine vorbei. Kurz darauf hörte Daniel ihn verhalten fluchen.

»Das hatte ich fast befürchtet!« rief er gepreßt. »Der Akku ist leer. Wir müssen ihn zur Ladestation bringen und gegen einen aufgeladenen austauschen.« Yeager gestikulierte verkrampft mit den Armen. »Gehen Sie auf die andere Seite, Daniel, und lösen Sie die Arretierung des Akkus. Das Ding ist verteufelt schwer und unhandlich.«

Daniel lehnte seine Waffe gegen die Wand und schob sich auf der gegenüberliegenden Seite an der Maschine vorbei.

Die Vorderseite des Schürfautomaten bestand aus mehreren schwenkbaren Bohr- und Fräsköpfen. Die Werkzeuge hatten sich in den Fels gegraben und waren darin steckengeblieben, als ihnen die Energie ausgegangen war.

Unterhalb der Werkzeuge befand sich eine Rutsche aus Blech, die unter der Maschine hindurchführte. Der Schürfautomat besaß genügend Bodenfreiheit, damit die losgeschlagenen Erzbrocken von den Greifarmen der Lore unter der Maschine weggezogen werden konnten. Diese Arbeit hatte die Lore bereits erledigt, so daß jetzt keine Erzbrocken mehr herumlagen.

Yeager erklärte Daniel, wie er die Arretierung des Akkus lösen konnte. Als dies geschehen war, ließen sie das Aggregat, das sich an der Unterseite der Maschine befand, auf die Blechrutsche hinab.

Der Akkumulator war mit kleinen Rädern ausgestattet und wurde von den Männern nun auf das Gleis gesetzt. Bevor Daniel sich zusammen mit Yeager daranmachte, das schwere Aggregat in die Halle zu schieben, nahm er seine Waffe und die Umhängetasche wieder an sich.

»Die Technik Ihrer Schürfanlage erscheint mir ein wenig umständlich und veraltet«, bemerkte er.

»Das liegt hauptsächlich daran, daß wir auf Maximilian auf fossile Brennstoffe als Energielieferant angewiesen sind«, erklärte Yeager. »Modernere Technik ist einfach zu teuer für uns. Erdöl gibt es auf Maximilian jedoch zur Genüge, und daher ist es billig. Dafür müssen wir jedoch einige Unannehmlichkeiten hinnehmen.«

Er schlug mit der flachen Hand auf den Akkumulator, den sie vor sich herschoben. »Die Energie dieses Akkus hätte eigentlich noch mehrere Tage ausreichen sollen. Das Gerät hat jedoch schon einige Jahre Dienstzeit hinter sich und ist verschlissen. Einen neuen Akku kann ich mir aber nicht leisten. Nelson verlangt ein halbes Vermögen für so ein Teil.«

Als sie die Halle erreichten, stellte Daniel fest, daß der Lastenaufzug bereits wieder zurückgekehrt war. Die leere Lore war aus der Kabine gefahren und stand abwartend in der Mitte der Halle.

»Lange werden Sie und Ihre Familie nicht mehr durchhalten, Percy«, bemerkte Daniel, während er half, den aufgeladenen Ersatzakku aus der Ladestation zu wuchten.

Yeager nickte niedergeschlagen. »Ich weiß. Eines Tages wird

es uns wie den Alestons gehen. Die haben am Ende auch kapituliert und die Mine mitsamt ihrem Haus an Nelson verkauft.«

»Warum ausgerechnet an diesen Halsabschneider?«

»Weil es für die Minen keine anderen Interessenten gibt – ganz einfach. Welcher Schürfer läßt sich schon auf ein solches Abenteuer ein, wenn von vornherein feststeht, daß man von den Erträgen kaum seine Familie ernähren kann?«

Yeagers Blick verfinsterte sich. »Eigentlich waren die Alestons genauso idealistisch, wie Cathryn und ich es noch sind. Doch Nelsons Männer haben dem Paar ziemlich übel mitgespielt.«

Yeager atmete tief durch. »Während Pete unten in seiner Mine schuftete, haben Nelsons Leute das Anwesen überfallen. Anna schaffte es nicht mehr, ihren Mann zu warnen. Die Männer überwältigten sie und...« Yeager verstummte, starrte benommen auf den Akku hinab. »Natürlich haben die Männer, die später von Anna angeklagt wurden, alles abgestritten. Sie alle hatten sogar ein Alibi für die fragliche Zeit. Angeblich hatten sie mit dem Sheriff die Gegend durchkämmt, um eine Horde Giftechsen zu verscheuchen, die sich der Stadt näherte.«

Yeager zuckte resigniert mit den Schultern. »Es war zwecklos. Als Pete und Anna realisierten, daß sie keine Gerechtigkeit erfahren würden, haben sie an Nelson verkauft und die Gegend verlassen. Weiß der Teufel, was inzwischen aus den beiden geworden ist.«

Der Schürfer sah Daniel unverwandt an. »Seit dieser Geschichte trägt Cathryn stets eine kleine Pistole mit sich herum. Sie ist fest entschlossen, demjenigen, der ihr Ähnliches antun will wie Anna, eine Kugel in den Kopf zu jagen.«

Da ertönte plötzlich ein schrilles Läuten. Es ging von dem alten Bildtelefonapparat aus, der neben dem Aufzug an der Wand befestigt war.

Augenblicklich stürzte Yeager auf das Gerät zu und drückte die Empfangstaste.

Cathryns besorgtes Gesicht erschien auf dem fleckigen Bildschirm.

»Percy – du mußt sofort nach oben kommen!« rief sie aufgebracht. »Bernard hat drei Sandrover entdeckt, als er draußen spielte. Die Fahrzeuge nähern sich aus Richtung Frontier Gulch – und sie sind gleich am Haus!«

»Versteck dich mit Bernard im Schutzraum«, wies Yeager seine Frau an. »Ich bin in wenigen Minuten oben!«

Er unterbrach die Verbindung, stutzte jedoch, als er bemerkte, daß Daniel die Fahrstuhlkabine bereits geentert hatte.

»Nun machen Sie schon!« fuhr Daniel den Schürfer an und winkte hektisch. »Jede Sekunde zählt!«

*

Daniel war der erste, der aus dem Eingang der Mine ins Freie stürzte. Yeager folgte ihm dicht auf den Fersen.

Die drei Sandrover hatten sich dem Anwesen bereits bis auf hundert Meter genähert. Von Cathryn und ihrem Sohn war weit und breit nichts zu sehen.

Plötzlich wurde aus einem der Fahrzeuge heraus eine Maschinengewehrsalve abgegeben.

Daniel warf sich instinktiv zu Boden und riß Yeager mit sich. Er zerrte die Hülle von seinem Gewehr und legte auf die Rover an.

Doch der Ganove hatte nicht auf die beiden Männer geschossen. Sein Ziel war das Wasserreservoir gewesen. Die Kugeln jagten in die Aluminiumwandung und stanzten häßliche Löcher hinein. Das kostbare Brunnenwasser sprudelte in dünnen Fontänen aus den Einschußlöchern hervor und ergoß sich auf den staubigen Boden.

»Verdammt, Daniel!« rief Yeager, der den Multikarabiner in den Händen des Mannes perplex anstarrte. »Das... das ist ja ein Garand, Enfield, Heckler & Koch!«

»Ein Mark 10/62, um genau zu sein«, erwiderte Daniel ungerührt. »Sie kennen sich mit modernen Waffen offenbar recht gut aus, Percy.«

»Ich hätte es niemals für möglich gehalten, ein solches Wunderwerk der Mikrotechnologie jemals zu Gesicht zu bekommen. Jetzt verstehe ich auch, warum Sie diese Waffe so gut behüten.«

»Dann passen Sie jetzt mal genau auf.« Blitzschnell machte Daniel an der kleinen Schaltfläche auf der rechten Kolbenseite eine Eingabe. Den Bruchteil einer Sekunde später jagten mehrere olivgrüne Strahlen aus der Waffe und trafen den vordersten Sandrover, aus dem heraus das Wasserreservoir wieder unter Beschuß genommen wurde.

Das Fahrzeug wurde für einen flüchtigen Moment in einen grünlichen Schimmer getaucht und war im nächsten Moment verschwunden. Das Rattern der Maschinenpistole verhallte und die beiden Insassen, die plötzlich nur noch ihr Unterzeug auf der Haut trugen, stürzten in den Staub. Die Männer überschlugen sich mehrmals und blieben schließlich reglos liegen.

Daniel nahm den zweiten Wagen ins Visier. Im selben Moment, da in dem offenen Rover ein Mündungsfeuer aufblitzte, deckte Daniel das Fahrzeug mit Duststrahlen ein.

Die abgefeuerte Kugel schlug nur eine Handbreite neben Yeager in den Lehmboden. Erdbrocken, Sand und Staub fetzten empor. Einen zweiten Schuß konnte der Schütze jedoch nicht mehr abgeben, denn auch er lag nun, nur mit Unterwäsche bekleidet, bewußtlos neben seinem Komplizen im Staub. Von dem Fahrzeug, in dem die Männer gesessen hatten, fehlte jede Spur.

Der Fahrer des dritten Rovers hatte die Gefahr erkannt und riß das Steuer herum. Eine Sandfontäne wirbelte hoch, als der Wagen eine scharfe Kurve beschrieb.

Im nächsten Augenblick jagte Daniel ein Gewitter aus olivgrünen Strahlen durch die aufgewirbelte Staubwolke. Als sie sich schließlich wieder legte, hatten sich der Sandrover und sämtliche anorganischen Stoffe, die in ihm transportiert worden waren, in Staub aufgelöst.

Daniel erhob sich und klopfte Sand von seiner Hose und dem Mantel.

Yeagers Gesicht strahlte vor Begeisterung. »Mann, Daniel. Sie haben diese Ganoven schneller ausgeschaltet, als ich bis drei zählen konnte.«

Daniel setzte sich in Bewegung. »Leider zu spät. Das Wasserreservoir hat einiges abbekommen.«

»Es hätte noch viel schlimmer kommen können«, sagte der

Schürfer und trottete hinter Daniel her, der sich zielstrebig den bewußtlosen Männern näherte. Auf Menschen hatte Dust eine schwach paralysierende Wirkung.

Vor den Ganoven angekommen, machte sich ein breites Grinsen auf dem Gesicht des Schürfers breit. »Nur gut, daß diese Kerle Baumwollunterwäsche bevorzugen. Hätten sie Synthetik getragen, wären sie jetzt splitterfasernackt.

»Den Burschen hier kenne ich bereits«, sagte Daniel und stieß mit dem Lauf des Multikarabiners nach der Brust eines Mannes.

»Das ist Tim Bones. Einer der Männer, die mir beim Wasserloch auflauerten«, bestätigte Yeager. »Harold Ashton und Anton Crumble sind auch mit von der Partie.«

Ashton, der der kräftigste unter den Duststrahlopfern war, kam als erster wieder zu sich. Daniel, der in der Mine keine Zeit gehabt hatte, seinen Hut wieder aufzusetzen, trat rückwärts in den Schatten des Schuppens und zielte mit der Waffe auf die Männer, die nun einer nach dem anderen aus der Bewußtlosigkeit erwachten.

»Warum hat Nelson euch geschickt?« fragte Daniel barsch und drehte den Multikarabiner so, daß sich Sonnenstrahlen darauf verfingen und der Lauf aufgleißte.

»Das ist wieder der Kerl, der beim Wasserloch auf uns geschossen hat!« rief Crumble, der verschlagen in den Schatten des Schuppens spähte, um den Fremden besser erkennen zu können.

Einer der Männer tastete im Staub verwirrt nach den Überresten seines Revolvers.

Doch außer den Griffschalen aus Echsenknochen war von der Waffe nichts übriggeblieben.

»Ich habe euch eine Frage gestellt«, sagte Daniel kalt. »Und ich rate euch dringend, Sie auch zu beantworten.«

Bones richtete sich langsam auf. »Was hast du hier zu suchen, Fremder?«

»Das geht dich nichts an!«

»Dann kümmere dich gefälligst nicht um fremde Angelegenheiten.«

Daniel betätigte den Abzug.

Ein Schuß bellte, und vor Bones' nackten Füßen stob eine Sandfontäne auf.

Beschwichtigend hob der Ganove die Hände. »Ist ja gut, Fremder. Du sollst ruhig erfahren, auf wessen Seite du dich da geschlagen hast.«

Anklagend deutete er auf Yeager, der abwartend dastand und die Szene mit sichtlichem Wohlgefallen verfolgte. »Dieser Schürfer ist ein Wilderer. Er hat in einem Territorium gejagt, das ihm nicht gehört. Das Blaue Klarauge, das er erlegt hat, gehörte Herbert Nelson! Mister Nelson hat uns geschickt, um diesem Dieb eine Lektion zu erteilen.«

»So ein Unfug!« ereiferte Yeager sich. »Jeder darf in der Steppe jagen.«

»Nelson besitzt eine Jagdlizenz für das Gebiet um das Wasserloch herum!« rief Crumble dazwischen. »Nur er darf dort Klaraugen abknallen!«

»Nun, wenn das so ist, warum hat Nelson die Schürfer denn nicht darauf hingewiesen, daß das Wasserloch für sie tabu ist?« fragte Daniel, ohne den Multikarabiner, der noch immer auf die Männer zielte, einen Millimeter zu bewegen.

»Der Boß hat Wichtigeres zu tun, als Strauchdieben und Tunichtguten irgendwelche Dokumente vorzulegen«, ereiferte sich Crumble.

»Dann richtet Nelson aus, daß ich morgen früh in die Stadt kommen werde, um mir seine Jagdlizenz anzusehen.«

»Wie bitte?« rief Ashton aufgebracht. »Das ist doch nicht dein Ernst!« Er trat einen Schritt auf Daniel zu, blieb jedoch stehen, als sich der Lauf leicht in seine Richtung bewegte. »Du solltest dir überlegen, ob du nicht lieber für Nelson arbeiten willst als für diesen Schürfer, der deine Dienste nur mit einem Dankeschön belohnen wird. Bei Nelson kann ein Mann deines Kalibers richtig viel Geld verdienen.«

»Ich bin nicht interessiert«, erwiderte Daniel kalt. »Und nun macht euch aus dem Staub, bevor ich es mir anders überlege und eure restlichen Gehirnzellen doch noch mit meinem Multikarabiner zerstrahle.«

Wütend funkelte es in Bones' Augen auf. »Du wirst es noch

bereuen, dich auf die Seite dieses Verlierers gestellt zu haben. Leute wie Yeager sind Geschichte. Die Zukunft gehört engagierten Männern wie Herbert Nelson!«

Seelenruhig nahm Daniel eine Schaltung auf dem Tastfeld am Karabinerkolben vor.

»Laßt uns endlich von hier verschwinden!« rief einer der Männer, die sich bisher im Hintergrund gehalten hatten, nervös aus.

»Weißt du, wie weit es bis nach Frontier Gulch ist?« jammerte Crumble. »Ich werde Blasen an den Füßen haben, ehe wir dort angelangt sind.«

»Halt den Mund und setz deinen Hintern in Bewegung!« fuhr Bones seinen Komplizen an. »Wir werden schon noch unsere Chance erhalten, uns bei diesem selbsternannten Schutzengel zu revanchieren.«

Murrend wandten sich die Männer ab und marschierten los.

»Gehen Sie zu Ihrer Frau und Ihrem Jungen«, sagte Daniel zu Yeager. »Ich werde diese Männer im Auge behalten, bis ich mir sicher bin, daß sie nicht zurückkehren, um uns hinterrücks zu überfallen.«

20.

Als Daniel am nächsten Morgen mit seinem Sandrover aufbrach, lag eine lange Nacht hinter ihm. Er hatte einiges mit Yeager zu besprechen gehabt. Und nun war er auf dem Weg nach Frontier Gulch, um seine Ankündigung wahrzumachen und Herbert Nelson aufzusuchen.

Die Straße, die in den Ort führte, war nicht mehr als eine Piste, bestehend aus zwei in den harten Lehmboden eingegrabenen Reifenspuren. Je näher Daniel der Pionierstadt kam, desto üppiger wurde die Vegetation. Trockensträucher bewuchsen den Rand der Piste, und Kugelbüsche, mit denen der Wind spielte, rollten wie Scharen irrwitziger Kobolde über die Steppe hinweg. Echsen in allen möglichen Farben und Größen kauerten in den spärlichen Schatten der Gewächse und gruben sich in den Lehmboden, wenn der lärmende Sandrover vorüberfuhr.

Schließlich tauchte Frontier Gulch hinter einem Hügel auf. Der Ort lag in einer ausgedehnten Senke und erstreckte sich entlang einer staubigen Straße aus festgestampftem Lehm. Die Häuser in Fertigbauweise ähnelten einander sehr. Zur Straße hin hatten die zweigeschossigen Gebäude eine überdachte, schmale Veranda. Die Giebel waren spitz, hohe Schornsteine ragten aus den Dächern.

An jedem Haus war eine Garage für einen Sandrover angebaut. Dort, wo Geschäfte eingerichtet worden waren, wies die Fassade hohe Schaufenster auf.

Hinter den Häusern erhoben sich Schuppen, Scheunen, Lagerhäuser und Werkstätten.

Dahinter erstreckte sich die Trockensteppe mit ihren bizarren verdorrten Büschen und Sträuchern.

Daniel war nur noch wenige hundert Meter von dem Ort entfernt, als sein Armbandgerät plötzlich einen Warnton von sich gab.

Routiniert warf er einen Blick auf den Bildschirm des Apparates. Dann scherte er mit dem Sandrover nach rechts aus und verließ die Piste.

Das trockene Gestrüpp barst krachend unter den Ballonreifen des Fahrzeuges. Die Staubfahne, die der Rover hinter sich herzog, wurde breiter und vermengte sich mit den Fasern zermalmter Zweige.

Nachdem Daniel eine Weile neben der Piste hergefahren war, kehrte er auf diese zurück und setzte die Fahrt fort. Als er den Mann sah, der sich aus dem Schatten des ersten Hauses löste und sich breitbeinig in der Mitte der Dorfstraße aufbaute, streifte er die Hülle von seinem Multikarabiner.

Nur wenige Meter von dem Mann entfernt, der trotz des langen Mantels aus Echsenleder gedrungen und korpulent aussah, stoppte Daniel den Wagen.

Er lächelte spöttisch, als er das Blechabzeichen auf der Brust der Gestalt bemerkte.

»Wenn Sie Frontier Gulch einen Besuch abstatten möchten, müssen Sie Ihre Waffen zuvor bei mir abgeben, Fremder!« rief ihm der Sheriff zu. Nervös schlug er den Mantel zurück und entblößte einen alten Colt, der in einem Holster steckte.

Daniel legte den Multikarabiner auf seine Oberschenkel. »Sind Waffen in Ihrem Kaff etwa verboten, Cramer?«

»Ich will hier keinen Ärger«, gab der Mann zurück. »Ich habe von Ihnen und Ihrer Schießwütigkeit bereits Kenntnis erhalten. Es ist meine Pflicht als Sheriff, die Bürger von Frontier Gulch vor gewaltbereiten Leuten wie Ihnen zu schützen.«

»Warum machen Sie dann nicht bei den Ganoven dieser Stadt den Anfang, Sheriff?« Lässig hob Daniel das Gewehr und legte den Lauf auf seine rechte Schulter. Der Sheriff zuckte erschrocken zusammen und tastete hastig nach seinem Revolver. Doch bevor er die Waffe ziehen konnte, hatte Daniel den Abzug auch schon betätigt.

Eine Rakete schoß aus dem Lauf und zischte hinter dem Sandrover schräg in den Himmel empor. Als die Rakete die

Stelle erreichte, die Daniel umfahren hatte, änderte sie die Flugbahn und bohrte sich in die Piste.

Eine Reihe von Explosionen zerri9 die morgendliche Stille, die zuvor nur von dem Dröhnen von Daniels Sandrover gestört worden war. In dem Boden mußten mehrere Minen verborgen gewesen sein. Gewaltige Sand- und Staubfontänen stoben empor, als die Explosion der Rakete die Zünder auslöste. Erdschollen und Steine trudelten durch die Luft. Die Explosionswellen trieben zerrissene Sträucher und Echsen vor sich her.

Mit einer fließenden Bewegung hatte sich Daniel aus seinem Sitz erhoben und zielte mit dem Multikarabiner über die Windschutzscheibe hinweg auf den Sheriff, dessen Hand noch immer krampfhaft den Griff seines im Holster steckenden Colts umklammerte.

»Ein seltsamer Brauch, Fremde mit Sprengfallen zu begrüßen«, bemerkte er trocken, nachdem der Lärm verebbt war. Eine breite Wand aus aufgewirbeltem Staub waberte über der zerstörten Piste; sie war so dicht, daß sie die Sicht auf die Steppe und den Verlauf der Straße verstellte.

»Ich – das kann ich mir auch nicht erklären«, stammelte der Sheriff.

Daniel sprang aus dem Wagen. »Ich sehe es Ihnen doch an, wie enttäuscht Sie sind, weil ich das Minenfeld umfahren habe, Cramer. Und jetzt machen Sie sich vor Angst fast ins Hemd!«

»Das... das ist nicht wahr!«

»Werfen Sie Ihren Colt zu mir rüber – aber schön langsam. Mein Abzugsfinger ist heute morgen nämlich extrem einsatzfreudig.«

Der Sheriff gehorchte zögernd und warf den Colt vor Daniel in den Staub. »Sie haben kein Recht, gegen einen Gesetzeshüter vorzugehen.«

»Das tue ich ja auch gar nicht. Sie haben doch längst aufgehört, in dieser Stadt das Gesetz zu hüten. Statt dessen haben Sie sich in den Dienst des Mannes gestellt, der Sie besser bezahlt als die GWM Corporation.«

»Was wollen Sie überhaupt?« rief der Sheriff mit jammerndem Unterton in der Stimme. »Ein Mann allein wird gegen Nelson und seine Leute nichts ausrichten können. Es sei denn, sie wollen den Ort mit Ihrer hochmodernen Energiewaffe dem Erdboden gleichmachen. Viele Frauen, Kinder und unschuldige Männer würden dabei draufgehen.«

Daniel zuckte gelassen mit den Schultern. »Ich habe nicht vor, es soweit kommen zu lassen.«

Plötzlich weiteten sich die Augen des Sheriffs. Beunruhigt blickte er über Daniels Schulter hinweg zur Piste hinüber.

Daniel brauchte sich nicht umzudrehen, um zu wissen, was den Mann so sehr in Unruhe versetzte. Er wußte, daß Percy Yeager und die anderen Schürfer, die er in der Nacht zusammengetrommelt hatte, in diesem Moment die Staubwolke der Explosionen mit ihren Sandrovern durchstießen. Das laute Dröhnen der großvolumigen V8-Motoren verriet, daß es etwa ein Dutzend Fahrzeuge waren, die sich Frontier Gulch näherten.

Daniel, der die Häuserfronten die ganze Zeit über im Auge behalten hatte, registrierte hinter einigen der Fenster plötzlich schattenhafte Bewegungen. Auch auf den Veranden tat sich einiges. Männer schoben sich aus den Hauseingängen und postierten sich hinter den Tragsäulen der Vordächer.

»Die Show beginnt«, murmelte Daniel und schaltete den Multikarabiner auf Nadelstrahlfeuer.

Der Sheriff hatte offenbar angenommen, Daniel würde ihn nicht beachten, während er zu den Gebäuden hinüberspähte. Doch den scharfen blauen Augen, die unter dem breitkrempigen Hut hervorstarrten, war die verstohlene Bewegung nicht entgangen, mit der der Sheriff nach einer weiteren Waffe griff, die er über seinem Gesäß hinten in den Gürtel gesteckt hatte.

Als der Arm des Sheriffs mit dem Revolver in der Hand nach vorn schwenkte, stand Daniel dem Mann bereits gegenüber und prellte ihm die Waffe mit einem gezielten Handkantenschlag aus der Faust.

Er packte den Sheriff, riß ihn zu sich herum und hielt ihn wie einen Schutzschild vor sich.

Keine Sekunde zu früh, denn schon wurde er von einem Mann auf einer Veranda mit einer Maschinenpistole unter Beschuß genommen. Der Sheriff schrie auf und zuckte, als die Kugeln, die für Daniel bestimmt gewesen waren, sich hämmernd in seine Brust bohrten.

Daniel feuerte einen überlichtschnellen pinkfarbenen Strahl auf den Schützen, der daraufhin in einer Wolke aus Blut und Wasserdampf regelrecht explodierte.

Den toten Sheriff mit sich schleifend, wich er zu seinem Sandrover zurück. Projektile schwirrten dicht an ihm vorbei, bohrten sich, Staub aufwirbelnd, in den Boden.

In diesem Moment erreichten Yeager und die anderen Schürfer den Ortseingang.

»Bildet mit euren Wagen eine Zweierreihe. Dann schaltet die Automatik ein und verlaßt die Fahrzeuge!« rief Daniel den Männern zu und stieß den toten Sheriff zu Boden. »Wir werden uns im Schutz der rollenden Sandrover in den Ort vorarbeiten!«

Der Schürfer begriffen sofort, was Daniel vorhatte. Einer von ihnen fing sich eine Kugel im linken Oberarm ein, während er seinen Rover in Position brachte und die erforderliche Schaltung vornahm.

Daniel deckte die Pfeiler des Vordachs, unter dem sich der Schütze verborgen hatte, mit Nadelstrahlen ein. Seiner Stützen beraubt, stürzte das Verandadach auf den Mann herab und begrub ihn unter sich.

Unterdessen hatten die Schürfer ihre Rover in der gewünschten Zweierreihe auffahren lassen. Zwischen den Fahrzeugreihen war genug Platz, damit die Männer, die hinter den langsam dahinrollenden Wagen Deckung gesucht hatten, sich frei bewegen konnten.

Auf diese Weise nach beiden Seiten hin geschützt, drangen die Schürfer in den Ort vor und schossen mit ihren Projektilwaffen aus der Deckung auf die Gegner, die hinter den Fenstern und auf den Veranden lauerten.

Daniel schaltete seinen Multikarabiner auf Strich-Punkt um und deckte einen Heckenschützen, der sich hinter dem Schornstein des Saloons verborgen hatte, mit den blaßblauen Strahlen ein. Von den Lähmstrahlen getroffen, rollte der Mann die Dachschräge hinab und krachte auf das Dach einer Garage.

»Warum betäuben Sie die Männer bloß, Daniel?« rief ein

Schürfer, in dessen wettergegerbtem Gesicht wasserblaue Augen leuchteten.

»Mir ist nicht daran gelegen, die Ganoven umzubringen«, antwortete Daniel. »Ich möchte so viele Banditen wie möglich lebend fangen, damit ihnen der Prozeß gemacht werden kann. Der Staatsanwalt wird Belastungszeugen brauchen, wenn wir Herbert Nelson für den Rest seines Lebens hinter Gitter bringen wollen.«

»Warum räumen wir mit Nelson und seinen Handlangern nicht selber auf?« rief ein anderer Mann, um sich gegen den plötzlich anschwellenden Lärm des Feuergefechts zu behaupten. »Diese Ganoven haben uns lange genug tyrannisiert!«

»Weil wir keine Mörder sind«, gab Daniel zurück und betäubte einen weiteren Schützen, der daraufhin mit dem Oberkörper aus dem offenen Fenster hervorstürzte, hinter dem er gelauert hatte.

Langsam rollten die Sandrover bis zur Mitte des Ortes vor. Die Schürfer feuerten mit ihren alten Projektilwaffen auf alles, was sich regte. Zurück ließen sie sechs tote Handlanger. Drei der Schürfer hatten inzwischen einen Streifschuß abbekommen. Die Kugeln, die von den Fahrzeugen abgefangen worden waren, hatten Sitzpolster perforiert, eine Armatur zerschlagen und etliche Dellen in den Rohrgestellen hinterlassen. Einer der Motoren hatte gar zu qualmen angefangen.

Daniel sah, daß einige der Ganoven, deren Standorte er sich gemerkt hatte, ihre Posten verließen und sich zurückzogen. Sie hatten offenbar erkannt, daß es ihnen ähnlich ergehen würde wie ihren Komplizen, wenn sie das Feuergefecht auf die altbewährte Weise fortsetzten. Die hinter ihren Sandrovern verschanzten Schürfer und der geheimnisvolle Fremde waren ihnen haushoch überlegen.

»Wir halten hier!« befahl Daniel, langte in seinen Rover und verstellte den Schalthebel der Automatik. Die anderen Männer taten es ihm gleich, woraufhin der Konvoi schließlich stoppte.

»Wo, glauben Sie, hält Herbert Nelson sich versteckt?« fragte Daniel.

»Der wird in seinem Kontor hocken – wie immer.« Yeager

deutete zu einem weißen Gebäude hinüber, dem eine besonders breite Veranda vorgelagert war.

Der Vorbau war mit einem weißen Lattenzaun versehen; dahinter waren mehrere Schaukelstühle und Tische zu erkennen.

Daniel nickte. Er hatte beobachtet, wie zwei der Ganoven, die ihren Standort verlassen hatten, in dieses Gebäude gehuscht waren.

Drei andere waren in die Steppe getürmt. »Wir werden uns jetzt auf dieses Kontor konzentrieren«, erklärte er den Schürfern. »Aber denkt daran. Wir müssen Nelson lebend fangen. Wenn wir ihn festgesetzt haben, sperren wir ihn zusammen mit seinen Handlangern in eine Gefängniszelle. Den Rest wird dann die Justiz übernehmen.«

Einige der Männer murrten. Doch sie verstummten augenblicklich, als aus dem weißen Gebäude plötzlich ein Mann in einem langen Echsenledermantel hervortrat.

Es war Tim Bones. In seiner Faust hielt er einen Handnadelstrahler.

»Kommen Sie raus, Daniel – oder wie immer Sie auch heißen mögen!« rief er zu den Fahrzeugen herüber. »Sie halten sich für einen tollen Kerl, wie mir scheint. Aber ich glaube, ohne ihren Multikarabiner sind Sie eine genauso gewöhnliche Memme wie die anderen Schürfer auch.«

Er hob den Handnadelstrahler. »Mein Boß hat mir eine neue Waffe gegeben. Jetzt bin ich waffentechnisch auf demselben Stand wie Sie. Ich wette, jetzt ist es vorbei mit Ihrem Mut!«

Bones lachte rauh, und die Schürfer riefen aufgebracht durcheinander.

»Der Kerl will Sie provozieren«, stellte Yeager überflüssigerweise fest. »Lassen Sie sich nicht darauf ein, Daniel.«

»Warum denn nicht?« rief der Mann, der schon nicht hatte einsehen wollen, daß die Ganoven geschont werden sollten. »Wenn Bones ein Duell haben will, soll er eines bekommen.«

Auffordernd knuffte er Daniel mit dem Ellenbogen in die Seite. »Zeigen Sie diesem Kerl, daß mehr in Ihnen steckt, als er annimmt.«

»Ja, Mann. Oder hat Bones am Ende recht, und Sie kriegen

das Hosenflattern, wenn Ihnen ein Mann mit einer ebenbürtigen Kanone entgegentritt.«

Daniel verdrehte entnervt die Augen, was die Männer jedoch nicht sehen konnte, da sein Gesicht von seinem Hut beschattet wurde. Wie es aussah, würde sein Ansehen leiden, wenn er nicht auf Bones' Provokation einging. Das aber würde bedeuten, daß die Schürfer ihm vielleicht nicht mehr gehorchten und die Aktion, die bisher Erfolg zu versprechen schien, aus dem Ruder lief.

Er schaltete den Multikarabiner auf Projektilwaffe um und drückte ihn Yeager in die Hand. Dann holte er einen Handnadelstrahler aus seiner Umhängetasche und warf sie anschließend auf die Ladefläche seines Rovers.

»Also gut, Bones!« rief er dem Mann zu und hielt den Nadelstrahler empor. »Wenn Sie sich unbedingt mit mir messen wollen, ist das Ihre Entscheidung. Ich werde meine Deckung jetzt verlassen. Dann treten wir fünf Schritte aufeinander zu und feuern!«

»Wenn Sie das sagen!« rief Bones rauh.

Daniel nickte Yeager zu.

»Wir passen auf, daß niemand aus dem Hinterhalt auf Sie schießt«, versprach der Schürfer.

Langsam schraubte sich Daniel in die Höhe und trat zwischen den Sandroverreihen hervor. Breitbeinig stellte er sich vor die Fahrzeuge hin und starrte unter seinem Hut hervor zu Bones hinüber.

Beide Männer steckten ihre Handnadelstrahler in das leere Holster an ihrer Hüfte und breiteten den Mantel darüber. Die Schürfer stürzten unterdessen geduckt hinter ihren Fahrzeugen hervor, die in Bones Schußlinie lagen, und gingen bei den Häusern in Deckung.

»Los!« rief Bones und schlug den Mantel zurück. Er trat im selben Augenblick einen Schritt vor, in dem auch Daniel sich in Bewegung setzte. Die beiden Männer trennten etwa hundert Meter. Eine Entfernung, die mit jedem ihrer Schritte nur langsam schrumpfte.

Da alle Motoren abgeschaltet waren, herrschte jetzt Totenstille in dem Ort. Ein vereinzelter Kugelbusch rollte zwischen zwei Häusern hervor und kreuzte ausgerechnet die Strecke zwischen den beiden Duellanten.

Bones bewegte nervös die Finger seiner rechten Hand, die über dem Strahler schwebte. Seinem angespannten Gesicht war deutlich anzusehen, wie schwer es ihm fiel, die Waffe nicht schon zu ziehen, ehe der fünfte Schritt vollzogen war. Bones wußte, daß die Waffen der Schürfer auf ihn gerichtet waren und er nicht zum Schuß kommen würde, sollte er auch nur den Anschein erwecken, unfair zu handeln.

Schließlich war es soweit. Die beiden Männer setzten zum fünften Schritt an.

Daniel sprang zur Seite und wirbelte blitzschnell um seine Körperachse, kaum daß er den Fuß wieder auf den staubigen Boden gesetzt hatte. Die Mantelschöße wirbelten hoch, während er den Handnadelstrahler zog.

Dieser für den Gegner unvorhersehbare Bewegungsablauf kostete ihm zwar einige wertvolle Sekundenbruchteile, führte jedoch dazu, daß der pinkfarbene Strahl, den Bones abgefeuert hatte, Daniel knapp verfehlte und nur ein großes Loch in den wirbelnden Mantel brannte.

Aus der Hüfte heraus gab Daniel mit dem Handnadelstrahler einen gezielten Energiestoß ab. Bones kam nicht mehr dazu, einen zweiten Strahl abzufeuern. Das, was von ihm übriggeblieben war, nachdem Daniels Nadelstrahl seinen Brustkorb getroffen hatte, schlug mit einem dumpfen Laut zu Boden.

Mit einer fließenden Bewegung vollendete Daniel seine Bewegung, indem er auf die Knie sank und mit dem Handnadelstrahler auf das Kontor zielte. Augenblicklich erfaßte er die Bewegung hinter dem Schaufenster und feuerte.

Der lichtschnelle pinkfarbene Strahl ätzte ein Loch in das Glas und löste den Kopf des Mannes, der mit einer Maschinenpistole auf Daniel gezielt hatte, in eine Wolke aus Blut und Energie auf.

»Los!« rief Yeager, stürzte hinter seiner Deckung hervor und warf Daniel den Multikarabiner wieder zu. »Stürmen wir das Kontor!«

Da sprang plötzlich ein Mann aus dem Fenster des ersten Stockwerkes auf das Verandadach. Die Maschinenpistole in seinen Händen spuckte Feuer und Blei.

Einer der Schürfer stürzte getroffen zu Boden, schrie und zappelte, während er sich den Bauch hielt.

Als der Lähmstrahl aus Daniels Multikarabiner den Schützen ausschaltete, stürzte dieser vornüber vom Dach und schlug so hart mit dem Schädel auf, daß das Krachen und Bersten der Knochen vernehmlich zu den Männern herüberhallte, die auf das Kontor zurannten.

Daniel, der sich an die Spitze der Gruppe gesetzt hatte, stieß die Eingangstür mit einem kräftigen Tritt seines klobigen Stiefels auf und feuerte blind eine Salve Strich-Punkt in die Eingangshalle.

Die beiden Männer, die sich hinter dem Empfangstresen verschanzt hatten, kamen nicht mehr dazu, hinter ihrer Deckung hervor auf die Eindringlinge zu feuern. Bewußtlos stürzten sie zu Boden, wodurch sie den Kugeln der wütenden Schürfer entgingen und ihr Leben letztendlich gerettet wurde.

Daniel rannte den Flur entlang, der sich neben dem Empfangstresen auftat. Er überließ es den Schürfern, die Zimmer zu sichern, an denen er vorbeistürmte. Sein Ziel war die protzige, mit Schnitzereien und Intarsien verzierte Tür am Ende des Flurs. Noch während er darauf zurannte, löste er das schwere Türblatt mit einem Nadelstrahl in Energie auf und schaltete den Multikarabiner dann routiniert wieder auf Strich-Punkt um.

Herbert Nelson war allein in seinem Büro. Stocksteif saß der korpulente Mann hinter seinem wuchtigen Schreibtisch und sah dem Eindringling gefaßt entgegen.

Während Daniel ihn mit dem Multikarabiner in Schach hielt, umrundete Yeager zusammen mit einem anderen Schürfer den Schreibtisch und suchte Nelson nach Waffen ab.

Rasch trat Daniel vor den Tisch hin, und als er zwischen den Papieren und Dokumenten das Tastenfeld und den Bildschirm des in den Schreibtisch integrierten Suprasensors entdeckte, reagierte er sofort.

Mit einem primären Befehl stoppte er sämtliche Programme,

die momentan auf dem Rechner ausgeführt wurden. Auf diese Weise wurde auch der Löschvorgang unterbrochen, den Nelson gestartet hatte, als er erkannt hatte, daß seine Leute die Schürfer nicht aufhalten konnten.

Diese Erkenntnis war dem Händler jedoch erst vor wenigen Sekunden gekommen, wie Daniel bei einer flüchtigen Durchsicht der gestoppten Programme feststellte.

Daniel lächelte zufrieden: Aufgrund von Nelsons Fehleinschätzung hatte ein Großteil der auf dem Suprasensor gespeicherten Daten gerettet werden können.

Während die Schürfer Nelson Fesseln anlegten, setzte sich Daniel an den Schreibtisch und sichtete die Daten.

»Führt den Halunken ab«, sagte er schließlich. »Auf diesem Suprasensor befinden sich genug Beweise, um ihm den Prozeß zu machen.«

Daniel sah zu Yeager auf. »Nelson hat alle Befehle an seine Männer abgespeichert. Wahrscheinlich, um nicht den Überblick über all die Schurkereien zu verlieren, die er angeordnet hat. Ich habe unter anderem eine Weisung gefunden, die Nelson an Bones und seine Komplizen richtete und die die Alestons betrifft. Darin befielt er den Männern ausdrücklich, Anna Aleston zu schänden, um den Widerstand ihres Mannes zu brechen und ihn zum Verkauf seiner Mine zu bewegen.«

Augenblicklich ballte Yeager eine Faust und drosch sie Nelson mit aller ihm zur Verfügung stehenden Kraft direkt auf die Nase.

*

Um die Mittagszeit hatten die Schürfer sämtliche Spuren, die der Kampf hinterlassen hatte, beseitigt. Die Bewohner hatten die Minenbesitzer dabei tatkräftig unterstützt. Nicht wenige von ihnen waren erleichtert, daß sich endlich ein paar entschlossene Männer gefunden hatten, Nelsons verbrecherischem Treiben ein Ende zu setzen.

Der Händler und die Handlanger, die das Gefecht überlebt hatten, waren in die Zellen des Gefängnisses gesperrt worden.

Vier Minenbesitzer waren zur Bewachung der Verbrecher abbestellt worden. Die Toten waren in die Leichenkammer des Bestatters gebracht worden, der emsig damit beschäftigt war, Särge für die Gefallenen anzufertigen.

Mit Yeagers Hilfe baute Daniel den Suprasensor aus Nelsons Schreibtisch aus und machte ihn auf der Ladefläche seines Sandrovers fest. Er hatte vor, das Beweisstück persönlich nach Millfort zu bringen und der Strafverfolgungsbehörde zu übergeben.

»Sie wollen wirklich nicht noch bleiben?« fragte Yeager, als Daniel zum Aufbruch bereit war. Der Schürfer deutete auf die Tische, die die Bewohner von Frontier Gulch auf der Straße aufgereiht hatten. Frauen und Kinder waren emsig damit beschäftigt, Speisen und Getränke herbeizuschaffen. Obwohl etliche der hier ansässigen Männer grüblerische Gesichter machten, herrschte doch eine ausgelassene, fröhliche Stimmung.

Daniel schüttelte den Kopf und zog den Hut noch ein wenig tiefer in die Stirn. »Ich habe Dringendes in Millfort zu erledigen.«

Yeager nickte verstehend. »Wir alle sind Ihnen zu großem Dank verpflichtet. Ich wünschte, ich könnte irgend etwas für Sie tun – Daniel.«

Der Angesprochene schob das Kinn vor. »Das können Sie tatsächlich, Percy. Bewahren Sie Ihr kleines Geheimnis noch eine Weile, bis meine Mission auf Maximilian abgeschlossen ist.«

»Das versteht sich doch wohl von selbst.« Yeager reichte Daniel die Hand. »Ich wünsche Ihnen viel Erfolg.«

Daniel schlug ein. Dann wandte er sich ab und schwang sich auf den Fahrersitz seines Sandrovers.

Die Schürfer und Bewohner von Frontier Gulch waren so sehr mit sich selbst beschäftigt, daß nur die wenigsten von Daniels Aufbruch etwas mitbekamen.

Nur Percy Yeager stand noch lange da und blickte dem davonfahrenden Rover nach, der eine lange Staubwolke hinter sich herzog und schließlich hinter einer Bodenwelle verschwand.

21.

Wulf Nilges war ein mittelgroßer, sportlicher Mann, der die Fünfzig knapp überschritten hatte. Er hatte kurze, volle Haare mit einem leichten Graustich und trug einen anthrazitfarbenen Anzug aus Seide, der den legeren Eindruck noch verstärkte, den der nominelle Besitzer von Maximilian insgesamt bot.

Bevor der abenteuerlich aussehende Besucher in Nilges' Büro im obersten Stockwerk des Firmensitzes vorgelassen wurde, hatte er eine Weile im Wartebereich des Foyers verbringen müssen. Dort hatte ein kurzweiliger Werbefilm über die Geschichte der GWM Corporation dem Gast die Zeit vertrieben.

Nilges hatte diese Welt während eines selbstfinanzierten Forschungsflugs entdeckt. Nachdem die Meßgeräte ein reichhaltiges Tarnitvorkommen und das Vorhandensein von ausgedehnten Ölfeldern festgestellt hatten, unternahm Nilges alle nötigen Schritte, um den Planeten als sein Eigentum zu deklarieren. Er benannte diese trockene staubige Welt mit dem schmalen Äquatormeer und den kaum vereisten Polkappen nach seinem einzigen Sohn. Inzwischen lebte die Familie am Rand von Millfort in einem eher bescheiden anmutenden Anwesen.

Auch der Hauptsitz der GWM Corporation wirkte alles andere als protzig und überladen. Zwar ragte das Hochhaus aus rauchgrauem Glas und weißem Maximilianmarmor über die Dächer der meisten Häuser der Stadt hinaus. Doch die eher unscheinbaren Baumaterialien ließen das Gebäude trotzdem nicht sonderlich aus der Masse der Bauten dieser Kleinstadt hervorstechen.

Wulf Nilges hatte immer wieder lauschend die Augen geschlossen, während ihm sein Gegenüber von den Vorkommnissen in Frontier Gulch berichtete. Hin und wieder schüttelte er den Kopf oder furchte mißbilligend die Stirn.

»Unfaßbar«, murmelte er schließlich, als der Mann seinen Bericht beendet hatte. »Ich würde Ihnen kein Wort glauben, lägen mir nicht die Beweise aus Herbert Nelsons Büro vor.«

Nilges schaltete den Bildschirm des Suprasensors aus, stützte die Ellenbogen auf die Arbeitsplatte seines Schreibtisches und sah seinen Gast über die Spitzen der aneinandergelegten Fingerkuppen hinweg an. Dabei glitt sein Blick skeptisch über den ramponierten, staubigen Mantel und den Hut, den sein Besucher in den Händen hielt.

»Wie sagten Sie doch gleich, wäre Ihr Name?«

»Dan Riker«, wiederholte der Mann geduldig.

»Wenn Sie tatsächlich mit dem Dan Riker identisch sind, der noch vor kurzem Konteradmiral der Terranischen Flotte gewesen ist, müßte ich Ihren Aufenthalt auf Maximilian eigentlich den babylonischen Behörden melden. Sie sind ein gesuchter Mann, Riker.«

»In erster Linie bin ich der Mann, der Ihnen über die Machenschaften, die hinter Ihrem Rücken auf Maximilian stattfinden, die Augen öffnen wird«, gab Riker zurück.

»Ich habe Sie nur deshalb empfangen, weil Miß Field, meine neue Mathematikerin, mir dies dringend empfohlen hat«, sagte Nilges. Er lehnte sich in seinem Sessel zurück. »Nun gut – Sie haben einem Verbrecher auf meiner Welt das Handwerk gelegt. Das ist sehr löblich. Nur verstehe ich Ihre Ambitionen nicht recht. Aus welchem Grund sollte ein Deserteur auf einer ihm fremden Welt plötzlich den edlen Gesetzeshüter spielen wollen?«

Riker grinste feinsinnig. »Sie haben natürlich vollkommen recht, wenn Sie annehmen, daß ich nicht nur aus lauter Nächstenliebe gehandelt habe. Doch dazu kommen wir später.«

Nilges rutschte auf seinem Sessel unruhig hin und her. »Wenn Sie glauben, mich mit Ihrem beherzten Eingreifen in Frontier Gulch dazu bewegen zu können, Ihnen auf Maximilian Exil zu gewähren, muß ich Sie leider enttäuschen. Diese Welt hat nichts, was sie der Terranischen Flotte entgegensetzen könnte, die unweigerlich auftauchen wird, wenn bekannt wird, daß Sie sich hier aufhalten. Die finanzielle Lage meiner Firma sieht momentan nicht gerade rosig aus. Selbst wenn ich wollte, könnte ich Ihnen unter den bestehenden Umständen kein Asyl gewähren.«

»Derartiges liegt auch nicht in meiner Absicht. Niemand wird jemals erfahren, daß ich Maximilian betreten habe.«

Nilges zog die Augenbrauen hoch. »Nun – was wollen Sie denn dann?«

»Das sagte ich doch bereits: Ihnen aufzeigen, was auf Maximilian ohne Ihr Wissen in Wahrheit geschieht. Die Vorkommnisse in Frontier Gulch sind nur die Spitze des Eisberges – glauben Sie mir.«

Nilges' Miene verdüsterte sich. »Die Daten aus Nelsons Suprasensor lassen meines Erachtens nicht auf eine großangelegte Verschwörung schließen.«

»Vielleicht bitten Sie Ihre neue Mathematikerin zu sich ins Büro«, sagte Riker wie beiläufig. »Gemeinsam sollte es uns eigentlich gelingen, Sie zu überzeugen.«

»Was hat Miß Field mit dieser Angelegenheit zu tun?«

Riker rieb sich das Kinn. »Das fragen Sie sie am besten selbst, Nilges. Ich verrate Ihnen nur so viel: Miß Field kam zum selben Zeitpunkt nach Maximilian wie ich.«

Verdrossen furchte der Entdecker von Maximilian die Stirn. Er beugte sich vor und berührte eine der in die Schreibtischplatte eingelassenen Tasten.

»Sonja? Bitte rufen Sie Anja Field zu mir ins Büro.«

»Sehr wohl, Sir«, antwortete die Sekretärin. »Ich schicke sie gleich zu Ihnen. Sie wartet nämlich bereits draußen auf dem Korridor.«

Verdrossen preßte Nilges die Lippen zusammen und lehnte sich wieder zurück. »Die einzige Verschwörung, die hier stattfindet, ist die, die Sie und Miß Field angezettelt haben, wie mir scheint.«

Eine blonde Frau betrat das Büro, in ihren Händen einen tragbaren Suprasensor, der nicht größer als ein Klemmbrett war. Sie trug einen engen Pulli, der ihre ebenso aufregenden wie üppigen Kurven deutlich betonte. Als sie den abenteuerlich gekleideten Mann erblickte, grinste sie spitzbübisch, wobei sich kleine Fältchen um ihre Stupsnase herum bildeten. Sie preßte den Suprasensor vor ihre Brust, trat auf Riker zu und küßte ihn ungeniert auf den Mund.

Nilges lächelte unwillkürlich. Den Unmutsfalten auf seiner Stirn war jedoch anzusehen, daß sein Mißtrauen trotz der Zutraulichkeit, die zwischen seinen beiden Besuchern bestand, nicht gewichen war.

»Anja Riker lautet ihre wahrer Name, nehme ich an?«

»Field ist mein Mädchenname«, erklärte sie, während sie sich dem Firmenchef zuwandte. »Es hatte mich gereizt, ihn für diese Operation als Decknamen zu verwenden.«

»Sie haben es sich also ebenfalls auf die Fahne geschrieben, mich über die Machenschaften aufzuklären, die angeblich hinter meinem Rücken durchgezogen werden?«

»Sie werden uns noch dankbar sein, Nilges«, gab Anja gelassen zurück und legte den Suprasensor vor ihm auf den Schreibtisch.

»Dies ist die Dokumentation meiner Suche nach Schadprogrammen in Ihrem Firmenrechnernetz«, erklärte sie. »Wie zu erwarten gewesen war, bin ich auf eine äußerst raffiniert programmierte Anwendung gestoßen, die den Datentransfer im Firmennetz massiv unterdrückte.«

Anja deutete auf ein Diagramm. »Hier sehen Sie, daß nur ein Bruchteil der Datenmenge, die das System verarbeitete, von Ihnen und Ihrem Personal eingesehen werden konnte. Der Rest wurde von den Programmen abgewickelt und bearbeitet, ohne daß dieser Prozeß bemerkt worden wäre.«

Nilges blinzelte verwirrt. »Wer könnte ein Interesse daran haben, mir firmenrelevante Daten vorzuenthalten?«

»Diejenigen, die Ihnen Ihre Welt wegnehmen wollen«, erklärte Anja. »Und das ist Ihnen auch fast schon gelungen.«

Nilges sah die beiden perplex an. »Ich verstehe nicht.«

»Der Fall Herbert Nelson ist kein Einzelfall«, erklärte Riker.

Anja nickte. »Bei über achtzig Prozent der Handelsniederlassungen auf Maximilian handelt es sich um getarnte Firmen der Storn Bros. Bank auf Babylon. Nelson war von dieser kleinen Privatbank angeheuert worden, im Bereich Frontier Gulch eine

Monopolstellung für alle Handelsgüter zu etablieren, die nach Maximilian importiert werden. Und dies war ihm auch gelungen.«

»Mit Methoden, die verbrecherisch und verabscheuungswürdig sind«, ergänzte Riker.

»Sind Sie sich wirklich sicher? Ich bin Großkunde der Storn Bros. Bank. Die Kredite, die ich für die Erschließung Maximilians benötigte, stammen von ihr. Warum sollten die Chefs dieses Geldinstituts mir also schaden wollen?«

Riker und seine Frau tauschten einen flüchtigen Blick.

»Ich habe die unterdrückten Daten gesichtet. Es besteht kein Zweifel. Sie müssen sich mit den Realitäten abfinden.«

»Ich bin aber doch Geschäftspartner dieser Bank«, wandte Nilges ein, dessen ehrliche kaufmännische Seele sich weigern wollte, an einen Betrug zu glauben.

»Die Kredite sollen mit Tarnitlieferungen an die Bank abgezahlt werden – sehe ich das richtig?« fragte Riker.

Nilges nickte. »Leider sind die Erträge der Schürfer in den letzten Monaten massiv zurückgegangen, so daß ich Probleme habe, meine Verbindlichkeiten abzudecken.«

»Diesen Rückgang haben Sie nur den Händlern zu verdanken, die wie Nelson für die Storn Bros. Bank arbeiten«, sagte Riker und klopfte Staub von seinem Hut. »Wegen der überhöhten Preise für Lebensmittel und die Dinge des täglichen Bedarfs können sich die Schürfer keine Ersatzteile für die Roboter mehr leisten, wodurch es ständig zu Ausfällen kommt. Hinzu kommt, daß die Minenbesitzer durch massive Repressalien gezwungen werden, ihre Minen an die Handelsvertreter zu verkaufen. Und die lassen die übernommenen Minen dann unter irgendeinem Vorwand ruhen, so daß die Tarnitlieferungen ganz ausbleiben.«

Nilges ballte die Fäuste. Sein Gesicht war vor Zorn rot angelaufen. »Weil ich die Kredite seit längerem nicht mehr im vertraglich vereinbarten Umfang abzahlen konnte, hat die Storn Bank angekündigt, zum Jahresende hin den Bürgschaftsfall eintreten zu lassen, wenn sich die Lage bis dahin nicht bessert.«

»Als Bürgschaft für die Kredite wurden alle errichteten Anlagen und zuletzt sogar der ganze Planet in die Vertragsklauseln eingetragen«, sagte Anja, die die entsprechenden Unterlagen kannte.

Riker nickte wissend. »Dann hätten die Eigner der Bank ihr Ziel erreicht: Die GWM Corporation und damit der gesamte Tarnitabbau dieses Planeten würden in ihre Hände fallen.«

Nilges schlug mit beiden Fäusten auf den Tisch. »Das ganze war also von vornherein ein abgekartetes Spiel. Ich werde Maximilian verlieren und kann nichts dagegen unternehmen!«

»Das ist nicht unbedingt gesagt«, erwiderte Anja. »Durch die Einrichtung der Handelsniederlassungen auf Maximilian hat die Bank eindeutig gegen die Konkurrenzausschlußklausel im Kreditvertrag verstoßen.«

Nilges tippte mit dem Zeigefinger nervös auf der Schreibtischplatte herum und nickte bedächtig. »Die Beweise dafür haben Sie mir an die Hand gegeben«, sagte er gedehnt.

»Ich würde Ihnen raten, unverzüglich zu reagieren«, sagte Anja.

»Ich kenne auf Babylon eine hervorragende Anwaltskanzlei, die mein unbedingtes Vertrauen genießt«, schaltete sich Dan ein. Er nahm einen Stift und schrieb Namen und Adresse einer großen Kanzlei auf einen Notizzettel. »Kontaktieren Sie diese Anwaltsfirma«, sagte er, während er Nilges den Zettel zuschob. »Ich verspreche Ihnen, die werden Sie umgehend aus Ihrer Bankenfalle raushauen.«

Entschlossen berührte der Firmenchef die Ruftaste. »Sonja? Veranlassen Sie bitte einen Datentransfer nach Babylon per To-Richt. Diese Angelegenheit hat höchste Priorität!«

*

»Für Luxus und Prestigegehabe hat mein Mann nichts übrig, wie Sie sicherlich bemerkt haben«, sagte Gaby Nilges. Die Gattin des Firmenchefs der GWM Corporation war eine schlanke, dezent gekleidete Person mit modisch kurzem blondem Haar, das einen verträumten, seidigen Glanz besaß. Sie hatte die Rikers durch die Villa geführt und näherte sich jetzt einer rauchgrauen Glasfront am gegenüberliegenden Ende des geräumigen

Wohnzimmers, dessen Einrichtung genauso geschmackvoll und schlicht war wie die der anderen Räumlichkeiten.

»Bevor ich einwilligte, mit unserem gemeinsamen Sohn nach Maximilian zu übersiedeln, mußte Wulf mir allerdings ein kleines Zugeständnis in Bezug auf Luxus machen«, fuhr die Frau fort und berührte ein Schaltfeld im Rahmen einer Glastür. »Ich bin eine Pflanzenliebhaberin. Doch hier auf Maximilian gibt es nichts außer vertrockneten Büschen und Kugelsträuchern, die vom Wind traurig in der Gegend herumgeschubst werden.«

Die Tür war aufgeglitten und hatte den Blick in ein großes Gewächshaus freigegeben. Tropisch feuchte Luft schlug den Rikers entgegen – und das Trällern exotischer Vögel.

»Wenn Sie möchten, werde ich Ihnen die kleine Erfrischung in meinem Gewächshaus servieren«, schlug Gaby vor. »Dann können Sie Maximilian auch gleich kennenlernen. Er liebt die üppigen Pflanzen ebenso wie seine Mutter und verbringt jede freie Minute in dem Gewächshaus.«

»Von mir aus gerne«, sagte Anja. »Ich muß zugeben, daß ich den Anblick der Trockensteppe auf Dauer deprimierend finde.«

Gaby freute sich sichtlich, daß Anja Verständnis für die kleine Extravaganz, die sie ihrem Mann abgerungen hatte, aufbrachte. »Folgen Sie mir bitte«, forderte sie ihre Gäste auf und betrat einen Pfad aus Rindenmulch, der hinter der Glastür seinen Anfang nahm.

Der Weg schlängelte sich an tropischen Gewächsen und kleinen Palmen vorbei. Die Büsche waren mit Blüten überladen, die einen schweren süßlichen Duft verströmten. Bunte Schmetterlinge schwirrten durch die Luft, und Vögel mit schillerndem Gefieder flatterten von Baumkrone zu Baumkrone. Über allem spannte sich ein nahezu durchsichtiges Energiefeld, das hin und wieder changierend aufflackerte, wenn ein Vogel oder Insekt ihm zu nahe kam. Der Himmel über Millfort war blau, wie die meiste Zeit des Jahres.

Nachdem sie dem Pfad eine Weile gefolgt waren, erreichten sie einen runden, gepflasterten Platz, auf dem Tische, Stühle und sogar einige Liegen standen.

Am Rand des Platzes spielte ein dreizehnjähriger Junge mit

weißen Echsen, die er mit Insektenlarven fütterte. Als er seine Mutter bemerkte, wischte sich Maximilian die Hände an der weißen Hose sauber und kam herbeigerannt. Er lächelte freundlich, während Gaby ihm die Gäste vorstellte, und schüttelte ihnen pflichtschuldig die Hände.

»Ich verschwinde kurz in der Küche«, verkündete Gaby schließlich. »Wulf wird Ihnen sicherlich auch gleich wieder zur Verfügung stehen.«

Ihre blauen Augen verdüsterten sich. »Er wirkte vorhin ziemlich aufgebracht und meinte, er müsse die Kommunikationsanlage des Hauses unbedingt kalibrieren, um eine To-Richtverbindung aus der Firmenzentrale empfangen zu können.«

Betrübt schüttelte sie den Kopf. »Ich glaube, die Geschäfte laufen momentan nicht sehr gut. Wulf versucht dies vor mir zu verbergen. Doch ich spüre schon seit längerem, daß ihn etwas bedrückt.«

»Machen Sie sich keine Sorgen«, sagte Riker und lächelte aufmunternd. »Ich bin überzeugt, daß sich bald alles zum Besseren wenden wird.«

Gaby nickte verlegen. »Bitte verzeihen Sie mir meine Offenheit. Eigentlich ist es nicht meine Art, mit Geschäftspartnern meines Mannes über derartiges zu sprechen. Doch Sie erwekken den Anschein, als wären Sie mehr als nur Schürfer, die für die GWM Corporation arbeiten.«

»Ihre Menschenkenntnis trügt Sie nicht, Gaby«, sagte Anja. »Mein Mann und ich sind nach Maximilian gekommen, um Ihrem Mann bei der Lösung der Probleme zu helfen, die er momentan mit seiner Firma hat.«

Gaby seufzte. »Hoffentlich gelingt Ihnen das auch.« Mit diesen Worten wandte sie sich ab und kehrte in die Villa zurück.

Anja und Dan setzten sich an einen runden Gartentisch und ließen sich von Maximilian die Albinoechsen vorführen, die er in der Steppe nicht weit von der Villa entfernt entdeckt hatte.

»Man muß schon ganz genau hinsehen, wenn man eine Albinoechse finden will«, erklärte er, während er eines der Reptilien auf seinem Arm herumkrabbeln ließ. »Sie vergraben sich nicht in der Erde, wenn sie Gefahr wittern, sondern legen sich platt hin, so daß sie keinen Schatten werfen. Ihr weißes Schuppenkleid verschmilzt dann scheinbar mit dem hellen Sand.«

»Was gibst du deinen Lieblingen denn zu essen?« wollte Anja wissen.

»Och – das sind bloß Stinkkäferlarven. Das ist die Leibspeise der Albinoechsen.«

Anja rümpfte ihre Stupsnase. »Stinkkäfer? Gibt es so etwas denn auf Maximilian?«

»Was dachten Sie denn?« rief der Junge. »Die Stinkkäferlarven stellen sich tot, bis der Regen kommt. Dann saugen sie sich mit Wasser voll. Zwei Tage später schlüpfen die Käfer. Die können so groß wie eine Kinderfaust werden, und wenn sie sich in die Lüfte erheben und fliegen, setzen die Stinkdrüsen unter den hochgeklappten Deckflügeln einen bestialischen Gestank frei, der alle Tiere vertreibt, die die Käfer fressen wollen.«

»Ziemlich ausgebuffte Verteidigungstechnik«, bemerkte Dan.

Maximilian nickte. »Das Komische nur ist, daß die Stinkkäferweibchen sich von diesem Geruch angezogen fühlen.« Er schüttelte sich, woraufhin Anja und Dan in herzhaftes Gelächter ausbrachen.

In diesem Moment kam Wulf Nilges den Pfad entlang und betrat den Platz. Er hatte ein tragbares Kommunikationsgerät bei sich, das er neben einem Stuhl auf den Boden stellte. Indem er seinem Sohn mit der Hand durch das Haar fuhr, sagte er: »Na – unterhältst du unsere Gäste wieder mit Kuriositäten aus dem Tierreich deines Planeten?«

Maximilian nickte aufrichtig. »Viele Menschen glauben, es gibt kaum Leben in den Trockensteppen. Doch das stimmt ganz und gar nicht.«

Er nahm die Albinoechse in die Hand und ging zu dem anderen Reptil, das eifrig damit beschäftigt war, Stinkkäferlarven zu vertilgen.

Nilges schmunzelte gerührt und setzte sich. »Maximilian ist wie besessen von diesem Planeten. Es hat ihm mächtig imponiert, daß ich die Welt nach ihm benannt habe. Das hat seine Neugier und seinen Eifer geweckt.« Er nickte stolz. »Ich glaube, Maximilian kennt sich mit der Flora und Fauna dieser Welt inzwischen besser aus als die Biologen, die für die GWM Corporation arbeiten.«

In diesem Moment gab das Kommunikationsgerät ein Signal von sich. Hastig stellte Nilges den Apparat vor sich auf den Tisch, so daß er sich im Erfassungsbereich der Holokamera befand, die Rikers aber nicht aufgenommen wurden. Dann nahm er den Anruf entgegen.

Das Gesicht einer jungen Frau erschien auf dem Holobildschirm. »Sir – die Antwort aus Babylon ist soeben eingetroffen.«

»Stellen Sie das Signal durch, Sonja.« Als erwartete er das Urteil eines langwierigen Rechtsstreites, setzte er sich aufrecht auf seinen Stuhl hin.

Auf dem Holoschirm war nun ein hageres Gesicht zu sehen. Es war von dunklem, schütterem Haar umgeben, das dem Mann bis auf die Schultern reichte.

»Mein Name lautet Connad Lutz«, begann der Mann. »Ich bin der Chef der Anwaltskanzlei Armin & Lutz.«

Der Anwalt schwieg einen kurzen Moment, wie um die Ankündigung, daß der Chef der Kanzlei sich persönlich um diese Angelegenheit kümmerte, auf seinen neuen Klienten wirken zu lassen.

Nilges stellte sich hastig vor und informierte den Rechtsanwalt, daß zwei Gäste anwesend waren, deren Namen er nicht nennen wollte, die aber sein uneingeschränktes Vertrauen genossen.

Die Hyperfunkverbindung war zwar absolut abhörsicher, trotzdem hatte Riker darauf bestanden, nicht namentlich genannt zu werden.

»Ich habe die Daten, die Sie mir zugeschickt haben, gründlich geprüft und meinerseits Nachforschungen angestrengt.« Lutz lächelte maliziös. »Wie es aussieht, stehen Sie rechtlich gesehen auf der sicheren Seite, Nilges. Die Verletzung der Konkurrenzausschlußklausel wäre ein triftiger Grund, den Kreditvertrag anzufechten. Doch es kommt noch besser. Meine Mitarbeiter haben nämlich herausgefunden, daß auch Trans-All, die Transportfirma, mit der Sie auf Anraten der Storn Bank einen Exklusivvertrag abgeschlossen haben, ein getarntes Tochterunternehmen eben dieser Bank ist.«

Lutz senkte kurz den Blick, um etwas abzulesen. »Wir haben die Preise, die Trans-All für den Gütertransfer in Rechnung gestellt hat, mit anderen vergleichbaren Unternehmen kollationiert.« Er sah wieder auf. »Die Preise dieses Transportunternehmens sind um ein Drittel und in einigen Fällen sogar um die Hälfte teuer, als durchschnittlich für derartige Weltraumflüge berechnet wird.«

Der Rechtsanwalt räusperte sich. »Wegen des Schadprogramms in Ihrem Firmennetzwerk haben Sie keine Kenntnis von dem ungleichen Preisverhältnis erlangt. Der Exklusivvertrag hätte Sie aber auch dann noch an Trans-All gebunden, wenn Sie ein günstigeres Unternehmen gefunden hätten.«

Nilges war wie vor den Kopf gestoßen. »Das wird ja immer schlimmer«, murmelte er.

Gaby, die einen Antigravteewagen vor sich herschob, kam leise herbei und stellte Gläser mit Erfrischungsgetränken auf den Tisch.

Unterdessen fuhr der Rechtsanwalt fort: »Sie können froh sein, daß Sie diesen großangelegten Betrug noch rechtzeitig durchschaut haben, Nilges. Wenn Sie meinen Empfehlungen folgen, werden Sie am Ende sogar mit einem dicken Plus aus dieser Geschichte herauskommen.«

Die Miene des Firmenchefs hellte sich sichtlich auf. Das erste Mal seit vielen Monaten keimte wieder Hoffnung in ihm auf. »Was soll ich tun, Lutz?«

»Kündigen Sie den Kreditvertrag mit der Storn Bros. Bank umgehend und verklagen Sie das Unternehmen auf Schadensersatz. Die Summe, die der Bank zu zahlen auferlegt wird, wird aller Voraussicht nach insgesamt höher ausfallen als der ursprüngliche Kredit.«

Nilges lachte auf und blickte zu Gaby auf, die gebannt dastand und den Worten des Rechtsanwalts lauschte. »Das... das ist ja phantastisch!«

»Es ist wichtig, daß Sie Ihre Rechnungsstelle beauftragen, die Tarnitlieferungen, die zum Abtrag der Kredite an die Bank geliefert werden, sofort einzustellen. Sie sollten ebenfalls veranlassen, daß die Trans-All-Schiffe keine Exporte mehr durchführen. Beauftragen Sie statt dessen ein anderes Transportunternehmen, das dann auch den Importtransfer übernehmen soll.«

Lutz setzte wieder sein joviales Lächeln auf. »Bevor Sie diese Schritte einleiten, ist es jedoch erforderlich, die rechtlichen Belange in die Wege zu leiten.«

Nilges nickte ungeduldig. »Womit ich Sie hiermit ausdrücklich beauftrage, Lutz.«

Der Anwalt lehnte sich zurück und rieb sich den Nacken. »Vielen Dank. Richten Sie den Leuten, die Ihnen Armin & Lutz empfohlen haben, bitte meinen aufrichtigen Dank aus.«

»Das werde ich«, versprach Nilges und blickte über das Gerät hinweg zu den Rikers hinüber. »Ich habe diesem Paar ebenfalls eine Menge zu verdanken.«

Nilges betätigte eine Taste, woraufhin wieder das Gesicht seiner hübschen Sekretärin im Holoschirm zu sehen war. Nachdem er Sonja einige Instruktionen erteilt hatte, schaltete er das Kommunikationsgerät aus und ergriff sein Glas.

»Sie sind meine Retter in der Not«, sagte er erleichtert. »Wenn Sie mir nicht die Augen geöffnet hätten, hätte mein Sohn nicht länger auf Maximilian leben können, weil die Storn Bank sich diese Welt unter den Nagel gerissen hätte.«

Die Rikers prosteten Nilges zu.

»Natürlich werde ich Ihr Engagement gebührend honorieren«, verkündete Nilges in aufgeräumter Stimmung, nachdem sie alle getrunken und die Gläser wieder abgesetzt hatten. »Ich denke da an eine Teilhabe...«

»Darf ich offen mit Ihnen sprechen, Wulf?« unterbrach Riker den Firmenchef.

»Selbstverständlich«, erwiderte Nilges etwas befremdet und gab seiner Frau dann mit einem kurzen Kopfnicken zu verstehen, sich mit Maximilian zu entfernen.

»Worum geht es?« erkundigte er sich, nachdem seine Frau und sein Sohn gegangen waren.

»Was Anja und ich getan haben, haben wir nicht nur deshalb getan, um Ihnen einen Gefallen zu erweisen.«

Nilges furchte skeptisch die Stirn. »Sondern?«

»Wir haben die Machenschaften der Storn Bank aufgedeckt, weil Charaua uns darum gebeten hat«, sagte Anja.

Nilges war sichtlich verblüfft. »Sie sprechen von dem Herrscher des Nogk-Imperiums?«

»Die Nogk haben aus Gründen, die wir Ihnen nicht verraten dürfen, einen gesteigerten Bedarf an Tarnit«, erklärte Riker. »Das unlautere Geschäftsgebaren der Storn Bank hat jedoch dazu geführt, daß der Marktpreis für Tarnit enorm angestiegen ist.«

»Wovon die GWM Corporation weder wußte noch profitierte«, warf Nilges ein.

»Wie auch immer. Die Verteuerung hat die Pläne der Nogk stark beeinträchtigt. Charaua bat uns daher, den Ursachen für den unerklärlichen Preisanstieg des Tarnits zu ergründen – was wir hiermit erfolgreich getan haben.«

Nilges nickte verstehend. »Sie können Charaua ausrichten, daß die GWM Corporation den Nogk so viel Tarnit verkaufen wird, wie sie benötigen – zu einem normalen Preis, versteht sich. Sobald die Pionierstädte wieder mit erschwinglichen Lebensmitteln und Ersatzteilen beliefert werden, dürften die Schürfer in ihren Minen auch wieder mehr Tarnit fördern. Was immer die Nogk vorhaben – am Rohstoff Tarnit sollen ihre Pläne jedenfalls nicht scheitern.«

Nilges strich sich wohlgefällig über die Haare. »Ich werde meine Außenhandelsabteilung anweisen, Kontakt mit den Nogk aufzunehmen und die Modalitäten für den Handel vertraglich festzulegen.«

Riker grinste breit. »Genau das war das Ziel unserer Operation. Betrachten Sie Ihre Schuld hiermit als abgetragen. Alles, was Anja und ich als Gegenleistung verlangen, haben Sie uns soeben zugesichert.«

»Wenn es weiter nichts ist.« Nilges erhob sich. »Bitte bleiben Sie über Nacht meine Gäste. Es würde mich freuen, wenn Sie zusammen mit uns die Rettung meiner Firma feiern.«

Riker grinste schräg. »Wenn es nicht ausgerechnet Klaraugenbraten gibt.«

»Und wenn Dan sich vorher den Trockensteppenstaub abwaschen darf«, ergänzte Anja und rümpfte wieder ihre niedliche Stupsnase.

Nilges lachte herzhaft. »Ihren Wünschen soll entsprochen werden. Klaraugenbraten ist in unserem Hause sowieso tabu. Maximilian wäre sehr böse mit uns, sollten wir es wagen, ihm einen Braten vorzusetzen, für den eine seiner geliebten Echsen ihr Leben lassen mußte.«

*

Das gesellige Beisammensein im Gewächshaus der Nilges-Villa dauerte bis tief in die Nacht.

Wie nicht anders zu erwarten gewesen war, drehte sich das Gespräch, nachdem Maximilian ins Bett gebracht worden war, um die politischen Verhältnisse auf Babylon.

Die beiden Ehepaare diskutierten ausgiebig über die Gründe, die dazu geführt haben könnten, daß sich ein intelligenter Cyborg wie Henner Trawisheim zum Diktator aufgeschwungen hatte.

Am Ende mußten sowohl die Nilges als auch die Rikers feststellen, daß es ihnen unmöglich war, für Trawisheims Hang zum Totalitarismus auch nur eine halbwegs plausibel klingende Erklärung zu finden.

Sie wünschten sich eine gute Nacht und zogen sich in die Schlafzimmer zurück.

Am nächsten Morgen wurden Anja und Dan von dem durchdringenden Heulen einer Sirene geweckt. Alarmiert sprangen sie aus dem Bett und schlüpften in die Morgenmäntel, die Gaby für sie bereitgelegt hatte. Als sie aus dem Zimmer stürmten, trafen sie auf dem Korridor die Nilges und ihren Sohn.

»Was ist los?« wollte Riker wissen.

»Ich weiß es nicht«, gestand Nilges. »Diese Sirenen sollten eigentlich nur in einem Katastrophenfall erklingen. Ein solcher ist bisher jedoch noch nie eingetreten.«

Sie eilten aus dem Haus in den Vorgarten, der aus einigen wenigen Dörrsträuchern bestand.

Anja krallte ihre Finger in Dans Oberarm, als sie die drei Ringraumer vom 180-Meter-Typ drohend über der Stadt schweben sah. Jenseits der Stadtgrenze stiegen gewaltige Rauchsäulen auf.

»Das sind Raumer der Terranischen Flotte!« stellte Riker mit rauher Stimme fest, während sich auf seinem vorspringenden Kinn hektische Flecken zu bilden begannen.

REN DHARK – Weg ins Weltall
Band 28
Para-Attacke!
erscheint Mitte Februar 2011
